U0132859

21 世纪普通高等教育基础课规划教材

大学物理实验
第 2 版

北京工商大学物理教研室　编

机械工业出版社

本教材是参照教育部高等学校物理基础课程教学指导分委员会编制的最新《理工科类大学物理实验课程教学基本要求》，借鉴国内外面向21世纪物理实验教学改革的成果，结合北京工商大学多年教学实践经验编写而成的。全书共分七章，将基础性实验、综合性实验、设计性实验和研究性实验各设为一章，以便学生在完成一定数量的基础性实验和综合性实验后，能逐步学会独立进行实验设计和开展具有研究性内容的实验工作，从而培养学生的独立实验能力、分析与研究能力和创新能力。

　　本书为高等院校工科类专业和应用物理专业的基础物理实验教学用书，也可作为其他专业基础物理实验的教学参考书。

图书在版编目（CIP）数据

大学物理实验/北京工商大学物理教研室编. —2 版. —北京：机械工业出版社，2009.10

21 世纪普通高等教育基础课规划教材

ISBN 978 - 7 - 111 - 28458 - 1

Ⅰ. 大… Ⅱ. 北… Ⅲ. 物理学 – 实验 – 高等学校 – 教材
Ⅳ. O4-33

中国版本图书馆 CIP 数据核字（2009）第 179527 号

机械工业出版社（北京市百万庄大街 22 号　邮政编码 100037）
责任编辑：李永联　责任校对：程俊巧
封面设计：张　静　责任印制：乔　宇
北京京丰印刷厂印刷
2010 年 1 月第 2 版 · 第 1 次印刷
184mm×260mm · 15.25 印张 · 373 千字
标准书号：ISBN 978 - 7 - 111 - 28458 - 1
定价：25.00 元

凡购本书，如有缺页、倒页、脱页，由本社发行部调换
电话服务　　　　　　　　　网络服务
社服务中心：(010) 88361066
销 售 一 部：(010) 68326294　　门户网：http://www.cmpbook.com
销 售 二 部：(010) 88379649　　教材网：http://www.cmpedu.com
读者服务部：(010) 68993821　　**封面无防伪标均为盗版**

前　　言

本书是在北京工商大学物理教研室编写的《大学物理实验》（第1版）的基础上，参照教育部高等学校物理基础课程教学指导分委会最新制定的《理工科类大学物理实验课程教学基本要求》修订而成的。本书在修订过程中保持了原书的特色，把实验分为基础、综合、设计和研究四个层次，增加了"波尔共振实验"、"半导体热电特性综合实验"、"半导体光电特性的研究"、"光栅光谱仪原理及其应用"、"太阳能电池伏-安特性的研究"、"光速的测定"、"干涉测量系列实验的研究"、"高温超导材料特性的测试和低温温度计"和"扫描隧道显微镜的原理和应用"等9个实验，改编了"金属弹性模量的测定"、"热电偶的原理与应用"和"用模拟法测绘静电场"等7个实验，删除了原书的"灵敏电流计的研究"、"物质折射率的测定"和"利用气垫导轨验证机械能守衡定律"等6个实验，同时，还增加了计算机处理数据的内容和附录D，更加注重对学生能力和素质的培养。

参加本书编写的人员及分工为：李宝河编写绪论、第1章、实验4.10、实验4.11、实验5.8、实验7.1以及附录；黄英群编写第2章的2.1~2.4节和2.6、2.7节；赵慈编写第2章的2.5节、实验5.2和实验5.7；马廷钧编写第3章和实验4.6；刘漪编写实验4.1、实验4.2和实验4.4；王秀娥编写实验4.5、实验4.12、实验4.13、实验4.14、实验4.15、实验5.4、实验5.6、实验6.3和实验7.7；赵佳编写实验4.7、实验5.3、实验6.5和实验7.5；胡蓉编写实验4.8和实验7.4；李壮编写实验4.9；陈晓白编写第6章引言、实验5.5、实验6.2和实验6.4；李熊编写实验6.1、实验6.6和实验7.8；耿爱丛编写实验7.2和实验7.6；徐登辉编写实验4.3、实验5.1和实验7.3。

本书由北京工商大学物理教研室组织编写。陈晓白教授、马廷钧教授和李宝河教授参加了对第2版稿件的初审，陈晓白教授负责全书的统稿。

本书为高等学校理工科类大学物理实验课程的教材，也可供相关专业选用和社会读者阅读。

编　者

目　　录

绪　论

1. 物理实验课的地位、作用和任务

物理学是研究物质的基本结构、基本运动形式、相互作用及其转化规律的学科，它的基本理论渗透在自然科学的各个领域，应用于生产技术的许多部门，是自然科学和工程技术的基础。物理学是一门实验科学，物理实验是科学实验的先驱，体现了大多数科学实验的共性，在实验思想、实验方法以及实验手段等方面是各学科科学实验的基础。

物理实验课是高等理工科院校对学生进行科学实验基本训练的必修基础课，是本科生接受系统实验方法和实验技能训练的开端。

物理实验的内容覆盖面广，具有丰富的实验思想、方法和手段。学习物理实验，对学生进行基本实验技能训练，是培养学生科学实验能力、提高科学素质的基础，同时可以培养学生实事求是的作风和创新意识。

本课程的具体任务是：

1）培养学生基本的物理实验技能，提高学生的基本素质，使学生初步掌握物理实验的思想和方法，提高学生的分析能力、动手能力和创新能力。

2）培养学生理论联系实际和实事求是的科学作风、认真严谨的科学态度、积极主动的探索精神、遵守纪律和团结协作以及爱护公物的优良品德。

2. 物理实验课的教学环节

（1）实验预习　认真阅读实验教材，对实验内容作全面了解。理解与实验有关的概念、原理及物理过程，明确实验目的，了解实验仪器的构造原理、操作规程、读数方法及注意事项，拟订实验步骤，设计数据记录表格等。在实验课前写好预习报告。

（2）实验过程　实验操作是整个实验教学中最重要的环节。按实验要求，独立进行仪器的安装和调整，认真做好实验的每一步，仔细观察各种实验现象，认真记录测量的数据。注意先观察后测量，通过实验学习和掌握实验的基本知识和方法，提高实验技能，学会提出问题、做出分析和判断。实验中要遵守各项规章制度，注意安全。

（3）实验报告　实验报告是对实验工作的全面总结，应做到用词确切、字迹整洁、数据完整、图表规范、结果明确。实验报告包括以下内容：

1）实验名称、实验目的。

2）所用仪器设备的型号、规格、参数等。

3）简要的实验原理，包括基本公式、必要的电路图、光路图。

4）实验内容及简要步骤。

5）实验数据记录表格。原始数据在教师审核、签字后有效，必须将原始数据附在实验报告中。

6）数据处理，包括利用各种方法如列表法、作图法、逐差法或最小二乘法处理实验数据，计算实验结果及计算测量不确定度。最后要给出实验结论。

7）分析讨论，包括对实验误差的分析、实验方法的改进与建议、实验后的体会等。

实验报告的标准格式请参考附录 C。

第1章 测量误差与实验数据处理

1.1 测量的基本概念

1.1.1 测量和误差

测量是物理实验的基础。所谓测量就是确定被测量的量值的一组操作。通过测量所得到的被测量的值称为测量结果。任何一个测量结果都由数值和单位两部分组成,单位用来确定被测量的特性,没有单位的测量结果是没有物理意义的。

在国际单位制(SI 制)中,米(m)、千克(kg)、秒(s)、安培(A)、开尔文(K)、摩尔(mol)、坎德拉(cd)为基本单位,其他物理量的单位均由基本单位导出。我国制定了以 SI 制为基础的《中华人民共和国法定计量单位》,并已于 1991 年 1 月 1 日开始执行,废除其他各种非法定计量单位。测量结果必须选用我国法定的计量单位。

测量一般分为**直接测量**和**间接测量**。直接由仪器仪表的指示器读出被测量值的测量称为直接测量,如用游标卡尺测量物体的长度。利用直接测量的结果,根据被测量与直接测量的关系求出被测量的值,这类测量称为间接测量。例如:测量铜圆柱体的密度,先直接测量圆柱体的质量 m、直径 d 和高 h,然后根据公式 $\rho = \dfrac{4m}{\pi d^2 h}$ 计算出铜的密度。

一个量的真实大小称为真值,测量的目的是为了获得被测量的真值,但由于测量方法不够完善、测量仪器不够精密、环境条件不够稳定、实验人员技术水平不够熟练等原因,使得测量不可能获得被测量的真值,只能得到与真值有一定差异的近似值。测量误差就是测量值与被测量真值之差。

误差自始至终存在于一切实验过程中,任何测量结果都有误差。测量误差的大小反映了测量结果的准确度。

测量误差可用**绝对误差**表示,也可用**相对误差**表示。

$$\text{绝对误差} = \text{测量结果} - \text{真值}$$

$$\text{相对误差} = (\text{绝对误差} \div \text{真值}) \times 100\%$$

按误差性质,一般测量误差又分为系统误差和随机误差。

1. 系统误差

在相同条件下,对同一物理量进行多次测量时,误差的大小和符号保持不变,或在条件变化下时,误差按一定规律变化,这类误差称为系统误差。相同条件包括:相同的测量程序、相同的观测者、在相同条件下使用相同的测量仪器、在相同地点、在短期内重复测量等。系统误差等于多次测量的平均值减去被测量的真值。设被测量的真值为 $x_{真}$,多次测量的算术平均值为 $\bar{x}$,每次测量结果为 x_i,则系统误差

$$\delta_{系统} = \bar{x} - x_{真}$$

按对系统误差掌握的程度可分为**已定系统误差**和**未定系统误差**。如外径千分尺的零点读数为已定系统误差，而电压表的基本误差允许极限为未定系统误差。按系统误差出现的规律分为**定值系统误差**和**变值系统误差**。定值系统误差的符号和绝对值保持不变，如外径千分尺的零点读数、伏安法测电阻的方法误差等。变值系统误差的符号和绝对值按一定规律变化。

产生系统误差的原因有：

1）仪器误差：仪器制造上的缺陷、仪器未经校准、没有按规定条件使用等产生的误差。如仪器标尺分度不均匀、仪器零点未校准等。

2）理论误差：测量所依据的实验理论、实验方法及实验条件不合要求而引起的误差。如用伏安法测电阻时电表内阻的影响。

3）观测误差：观测者生理或心理特点所导致的误差，如标尺读数习惯偏左或偏右等。

4）环境误差：在测量过程中，由于温度、湿度、气压、振动、电源电压和电磁场等外界条件按一定规律变化所产生的误差。

对系统误差要进行正确的分析，尽量消除已知的系统误差，提高测量结果的可靠程度。而测量不确定度的评定，是在对已知的系统误差进行修定后进行的。

2. 随机误差

在同一条件下，多次测量同一物理量，误差的大小和符号以不可预定的方式变化，称这类误差为**随机误差**（或偶然误差）。随机误差等于测量结果减去多次测量的平均值，即随机误差

$$\delta_{\text{随机}} = x_i - \bar{x}$$

随机误差一般由影响量的随机时空变化所引起，这种随机效应导致重复观测中的分散性。

产生随机误差的原因有：

1）仪器误差：测量仪器准确度的起伏产生的误差。

2）人员误差：观测者感觉器官的灵敏度无规律的微小变化引起的误差。

3）环境误差：温度、湿度、气压及电磁场等外界条件的起伏产生的误差。

4）被测量本身的起伏和不稳定性。

随机误差就个体而言是不确定的，但其总体服从一定的统计规律。可以通过多次重复测量求平均值的方法来尽量减小随机误差对测量结果的影响。

不论是系统误差还是随机误差，都无法完全消除，可以通过误差分析，选择合理的实验方法，改进实验措施，选择合适的实验仪器等来减小误差。

1.1.2 有效数字

有人用米尺（分度值为1mm）测量某长度，分别读出8.26cm、8.27cm、8.28cm，前两位是从米尺刻度直接读出来的，是**可靠数字**，第三位是由观测者估计出来的，它是有误差的，称为**存疑数字**。尽管估读结果因人而异，但它是有效的。测量结果中可靠的几位数字加上一到两位有误差的数字称为**有效数字**。计量学上所给出的数字从第一位非零数字起后面的所有数字均为有效数字。如上述测量结果是3位有效数字。测量结果的有效数字位数的多少与被测量的大小有关，与所用仪器的准确度有关，还与所用的测量方法有关。有效数字与所采用的单位、小数点位置、数值所附乘的10的幂无关。如将测量结果表示为0.0826m、8.26cm、82.6mm，有

效数字都为 3 位。在中间计算过程中，原则上应保证不丢失有效数字。

1. 数值修约规则

对尾数采用"四舍六入五凑偶"的原则进行处理。例如将 8.2949cm、8.285cm、8.2750cm 保留三位有效数字，数字修约后分别为 8.29cm、8.28cm、8.28cm。

2. 有效数字的运算规则

1）几个数作加减运算时，运算结果的有效数字位数以参加运算的各数中最大的存疑数的位置为准取齐。如 2.34mm + 102mm = 104mm；32.5V + 0.75V = 33.2V。

2）几个数作乘除运算时，运算结果的有效数字位数与参加运算的各数中有效数字位数最少者相同。例如：在测量电桥的灵敏度时，$R = 990.8\Omega$，$\Delta n = 5.6$mm，$\Delta R = 2.3\Omega$，则灵敏度 $S = \dfrac{\Delta n}{\Delta R/R} = \dfrac{5.6}{2.3/990.8}$mm $= 2.4 \times 10^3$mm。

3）数 x 的平方根的有效数字位数与 x 的相同。如 $4.567^2 = 20.86$；$\sqrt{0.002} = 0.04$。

4）函数运算，如对某数取对数 $\lg x$、指数 e^x、10^x 等运算时，运算结果的有效数字一般需要通过微分公式先求出误差，再由误差所在位确定有效数字的最后一位。

例 1.1-1 确定 $\lg 1.983$ 的有效数字。

【解】 由于 $d(\lg x) = d(\ln x \cdot \lg e) = 0.43 \dfrac{dx}{x} = 0.43 \dfrac{0.001}{1.983} = 0.0002$

所以，$\lg 1.983 = 0.2973$

例 1.1-2 确定 $e^{2.78}$ 的有效数字。

【解】 由于 $d(e^x) = e^x dx = e^{2.78} \times 0.01 = 0.2$

所以，$e^{2.78} = 16.1$

例 1.1-3 确定 $\sin 22°38'$ 的有效数字。

【解】 由于 $d(\sin x) = \cos x dx = \cos 22°38' \times \dfrac{1}{60} \times \dfrac{\pi}{180} = 3 \times 10^{-4}$

所以，$\sin 22°38' = 0.3848$

5）一般认为，公式中常数系数的有效数字位数为无穷多。

为了防止中间计算过程损失有效数字，在上面的有效数字运算规则下可以多取一位有效数字。

1.1.3 正态分布

随机误差就个体而言是不确定的，但总体服从一定的统计分布，因此可以用统计的方法来估计随机误差对测量结果的不确定度的影响。随机误差的分布可以有正态分布、学生分布（t）分布、矩形分布等。正态分布为连续随机变量的一种概率分布，是随机误差的一种重要分布。对于连续随机变量 x，正态分布的概率密度函数为

$$f(x) = \frac{1}{\sqrt{2\pi}\,\sigma} e^{-\frac{1}{2}\left(\frac{x-\mu}{\sigma}\right)^2}$$

式中 σ——测量次数 $n \rightarrow \infty$ 时的标准差；

        μ——x 的期望值。

用随机误差 δ 代替变量 x，用 δ 的期望值 0 代替方程中的 μ，当测量次数 n 足够大时，用 s 代替 σ，方程可简化为

$$f(\delta) = \frac{1}{\sqrt{2\pi}\, s} e^{-\frac{\delta^2}{2s^2}} \tag{1.1-1}$$

式中　δ——随机误差；

　　　s——标准差。

服从正态分布的随机误差概率密度分布曲线如图 1.1-1 所示，标准差越大，随机误差的分布范围越宽，测量结果的分散性越大；反之，标准差越小，随机误差分布在 0 值附近很小的范围内，测量结果的分散程度小。

通过积分计算得

$$\int_{-s}^{s} f(\delta)\,\mathrm{d}\delta = 0.6827$$

$$\int_{-2s}^{2s} f(\delta)\,\mathrm{d}\delta = 0.9545$$

$$\int_{-3s}^{3s} f(\delta)\,\mathrm{d}\delta = 0.9973$$

$$\int_{-\infty}^{\infty} f(\delta)\,\mathrm{d}\delta = 1$$

标准差与随机误差具有完全不同的性质，不能混为一谈。标准差不是测量列中任何一个测量结果的随机误差，也不是误差范围，它表示测量列中任一个测量结果的随机误差有 68.3% 的可能性在 $(-s, s)$ 区间内。

图 1.1-1　不同 s 值的正态分布曲线图

服从正态分布的随机误差有以下几个特征：

1）单峰性——绝对值小的误差出现的概率比绝对值大的误差出现的概率大。

2）有界性——绝对值很大的误差出现的概率近乎零。

3）对称性——绝对值相等的正误差和负误差出现的概率相等。

4）抵偿性——误差的算术平均值随着测量次数的增加而趋于零。

1.2　测量不确定度的评定与表示

测量条件的不完善及人们的认识不足，使被测量的值不能被确切测定，测量值以一定的概率分布落在某个区域内。所以，必须对测量结果的质量给出定量的说明，以确定测量结果的可靠程度。

对测量结果的误差估计有多种方法，常用的有**最大误差法**、**标准偏差法**和**不确定度法**。不同领域往往选用不同的误差处理方法，最大误差法常用于工程技术，在科技文件中常用标准偏差。表征被测量值分散性的参数是测量不确定度，有时称为测量结果的不确定度，简称不确定度。利用不确定度对测量结果的质量进行定量评定，可以反映对测量结果的不可信程度或对测量结果有效性的怀疑程度。

一切测量结果都不可避免地具有不确定度，正确表述测量不确定度具有重要的意义。测

量不确定度的定量表示是计量学的一个较新的概念，它的应用具有广泛性和普遍性。测量不确定度表示方法的统一是国际贸易和技术交流所不可缺少的，它可使各国进行的测量和得到的结果进行相互比对，取得相互承认和共识。我国根据国际《测量不确定度表示指南》（Guide to the Expression of Uncertainty in Measurement，GUM）的原则，在1999年制定了《测量不确定度评定与表示》规范（中华人民共和国国家计量技术规范 JJF1059—1999）。本书采用此规范处理测量数据，给出测量结果的不确定度评定。

1.2.1　测量不确定度

测量不确定度是与测量结果相关联的参数，表征合理地赋予被测量测量值的分散性。此参数可以是标准差（标准不确定度）或其倍数（扩展不确定度），或说明置信水准区间的半宽度。例如：U_{95}表示测量结果落在$(-U_{95}, U_{95})$，区间的概率为95%。不确定度恒为正值。

测量不确定度的分类：

测量不确定度根据其数值评定方法的不同分为 A 类不确定度和 B 类不确定度。用统计方法评定的不确定度为 **A 类不确定度**（用 u_A 表示）；用非统计方法评定的不确定度为 **B 类不确定度**（用 u_B 表示）。

使用中，根据表示的方式不同，测量不确定度有三种不同术语：

1) 标准不确定度　以标准差表示的测量不确定度。

2) 合成标准不确定度　将标准不确定度的 A 类分量和 B 类分量按照一定的规则合成起来得到的总标准不确定度。对于间接测量，当测量结果是由若干个其他量的值求得时，应首先得到各个直接测量量的合成标准不确定度，然后利用间接测量的传播律求得间接测量结果的合成标准不确定度。

3) 扩展不确定度　规定测量结果区间的量，可期望该区间包含了合理赋予的被测量的值分布的大部分。扩展不确定度等于合成不确定度的 k 倍，k 称为包含因子。

不论是标准不确定度还是扩展不确定度，均可用它们的相对大小表示：

相对标准不确定度 =（标准不确定度 ÷ 被测物理量之值）×100%

1.2.2　测量不确定度的来源

测量不确定度的可能来源主要表现在以下几个方面：

1) 被测量的定义不完整。例如，定义被测量是一根标称值为 1m 长的钢棒的长度。如果要求测到微米量级，该被测量的定义就不够完整，因为被测的钢棒受温度和压力的影响已经比较明显，而这些条件没有在定义中说明，由于定义的不完整使测量结果引入温度和压力影响的不确定度。

2) 被测量定义值的实现不理想，即在测量时没有完全在被测量定义所规定的条件下进行，由此必然引起测量结果的不确定度。

3) 被测量的样本可能不完全代表定义的被测量，即在抽样测量时，如果选取的样本不能完全代表所定义的被测量，会引起测量结果的不确定度。

4) 对环境条件的影响认识不足或环境条件不完善。

5) 测量人员对模拟式仪器的读数产生偏差。

6) 测量仪器的分辨力或鉴别力不够。

7）测量标准（包括标准装置、标准器具、实物量具和标准物质）给定值的不确定度。测量通常是将被测量与测量标准的给定值进行比较而实现的，因此，标准器的不确定度直接引入测量结果中，如用天平测质量时，测得的质量的不确定度中包括了砝码的不确定度。

8）在数据处理时所引用的常数及其他参数的不确定度。

9）测量方法、测量系统和测量程序引起的不确定度。例如被测量的表达式的近似程度、自动测试程序的迭代程度等引起的不确定度。

10）被测量的各种随机影响，使测量时重复观测值随机变化。

测量过程中的随机效应及系统效应均会导致测量不确定度，数据处理中的修约也会导致不确定度。这些是从产生不确定度的原因上所作的分类，与评定方法上所作的 A、B 类不确定度的分类之间不存在任何联系。

1.2.3　测量不确定度与测量误差的区别

误差与不确定度是两个不同的概念，不能混淆或误用。按照误差的定义，对同一被测量，不论其测量程序、条件如何，相同测量结果的误差相同，不同测量结果的误差肯定不相等。但是，在重复条件下，不同测量结果可有相同的不确定度；由于测量条件不同，相同的测量结果可能有不同的不确定度。例如：第一次用分度值为 0.05g 的物理天平，测量得到某铜块的质量为 45.20g，第二次用分度值为 0.02g 的物理天平测得该铜块的质量仍为 45.20g，假定铜块的真实质量为 45.19g，则两次测量的误差均为 0.01g，但这两次测量的结果显然具有不同的不确定度。

测量误差是客观存在的，由于无法获得被测量的真值，所以测量误差的真实大小也无法知道。测量不确定度是人们对被测量认识不足的程度，是可以定量评定的量。测量不确定度中不包括已确定的修正值和异常值。例如，某力的未修正结果为 1000.00N，用高一级标准装置校准得到该力值的修正值为 2.30N，由于标准装置的校准不准引起的修正值的不确定度为 0.01N。若其他因素引起的不确定度可以忽略，则该力的修正结果为 1002.30N，其不确定度为 0.01N，修正值本身不包括在不确定度之内。在测量中，由于粗心大意、仪器的使用不当、突然故障或突然的环境条件变化（如突然冲击或振动、电源电压突变等）等都会产生异常的测量值，经判别确为异常的数据应剔除，不应包括在测量值内，因此，不确定度的评定中不应包括异常值。

1.2.4　直接测量结果的不确定度评定

对已认识到的可定系统误差，必须先对测量结果进行系统误差修正，对多次测量出现的明显偏离正常值的异常测量数据，应预先剔除，然后再进行测量结果的不确定度评定。

1. 多次测量量的 A 类不确定度

在进行多次重复测量后，利用计算器或计算机软件（Excel、Origin 等）算出测量列的平均值和测量列的实验标准差。

设在相同条件下对某物理量 x 作了 n 次独立测量，得到一测量列

$$x_1, x_2, \cdots, x_n$$

测量列的算术平均值

$$\overline{x} = \frac{1}{n}(x_1 + x_2 + \cdots + x_n) = \frac{1}{n}\sum_{i=1}^{n} x_i$$

通常以独立观测所得的测量列的平均值 $\overline{x}$ 作为测量结果，测量列的实验标准差

$$s = \sqrt{\frac{\sum_{i=1}^{n}(x_i - \overline{x})^2}{n-1}} \tag{1.2-1}$$

式（1.2-1）又称为**贝塞尔公式**，计算器或统计表格软件中一般都有计算 s 的功能。s 表示测量列中任一次测量结果的标准差。

平均值的实验标准差为

$$s(\overline{x}) = \frac{s}{\sqrt{n}} = \sqrt{\frac{\sum_{i=1}^{n}(x_i - \overline{x})^2}{n(n-1)}}$$

当用 $\overline{x}$ 作为测量结果时，利用统计分析的方法（A 类评定方法）给出的标准不确定度为

$$u_A(\overline{x}) = s(\overline{x}) = \frac{s}{\sqrt{n}} = \sqrt{\frac{\sum_{i=1}^{n}(x_i - \overline{x})^2}{n(n-1)}}$$

2. 仪器基本误差允许极限引起的 B 类不确定度

测量工具或仪器的基本误差允许极限 Δ 是未定系统误差，必须进行记录。可通过查阅相应仪器的说明书或国家标准得到 Δ。物理实验常用仪器的基本误差允许极限在本书的附录 B 中列出。

仪器的基本误差允许极限 Δ 表示：任意一次测量结果 x_i 落在 $x_i - \Delta$ 至 $x_i + \Delta$ 的概率为 100%，并且当测量结果满足矩形分布（均匀分布）时，B 类评定方法确定的标准不确定度

$$u_B(x) = \frac{\Delta}{\sqrt{3}}$$

在无其他信息情况下，本书采用这种方法给出不确定度的 B 类评定。当我们对仪器厂家给出的信息了解得更多时，应采用更为准确的方法计算 B 类不确定度。更加详尽准确的计算方法参考相应国家规范（JJF1059—1999）。

合成标准不确定度为

$$u_C = \sqrt{[u_A(x)]^2 + [u_B(x)]^2}$$

测量结果表示为

$$x \pm u_C$$

注意：u_C 并不表示误差或误差范围。当 x 的分布为正态分布，同时有效自由度 ν_{eff}（其定义见后）可以估计不太小时，u_C 表示测量结果落在 $(x - u_C, x + u_C)$ 区间的概率为 2/3。由于时间所限，物理实验课一般要求学生重复测量 5~6 次，不满足 ν_{eff} 不太小的条件，所以一般我们不用标准不确定度表示一定概率的置信区间，只是用它表示测量结果的分散性，给出测量结果的一种评价方式。

标准差及标准不确定度最多取 2 位有效数字。本书约定，测量结果的合成标准不确定度只取一位有效数字，测量结果的最佳估计值应修约到合成标准不确定度所在的那一位。相对标准不确定度一般取 2 位有效数字。

为了得到一个较高置信概率区间的量，在合成标准不确定度确定后，乘以包含因子 k，结果即为扩展不确定度，即

$$U = ku_C$$

可以期望在 $x-U$ 至 $x+U$ 的区间内包含测量结果可能值的较大部分。k 值一般取 2～3，在大多数情况下 $k=2$，当取其他值时，应说明其来源。当 x 作正态分布，同时有效自由度 ν_{eff} 可以估计不太小时，$U = 2u_C$，约是置信概率近似为 95% 的区间的半宽。当测量结果的分布不是正态分布时，不能用 $k=2\sim3$ 来计算 U。较准确地计算扩展不确定度，需要用到等效自由度和 t 分布的概念。

自由度 ν：重复（或组合）测量时计算实验标准偏差所用的独立残差个数。n 个值 y_i 的残差 $v_i = y_i - \bar{y}$ 中有 $n-1$ 个独立，自由度为 $\nu = n-1$。自由度反映相应实验标准差的可靠程度，用于在评定扩展不确定度 U_P 时计算包含因子 k_P。

t 分布（或称学生分布）：指连续随机变量 t 的概率分布。t 分布的概率密度函数为

$$p(t, \nu) = \frac{1}{\sqrt{\pi \nu}} \frac{\Gamma\left[\dfrac{\nu+1}{2}\right]}{\Gamma\left[\dfrac{\nu}{2}\right]} \left[1 + \frac{t^2}{\nu}\right]^{-(\nu+1)/2}$$

其中 Γ 为伽玛函数，当自由度 $\nu \to \infty$ 时，t 分布趋于正态分布。

有效自由度 ν_{eff}：指套用正态分布均指置信区间的规律、计算 t 分布下 t 因子所需的等效参量。

$$\nu_{eff} = \frac{u_C^4}{\left[\dfrac{u_A^4}{\nu_A} + \sum_j \dfrac{u_{jB}^4}{\nu_{jB}}\right]}$$

其中，$\nu_A = n-1$，ν_B 约定取为 20（在误差落在 $\pm U_B$ 内的概率很高，当 U_B 对应的误差分布未知时，$u_B = \dfrac{U_B}{\sqrt{3}}$ 的对应的自由度 ν_B 一般取 20）。

对于扩展不确定度 U_P，其中 P 为置信概率，如 $P = 95$，表示测量结果 x 落在 $(x - U_P, x + U_P)$ 内的概率为 95%，则

$$U_P = k_p u_C$$

其中，

$$k_P = t_p(\nu_{eff})$$

根据等效自由度 ν_{eff} 的值，通过查表（见附录 D）可获得 $t_p(\nu_{eff})$ 的值，从而可以计算 U_P。由于扩展不确定度 U_P 的计算较复杂，本书大部分实验测量结果只采用合成标准不确定度进行评定。

例 1. 2-1　用分度值为 0. 01mm、零点读数 $d_0 = 0.006$mm 的外径千分尺测某钢球直径 6 次，其读数分别为 12. 014mm、12. 012mm、12. 013mm、12. 015mm、12. 011mm、12. 014mm，计算标准不确定度，并写出测量结果。

【解】 钢球直径的平均值

$$\bar{d} = \frac{1}{n} \sum_{i=1}^{6} d_i$$

$$= \frac{12.014\mathrm{mm} + 12.012\mathrm{mm} + 12.013\mathrm{mm} + 12.015\mathrm{mm} + 12.011\mathrm{mm} + 12.014\mathrm{mm}}{6} = 12.013\mathrm{mm}$$

测量结果的修正值为 $d = \bar{d} - d_0 = 12.013\mathrm{mm} - 0.006\mathrm{mm} = 12.007\mathrm{mm}$

标准不确定度 A 类分量　　$u_A(\bar{d}) = s_{\bar{d}} = \dfrac{s_d}{\sqrt{n}} = \sqrt{\dfrac{\sum\limits_{i=1}^{n}(d_i - \bar{d})^2}{n(n-1)}} = 0.0006\mathrm{mm}$

分度值为 0.01mm 的外径千分尺的基本误差允许极限 $\Delta = 0.004\mathrm{mm}$，所以

标准不确定度 B 类分量　　$u_B(d) = \dfrac{\Delta}{\sqrt{3}} = \dfrac{0.004\mathrm{mm}}{\sqrt{3}} = 0.0023\mathrm{mm}$

合成标准不确定度　　　　$u_C(d) = \sqrt{u_A^2(\bar{d}) + u_B^2(d)} = 0.002\mathrm{mm}$

测量结果为　　　　　　　$d \pm u_C(d) = (12.007 \pm 0.002)\mathrm{mm}$

若用扩展不确定度评定测量结果，则进行如下的计算：

$$\nu_A = n - 1 = 5, \nu_B = 20$$

则，

$$\nu_{eff} = \frac{u_C^4}{\left(\dfrac{u_A^4}{\nu_A} + \sum\limits_j \dfrac{u_{jB}^4}{\nu_{jB}}\right)} = \frac{0.0024^4}{\left(\dfrac{0.00060^4}{5} + \dfrac{0.0023^4}{20}\right)} = 22$$

通过查表（附录 D），

$$t_{95}(\nu = 22) = 2.1$$

所以

$$U_{95} = t_{95} u_C = 2.1 \times 0.0024\mathrm{mm} = 0.0050\mathrm{mm}$$

测量结果的完整表述为

$$d = (12.007 \pm 0.005)\mathrm{mm}$$

式中，正负号后的值为扩展不确定度 $U_{95} = k_{95} u_C$，而合成标准不确定度 $u_C(d) = 0.0024\mathrm{mm}$，自由度 $\nu = 22$，包含因子 $k_p = t_{95}(22) = 2.1$，从而具有约 95% 概率的置信区间。

为了尽量减少由于数字修约带来的计算误差，中间过程中各个标准不确定度的值需保留 2 个或 2 个以上的有效数字。

有的量不能重复测量或无需重复测量，只测量了一次，我们称为单次测量。单次测量不能用统计的方法给出不确定度 A 类分量。因此，单次测量的合成不确定度只能用不确定度的 B 类分量来表示。单次测量的不确定度置信概率小于多次测量的。

例 1.2-2　用分度值为 0.02mm 的游标卡尺单次测得金属圆柱的直径 $d = 23.24\mathrm{mm}$，计算标准不确定度，并正确表示测量结果。

【解】　单次测量的标准不确定度

$$u_C(d) = u_B(d) = \frac{\Delta}{\sqrt{3}} = \frac{0.02\mathrm{mm}}{\sqrt{3}} = 0.01\mathrm{mm}$$

测量结果为

$$d \pm u_C(d) = (23.24 \pm 0.01)\,mm$$

1.2.5　间接测量结果的不确定度评定

设间接测量结果 Y 与若干相互独立的直接测量结果 x_i（$i = 1,\ 2,\ \cdots,\ n$）的函数关系为

$$Y = f(x_1, x_2, \cdots, x_n) \tag{1.2-2}$$

各直接测量结果的合成标准不确定度分别为

$$u_C(x_1), u_C(x_2), \cdots, u_C(x_n) \tag{1.2-3}$$

间接测量结果的合成标准不确定度

$$u_C(y) = \sqrt{\sum_{i=1}^{n} \left[\frac{\partial f}{\partial x_i}\right]^2 u_C^2(x_i)} \tag{1.2-4}$$

上式称为不确定度传播律，其中 $c_i = \dfrac{\partial f}{\partial x_i}$ 称为灵敏系数，即

$$u_C(y) = \sqrt{\sum_{i=1}^{n} c_i^2 u_C^2(x_i)} \tag{1.2-5}$$

灵敏系数可以通过实验来确定，即通过变化第 i 个 x，而保持其他量不变，测定 y 的变化量，从而确定 c_i。

在 x_i 彼此独立的条件下，若函数 f 的形式为

$$y = f(x_1, x_2, \cdots, x_n) = cx_1^{p_1} x_2^{p_2} \cdots x_n^{p_n}$$

由式（1.2-4）知，相对不确定度传播公式为

$$\frac{u_C(y)}{y} = \sqrt{\sum_{i=1}^{n} \left[\frac{p_i u_C(x_i)}{x_i}\right]^2} \quad (y \neq 0, x_i \neq 0) \tag{1.2-6}$$

式中，p_i 为直接测量量 x_i 的幂指数。故 $u_C(y) = \dfrac{u_C(y)}{y} y$。对这种情况，先计算相对不确定度，再求不确定度较方便。表 1.2-1 列出了常用间接测量的不确定度传播公式。

表 1.2-1　常用函数的标准不确定度传播公式

函数表达式	标准不确定度 $u_C(y)$	相对标准不确定度 $\dfrac{u_C(y)}{y}$
$y = x_1 \pm x_2$	$\sqrt{u_C^2(x_1) + u_C^2(x_2)}$	$\sqrt{\dfrac{u_C^2(x_1) + u_C^2(x_2)}{(x_1 \pm x_2)^2}}$
$y = x_1 x_2$	$\sqrt{x_2^2 u_C^2(x_1) + x_1^2 u_C^2(x_2)}$	$\sqrt{\left[\dfrac{u_C(x_1)}{x_1}\right]^2 + \left[\dfrac{u_C(x_2)}{x_2}\right]^2}$
$y = \dfrac{x_1}{x_2}$	$\sqrt{\dfrac{u_C^2(x_1)}{x_2^2} + \dfrac{x_1^2 u_C^2(x_2)}{x_2^4}}$	$\sqrt{\left[\dfrac{u_C(x_1)}{x_1}\right]^2 + \left[\dfrac{u_C(x_2)}{x_2}\right]^2}$
$y = kx$ （k 为常数）	$k u_C(x)$	$\dfrac{u_C(x)}{x}$

（续）

函数表达式	标准不确定度 $u_C(y)$	相对标准不确定度 $\dfrac{u_C(y)}{y}$
$y = x^n$ （n 为常数）	$nx^{n-1}u_C(x)$	$n\dfrac{u_C(x)}{x}$
$y = \ln x$	$\dfrac{u_C(x)}{x}$	$\dfrac{u_C(x)}{x\ln x}$
$y = \cos x$	$\lvert \sin x \rvert u_C(x)$	$\lvert \tan x \rvert u_C(x)$
$y = \sin x$	$\lvert \cos x \rvert u_C(x)$	$\lvert \arctan x \rvert u_C(x)$
$y = \dfrac{x_1^k x_2^m}{x_3^n}$ （k,m,n 为常数）	标准不确定度 $u_C(y)$	
	$u_C(y) = \sqrt{\left[\dfrac{kx_1^{k-1}x_2^m}{x_3^n}\right]^2 u_C^2(x_1) + \left[\dfrac{mx_1^k x_2^{m-1}}{x_3^n}\right]^2 u_C^2(x_2) + \left[\dfrac{nx_1^k x_2^m}{x_3^{n+1}}\right]^2 u_C^2(x_3)}$	
$y = \dfrac{x_1^k x_2^m}{x_3^n}$ （k,m,n 为常数）	相对标准不确定度 $\dfrac{u_C(y)}{y}$	
	$\dfrac{u_C(y)}{y} = \sqrt{\left[\dfrac{ku_C(x_1)}{x_1}\right]^2 + \left[\dfrac{mu_C(x_2)}{x_2}\right]^2 + \left[\dfrac{nu_C(x_3)}{x_3}\right]^2}$	

例 1.2-3 求函数关系 $\rho = \dfrac{m}{m - m_1}\rho_0$ 的标准不确定度传递公式。

【解】 利用式（1.2-4）计算，先求灵敏系数

$$\frac{\partial \rho}{\partial m} = \frac{-m_1}{(m-m_1)^2}\rho_0 ; \quad \frac{\partial \rho}{\partial m_1} = \frac{m}{(m-m_1)^2}\rho_0 ; \quad \frac{\partial \rho}{\partial \rho_0} = \frac{m}{m-m_1}$$

则标准不确定度为

$$u_C(\rho) = \sqrt{\left[\frac{m_1}{(m-m_1)^2}\rho_0\right]^2 u_C^2(m) + \left[\frac{m}{(m-m_1)^2}\rho_0\right]^2 u_C^2(m_1) + \left[\frac{m}{m-m_1}\right]^2 u_C^2(\rho_0)}$$

例 1.2-4 用分度值为 0.05g 的物理天平测得某圆柱体的质量 $m = 55.38$g，用分度值为 0.02mm 的卡尺重复十次测量高 h 的结果分别为 39.92mm、39.90mm、39.94mm、39.98mm、39.88mm、39.86mm、39.84mm、39.96mm、39.86mm、39.82mm，用分度值为 0.01mm 的处径千分尺重复十次测量直径 d 的结果分别为 14.920mm、14.929mm、14.924mm、14.927mm、14.925mm、14.926mm、14.920mm、14.922mm、14.928mm、14.923mm，卡尺的零点读数 $h_0 = 0.00$mm，外径千分尺的零点读数 $d_0 = -0.004$mm。求圆柱体的密度。

【解】 先求直接测量量的测量结果和标准不确定度。

（1）质量： $u_C(m) = u_A(m) = \dfrac{\Delta}{\sqrt{3}} = \dfrac{0.05\text{g}}{\sqrt{3}} = 0.03\text{g}$

测量结果 $m \pm u_C(m) = (55.38 \pm 0.03)\text{g}$

（2）高： $\bar{h} = \dfrac{\sum h_i}{n} = 39.90\text{mm}$

测量结果的修正值　$h = \bar{h} - h_0 = 39.90\text{mm}$

标准不确定度 A 类分量　$u_\text{A}(\bar{h}) = s_{\bar{h}} = \dfrac{s_h}{\sqrt{n}} = 0.02\text{mm}$

标准不确定度 B 类分量　$u_\text{B}(h) = \dfrac{\Delta}{\sqrt{3}} = \dfrac{0.02}{\sqrt{3}} = 0.01\text{mm}$

合成标准不确定度　　　　　$u_\text{C}(h) = \sqrt{u_\text{A}^2(\bar{h}) + u_\text{B}^2(h)} = 0.02\text{mm}$

测量结果　$h \pm u_\text{C}(h) = (39.90 \pm 0.02)\text{mm}$

（3）直径：　$\bar{d} = \dfrac{\sum d_i}{n} = 14.924\text{mm}$

测量结果的修正值　$d = \bar{d} - d_0 = 14.928\text{mm}$

标准不确定度 A 类分量　$u_\text{A}(\bar{d}) = s_{\bar{d}} = \dfrac{s_d}{\sqrt{n}} = 0.001\text{mm}$

标准不确定度 B 类分量　$u_\text{B}(d) = \dfrac{\Delta}{\sqrt{3}} = \dfrac{0.004\text{mm}}{\sqrt{3}} = 0.002\text{mm}$

合成标准不确定度　　　$u_\text{C}(d) = \sqrt{u_\text{A}^2(\bar{d}) + u_\text{B}^2(d)} = 0.002\text{mm}$

测量结果　$d \pm u_\text{C}(d) = (14.928 \pm 0.002)\text{mm}$

（4）密度：　$\rho = \dfrac{4m}{\pi d^2 h} = 7.930\text{g/cm}^3$

利用式（1.2-6）计算相对不确定度：

$$\frac{u_\text{C}(\rho)}{\rho} = \sqrt{\left[\frac{1 \times u_\text{C}(m)}{m}\right]^2 + \left[\frac{-2 \times u_\text{C}(d)}{d}\right]^2 + \left[\frac{-1 \times u_\text{C}(h)}{h}\right]^2} = 0.078\%$$

$$u_\text{C}(\rho) = \rho \cdot \frac{u_\text{C}(\rho)}{\rho} = 0.006\text{g/cm}^3$$

$$\rho \pm u_\text{C}(\rho) = (7.930 \pm 0.006)\text{g/cm}^3$$

例 1.2-5　用米尺测得单摆的绳长 $l \pm u_\text{C}(l) = (96.10 \pm 0.05)\text{cm}$，用游标卡尺测得摆球的直径 $d \pm u_\text{C}(d) = (2.574 \pm 0.002)\text{cm}$，用秒表测得 100 个周期的时间 $t \pm u_\text{C}(t) = (198.0 \pm 0.2)\text{s}$，求重力加速度。

【解】　$L = l + \dfrac{d}{2} = 96.10\text{cm} + \dfrac{2.574}{2}\text{cm} = 97.39\text{cm}$

$$u_\text{C}(L) = \sqrt{u_\text{C}^2(l) + \left[\frac{u_\text{C}(d)}{2}\right]^2} = 0.05\text{cm}$$

$$L \pm u_\text{C}(L) = (97.39 \pm 0.05)\text{cm}$$

$$T = \frac{t}{n} = \frac{198.0\text{s}}{100} = 1.980\text{s}$$

$$u_\text{C}(T) = \frac{u_\text{C}(t)}{n} = 0.002\text{s}$$

$$T \pm u_\text{C}(T) = (1.980 \pm 0.002)\text{s}$$

$$g = 4\pi^2 \frac{L}{T^2} = 980.7 \, \text{cm/s}^2$$

$$\frac{u_C(g)}{g} = \sqrt{\left[\frac{u_C(L)}{L}\right]^2 + \left[\frac{2u_C(T)}{T}\right]^2} = \sqrt{\left(\frac{0.05}{97.39}\right)^2 + \left(\frac{2 \times 0.002}{1.98}\right)^2} = 0.21\%$$

$$g \pm u_C(g) = (981 \pm 2) \, \text{cm/s}^2$$

1.2.6 不确定度分析的任务和不确定度均分原理

1. 不确定度分析的任务

通过对不确定度的分析研究，完成以下任务：

1）尽量减小测量结果的不确定度，提高测量结果的可靠程度。

2）获得在一定测量条件下被测量的最佳值。

3）定量计算测量结果的不确定度。

2. 不确定度的分析对实验工作的指导作用

分析改进实验的措施就是通过不确定度分析，得到各种不确定度的分量，找到各分量的来源，采取适当措施，减小测量误差，减小总合成不确定度，以达到提高测量准确度的目的。

计算分析的一般程序是：

1）判断和分析系统误差：对各直接测量量的已定系统误差进行修正，找出未定系统误差的极限范围。

2）求各直接测量量的最佳值和标准差：多次测量以测量结果的算术平均值为最佳值，单次测量就用测量值作为最佳值。

3）剔除测量结果中的异常值，通常根据"3s 原则"来判断测量结果中的异常值，即与平均值之差大于 3s 的数据为异常值。剔除异常值之后应重新计算平均值及相应的标准差。

4）计算直接测量量的各类不确定度分量，合成得到合成不确定度，并计算出相对不确定度。

5）利用不确定度"传播律"公式，计算间接测量的不确定度。并分析各直接测量量的不确定度对间接测量结果的不确定度的贡献大小。若某个直接测量量的相对不确定度远高于其他直接测量量的相对不确定度，则这个直接测量结果的不确定度是整个间接测量不确定度的主要来源。在改进实验措施时，应主要针对那些对实验结果影响大的直接测量量。

当人们接受一项测量任务时，要根据对测量不确定度的要求设计实验方案，选择仪器和实验环境。例如测量重力加速度，如果测量不确定度要求小于 1%，我们采用单摆法就可以了，如果采用更加精密的仪器来测量，一是没有必要，二也增加了测量成本。因此，不确定度的分析对实验工作具有重要的指导意义。

3. 不确定度均分原理

不确定度分析可以指导我们正确选择仪器的准确度。选择仪器准确度的原则是下面要讲的不确定度均分原理。根据测量任务对测量结果的准确度要求，利用不确定度均分原理，选择合适的仪器。

在间接测量中，每个直接测量量的不确定度都会对最终结果的不确定度有贡献。已知各

测量量之间的函数关系 $y = f(x_1, x_2, \cdots, x_n)$，利用不确定度"传播律"公式

$$u_C(y) = \sqrt{\sum_{i=1}^{n} \left[\frac{\partial f}{\partial x_i} \right]^2 u_C^2(x_i)}$$

将测量结果的总不确定度均匀分配到各个分量中，即

$$\left[\frac{\partial f}{\partial x_1} u_C(x_1) \right]^2 = \left[\frac{\partial f}{\partial x_2} u_C(x_2) \right]^2 = \cdots = \left[\frac{\partial f}{\partial x_n} u_C(x_n) \right]^2 = \frac{u_C^2(y)}{n}$$

或

$$\left[\frac{1}{y} \frac{\partial f}{\partial x_1} u_C(x_1) \right]^2 = \left[\frac{1}{y} \frac{\partial f}{\partial x_2} u_C(x_2) \right]^2 = \cdots = \left[\frac{1}{y} \frac{\partial f}{\partial x_n} u_C(x_n) \right]^2 = \frac{1}{n} \left[\frac{u_C(y)}{y} \right]^2$$

这就是不确定度均分原理。利用这种方法可以根据测量任务对总不确定度的要求，计算出各直接测量量的不确定度，由此帮助我们选择仪器和测量方法。对测量结果影响较大的量应采用精度较高的仪器，而对测量结果影响不大的量，就不必追求过高精度的仪器。

测量不确定度均分原理是一种较好的不确定度分配方法，但对不同测量来讲，不一定都合理，因为有些物理量进行精密测量比较容易，而有些物理量要进行精密测量却很难实现。因此，在实验设计时，应根据现有仪器情况、实验条件及技术水平等因素来考虑不确定度的合理分配。对那些难以精密测量的物理量分配较大的不确定度，对那些比较容易精密测量的物理量分配较小的不确定度。

例 1.2-6　测量某圆柱体的密度，已知被测量的估计值为：直径 $d \approx 1.5\,\mathrm{cm}$，高 $h \approx 3\,\mathrm{cm}$，质量 $m \approx 55\,\mathrm{g}$。若要求 $\dfrac{u_C(\rho)}{\rho} \leqslant 0.1\%$，试确定仪器的规格。

【解】　$\rho = \dfrac{4m}{\pi d^2 h}$

$$\frac{u_C(\rho)}{\rho} = \sqrt{\left[\frac{u_C(m)}{m} \right]^2 + \left[\frac{2u_C(d)}{d} \right]^2 + \left[\frac{u_C(h)}{h} \right]^2}$$

按误差等分配原则

$$\frac{u_C(m)}{m} = \frac{2u_C(d)}{d} = \frac{u_C(h)}{h} = \frac{u_C(\rho)}{\rho} \frac{1}{\sqrt{3}} \leqslant \frac{0.001}{\sqrt{3}} = 0.058\%$$

$$\Delta_m = u_C(m)\sqrt{3} \leqslant 0.058\% \times 55 \times \sqrt{3}\,\mathrm{g} = 0.045\,\mathrm{g}$$

$$\Delta_d = u_C(d)\sqrt{3} \leqslant 0.058\% \times 1.5 \times (\sqrt{3}/2)\,\mathrm{cm} = 0.00075\,\mathrm{cm}$$

$$\Delta_h = u_C(h)\sqrt{3} \leqslant 0.058\% \times 3 \times \sqrt{3}\,\mathrm{cm} = 0.0030\,\mathrm{cm}$$

选用分度值为 $0.02\,\mathrm{g}$ 的天平测质量，选用分度值为 $0.01\,\mathrm{mm}$ 的外径千分尺测直径，选用分度值为 $0.02\,\mathrm{mm}$ 的卡尺测高，即可满足要求。

1.3　数据处理的基本方法

通过测量获得大量的原始数据，必须进行数据处理，才能从中得到正确的结论或供他人来应用这些数据。数据处理包括记录、整理、计算、作图、分析等工作。下面简单介绍物理

实验中常用的列表法、作图法、逐差法、最小二乘法等数据处理方法，并简单介绍计算机在数据处理中的应用。

1.3.1　列表法

列表法是记录和显示测量数据的重要方法。

（1）列表法的优点　数据整齐明了，容易进行数据间比较，可以初步分析变量间的关系。

（2）列表的要求　表格要尽量简明，写清楚表的名称、表中所列物理量的符号及单位。如果有必要，应在表格外标注仪器设备、实验人员、实验时间、实验条件、必要的说明、有关的参数等。表格的形式可以是多种多样的。

1.3.2　作图法

作图法是把实验数据间的关系用几何图形表示出来，用作图法直观、形象、简明地反映数据之间的变化规律和函数关系。除手工绘图外，也可以用计算机软件绘图，并利用软件的拟合功能求解物理量。利用实验曲线深入研究物理量之间的关系及特性、验证物理定律、寻求经验公式、进行物理量的求值等。

手工绘图的规则：

（1）选坐标纸　手工绘图必须选用坐标纸，坐标纸可根据具体情况选用直角坐标纸、半对数坐标纸和全对数坐标纸等。

（2）画坐标轴　一般用横轴代表自变量，纵轴代表因变量，并在坐标轴末端或中间的侧边标明物理量的符号及单位。根据实验数据的分布范围确定坐标轴的起始点（原点）与终值，起始点不一定从零开始。

（3）定坐标轴的分度值　坐标轴分度值选取的原则是不丢失测量数据的有效数字。测量数据中的可靠数字在图中应是可靠的，存疑数字在图中是可以估计的，即坐标纸上的最小格应与仪器的分度值相当。分度值选取应便于读数和标数据点，并能使图线大体充满全图。

在坐标轴上每隔 10 或 20 小格等间距地标出各坐标分度所代表的整数数值。

（4）标数据点　实验点可以用"＋"、"×"、"△"、"▽"、"○"等符号标出，符号的大小应与测量数据的不确定度相适应，一般情况下约 1～2mm。

（5）描绘实验曲线　用直尺或曲线板，把实验点连成直线或光滑曲线。连线时应尽量使图线紧贴所有数据点，但图线本身不一定通过所有数据点，应使不在图线上的数据点均匀分布在曲线的两侧。

特殊情况下需要折线图，如改装电表的校准曲线，只需连接数据点。

（6）写出图名　一般将因变量写在前面，

图 1.3-1　光电管伏安特性曲线

自变量写在后面，中间用"–"连结。在图名下方注明实验条件和必要的说明。如果一张图里有多条曲线，应在图中用不同线型或不同符号将不同曲线区别开，在图中或图名下方注明符号或线型对应的曲线名称。图 1.3-1 给出的作图示例为光电管的伏安特性曲线。

1.3.3　逐差法

如果两个物理量之间满足线性关系 $y = kx + b$，而且自变量 x 等间距变化，则可以采用逐差法处理实验数据。逐差法的特点是充分利用多次测量的实验数据，起到减小测量误差的作用。

逐差法的计算程序如下：

1）将测量数据列表。

2）将因变量按测量先后次序分成两组

$$y_1, y_2, \cdots, y_n$$

$$y_{n+1}, y_{n+2}, \cdots, y_{2n}$$

3）将对应项相减

$$\Delta y_1 = y_{n+1} - y_1$$

$$\Delta y_2 = y_{n+2} - y_2$$

$$\vdots$$

$$\Delta y_n = y_{2n} - y_n$$

4）求差值的平均值

$$\overline{\Delta y} = \frac{y_{n+1} - y_1 + y_{n+2} - y_2 + \cdots + y_{2n} - y_n}{n}$$

$$= \frac{\Delta y_1 + \Delta y_2 + \cdots + \Delta y_n}{n}$$

1.3.4　最小二乘法

若两个变量之间满足线性关系，且 x 的测量误差远小于 y 的测量误差，由实验等精度测得一组数据 $x_i, y_i (i = 1, 2, \cdots, n)$，则可以用最小二乘法拟合得到最佳直线 $y = Bx + A$。最小二乘法是一种线性回归方法，拟合系数 B 和 A 分别称为回归系数和回归常数。最小二乘法的优点是更加客观准确，同一组数据拟合出的直线是惟一的，克服了用作图法拟合直线的人为不确定性。

根据最小二乘原理，最佳拟合直线应使得测量值 y_i 与拟合直线上相应各估计值 y（在同一 x_i 处）之间的偏差的平方和最小，即

$$\delta = \sum [y_i - y(x_i)]^2 \text{最小}$$

将直线方程 $y = Bx + A$ 代入，得

$$\delta = \sum [y_i - (Bx_i + A)]^2 \text{最小}$$

所以 B 和 A 应是下列方程的解：

$$\begin{cases} \dfrac{\partial \delta}{\partial B} = -2 \sum \left[(y_i - Bx_i - A) x_i \right] = 0 \\[3mm] \dfrac{\partial \delta}{\partial A} = -2 \sum (y_i - Bx_i - A) = 0 \end{cases}$$

如果测量的数据为 n 组，则回归系数 B 和回归常数 A 应满足以下方程

$$\begin{cases} nA + \sum_{i=1}^{n} x_i B = \sum_{i=1}^{n} y_i \\[3mm] \sum_{i=1}^{n} x_i A + \sum_{i=1}^{n} x_i^2 B = \sum_{i=1}^{n} x_i y_i \end{cases}$$

令 $\overline{x} = \dfrac{1}{n} \sum_{i=1}^{n} x_i$，　$\overline{y} = \dfrac{1}{n} \sum_{i=1}^{n} y_i$，　$\overline{x^2} = \dfrac{1}{n} \sum_{i=1}^{n} x_i^2$，　$\overline{xy} = \dfrac{1}{n} \sum_{i=1}^{n} x_i y_i$，则

$$B = \frac{n \sum\limits_{i=1}^{n} x_i y_i - \sum\limits_{i=1}^{n} x_i \sum\limits_{i=1}^{n} y_i}{n \sum\limits_{i=1}^{n} x_i^2 - \left(\sum\limits_{i=1}^{n} x_i \right)^2} = \frac{\overline{xy} - \overline{x} \cdot \overline{y}}{\overline{x^2} - \overline{x}^2}$$

$$A = \frac{\sum\limits_{i=1}^{n} y_i - B \sum\limits_{i=1}^{n} x_i}{n} = \overline{y} - B\overline{x}$$

各参量的不确定度可以这样估算：

$$u(y) = \sqrt{\frac{\sum \left[y_i - (A + Bx_i) \right]^2}{n - 2}}$$

$$u(B) = \sqrt{\frac{1}{n(\overline{x^2} - \overline{x}^2)}} \, u(y)$$

$$u(A) = \sqrt{\overline{x^2}} \, u(B) = \sqrt{\frac{\overline{x^2}}{n(\overline{x^2} - \overline{x}^2)}} \cdot u(y)$$

常用相关系数 r 表示两变量之间线性关联的紧密程度。

$$r = \frac{n \sum\limits_{i=1}^{n} x_i y_i - \sum\limits_{i=1}^{n} x_i \sum\limits_{i=1}^{n} y_i}{\sqrt{\left[n \sum\limits_{i=1}^{n} x_i^2 - \left(\sum\limits_{i=1}^{n} x_i \right)^2 \right] \left[n \sum\limits_{i=1}^{n} y_i^2 - \left(\sum\limits_{i=1}^{n} y_i \right)^2 \right]}}$$

　　r 的取值在 $(0, 1)$ 范围内，r 接近 1，实验数据用线性拟合比较合适；r 接近 0，实验数据不能用线性拟合。对于非线性关系的实验数据，也可以通过曲线改直的方法，进行合适的变量代换，然后再利用最小二乘法来求解物理量或求得经验公式。在利用最小二乘法处理数据时，同样要注意异常数据的剔除。

1.4　数据处理的工具——计算器和计算机

　　电子计算器具有计算迅速、准确、操作简便、功耗低、携带方便等优点，在物理实验中

可以利用四则运算、统计计算和回归计算等功能处理数据。计算机的功能就更加强大了，可以应用现成的软件，也可以自编程序来处理数据。

1.4.1　用计算器求 $\bar{x}$、$s(x)$、$s(\bar{x})$ 和进行回归计算

不同型号的计算器计算实验列标准差所用的符号不尽相同。主要有 s 和 σ_{n-1} 两种，它们的定义是等价的。怎样使用计算器的统计功能，需要阅读计算器的说明书。

一般的程序是首先进入统计状态，然后将实验数据输入到计算器中，再利用"$\boxed{x}$"键调用测量列的平均值，用"$\boxed{s}$"键调用测量列的标准差，然后再利用公式 $u_A = s(\bar{x}) = \dfrac{s(x)}{\sqrt{n}}$ 来计算 A 类标准不确定度。注意：每计算完一组数据，要清除内存后才能再计算下一组数据。

许多计算器都有回归计算功能，可以很方便地求出回归系数和回归常数。具体使用方法参考计算器的说明书。

1.4.2　利用计算机软件进行数据处理

Excel 是一个功能较强的电子表格软件，可以帮助我们进行数据处理、计算分析、产生图表。下面简单介绍利用其处理实验数据的方法。

1. Excel 的启动

2. 工作薄、工作表、单元格、区域

一个 Excel 文件称为一个工作薄，一个工作薄有若干个工作表，默认的工作表标识为 Sheet1、Sheet2、Sheet3。单击鼠标右键可以更改工作表的名称。

工作表行与列交叉的小方格是单元格。用单元格所对应的列与行的字母和数字表示 Excel 单元格。如第 B 列第 7 行所对应的单元格为 B7。单击一个单元格可以使它变为当前活动单元格，是输入数据、公式的地方。

表格中的矩形块为表格区域，可以利用鼠标选取，调用区域可以用区域的左上角和右下角的单元格坐标来表示。如：B3：E5 表示一个如图 1.4-1 中线框所示的区域。

3. 工作表中内容的输入

输入内容为文本、数字、公式、函数等。文本和数字的输入比较简单，输入函数或公式时注意函数的参数写法，另外还要输入"="以区别于文本输入。

可直接用键盘输入文本和数字，也可以由其他软件编辑的数据文件或数据采集卡采集的数据文件导入。

输入公式时要首先单击将要在其中输入公式的单元格，键入"="号，直接键入公式的表达式即可。

例如，若要计算 A 列和 B 列的乘积，可以在 C 列第一行输入"= A1 * B1"然后按"Enter"键确认即可。也可以直接利用图标插入求和、求平均等函数。

Excel 软件中内置了大量函数。函数是一些预定义的公式，它们使用一些特定的数值（称为参数）按特定的顺序或结构进行计算。例如，SUM 函数对单元格或单元格区域进行加法运算，PMT 函数在给定的利率、贷款期限和本金数额基础上计算偿还额。函数的结构以

函数名称开始，后面是左圆括号、以逗号分隔的参数和右圆括号。如果函数以公式的形式出现，请在函数名称前面键入等号（＝）。

图 1.4-1　Excel 软件工件视窗界面（选中区域）

常用的函数如表 1.4-1 所示。

4. 图表功能

可以利用 Excel 的图表功能进行实验数据处理的作图、拟合直线、拟合曲线、拟合方程等。创建图表的具体操作步骤如下：

（1）可以在工作表上创建图表，或将图表作为工作表的嵌入对象使用。要创建图表，就必须先在工作表中为图表输入数据，然后再选择数据并使用"图表向导"来逐步完成选择图表类型和其他各种图表选项的过程。

（2）单击工具栏中"图表向导"按钮，便进入"图表向导—4 步骤之 1"的对话框，选出希望的图表类型，如 XY 散点图。再单击"下一步"，按程序的提示向下进行即可。最后单击"完成"即可得到图表。

（3）选中图表，并单击图表主菜单，单击添加趋势线命令。

（4）单击类型标签，选择线性等类型中的一个。

（5）单击选项标签，选中显示公式就可得到拟合直线方程。

表 1.4-1　常 用 函 数

调 用 名 称	参　　数	功　　能
= SUM(B1:B3)	表格区域	返回区域内所有单元格之和
= AVERAGE(B1:B3)	表格区域	返回区域内所有单元格的平均值
= MAX(B1:B3)	表格区域	返回最大值
= MIN(B1:B3)	表格区域	返回最小值
= STDEV(B1:B6)	表格区域	返回区域内单元格数据的实验标准差
SLOPE(A1:A5, B1:B5)	Y 数组和 X 数组	返回经过给定数据点的线性回归拟合线方程的斜率
INTERCEPT(A1:A5, B1:B5)	Y 数组和 X 数组	返回经过给定数据点的线性回归拟合线方程的截距
TINV(0.95, 6)	概率值和自由度	返回给定自由度和双尾概率的学生分布(t 分布)的区间点
FORECAST(3.28, A1:A5, B1:B5)	一个数字与 Y 数组和 X 数组	通过一条线性回归拟合线返回一个预测值
INT(B2)	某个单元格数字	将数值向下取整为一个最接近的整数
ROUND(B2, 2)	某个单元格数字和小数位数	按指定位数对数值进行"四舍五入"
ROUNDDOWN(B2, 2)	某个单元格数字和小数位数	向下舍入数字
ROUNDUP(B2, 2)	某个单元格数字和小数位数	向上舍入数字
MINVERSE(B2:D4)	数组矩阵	返回数组矩阵的逆
MMULT(B2:D4, E2:G4)	两个数组矩阵	返回两数组矩阵的乘积
SIN(B2), COS(B2), TAN(B2), SQRT(B2), LN(B2), LOG10(B2), EXP(B2), DEGREES(B2), RASIANS(B2), PI 等数学函数	某个单元格数字	返回函数值

例如:

= C5 + E6 表示 C5、E6 两个单元格之和。

= SUM (B1:B5) 表示 B1 ~ B5 五个单元格之和。

= SIN (A3) 表示 A3 单元格的正弦。

例如,图 1.4-2 所示利用 Excel 制作的图表,显示了伏安法测电阻的数据及伏安特性曲线,并利用程序自动进行了最小二乘法拟合,得到电阻为 995Ω,相关系数的平方为 0.9975。

图 1.4-2　Excel 软件工作视窗界面（制作图表）

1.4.3　利用 Origin 软件进行数据处理

Origin 软件是一个功能强大的数据处理和作图软件，广泛应用于科学实验的数据处理、分析和科研论文中撰写。下面以 Origin7 为例，简单介绍此软件最基本的用法。

1. 启动软件

软件启动后的界面如图 1.4-3 所示。其中窗口中央为一个空的数据表。默认的数据表为两列，如果需要可以自行增加数据表的列数。

2. 导入数据

导入数据有两种方法，一是可以手工输入数据表每列的数据，例如伏安法测电阻的数据，可以将电流表读数输入到"B（Y）"这一列，将电压表读数输入到"A（X）"这一列。二是如果有录入或计算机采集卡收集的数据文件，可以通过"File"菜单中"Import"选项直接导入。

3. 绘图

数据输入完成后，选中输入的数据列，通过"Plot"菜单中"Scatter"选项，可以将数据点绘制在 X-Y 方式的图上。图的样式还可以根据需要进行各种修改，如输入图的名称、轴的名称和单位、改变文字和数字的大小、改变图框的粗细、改变刻度范围及中间分刻度的多少等，如图 1.4-4 所示。

4. 曲线拟合

以上面绘制的 U-I 图为例，只需通过"Analysis"菜单中"Fit Linear"选项，可以实现直线 Y = A X + B 的拟合。如图 1.4-5 所示，同时在另一个窗口给出了 A、B 的值及 A、B、Y 的实验标准偏差和相关系数。

以上所列举的是 Origin7 的一些最简单的用法。当然，Origin7 的功能远不止这些，通过 Origin7 专业书籍、软件的使用手册或者"Help"文件可以获得更详细的介绍。

图 1.4-3　Origin7 软件工作视窗界面（启动）

图 1.4-4　Origin7 软件工作视窗界面（绘图）

图 1.4-5 Origin7 软件工作视窗界面（直线拟合）

第2章 物理实验常用仪器设备及其使用

物理实验仪器的种类很多,包括力、热、声、光、电等各种类型。要做好物理实验,必须学会正确使用仪器设备:

1)合理选择仪器:根据测量精度、范围和准确度等级要求,合理选择仪器的量程、准确度级别、规格和型号。

2)正确使用仪器:由于各种仪器对温度、湿度、大气压力、放置方式、电源电压和频率以及外界电、磁场等条件有一定要求,且在特定条件下检定出厂的,所以首先满足仪器能正常工作所要求的条件。其次,应按仪器说明书规定的操作步骤、使用范围和注意事项使用仪器。

总之,熟练掌握测量仪器的原理、技术性能和使用方法是十分必要的。本章介绍物理实验中最基本的测量仪器。

2.1 长度测量器具

2.1.1 基本测量器具

长度测量是最基本的测量,除用图形和数字显示的仪器外,大多数测量仪器都要转化为长度(包括弧长)显示。因而能正确测量长度,快捷准确地读出各种分度尺是实验工作的最基本的技能之一。

实验中常用的长度测量器具有米尺(钢直尺、钢卷尺)、游标卡尺、千分尺、读数显微镜和测微目镜等。

1. 米尺

米尺在物理实验中是用来测量长度的最基本仪器,在准确度要求不高的场合,可以使用木制或塑料米尺。实验室中一般使用比较准确的钢直尺和钢卷尺。它们的分度值为1mm,测量时常可估读到0.1mm。为了避免米尺端面磨损引起的零位误差,一般不使用米尺的端面作为测量起点,而是选择米尺上的某一刻度作为起点,测量时应把米尺的刻度面与待测物体贴紧(处在同一平面内),以尽量减小读数视差引起的测量误差。

根据国家标准 GB/T 9056—1988 规定,钢直尺在温度为20℃时,任意两条刻线间距的基本尺寸 L 的极限偏差按下式计算

$$\Delta = \pm(0.05 + 0.015L)\text{mm}$$

式中,L 是以 m 为单位的长度值,当长度不是 m 的整数倍时,取最接近的较大整数倍。

例如,所测长度为30.2mm,取 $L=1$,$\Delta=0.065$mm;所测长度为198.7cm时,取 $L=2$,则 $\Delta=0.08$mm。

使用钢卷尺测量时,其示值误差限可按国家标准 GB/T 10633—1989 的规定计算。自零点端起到任意线纹的示值误差按下式计算:

$$\text{I 级} \qquad \Delta = (0.1 + 0.1L)\,mm$$
$$\text{II 级} \qquad \Delta = (0.3 + 0.2L)\,mm$$

式中，L 是以 m 为单位的长度值，当长度不是 m 的整数倍时，取接近的较大的整数倍。

例如，使用 I 级钢卷尺测量长度为 786.3mm 时，计算 Δ 的公式中取 $L = 1$，即 $\Delta = 0.2mm$。

实际上，在使用钢直尺和钢卷尺测量长度（或距离）时，常常由于尺的纹线与被测长度的起点和终点对准（瞄准）条件不好、尺与被测长度倾斜以及视差等原因而引起的测量不确定度，要比尺本身示值误差引入的不确定度更大些。因而，常需要根据实际情况合理估计测量结果的不确定度。

米尺使用要点：

1）米尺刻度线应尽量紧贴被测物体，读数时，视线应垂直刻度，并在毫米以下估读一位。

2）考虑到米尺刻度不均匀，可以由不同起点进行多次测量，取其平均值。

3）选择米尺上某一整数刻线作为测量起点，可以消除端面带来的误差。

2. 游标卡尺

为了克服钢直尺测量时与工件比齐和小数位估读的困难，人们设计了游标卡尺。其尺身仍是钢制毫米分度尺，并在尺身上附加一个能够滑动的有刻度的游标，可使尺身测量的精度提高 10～20 倍。游标有直游标和弯游标，用直游标测读长度，用弯游标测弧长或角度。简单原理如下：

游标是可以沿着尺身滑动的小尺，其中均匀地刻有 m 个小分度。图 2.1-1a 中 $m = 10$，图 2.1-1b 中 $m = 50$，m 个分度的总长与尺身上 $(m-1)$ 个分度的总长相等。

图 2.1-1　游标刻度与尺身刻度的关系

若令 x 表示游标上每分度的长，y 表示尺身上的每分度的长，则有

$$mx = (m-1)y$$
$$x = y - y/m$$

即游标的每一分度与尺身的每一分度的长度之差是

$$\Delta A = y - x = y/m \tag{2.1-1}$$

此量就叫做游标卡尺的精度。这个量决定了游标卡尺本身的最大误差。

现在介绍用游标来测量长度的方法。设 l 是待测的一段长度，如图 2.1-2 所示，使它的起端和尺身的零点重合，这时该段的末端若位于第 k 和 $k+1$ 刻度之间，则可写成

$$l = ky + \Delta l$$

图 2.1-2　游标卡尺读数方法

此处 Δl 是尺身第 k 分度内暂时还未决定的部分。移动游标至 l 的末端，即使游标的零点和该段末端重合，因为游标的分度与尺身的分度并不相等，故总可以在游标上找到这样的一个（设为第 n 个）刻度，它与尺身上的某一刻度（第 $k + n$ 个刻度）最接近或重合，如图 2.1-2 中 $n = 24$。所以有 $\Delta l = ny - nx = n(y - x) = n\Delta A$，因而总长度为

$$l = ky + n\Delta A$$

根据式（2.1-1）有

$$l = ky + n\frac{y}{m} \tag{2.1-2}$$

式（2.1-2）表示用游标卡尺来测量一线段长度时，它等于尺身上整数分度的读数 ky 加上游标尺精度 y/m 与 n 的乘积。其中 n 是游标上与尺身某一刻度重合的刻度数。在图 2.1-2 中，$m = 50, n = 24, y = 1\text{mm}, k = 21, l = (21 + 0.48)\text{mm} = 21.48\text{mm}$。

一般的游标卡尺如图 2.1-3 所示。它除了用来测量一般的长度外，还可以用来测量圆筒的内径、外径以及深度。测外径时用图 2.1-3 中 A、B 两个钳；测内径时用 A′、B′ 两个钳；测深度时用尾部 C 的突出部分。三种情形的读数方法是一样的。

图 2.1-3　游标卡尺

在游标卡尺上所用的游标是直游标。在物理实验仪器中还常见另一种弯游标，在分光计、糖量计以及有些电学测量仪器上都有应用。弯游标和直游标原理基本相同，它是一个沿着弧尺（刻度盘）的同心弯游标，弯游标可以用来精确测量角度，比如分光计上安装了弯

游标,为 30 格,其弧长等于尺身上的 29 格的长度;尺身每一格长度为半度,于是弯游标的精度为半度的 1/30,也就是 1′,读角度时弯游标上第几条线重合便是几分。特别要注意在读整刻度时不要忘了观察是否有整个半度需要记入。

3. 千分尺

千分尺又叫螺旋测微器,它是比游标卡尺更精密的长度测量仪器。这种量具的种类很多,按用途分为外径千分尺、内径千分尺和深度千分尺等。此外,在不少测量仪器中也利用这种螺旋测微装置作为仪器的读数机构,如读数显微镜、测微目镜等。

下面以外径千分尺(见图 2.1-4)为例介绍这类螺旋测微装置的工作原理和读数方法。外径千分尺主要由一根螺距为 0.5mm 的测微螺杆和固定套管组成。测微螺杆、微分筒和测力装置是连接在一起的,当微分筒相对于固定套管转过一周时,测微螺杆前进或后退 0.5mm。微分筒有 50 个分度,当微分筒转过一个分度时,测微螺杆前进或后退 0.01mm。在固定套管上刻有毫米刻线和半毫米刻线。

使用外径千分尺时应注意如下事项。

1) 测量前先检查零点读数。当测微螺杆和测砧并合时,微分筒的边缘对到尺身的 "0" 刻度线且微分筒圆周上的 "0" 线也正好对准基准线,则零点读数为 0.000mm。如果未对准则应记下零点读数。顺刻度方向读出的零点读数记为正值,逆刻度方向读出的零点读数记为负值。图 2.1-5 是两个零点读数的例子。测量值为测量读数值减去零点读数值。

图 2.1-4　外径千分尺
1—尺架　2—测砧　3—测微螺杆　4—固定套管
5—微分筒　6—测力装置　7—锁紧装置　8—绝热装置

图 2.1-5　外径千分尺零点读数
a) 零点读数为 + 0.005mm
b) 零点读数为 − 0.013mm

2) 外径千分尺尺身分度值为 0.5mm,所以在读数时要特别注意半毫米刻度线是否露出来。在图 2.1-6 中,图 a 的读数为 4.180mm,而图 b 的读数为 4.685mm,图 c 的读数为 1.976mm。

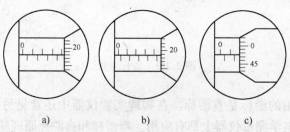

图 2.1-6　千分尺读数方法

3）不论是读取零点读数或夹持物体测量时，都不准直接旋转微分筒，必须利用测力装置带动微分筒旋转，测力装置中的棘轮装置可以保证夹紧力不会过大。否则，不仅测量不准，还会夹坏待测物或损坏千分尺的精密螺旋。

4）外径千分尺使用完毕后，在测微螺杆和测砧之间要留有一定的间隙，以免螺杆受热膨胀，而损坏千分尺。

实验室通常使用量程为 0 ~ 25mm 的一级千分尺，分度值为 0.01mm，示值误差为 0.004mm。

4. 读数显微镜

读数显微镜又叫测量显微镜或工具显微镜。它是将显微镜和螺旋测微装置组合起来，用来测量微小距离或微小距离变化的精密仪器。其优点是可以实现非接触测量，如毛细管的内径、狭缝、干涉条纹的宽度等。读数显微镜的型号很多，这里以 JCD-Ⅱ 型为例，其量程为 50mm，最小分度值为 0.01mm。图 2.1-7 为读数显微镜的外形图。

在图 2.1-7 中，目镜 1 用锁紧圈 2 和锁紧螺钉 3 固紧于镜筒内，物镜 6 用螺纹扣拧入镜筒内，镜筒可用调焦手轮调节，使其上下移动而调焦。测量架上的方轴 13 可插入接头轴 14 的十字孔中，接头轴可在底座 11 内旋转、升降。弹簧压片 7 插入底座孔中，用来固定待测件。反光镜 10 可用旋转手轮 9 转动。

显微镜与测微螺杆上的螺母套管相联，旋转测微鼓轮 15，就转动了测微螺杆，从而带动显微镜左右移动。测微螺杆的螺距为 1mm，测微鼓轮圆周上刻有 100 个分格，分度值为 0.01mm。读数方法类似于其千分尺，毫米以上的读数从标尺 16 上读取，毫米以下的读数从测微鼓轮上读取。如图 2.1-8 所示，标尺读数为 29mm，测微鼓轮读数为 0.726mm，最后读数为 29.726mm。

图 2.1-7　JCD 型读数显微镜外形图
1—目镜　2—锁紧圈　3—锁紧螺钉　4—调焦手轮
5—镜筒支架　6—物镜　7—弹簧压片
8—台面玻璃　9—旋转手轮　10—反光镜
11—底座　12—旋手　13—方轴　14—接
头轴　15—测微鼓轮　16—标尺

a)

图 2.1-8　读数显微镜读数装置
a）标尺读数 29.000mm　b）测微鼓轮读数 0.726mm

　　由于螺纹配合存在间隙，所以螺杆（由测微鼓轮带动）由正转到反转时必有空转，反之亦然。这种空转会造成读数误差，故测量过程中必须避免空回，应使测微鼓轮始终朝同一方向旋转时读数。

　　读数显微镜使用方法为：

　　1）利用工作台下面附有的反光镜，使显微镜有明亮的视场。

　　2）调节目镜：调节目镜，看清叉丝，调节叉丝方向，使其中的横丝平行于读数标尺，亦即平行于镜筒移动方向。

　　3）调节物镜：先从外部观察，降低物镜使待测物处于物镜下方中心，并尽量与物镜靠近。然后通过目镜观察，并通过调焦手轮4使镜筒缓慢升高，直至待测物清晰地成像于叉丝平面。

　　4）消除视差：当眼睛上下或左右少许移动时，叉丝和待测物的像之间不应有相对移动，否则表示存在视差，说明它们不在同一平面内。此时，要反复调节目镜和物镜，直至误差消除。

　　5）读数：先让叉丝对准待测物上一点（或一条线），记下读数，注意这个读数反映的只是该点的坐标。转动测微鼓轮，使叉丝对准另一个点，记下读数，这两点间的距离就是两次读数之间的差值。读数时一定要防止空回。

　　说明：做牛顿环实验时，由于用反射光的效果优于用透射光，故在物镜下方装有45°反射镜，此时不要再用上述第1）条，不要让反光镜反射的光射入镜筒。

　　测量显微镜的构造和工作原理与读数显微镜基本相同，但它的载物台除了能作横向移动外，还能作纵向移动以及转动。纵向移动的装置和读数方法与千分尺相同，转动的角度可通过读盘上的刻度（和游标）读出。

5. 测微目镜

　　测微目镜通常作为光学精密计量仪器的附件。例如，读数显微镜、各种测长仪、测微平行光管等仪器上，都会装有测微目镜。它也可以单独使用，其特点是测量范围小，而仪器误差限值比较小。

　　测微目镜种类很多，这里主要介绍有螺旋测微装置的 MCU—15 型测微目镜，其量程为 8mm，最小分度 0.01mm，图 2.1-9 为其结构图。目镜焦平面上的一块固定分划板上有9条刻线，形成8格，刻线间距 1mm，如图 2.1-10a 所示。在其前方有一可移动的活动分划板，它可随着鼓轮的转动而左右移动。活动分划板上刻有斜向交叉的十字叉丝及双线读数标记，如图 2.1-10b 所示。鼓轮每转一圈，活动分划板移动 1mm，鼓轮上有

图 2.1-9　测微目镜原理结构图

100 等分的刻线，每格相当于 0.01mm。毫米以上的读数在固定分划板上读出，图 2.1-10c 所示为 3mm。毫米以下读数在鼓轮上读出，图 2.1-10c 所示为 0.437mm，总读数为 3.437mm。

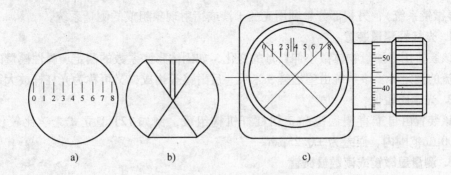

图 2.1-10　测微目镜分划板与读数法

a）固定分划板　b）活动分划板　c）测微目镜读数方法

6. 千分表

千分表外形如图 2.1-11 所示。当测量杆向上或向下移动 0.1mm 时，长指针转动一周，短指针转过一格即 0.1mm。刻度圈上圆周分为 100 等份，因此，长指针转动一个分度相当于测量杆移动 0.001mm，此即为千分表的分度值。千分表的读数由两部分组成，即短指针读数加上长指针读数，其中前一项读数是准确的，后一项读数要估读一位。

使用千分表时应注意：

1）测量前必须把千分表固定在可靠的表架上并夹牢。

2）为了保证测量精度，千分表测量杆必须与待测件表面垂直，否则会产生误差。

3）测量时可用手轻轻提起测量杆上端，把待测件移至测量头下。注意，不准把待测件强行推入测量头下，更不准用待测件撞击测量头，以免影响测量精度和撞坏千分表。

图 2.1-11　千分表外形图

为了保持一定的起始测量力，测量头与待测件接触时，测量杆应有 0.3 ~ 0.5mm 的压缩量。

4）为了保证千分表的灵敏度，测量杆上不要加油，以免油污进入表内。

2.1.2　用机械式量具测量长度

机械式测量用的量具和仪器类型很多，例如米尺、卷尺、游标卡尺、测高仪、钟表式测微仪、杠杆式测微仪等。根据测量条件、环境、精度等要求可选择不同的量具和仪器。例如，钟表式测微仪主要技术指标及示值误差，可参阅国家标准 GB/T 1219—2000；杠杆式测微仪，可参阅国家标准 GB/T 8123—1998 的规定。

2.1.3　光学测量装置

光学测量装置大致可以分为两大部分。一部分是光杠杆和自准直望远镜等组成的系统

（或显微镜系统），另一部分是利用光的干涉或衍射现象组成的测量系统。

1. 光杠杆测量装置

该装置用来测量物体微小伸长量的变化，如固体膨胀系数的测定、弹性模量的测定、微弱电流的测定等。该系统由望远镜、米尺、反射镜等构成，又可称为光杠杆放大系统。

2. 光学比较仪

该装置由自准直望远镜和正切杠杆机构组成，例如 12J 型立式光学比较仪，示值在 ±1000μm 范围内，误差为 ±0.25μm。

3. 测量显微镜或读数显微镜

该测量装置型号比较多，应用范围宽。例如，当环境温度为 （20±3）℃时，15J 型测量显微镜的示值误差可表示为 ±（5 + L/15）μm，L 表示被测物体长度数值。

4. 阿贝比长仪

该仪器的测长原理是通过被测长度与光学放大的标尺刻度进行比较，从而确定出被测长度。测量系统由一个配置刻度尺、两台显微镜以及放置被测物的可移动的工作台组成。其测量范围为 0 ~ 200mm，示值误差为（1 + L/100）μm，L 为被测物体长度数值。

5. 利用光的干涉和衍射现象测量长度

用光的干涉和衍射的原理及方法测量物体长度或者直径的类型很多，例如劈尖干涉测量直径；用迈克尔逊干涉仪测量光的波长及薄膜厚度；用光的衍射现象测量细丝直径等。其测量精度比较高，例如激光干涉比长仪的测量精度可达 $10^{-7} \sim 10^{-8}$，即测量误差可小于 ±0.25μm/m。

2.1.4 激光测距仪（光电测量装置类型）

激光测距仪的基本原理是利用光在待测距离上往返传播的时间换算出距离，方程为

$$L = \frac{1}{2}ct$$

式中　L——待测距离；

　　　c——光速；

　　　t——光在待测距离上往返的时间。

采用不同的激光光源组成的测距仪种类很多，按测程区分，大致可以分为三类：

（1）短程激光测距仪　该激光测距仪测程一般在 5km 以内，适用于工程方面的测量。

（2）中长程激光测距仪　中长程激光测程一般在 5km 到几十千米，适用于通信、遥感、大地控制等方面的距离测量。

（3）远程激光测距仪　远程激光测程一般在几十千米以上，适用于航空、航天等方面测量。例如，用于测量导弹、人造卫星、月球等空间目标的距离。

按照检测时间的不同方法，激光测距又可分为脉冲激光测距和相位激光测距：

（1）脉冲激光测距　脉冲激光测距利用激光测距仪向待测目标发射一个光脉冲，经待测目标反射后，其目标反射的信号进入激光测距仪接受系统，以测得其发射和接受光脉冲的时差，即光脉冲在待测距离上往返传播的时间。脉冲法测距仪的测量误差一般在米的量级，广泛用于工程的测量。另外，对月球、人造卫星、远程火箭的跟踪测距都用

脉冲激光测距。

（2）相位激光测距　相位激光测距通过测量连续调制光波在待测距离上往返传播所发生的相位移 φ，以代替测定时间 t，从而求得光波所走的距离 L。其测距方程为

$$L = \frac{1}{2}c\left(\frac{\varphi}{\pi f}\right)$$

式中，f 为调制波的频率。这种方法测量误差一般在厘米量级，因而在大地控制测量和工程测量中得到了广泛的应用。

2.2　质量测量仪器

质量是描述物体本身固有性质的物理量，物体质量的测定是科研及实验中的一个重要的物理基本测定。称衡物体质量的仪器种类很多，但大多数测量仪器都是以杠杆定律为基础设计的。例如，目前常用的仪器类型有双盘式天平、置换式天平、扭力天平、电子天平等。一般测量小质量可用扭力天平，其测量灵敏度较高，能在整个测量范围内保持着线性关系。该天平的称量范围为 $0.02 \sim 0.1g$，读数分度值为 $10^{-7} \sim 10^{-8}g$。将现代电子技术用于天平上的电子天平，最大称衡量为 $1000g$，其读数精度也可以达到 $0.01g$。

天平的性能参数：

1）最大称量：天平的最大称量是天平允许称衡的最大质量。使用天平时，被称物体的质量必须小于天平的最大称量，否则会使横梁产生形变，并使刀口磨损。

2）分度值：天平的分度值是指天平指针偏离平衡位置一格需在称盘上添加的砝码质量，它的单位为 mg/格。分度值的倒数称为天平的灵敏度。上下调节在指针上的重心螺钉，可以改变天平的灵敏度。重心越高，灵敏度越高。天平的分度值及灵敏度与天平的负载状态有关。

3）精度：天平的精度级别按其名义分度值（即感量）和最大负载（即最大允许称量值）之比共分为 10 级，如表 2.2-1 所示。

表 2.2-1　天平的精度级别

精度级别	1	2	3	4	5	6	7	8	9	10
名义分度值 / 最大负载	1×10^{-7}	2×10^{-7}	5×10^{-7}	1×10^{-6}	2×10^{-6}	5×10^{-6}	1×10^{-5}	2×10^{-5}	5×10^{-5}	1×10^{-4}

实验室常用的天平分为物理天平、精密天平和分析天平三种。下面介绍物理天平。

物理天平的结构如图 2.2-1 所示。天平横梁上有三个刀口，中间刀口置于立柱顶端的玛瑙刀垫上，作为横梁的支点。两侧刀口各悬挂一个称盘，横梁下面固定一个指针，用来判断天平是否平衡。开关旋钮可以使横梁上升或下降，横梁下降时，支架就会把它托住，避免刀口磨损。横梁两端的平衡调节螺母是天平空载时调平衡用的。横梁上有游码标尺，用于放置

游码，游码向右移动，相当于在右称盘加一个小砝码，其质量数可从游码标尺上读出。底板
上的两个水平螺钉用于调节天平中柱铅直。托架
用于放置被测物体。

物理天平使用要点：

1）调水平：转动底板上的两个底脚螺钉，使
水准器的气泡处于中心位置。注意：气泡在哪边，
说明哪边高。

2）调零点：将游码移到零刻线处，支起横
梁，观察天平是否平衡。如果指针偏向某一边，
调节平衡螺母，使指针在标牌中线左右作等幅摆
动。

3）称衡：被测物体放在左称盘中，砝码放在
右称盘中，进行称衡。当天平平衡时，则有

物体的质量 = 砝码的质量 + 游码的读数

4）为了保护刀口，取放物体、取放砝码、移
动游码以及调节平衡螺母等操作均需在天平制动
情况下进行。

5）取放砝码一定要用镊子。

图 2.2-1　物理天平
A、A′—托承　B、B′—横梁　D—游码
E、E′—平衡螺母　a—中间刀口
b、b′—两端刀口　d—刀承　F、F′—底
脚螺钉　G—重心螺钉　H—立柱
J—读数指针　K—制动旋钮
S—标尺　P、P′—秤盘　Q—托架

2.3　时间测量仪器

时间是重要的基本物理量之一，许多物理量的测量都归结为时间的测量。它是一种能用
周期性的物理现象来观察和测量的物理量，对周期性信号（谐振器和振荡器）的频率测量
与时间测量是等价的。时间的测量在现代科技、工农业、国防等领域以及物理实验中有着重
要的地位。例如，计量技术、激光测距、测速、制导、卫星的发射或接收等方面都离不开时
间的测量。物理实验中刚体转动惯量的测定、单摆周期的测定、物体运动的速度和加速度的
测定、示波器实验等都离不开时间的测量。

常用的计时仪器有秒表（机械式或电子式）、数字毫秒计、原子钟等。下面简要介绍几
种测量时间的仪器。

2.3.1　秒表

秒表有各种规格，它们的构造和使用方法略有不同。一般的秒表有两个针，长针是秒
针，每转一圈是30s；短针是分针。表盘上的数字分别是秒和分的数值，如图2.3-1所示。
这种秒表的分度值是0.1s，还有一圈表示60s、10s、3s的秒表。

秒表上端有柄头，用于旋紧发条和控制秒表的走动和停止。使用前先上发条，但不宜上
得过紧，以免发条受损。测量时用手握住秒表，将柄头至于大拇指的关节下，并预先用平稳
的力将其稍稍压住，当计时开始时，突然用力将其按下，秒表便开始走动。当需要秒表停止
时，可依同上方法再按一下。第三次再按时，秒针和分针都弹回零点。也有一些秒表用不同
的柄头或键钮分别控制走动、停止和回复。

秒表的使用要点：

1）秒针的跳动量与表盘的分度值相对应，故使用秒表时，不存在分度值以下的估计值。当秒针指在两刻度线之间时，可按"四舍六入五凑偶"的原则读数。

2）检查零点是否准确为零，如不指零，应记下读数，并对测量结果进行修正。

3）使用前上紧发条，但不要过紧，以免发条断裂。

4）如果秒表走时不准，可用数字毫秒计作标准计时器来校准，测出校准系数

$$C = t_{标准}/t_{秒表}$$

5）秒表的起动和停止各有 0.1s 的误差，因此，可取 $\Delta t_{估} = 0.2s$。

6）避免摔跌、撞击、进入磁场、暴晒、浸水。避免在潮湿、含有腐蚀性介质的环境中使用与保存。后盖不要随便拧开。

图 2.3-1　机械秒表

2.3.2　电子秒表

电子秒表是一种比较精密的电子计时仪器，其机芯全部由电子元件组成，利用石英振荡频率作为时间基准，经过分频、计数、译码、驱动，最后由液晶显示器显示所测量的时间。常用 6 位液晶显示器显示，电源常为钮扣式电池。电子秒表兼有连续计时和测量时间间隔的功能，和机械秒表一样，一般可取 $\Delta t_{估} = \pm 0.2s$。

电子秒表面板上分别显示"min"、"s"、"1/100s"，如图 2.3-2 所示。使用前先按按钮 S_3，使秒表复零。使用时，按下按钮 S_1 即开始计时，再按一次按钮 S_1 即停止计时，这时面板上显示数为所测时间，图 2.3-2 所示面板上显示的时间为 23min59.29s。

图 2.3-2　数字式电子秒表

2.3.3　数字毫秒计

数字毫秒计的基本原理是利用一个频率高的石英晶体作时间信号发生器，不断地产生标准的时基信号，并通过光电传感器和一系列电子元件所组成的控制电路来控制时基信号进行计时，并在数码管中显示被测定的时间间隔。毫秒计可用于手控计时，也可利用光电探测器自动计时。

JSJ-3A 型数字毫秒计（见图 2.3-3）以 10kHz 石英晶体振荡器输出的方波脉冲信号的周期作为标准时间单位，即 0.1ms。开始计时和停止计时的控制信号由光电元件或电键产生。脉冲信号从开始计时到停止计时的时间间隔内推动计数器计数。计数器所显示的脉冲个数就是以标准时间为单位的被测时间。"光控"分 A 和 B 两种功能。可根据具体情况选用。A 档记录遮光时间即光敏二极管的光被遮挡的时间。B 档记录两遮光信号的时间间隔，即遮挡一下光敏管的光照计数器开始计数，再遮挡一下计数器便停止计时，两次遮光信号的时间间隔

由数码管显示出来。用"机控"时将双线插头插入"机控"插座。当双线插头的两根导线接通时开始计时，断开时停止计时。

"自动复位"和"手动复位"指数码管显示的数字恢复为零方式。利用"自动复位"时，数字显示时间的长短可由"复位延时"电位器进行调节。

"时基选择"开关按测量需选择，有0.1ms、1ms、10ms各档。

图 2.3-3　JSJ-3A 型数字毫秒计

2.3.4　原子钟

显示时间或者频率准确度最高的是原子钟。目前，铯原子钟的准确度已达 10^{-14}s 数量级，我国长波授时台用的氢原子钟稳定度已接近 10^{-15}/h，相当于 300 万年才差 1s，国内商品化的铷原子钟的计时长期稳定度已达 10^{-11}/月。原子钟的工作原理是利用微观的分子或原子能级之间的跃迁，产生高准确度和高稳定的周期振荡，输出一定的参考频率，控制石英晶体振荡器，使它锁定在一定频率上。由受控的石英晶体振荡器输出的高稳定频率信号再经放大、分频、门控制电路等到数显电路，显示时间或频率。

2.4　温度测量仪器

温度测量是热力学重要的基本测量之一，许多物质的特征参数与温度有着密切的关系，因此在科学研究和工农业生产中对温度的控制和测量显得特别重要。

测量温度的仪器种类很多，如液体温度计、气体温度计、声学温度计、噪声温度计、磁温度计，穆斯堡尔效应温度计等。测量方法也很多，如热电法测温、电阻法测温、辐射法测温以及目前正在研究的利用激光干涉法测温等。

液体温度计是一种常用的测温仪器，结构简单，价格低廉，使用方便，但其测量准确度不太高，一般测量范围在 -30~300℃；气体温度计测温范围广，准确度高，若用氦（He）做工作气体，在 20K 下，其准确度可达 0.01~0.1K，但使用起来不太方便；电阻温度计常用于测量低温，其测量准确度高，常用的有锗和碳温度计，其测量范围在 1~20K；杆式铂电阻温度计，其测量范围在 90~903K 等。另外，近些年来开发了由康铜敏感元件、超导材料等制成的温度计。热电法测温目前应用比较普遍，其测量准确度和灵敏度都较高，且又能直接把温度量转换成电学量，尤其适用于自动控制和自动测量。采用两种不同的金属材料（热电偶），其测温范围可从 73K 到几千开（K），如铜-康铜热电偶，其测温范围为 73~623K。铂-铑热电偶的测温范围为 273~1873K，在 2000K 以上温度测量可采用钨-钨铼热电偶等。下面简要介绍几种常用的测温仪器，读者如需进一步了解可查阅有关文献手册。

2.4.1　玻璃液体温度计

常用的感温液体材料有水银、酒精、甲苯、煤油等，其中以水银应用范围最广。水银作为感温材料有许多优点：不浸润玻璃、膨胀系数变化很小、测温范围广等。

玻璃水银温度计可分为标准用、实验室用和工业用三种。标准用玻璃水银温度计组总测温范围为 30 ~ 300℃，最小分度可做到 0.05℃；实验室用玻璃水银温度计组总测温范围也为 −30 ~ 300℃，分度值为 0.1℃ 和 0.2℃；工业用玻璃水银温度计测温范围分 0 ~ 50℃、0 ~ 100℃、0 ~ 150℃ 等多种，分度值一般为 1℃，物理实验中也常使用这种温度计，读数时一般应估读一位。

2.4.2　热电偶温度计

1. 结构原理

热电偶亦称温差电偶，是由 A、B 两种不同成分的金属或合金彼此紧密接触形成一个闭合回路而组成，如图 2.4-1 所示。当两个接点处于不同的温度 t 和 t_0 时，在回路中就有直流电动势产生，该电动势称为温差电动势或热电动势。它的大小与组成热电偶的两种金属（或合金）的材料、热端温度 t 和冷端温度 t_0 这三个因素有关。（$t - t_0$）越大，温差电动势也越大。测量时把冷端放在冰水混合物中即使 $t_0 = 0°C$，热端放在待测处，用电势差计测出电动势，查电动势-温度表，可得待测温度。

图 2.4-1　热电偶示意图

2. 使用方法

（1）热电偶的校准　通常用比较法或定点法对热电偶进行校准。比较法是将待校热电偶的热端与标准温度计同时直接插入恒温槽的恒温区内，改变槽内介质的温度，每隔一定温度观测一次它们的示值，直接用比较方法对热电偶进行校准；定点法是利用某些纯物质相平衡时温度惟一确定的特点（如水的沸点等），测出热电偶在这些固定点的电动势，然后根据温差电动势的表达式

$$\varepsilon = a(t - t_0) + b(t - t_0)^2 + c(t - t_0)^3 \qquad (2.4-1)$$

解出各常数 a、b、c 之值，然后就能确定温差电动势与温度之间的函数关系。在要求不高时，可用式（2.4-1）的一级近似式

$$\varepsilon = a(t - t_0) \qquad (2.4-2)$$

确定 ε 和 t 之间的函数关系。

（2）测量温差电动势的仪器　通常需用电位差计测量温差电动势。在某些要求不太高的场合，也可用毫伏表进行测量。

3. 几种常用的热电偶

热电偶种类繁多，具有测温范围宽广（−272 ~ 3000℃）、结构简单、体积小、响应快、灵敏度高等优点。常见的热电偶有 300 多种，标准化的热电偶有七种，其型号、成分、使用温区见表 2.4-1。

表 2.4-1　标准化热电偶的型号、成分和使用温区

类型代号	材料	使用温区/°C
T	铜/康铜	−200 ~350
E	镍铬/康铜	−250 ~1000
J	铁/康铜	0 ~750
K	镍铬/镍铝	70 ~1100
S	铂—10%铑/铂	0 ~1600
R	波—13%铑/铂	0 ~1600
B	波—30%铑/铂—6%铑	500 ~1700

2.4.3　电阻温度计

利用纯金属、合金或半导体的电阻随温度而变化这一特征来测温的温度计称为电阻温度计。目前，大量使用的电阻温度计的感温元件有铂、铜、镍、铑铁、锗、碳和热敏电阻等。

热敏电阻的温度系数比金属材料大得多，所以提高了测温的灵敏度，同时由于热敏电阻的体积小，探头可以做得很小，热容量也很小，使测量精度提高，测量时间缩短，因此其应用越来越广泛，但它的稳定性差些。

2.5　电磁学实验仪器

电磁测量是现代科技中应用很广的一种实验方法和实验技术。电磁学实验的任务主要是学习一些基本电磁测量方法和电磁学仪器的使用方法，加深认识和理解有关的电磁学基本规律。

电磁学实验离不开电源和各种电测仪表。常用的基本仪器包括电源、电表、电阻等。因此，必须了解常用基本仪器的原理和性能，掌握仪器的使用方法和要领。本节对常用基本电磁学仪器的结构、原理、性能及使用注意事项进行简要介绍。

2.5.1　电源

电源是把其他形式的能量转变为电能的装置。电源分为交流电源和直流电源两种。物理实验室的实验台常配有市电 220V 插座、交流电源和直流电源，电源输出电压的大小由电源总控制台控制，实验台电源面板示意图如图 2.5-1 所示。

图 2.5-1　物理实验室实验台电源面板示意图

1. 直流电源

目前实验室主要使用的直流电源有：晶体管直流稳压电源、铅蓄电池和干电池。

（1）晶体管直流稳压电源　晶体管直流稳压电源是将交流电转变为直流电的装置。这种电源电压稳定性好，输出电压基本上不随交流电源电压的波动和负载电流的变化而起伏，而且内阻小、功率较大、使用方便。有些还有过载保护装置，在偶尔短时过载的情况下，电源停止对外输出，直到外电路恢复正常又重新开始工作。实验室常用的晶体管直流稳压电源面板如图 2.5-2 所示，输出电压的大小由仪器面板控制，其输出电压一般连续可调，最大允许输出电压为 30V，最大允许输出电流为 3A。电源的接线柱上标有正、负极和接地，正极表示电流流出的方向，负极表示电流流入的方向。注意：使用时切勿超过最大允许输出电压和电流，切勿将接地端误认为电源负极而连接。晶体管直流稳压电源的主要技术指标为

图 2.5-2　直流稳压电源
面板图

1）输出电压，即最大额定输出电压称为输出电压。

2）输出电流，即允许输出的最大额定电流称为输出电流。

（2）铅蓄电池　电动势每单瓶为 2V，实验室常用的蓄电池的额定电流为几个安培，容量为几十安培小时。

（3）干电池　它是将化学能转变为电能的化学电池，使用在小功率、稳定度要求不高的场合。干电池是很方便的直流电源。实验室常用的干电池的电动势一般为 1.5V，额定放电电流为 300mA。使用时，工作电流应小于额定放电电流。也可采用多节串联使用。干电池使用后，由于化学材料逐渐消耗，电动势不断下降，内阻不断上升，最后由于内阻很大，不能提供电流，电池即告报废。常用干电池的有关数据见表 2.5-1。

表 2.5-1　常用干电池的有关数据

型号	容量/A·h	额定电流/mA
1	2	<300
2	0.5	100
3	0.2	50

2. 交流电源

一般发电厂和变电所供给的是交流电源。常用交流电源有两种：一种是单相电压 220V、频率为 50Hz，多用于照明和一般电器；另一种是三相 380V、频率为 50Hz，多用于机械的动力用电。如果需要低于或高于 220V 的交流电压，则需要用变压器把它降低或升高。为了防止电压的波动，实验室常用交流稳压器来获得较稳定的交流电压。交流仪表的读数一般指有效值，交流 220V 就是指有效值，其峰值为 $\sqrt{2} \times 220\text{V} \approx 310\text{V}$。

图 2.5-3　调压变压器

3. 调压变压器

用调压变压器可获得连续可调的交流电压。其主要技术指标有容量（用 kV 表示）和最

大允许电流。调压变压器如图 2.5-3 所示。从①、④两接线柱输入 220V 交流电压，转动手柄 A 从②、③两接线柱可输出 0～250V 连续可调的交流电压。

4. 电源使用注意事项

1）严禁电源短路，否则，电源将急剧发热而损坏。

2）使用电流不得超过电源的额定电流。根据负载选择输出电压和输出电流合适的电源。

3）使用直流电源时，注意正、负极不能接错，电流从正极流出，经过外电路由负极流入。

4）接线时，应断开电源开关，电压调节旋钮调至零位置，使输出电压值最小。

2.5.2　磁电系电表

在电磁学实验中经常涉及到电量的测量，用于测量各种电参数的仪表统称为电工仪表，它们能用于测量电流、电阻、功率、相位和频率等。

（1）电表的分类　电表种类繁多，分类方法各异。常用的有以下几种分类方法：

1）按结构原理：主要分为磁电系、电磁系、电动系、整流系、感应系、热电系、静电系和电子系。大学物理实验中常用的是磁电系仪表。

2）按单位和名称：主要分为电流表（包括安培表、毫安表、微安表）、电压表（包括伏特表、毫伏表）、欧姆表、兆欧表、万用表、功率表、频率表、功率因数表等。

3）按使用方法：分为安装式和便携式，前者准确度等级通常在 1.0 以下，后者通常在0.5 以上。

4）按工作电流：分为直流电表、交流电表和交直流两用电表。

5）按准确度等级：共分为 11 级，详见第 4 章的表 4.8-2。

（2）电表表盘上的符号　电表的表盘上用数字或符号标有该表的准确度等级、仪表的类型、使用条件及其他参数，它们表示该仪表的各项基本特征。我国电气仪表面板上的符号如表 2.5-2 所示，详细内容可参阅国家标准 GB/T 7676.1～GB/T 7676.9—1998《电测量指示仪表通用技术条件》。

表 2.5-2　电表表盘上的若干符号

符号	名称	符号	名称
⌓	磁电系仪表	⌓▷	整流系仪表
⊓ (→)	水平放置	⊥ (↑)	垂直放置
☆2 (⩘2kV)	2kV 绝缘试验	Ⅱ	二级防外磁场
2.5	量程百分数表示的等级	②.5	指示值百分数表示的等级
∨2.5	标度尺长百分数表示的等级	△B	B 组仪表，−20～+50℃ 工作

1. 磁电系仪表

磁电系仪表是应用最广泛的一类仪表，它可以直接测量直流电流和电压，如果加上变换器也可以测量交流电流和电压，当采用特殊结构时，还可以构成灵敏度极高的检流计。

磁电系仪表的结构如图 2.5-4 所示。

磁电系仪表是利用永久磁铁的磁场和载流线圈相互作用的原理制成的。仪表的测量机构包含固定部分和活动部分。磁电系仪表的磁路系统是固定的，它是由永久磁铁 1，在其两个极上连接两个带有圆柱形孔腔的"极掌" 2，和孔腔中央固定着的小圆柱形铁心 3 等部分构成，这种结构使磁感应线集中于孔腔之中并呈均匀的辐射状，如图 2.5-5 所示。活动部分则包括活动（通电）线圈和指示器（如指针和转轴等）。

通电线圈匀称地放置在磁场中，并可绕软铁心轴线自由地转动，在垂直于圆柱轴线的二个线圈边的中点各连接一个半轴，借以把线圈支撑在轴承里，轴上装有指针，线圈偏角的大小由指针在刻度盘上的方位示出。

当线圈通以恒定电流 I 后，它将在磁场 B 中受到一个力矩，从图 2.5-5 可以清楚地看到，由于线圈所在的磁场呈均匀辐射状（沿半径方向），故线圈不论转到任何方位其所受力矩 M_I 的大小均由下式决定：

$$M_I = Fa = 2BNIab = BNSI \quad (2.5-1)$$

式中　a——线圈宽度的一半；

　　　b——线圈边长；

　　　N——线圈匝数；

　　　S——线圈面积。

图 2.5-4　磁电系仪表结构示意图
1—永久磁铁　2—极掌　3—圆柱形软铁心
4—动圈　5—半轴　6—轴承　7—指针
8—游丝　9—刻度盘

图 2.5-5　磁电系测量机构气隙中的磁场

图 2.5-6　调零器结构图
1—宝石轴承　2—轴　3—游丝
4—指针　5—调零器　6—"调零器"螺杆

　　线圈在此力矩作用下发生偏转，假如只有转动力矩的作用则不论电流大小如何，指针会一直偏转下去，直到标度盘边缘受阻后才会停止。为了使偏转大小和被测电流的大小相对应，就需要有一个反作用力矩与转矩相平衡，为此在线圈的两半轴上各连接一个螺旋形游丝8（见图 2.5-4），它一方面产生反抗力矩，同时又兼作把电流引入线圈的引线。因此，当线圈通以电流时，它不仅受到电磁力矩 M_I 的作用，而且同时又受到游丝的反作用力矩 M_D 的作用。

$$M_D = -D\alpha \tag{2.5-2}$$

式中，D 是弹性系数，α 是线圈转过的角度，负号表示力矩和转动方向相反。当线圈转到一定角度时，二力矩相平衡

$$M_I + M_D = 0$$
$$BNSI = D\alpha$$
$$\alpha = \frac{BNSI}{D} = S_I I \tag{2.5-3}$$

式中，$S_I = \dfrac{BNS}{D}$ 为磁电系测量机构的灵敏度，电表制定后，B、S、D、N 均为定值，S_I 为常量。

　　由式（2.5-3）可以看出，磁电系仪表可用于测量电流以及与电流有关的物理量，因为线圈的偏转角 α 与通过线圈的电流 I 成正比，所以标度尺上的刻度是均匀的。

　　为了使指针式仪表起始位置在零位，还设有一个"调零器"，如图 2.5-6 所示。调零器5 的一端与游丝 3 相连，如果仪表起始时不在零位，可用螺钉旋具轻轻调节露在表壳外面的"调零器"的螺杆 6，使指针处在零刻度位置。

　　磁电系测量机构（亦称表头）所能通过的电流是很微小的。测量范围一般在几十微安到几十毫安之间，如果需要测量较大的电流，必须扩大量程。

　　磁电系仪表的结构和工作原理决定了磁电系仪表准确度高（可以达到 0.1 级甚至更高）、灵敏度高、仪表消耗的功率小、刻度均匀。但其过载能力低，直接测量的只能是直流电，结构比较复杂，成本较高。

2. 电流测量仪表

常见电流测量仪表有直流电流表、交流电流表、检流计等。

（1）直流电流表　由于磁电系电表只能用来测量微小电流和电压，或检查电路中有无电流，不能作为测量使用。要想作为测量电流的仪表，必须对其进行改装，即在表头两端并联一个分流电阻，分流电阻越小电流表的量程就越大，如图 2.5-7 所示。改装原理参见本书第 4 章实验 4.8 "电表的改装与校准"。

电流表按其所测电流大小可分为微安表、毫安表、安培表。直流电流表的接线柱都注明了正负极，"+"端应接在线路中的高电势，"-"端则接在线路的低电势。对于多量程的电流表，有的公共端钮用"*"表示负端。若加上整流器，则可构成交流电流表。电流表的内阻愈小，则电路由于接入电表带来的系统误差就愈小。

主要规格：

1）量程：指测量的上限与下限的差值，即测量范围，如 0～100mA，0～5A，-50～+50μA。有多量程的电流表。

图 2.5-7　直流电流表

a）安培表电路图　b）安培表结构示意图

2）内阻：内阻越小量程越大，一般安培计内阻在 0.1Ω 以下，毫安表一般为几欧姆至一两百欧姆，微安表一般为几百欧姆至一两千欧姆。

（2）直流检流计　检流计是用来检验电路中有无电流通过的仪表，主要有指针式和复射式两种。目前，指针式常用 AC5 型系列，复射式常用 AC15 型系列。下面简要介绍这两种检流计。

指针式（如 AC5 型）检流计属于磁电系结构，它采用刀形指针和反射镜相配合的读数装置。其特征是指针零点位于刻度盘的中央，便于检出不同方向的微小直流电，可用作示零器。检流计允许通过的电流很小，一般为 $10^{-6}A$，内阻约几欧至几百欧，故只能作为电桥、电势差计的指零仪器。在使用时要串联一个保护电阻以免过流损坏。

AC5 型直流指针式检流计的主要技术参数见表 2.5-3。

表 2.5-3　AC5 型直流指针式检流计的主要技术参数

参数	检流计型号			
	AC5/1	AC5/2	AC5/3	AC5/4
内阻/Ω	< 20	< 50	< 250	< 1200
外临界电阻/Ω	< 150	< 500	< 3000	< 14000
分度值/（A/div）	$< 5 \times 10^{-6}$	$< 2 \times 10^{-6}$	$< 7 \times 10^{-7}$	$< 4 \times 10^{-7}$
临界阻尼时间/s	2.5			

AC5 型直流指针式检流计面板如图 2.5-8 所示。

【面板介绍】

1）"＋、－"接线端钮。接线柱接入被测电流。

2）零位调节旋钮。用于调节指针的机械零点。

3）"电计"按钮。按下"电计"按钮开关时，检流计与外电路接通。使用过程中需要短时间将检流计与外电路接通，只要将"电计"按下即可。若需长时间接通，则可将"电计"按钮锁住。

4）"短路"按钮。若使用过程中指针不停地摆动，按下"短路"按钮，指针便会立即停止摆动。

5）开放/锁定钮。面板上标有红、白圆点的锁扣。当锁扣指向红色圆点时，指针即被制动。只有当锁扣放松或转到白点时才能调零位调节旋钮和正常工作。

图 2.5-8　AC5 型直流指针式检流计面板图

【使用要点】

1）把锁扣扳向"白点"，调节"零点调节"旋钮，使指针指零。电流计不用、搬动或改变电路时，应将锁扣扳向"红点"。

2）检流计只允许通过微小电流，实验时应采取保护措施，防止损坏检流计。

3）使用完毕，应松开"电计"和"短路"旋钮。

直流复射式检流计可分为墙式和便携式两种，图 2.5-9 是 AC15/4 型直流复射式检流计，其数量级可达 $10^{-5} \sim 10^{-10}$ A。AC15 型直流复射式检流计的主要技术参数见表 2.5-4。

【面板介绍】

1）+、−接线柱。接入被测电流。

2）零点调节。用于光标零点粗调，顺时针方向，光标向左移；逆时针方向，光标向右移。

3）标盘活动调零器。直接拨动标盘，可进行光标零点细调。

4）分流器开关。×0.01

图 2.5-9　AC15/4 型检流计面板图

档灵敏度最低，×0.1 档，×1 档灵敏度相对提高。"短路"档止住光标摆动。

5）电源选择开关。当 220V 电源插座接上 220V 电压时，电源开关置于 220V 处，电源接通；当 6V 电源插座接上 6V 直流电源时，电源开关置于 6V 处，电源接通。

【使用要点】

1）轻拿轻放以防止悬丝振断。在搬运、改变电路或停止使用时，应将分流器开关旋至"短路"档。

2）检查电源开关所在位置与所用电压是否一致。特别注意勿将 220V 电源和 6V 电源搞错。

表 2.5-4　直流复射式检流计的主要技术参数

参数	检流计型号					
	AC15/1	AC15/2	AC15/3	AC15/4	AC15/5	AC15/6
内阻/Ω	1.5×10^3	500	≤100	50	30	50	500
外临界电阻/Ω	100×10^3	10×10^3	1×10^3	500	40	500	10×10^3
分度值/(A/div)	3×10^{-10}	$1.5 \times 3 \times 10^{-9}$				
临界阻尼时间/s	4					

3）经常检查光标零点。

4）力争使电流计工作在临界阻尼状态。例如，当 $R_外 \approx R_c$ 时，可选用"直接"档；当 $R_外 \geq R_c$ 时，可选用"×1"档。

5）不允许有过载电流通过检流计。

①用检流计测电流时，为防止过大电流通过检流计，测量时，应从灵敏度最低开始。

②用检流计作指零器时，应串联大阻值（约 $10^6 \Omega$）的保护电阻，当电路接近平衡时，将保护电阻逐渐减至为零。

③不允许用万用表、欧姆表测量检流计的内阻。

3. 电压测量仪表

实验中常用电压表来测量电压，电压表分为直流电压表和交流电压表。电压表按其所测电压大小可分为毫伏表、伏特表、千伏表。下面主要介绍直流电压表。

通过将电流表分压的方法就可以改装成电压表。直流电压表由小量程直流电流表串联一个电阻构成，串联不同的电阻构成不同量程的电压表，如图 2.5-10 所示。将电压表与待测电路两端并联可测量电路两端的电压。使用时电压表要并接在线路上。对于直流电压表，一定要将"+"端接在电路中的高电势的一端，"-"端则接在电势低的一端。若配上整流器则可构成交流电压表。电压表的内阻愈大，对电路带来的系统误差就愈小。

【主要规格】

1）量程：指针满度时的电压值。有多量程的电压表。

2）内阻：电压表的内阻越大，对被测对象的影响就越小。电压表各量程的内阻与相应电压量程之比为一常量，它在电压表标度盘上标明，单位为 Ω/V，它是电压表的重要参量。

4. 仪表的正确使用与合理选用

1）直流电表只能在直流电路中使用，

图 2.5-10　直流电压表
a）伏特表结构示意图　b）伏特表电路图

电流表应串联在电路中，电压表应并联在电路中。注意电表的正、负极不能接反。

2）满足仪表正常工作条件。要调好机械零点，按仪表规定的工作位置方式安放，如水平放置或垂直放置。环境温度要满足仪表工作的温度要求。

3）读数时视线要垂直于表盘，避免视差。有指针反射镜的仪表，读数时应使刻度线、指针和指针在反射镜中的像成一线。在指针与镜中的像重合时读数，以减少由于视差引入的误差。

4）按被测量值的大小选择合适量程电表。在一般测量中，应使指针偏转在标度盘的2/3以上。

5）按被测量的误差要求合理选择仪表的准确度级别。在保证满足误差要求的前提下，不必追求更高准确度仪表。

6）根据被测对象电阻的大小来正确选择仪表。电压表的内阻越大，内阻造成的测量误差越小；电流表的内阻越小，内阻造成的测量误差就越小。

5. 仪表的误差和不确定度

（1）电表的误差来源　用任何仪表测量都会有误差，即仪表的指示值和实际值之间有一定差异。根据误差产生的原因可分为以下二种：

1）基本误差（又称固有误差）：电表在规定的条件下进行测量时所具有的误差，它是电表本身缺陷带来的，是由于结构上不完善而造成的。例如，轴承的摩擦、磁场不均匀、刻度不准确等原因引起的误差。

2）附加误差：由于偏离正常工作条件或在某一影响因素作用下，对电表指示值的影响而引起的误差。附加误差是一个因素引起的示值变化，而不是二个或二个以上因素引起变化的总和，因此在附加误差前常冠以产生误差因素的名称。如温度的变化、外界磁场的作用等的影响。

（2）电表误差的表示形式　电表的绝对误差即电表的指示值与被测量的真值之差，电表的相对误差是绝对误差与被测量的真值之比，两者均随选用不同的量程档而有所改变，都不能准确反映电表的精度，因此引入最大引用误差。

最大引用误差：电表某量程上的最大绝对误差 Δ_{max} 与该量程 N_m 之比，用百分数表示

$$E_{max} = \frac{\Delta_{max}}{N_m} \times 100\% \tag{2.5-4}$$

国家标准规定，对单向标尺电表以最大引用误差表示电表的基本误差。电表标尺工作部分所有分度值的误差不允许超过最大绝对误差 Δ_{max}，因此 Δ_{max} 又称电表的最大允许误差（仪器误差限）。

（3）电表的准确度等级　根据国家标准电表的准确度分为 11 个等级（参看本书实验 4.8 的实验原理），电表出厂时一般已将它标在标度盘上，设电表的等级为 a_n，它与最大引用误差的关系是

$$a_n \geq \frac{\Delta_{max}}{N_m} \times 100\% \tag{2.5-5}$$

（4）电表测量值的不确定度　电表按国家标准根据准确度大小划分为等级，其仪器误差限可通过准确度等级给出

$$\Delta_{仪} = \pm N_m \times a_n\% \tag{2.5-6}$$

式中 N_m——电表的量程；

a_n——电表的准确度等级。

在基础物理实验中，把仪器误差限引入的不确定度分量简化地看成标准不确定度的 B 类分量，它不是高斯分布，也不是均匀分布，但比较接近均匀分布。因此我们规定：单次测量时，电测量值的不确定度为

$$u_{仪} = \frac{\Delta_{仪}}{\sqrt{3}} \qquad (2.5\text{-}7)$$

此时，电表测量值的相对不确定度可表示为

$$E = \frac{u_{仪}}{X_i} \times 100\% \qquad (2.5\text{-}8)$$

式中，X_i——计量值。

由式（2.5-8）可见，测量值愈接近满量程时，E 愈小。因此，在使用电表时，应选择合适的量程，使测量值接近满量程，一般在满量程的 $\frac{2}{3}$ 以上。

（5）指针式电表读数的有效数字　根据不确定度决定有效数字是正确决定有效数字的基本依据。

例如，量程为 100mA、0.5 级的电流表共分 100 格，电表的示值为 88.6mA。因为由电流表的基本误差引入的电流的标准不确定度是 B 类评定，因此可先由电表的准确度等级与量程求出电表的仪器误差限

$$\Delta_{仪} = 100\text{mA} \times 0.5\% = 0.5\text{mA}$$

则

$$u_{仪} = \frac{\Delta_{仪}}{\sqrt{3}} = 0.3\text{mA}$$

故单次测量结果为

$$I = (88.6 \pm 0.3)\text{mA}$$

测量的相对不确定度为

$$E = \frac{u_{仪}}{X_i} \times 100\% = \frac{0.3}{88.6} \times 100\% = 0.3\%$$

对于需要作进一步运算的读数，可在最小分度间再估读一位，估读值根据仪器的分辨率和实验者的判断能力估读到最小分度的 $\frac{1}{10} \sim \frac{1}{2}$。

（6）数字电表的读数与表示方法　数字电表具有准确度高、灵敏度高、测量速度快等优点。数字电表读数的有效位数为数字式仪表的显示值。

数字电压表的允许基本误差 Δ 表示为

$$\Delta = \pm(a\% U_x + b\% U_m) \qquad (2.5\text{-}9)$$

式中 U_x——测量指示值；

U_m——测量上限值；

a——与示值有关的系数；

b——与满度值有关的系数。

例：PZ954 $\frac{1}{2}$ 直流数字电压表 200mV 档，准确度等级为 0.05，允许基本误差

$$\Delta = \pm \ (0.04\% \ U_x + 0.01\% \ U_m)$$

2.5.3 万用电表

万用电表是实验室常用的一种仪表，可用来测量交、直流电压和电流、电阻，还可用以检查电路和排除电路故障。

万用电表主要由磁电系测量机构（亦称表头）和转换开关控制的测量电路组成，它是根据改装电表的原理，将一个表头分别连接各种测量电路而改成多量程的电流表、电压表和欧姆表，既能测量直流又能测量交流的复合表，如图 2.5-11 所示。它们合用一个表头，表盘上有相应于不同测量量的标度尺。表头用以指示被测量的数值，测量线路的作用是将各种被测量转换到适合表头测量的直流微小电流，转换开关实现对不同测量线路的选择，以适应各种测量的要求。电表的表盘上按表的功能有各种不同的刻度，以指示相应的值，如：电流值、电压值（有交、直流之分）及电阻值等。对于某一测量内容一般分成大小不同的几档，测量电阻时每档标明不同的倍率。每档标明的是它相应的量程，即使用该档测量时所允许的最大值。下面介绍欧姆表的简单原理。

图 2.5-11　MF—30 型万用电表外形图

欧姆表测量电阻的简单原理如图 2.5-12 所示。表头、干电池、可变电阻 R_0 及待测电阻 R_x 串联构成回路，电流 I 通过表头使指针偏转，有

$$I = \frac{E}{R_g + R_0 + R_x} \tag{2.5-10}$$

在电池电压一定的条件下，指针偏转和回路的总电阻成反比，可见表头的指针位置与被测电阻的大小一一对应，如果表头的标度尺按电阻刻度，就可以直接用指针指示的刻度值表示电阻值，电阻越小，指针的偏转越大，当 R_x 为无穷大时（即表笔 a、b 两端开路），则 $I=0$，表头指针为零，因此欧姆表的标尺刻度与电流表、电压表的标尺刻度方向相反。由于工作电流 I 与被测电阻 R_x 不成正比关系，所以欧姆表标度尺的分度是不均匀的，如图 2.5-11 所示。

由于电池的电动势会逐渐下降，将造成较大的测量误差，故这种结构形式的欧姆表都设有"零欧姆"调整电

图 2.5-12　欧姆表基本原理图

路，使用时必须将表笔两端短路（$R_x = 0$），调节"零欧姆"旋钮，使指针指向满度，即指针指向 0Ω 处。每当改变欧姆表的量程后，都必须重新调节"零欧姆"旋钮。

使用万用表时应注意以下几点：

1）首先要搞清待测物理量，切勿用电流档、欧姆档测量电压。

2）正确选择量程。如果无法估计被测量的大小，应当选择量程最大的一档，以防仪表过载，若偏转过小，则将量程变小，直至选择偏转角尽量大而未超满偏的量程。

3）测量电路中的电阻时，应将被测电路的电源切断。

4）用万用电表测量电阻时，应在测量前先校正电阻档的零点，在换量程后也需重新调零，否则读数不正确。

5）万用电表用毕，应将旋钮调到交流电压最大档或调到空档（有的万用表旋钮调至空档"。"处），以免下次使用时不慎损坏电表，特别注意不要放在欧姆各档，以免表笔两端短路，致使电池长时间通电。

用万用电表检查电路故障：检查电路的故障，就是找出故障的原因，首先应检查电路设计图是否错误，其次检查电路是否接错、漏接和多接的情况，有时电路接线正确，但电路还存在故障，如电表或元件损坏而导致断路或短路，又如导线断路或焊接点假焊、电键的接触不良均会造成断路。这些故障往往无法从外观发现，排除这些故障往往要借助于仪器进行检查，通常是用万用表。

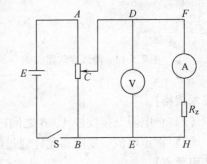

图 2.5-13 分压电路

1）电压检查法：在通电情况下，常采用逐点测试电压的方法寻找故障，例如，图 2.5-13 的分压电路，当接通电路时电压表、电流表均无指示。

用万用电表的电压档进行测量检查（注意万用电表的电压量程应大于或等于电源电压），先检查电源电压是否正常，然后测量 AB 两端电压，若电压正常，则移动滑动头 C，观察分压电压 DE 两端是否变化，若无变化再量 CB 间电压，若正常则故障一定在 CD 之间，可能 CD 间导线内部断开，或 C、D 两端接触不良，若 CD 之间更换完好的导线后，电压表指示正常，但安培表仍无指示，则故障一定在 DFH 的支路里，该支路导线至少有一处断开或接触不良，或安培表已损坏，负载本身断路，只要有其中一个原因均会引起安培表无指示，故从电压的异常情况就可以找到故障的原因和位置。

这种方法的优点是在有源的电路中带电测量，检查运行状态下的电路问题，简便快捷。

2）电阻检查法：它要求在切断电源后不带电的情况下检查，并且待测部分无其他分路，对电路各个元件、导线逐个进行检查测量，这种方法对检查各个元件、导线等的质量好坏、查明故障原因和位置是十分有用的。

2.5.4 电阻

为了改变电路中的电流和电压或作为特定电路的组成部分，在电路中经常需要接入各种大小不同的电阻。电阻的种类很多，下面介绍常用的几种。

1. 滑线变阻器

在电磁测量中经常借助于滑线变阻器来调节电路的电压与电流。其实物如图 2.5-14 所示。

滑线变阻器的结构如图 2.5-15a 所示。它是把电阻丝（如铜镍丝）密绕在绝缘瓷管上，两端分别与接线柱 A、B 相连。AB 之间的电阻为总电阻。电阻丝上涂有绝缘物，使圈与圈之间互相绝缘。瓷管上方装有一根与磁管平行的金属杆，金属杆一端（或两端）与接线柱 C 相连，杆上还套有滑动头，它紧压在电阻丝上。滑动头与线圈接触处的绝缘物已被刮掉，滑动头移动时始终和瓷管上的电阻丝接触，当滑动头沿金属杆滑动时，就可以改变 AC（或 BC）之间的电阻值。滑线变阻器的符号如图 2.5-15b 所示。

图 2.5-14　滑线变阻器实物

图 2.5-15　滑线变阻器示意图

【技术规格】

（1）全电阻　接线柱 A、B 之间电阻丝的电阻值。

（2）额定电流　变阻器允许通过的最大电流。

【使用要点】

（1）限流接法　用滑线变阻器改变电流的接法如图 2.5-16 所示，即将变阻器中的一个固定头 A（或 B）与滑动头 C 串联在电路中。改变滑动头 C 的位置，就改变了 A（或 B）、C 之间的电阻，也就改变了电路中的总电阻，从而改变了电路中的电流。必须注意：为了保证安全，在接通电源之前，应使滑动头处在回路电流最小位置。

图 2.5-16　用滑线变阻器改变电流

图 2.5-17　用滑线变阻器改变电压

（2）分压接法　用滑线变阻器改变电压的接法如图 2.5-17 所示，即将变阻器的两个固定端 A、B 分别与电源的两极相连，将滑动头 C 和任一固定端 B（或 A）将电压导出，由于电流通过变阻器的全部电阻丝，故 A、B 之间任意两点都有电势差。当滑动头 C 向 A 移动时，CB 间的电压 U_{CB} 增大，而 AC 间的电压 U_{AC} 减小。可见，改变滑动头 C 的位置，就改变

了 C、B（或 A、C）之间的电压。注意：为了保证安全，在接通电源之前，应使滑动头处于分压最小位置。

2. 电位器

小型的变阻器又称电位器，其原理与滑线变阻器相似，外形如图 2.5-18 所示。A、B 为固定端，C 为滑动端。电位器的额定功率很小，只有零点几瓦至数瓦。电位器根据使用的材料不同，又分为用电阻丝绕制成的线绕电位器和用碳质薄膜制成的碳膜电位器，前者阻值较小，后者阻值较大，可达千欧（kΩ）到兆欧（MΩ）。电位器的规格、型号种类很多，在电子线路中有着广泛的应用。使用时切勿超过它的额定功率，否则容易烧毁。

图 2.5-18　电位器

图 2.5-19　电阻箱

3. 电阻箱

实验室用得较多的是旋转式电阻箱，它是由许多高稳定的锰铜丝绕成电阻按十进位分别通过波段电键连接而成的，其实物如图 2.5-19 所示。

旋转式电阻箱的面板如图 2.5-20 所示。它是由若干个准确的固定电阻，按照一定的组合方式接在特殊的换向开关上而构成的。其内部电路如图 2.5-21 所示，每档电阻由 9 个相同的电阻串联而成，准确度等级为 0.1 级，物理实验室常用的 ZX21 型电阻箱就是这种结构。电阻箱面板上有四个接线柱和六个旋钮。每个旋钮的边缘都标有 0，1，2，3，…、等数。旋钮下面的面板上刻有 ×0.1、×1、×10、…、×10000 等字样，称为倍率。

图 2.5-20　ZX21 型旋转式电阻箱

电阻箱读数为各档示值与其倍率乘积之和。当旋钮上的某个数字对准所示的倍率时，用倍率乘以该旋钮上的数字，即为相应的电阻。例如，在图 2.5-20 中，电阻箱面板上每个旋钮所对应的电阻分别为 $3 \times 0.1\Omega$、$4 \times 1\Omega$、$5 \times 10\Omega$、$6 \times 100\Omega$、$7 \times 1000\Omega$、$8 \times 10000\Omega$，总电阻为 $3 \times 0.1\Omega + 4 \times 1\Omega + 5 \times 10\Omega + 6 \times 100\Omega + 7 \times 1000\Omega + 8 \times 10000\Omega = 87654.3\Omega$。四个接线柱上分别标有 0，0.9Ω，9.9Ω，99999.9Ω 等字样，表示 0 与 0.9Ω 两接线柱的阻值调节范围为 $0.1 \sim 9 \times 0.1\Omega$；0 与 9.9Ω 两接线柱的阻值调节范围为 $0.1 \sim 9 \times (0.1 + 1)\Omega$；0 与

99999.9 两接线柱的阻值调节范围为 $0.1 \sim 9 \times (0.1 + 1 + 10 + 100 + 1000 + 10000)$ Ω。在使用时，如只需要 $0.1 \sim 9 \times 0.1$Ω 或 9.9Ω 的阻值变化，则将导线接到"0"和"0.9"或"9.9"Ω 两接线柱。这种接法可以避免电阻箱其余部分的接触电阻和导线电阻对低电阻带来不可忽略的误差。电阻箱各档电阻允许通过的电流是不同的，现在以 ZX21 型旋转式电阻箱为例，列表 2.5-5。

图 2.5-21 　ZX21 电阻箱内部结构

表 2.5-5　ZX21 型旋转式电阻箱各档额定电流

旋转倍率	×10000	×1000	×100	×10	×1	×0.1
额定电流/A	0.005	0.0158	0.05	0.158	0.5	1.58

与直读式仪表相似，根据误差大小电阻箱分为若干等级。按原机械工业部的电工标准 (D) 36-61，将测量用电阻箱的准确度分为 0.02、0.05、0.1、0.2 和 0.5 级。电阻箱的仪器误差限通常用下面公式计算

绝对误差 $$\Delta_{R_{仪}} = (Ra + bm)\%$$

式中　a——电阻箱的准确度等级；

　　　R——电阻箱示值；

　　　b——与准确度等级有关的系数（等级为 0.1 时一般取 0.2）；

　　　m——所使用的电阻箱的旋钮数。

上述电阻箱如果用在交流电路中，只有在低频（不超过 1kHz）下才能用作"纯电阻"，所以也称为直流电阻箱。

它的额定功率为 0.25W，故各档以 1 为首位的电阻额定功率为 0.25W，取以 2 为首位的电阻时，电阻箱的额定功率为 (0.25×2)W。当几档联用时，额定电流按最大档计算，根据

$$I = \sqrt{\frac{P}{R}}$$

(2.5-11)

可算出电阻箱所能承受的最大电流值，各档最大允许电流如表 2.5-5 所示。

例如，6539Ω 电阻最大允许通过的电流，应以 ×1000 档来计算：

$$I = \sqrt{\frac{P}{R}} = \sqrt{\frac{0.25 \times 2}{2000}} \text{A} = 0.0158 \text{A}$$

电阻箱的误差主要包括电阻箱的基本误差和零电阻误差两个部分。零电阻值包括电阻箱本身的接线、焊接、接触等产生的电阻值。为了减少零电阻引起的误差，ZX21 型电阻箱增加了低电阻 B 接线柱。它与 $R \times 0.1$ 盘相连，AB 端的最大电阻值为 0.9Ω，同理，在 $R \times 1$ 盘抽头设置了 C 接线柱，AC 端的最大电阻值为 9.9Ω；D 端钮就是六个电阻挡相互串联起来后的输出端，AD 端的最大电阻值为 99999.9Ω。

电阻箱的准确度 $a\%$ 各档不同，均标在铭牌上，其允许基本误差 ΔR 为

$$\Delta R = R \times a\%$$

其中 R 为电阻箱读数。

4. 固定电阻

阻值不能调节的电阻器叫做固定电阻。这种电阻体积小，造价低，应用广泛。一般分为碳膜电阻、线绕电阻等类型。每个电阻都注明了阻值的大小和允许通过的电流（或功率）。如图 2.5-22 所示，是将参数直接写在电阻上的金属膜电阻。

图 2.5-22　固定电阻的标称值

使用电阻时应注意以下几点：

1）每个电阻都有其允许通过的最大电流，使用时切勿超过此限制。

2）滑线变阻器限流时，实验前应将其（有效）电阻放在最大位置，分压时应放在最小位置。

3）滑线变阻器作限流器或分压器用时，要注意其阻值与负载的配比关系。

2.5.5　电磁学实验中常用的标准器

1. 标准电池

标准电池是实验室常用的电动势标准器，在正确使用的情况下，这种电池的电动势极度稳定，电动势与温度的关系可以准确地掌握，不产生化学副反应，几乎没有极化作用，并且它的内阻在相当大的程度上不随时间而变化。

标准电池有国际标准电池（又称饱和标准电池）和非饱和标准电池两种。

（1）饱和标准电池　它的结构如图 2.5-23 所示，电池的主体是一个密闭的 H 形玻璃容器，在它的两个下端各封入一个白金电极。正极是汞（Hg），汞上面是硫酸汞（$HgSO_4$）和碎的硫酸镉晶体（$CdSO_4 + 8/3H_2O$）所混成的糊状物，再上面是硫酸镉晶体，晶体上面是硫酸镉的饱和溶液，作电解液。电池的负极是镉汞合金，镉汞合金上

图 2.5-23　标准电池结构

面是硫酸镉晶体，再上面是硫酸镉饱和水溶液，容器的连接部分充满电解液。由于在电池内有硫酸镉的晶体存在，因此，在任何温度下硫酸镉溶液总是饱和的，电池容器在上端封口。国际标准电池的内阻在 $500\sim1000\Omega$ 范围内。

电池的电动势在 $0\sim40℃$ 范围内可按下式进行修正：

$$E_t = E_{20} - E'$$

$$\{E'\}_V = \{39.9\times[(t)_{℃}-20] + 0.94\times[(t)_{℃}-20]^2 - 0.009\times[(t)_{℃}-20]^3\}\times10^{-6}$$

式中，E_t 为温度为 t（摄氏温度）时的电动势，E_{20} 是温度为 $20℃$ 时的电动势，$\{E'\}_V$ 表示 E' 以 V 为单位时的数值，$(t)_{℃}$ 表示 t 以 ℃ 为单位时的数值。

（2）非饱和标准电池　其结构与饱和标准电池基本相同，只是电池内没有硫酸镉晶体。在温度高于 $4℃$ 时，用作电解液的硫酸镉溶液不饱和。由于电流作用，电解液浓度要发生变化，因此这种电池的稳定性比饱和标准电池电动势的稳定性要低得多。但也有它的优点：内阻较小（不大于 600Ω），温度系数很小。在 $10\sim40℃$ 范围内，每变化 $1℃$ 非饱和标准电池电动势的变化不超过 $15\mu V$，故一般应用时可以不作温度修正。饱和标准电池的温度系数要比非饱和电池大四倍。

标准电池按其准确度和稳定性可以分为 Ⅰ、Ⅱ、Ⅲ 三级，表 2.5-6 列出了标准电池在 $20℃$ 时允许的电动势值、准确度和随时间变化的允许值。

表 2.5-6　标准电池的技术特性

类别	稳定度级别	E_{20}/V	1min 内，最大允许流过的电流/μA	在 1a（年）中电动势的允许变化/μV	温度/℃		内阻值不大于/Ω	
					保证准确度	可使用于	新的	使用中的
饱和式	0.0002	1.0185900~1.0186800	0.1	2	19~21	15~20	700	
	0.0005	1.0185900~1.0186800	0.1	5	18~22	10~30	700	
	0.001	1.018590~1.018680	0.1	10	15~25	5~35	700	2000
	0.005	1.01855~1.01868	1	50	10~30	0~40	700	2000
	0.01	1.01855~1.01868	1	100	5~40	0~40	700	3000
非饱和式	0.005	1.01880~1.01930	1	50	15~25	10~30	500	
	0.01	1.01880~1.01930	1	100	10~30	5~40	500	3000
	0.02	1.0186~1.0196	10	200	5~40	0~50	500	3000

2. 标准电阻

标准电阻用锰铜线或锰铜条制成。锰铜是铜（84%）镍（4%）和锰（12%）的合金，电阻温度系数（$\alpha\approx0.0001/℃$）很小。标准电阻一套有 9 个，阻值分别为 $10^{-3}\sim10^5\Omega$。表 2.5-7 列出了标准电阻的技术特性。

表 2.5-7　标准电阻的技术特性

准确度等级	0.005	0.01	0.02	0.05
电阻标称值/Ω	$10^{-3}\sim10^5$	$10^{-3}\sim10^6$	$10^{-4}\sim10^7$	$10^{-4}\sim10^8$
保证准确度的温度/℃	19~21	18~22	17~23	17~23
使用温度/℃	15~25	10~30	5~35	5~35
额定功率/W	0.1	0.1（或 0.3）	0.1（或 1）	1（或 3）
最大允许功率/W	0.3	1（或 3）	0.3（或 3）	10（或 30）

低值标准电阻为了减少接线电阻和接触电阻设有 4 个端钮，cc 为电流端钮，pp 为电压端钮。

使用标准电阻时，应注意小于环境温度且温度变化较小。

3. 标准电容器

标准电容器的准确度等级有 0.01、0.02、0.05、0.1 和 0.2 五级。电容箱的等级较低，有 0.05、0.1、0.2、0.5 和 1 等五级。BR8 型标准云母电容器技术特性见表 2.5-8。

表 2.5-8 BR8 型标准云母电容器的技术特性

型号	BR8-1	BR8-2	BR8-3	BR8-4
额定值/μF	0.001	0.01	0.1	1
准确度（%）	±0.5	±0.2	±0.2	±0.2
损耗角正切值/°C	$< 2.5 \times 10^{-3}$	$< 5 \times 10^{-3}$	$< 1 \times 10^{-3}$	$< 1 \times 10^{-3}$
温度系数	$< 2 \times 10^{-4}$			
工作条件	额定 50V，最大 250V；频率 400～10000Hz			

使用标准电容器时应注意：

1）标准电容器一般有三个端钮，即两个测量电极（常记为 "1"、"2"）和一个绝缘的屏蔽外壳端钮（常记为 "0"）。一般使用时，屏蔽外壳端钮和一测量电极相接。

2）应考虑周围强电场对电容值的影响。

4. 标准电感箱

标准电感箱分有标准自感器和标准互感器两大类。每类又分为定值和可变两种形式。准确度等级分为 0.01、0.02、0.05、0.1 和 0.2 五种。

BH3 型标准互感器额定值有 1、0.1、0.01、0.001 四种；准确度等级有 0.2～0.5 等。BG6 型标准自感线圈的技术特性见表 2.5-9。

表 2.5-9 BG6 型标准自感线圈的技术特性

额定值/H	1	0.1	0.01	0.001	0.0001
直流电阻/Ω	< 200	< 20	< 3	< 1	< 0.5
频率范围/Hz	950～1050	50～1500	50～3500	50～10000	50～10000
基本误差（%）	$< \pm 0.1$				

2.5.6 各种开关

开关又称为电键，有多种形式，用来接通或断开电源、选择电流回路或改变电流、电压的方向。实验室常用的有单刀单掷开关、按键开关、单刀双掷开关、双刀双掷开关、保护开关组及反向开关。另外，还有光电式开关等。表 2.5-10 列举了常见电器元件和各种开关的图形符号。

表 2.5-10 电器元件和各种开关的图形符号

名　称	符　号	名　称	符　号
变阻器 （可调电阻）		可变电容器	
电容器的一般符号		电感线圈	

（续）

名　称	符　号	名　称	符　号
互感线圈		单刀双掷开关	
二极管		双刀双掷开关	
三极管（P-N-P 型）		反向开关	
单刀单掷开关		保护开关组	510Ω 510Ω
按键开关			

2.6　普通物理实验室常用光源

1. 白炽灯

白炽灯是以热辐射形式发射光能的电光源。它以高熔点的钨丝为发光体，通电后温度约2500K，达到白炽发光。玻璃泡内抽成真空，充进惰性气体，以减少钨的蒸发。这种灯的光谱是连续光谱。白炽灯可做白光源和一般照明使用。使用低压灯泡应特别注意是否与电源电压相适应，避免误接电压较高的电插座造成损坏事故。

2. 汞灯

汞灯是一种气体放电光源。常用的低压汞灯，其玻璃管胆内的汞蒸气压很低（约几十到几百帕之间），发光效率不高，是小强度的弧光放电光源，可用它产生汞元素的特征光谱线。GP20 型低压汞灯的电源电压为 220V，工作电压 20V，工作电流 1.3A。

高压汞灯也是常用的光源，它的管胆内汞蒸气气压较高（有几个大气压），发光效率也较高，是中高强度的弧光放电灯。该灯用于需要较强光源的实验，加上适当的滤光片可以得到一定波长的单色光。GGQ50 型仪器高压汞灯额定电压 220V，功率 50W，工作电压（95 ± 15）V，工作电流 0.62A，稳定时间 10min。

汞灯工作时必须串接适当的镇流器，否则会烧断灯丝。为了保护眼睛，不要直接注视强光源。正常工作的灯泡如遇临时断电或电压有较大波动而熄灭，必须等待灯泡逐步冷却，汞蒸气降到适当压强之后才可以重新起动。

3. 钠灯

钠光谱在可见光范围内有 589.59nm 和 588.99nm 两条波长很接近的特强光谱线，实验室通常取其平均值，以 589.3nm（D 线）的波长直接作为近似单色光使用。此时其他的弱谱线实际上被忽略。低压钠灯与低压汞灯的工作原理相类似。充有金属钠和辅助气体的玻璃泡是用抗钠玻璃吹制的，通电后先是氖放电呈现红光，待钠滴受热蒸发产生低压蒸气，很快取代氖气放电，经过几分钟以后发光稳定，射出强烈黄光。

4. 光谱管（辉光放电管）

这是一种主要用于光谱实验的光源，大多数在两个装有金属电极的玻璃泡之间连接一段细玻璃管，内充极纯的气体。两极间加高电压，管内气体因辉光放电发出具有该种气体特征光谱成分的光辐射。它发光稳定，谱线宽度小，可用于光谱分析实验作波长标准参考。使用时把霓虹灯变压器的输出端接在放电管的两个电极上。因各元素光谱管起辉电压不同，所以在霓虹灯变压器的输入端接一个调压器，调节电压到管子稳定发光为止。光谱管只能配接霓虹灯变压器或专用的漏磁变压器，不可接普通变压器，否则会被烧毁。光谱管工作电压一般在几百到几千伏之间，必须注意人身安全。每次换接光谱管之前，必须先拔下 220V 插头，以免触电。还要注意，升压不可过高，因为过高的电压会使光谱管寿命缩短，还会增加不需要的杂线干扰。

5. 氦-氖激光器

氦-氖激光器是受激辐射光源，其外形结构如图 2.6-1 所示。它与霓虹灯的一个重要不同之处是以适当的混合气体造成受激原子暂时居留的亚稳态，使原子在各能级上集居数的分布反常，高能级上的原子数目大大多于低能级上的原子数目，受激辐射占据优势，又在毛细管两端的反射镜形成的谐振腔内得到反馈放大，形成笔直的强光。与其他光源相比，它具有极好的单色性、高度的相干性和很强的方向性。因为光能高度集中加之光振荡放大所以亮度也非常高。

常用的全内腔小功率氦氖激光器输出功率 1～2mW，管长约 250mm，用直流高压激励和工作，筒状电极为阴极，最佳工作电流 4～5mA，出射的红光波长为 632.8nm。

图 2.6-1 He-Ne 激光管外形结构图

激光器使用注意事项：

1）按线路接线，严禁正、负极接错，严禁空载。严格控制工作电流范围，点燃后应立即调节到最佳工作电流（即激光输出较强、较稳定的工作电流），通常约为 5～6mA。

2）激光管是两端由多层介质膜片组成的光学谐振腔，必须保持清洁，防止灰尘、油污，严禁用手触摸。

3）使用中不要用手触摸接线头，以防电击。由于激光电源一般都有大电容，即使电源已切断，高压也会维持相当长时间。因此，电源切断后也不能用手触摸接线头。必要时，可将电源的输出端短接，让电容放电。

4）激光束能量很集中，不能用眼睛直接观察，否则会造成人眼视网膜永久损伤。

2.7 气压计

1. 结构原理

福庭式气压计是一种常用的水银气压计，其结构如图 2.7-1 所示。一根长约 80cm 的玻璃管一端封口，灌满水银后垂直地倒插入水银杯内，当有标准大气压作用在杯内水银面上时，管内水银柱将会下降到距杯内水银面 76cm 的高度。当气压变化时，水银柱的高度也随之改变，这就是水银气压计的测量原理。利用玻璃管旁设置的标尺及游标可测量水银柱的高度。米尺的下端连接着一个象牙针，其针尖是水银柱高度的零起点。

2. 操作和读数方法

1）将气压计调整到与水平面垂直。

2）记录温度计（常附装在气压计的套管面上）上的温度 t。

3）调节玻璃管中水银柱高度的零起点。利用底部水银面调节钮升降水银杯，使杯中水银面恰好与象牙针的尖端接触（利用水银面反射的象牙针倒影判断）。

注意：当玻璃管中水银上升时，它的凸面格外凸出；反之，当其下降时，它就凸得不很显著。为使凸面有正常形状，可用手指在保护管上端靠近水银面外轻轻地弹一下，使水银震动，就能使凸面自由地形成。

4）调整游标微调器手柄，使游标零刻线与玻璃管中水银柱凸面刚好相切（观察时，视线应始终保持水平并随着游标上下移动）。

5）读取尺身与游标的示值，所得读数之和即为所测大气压 p_1，读数要精确到 0.1hPa。（其中：1hPa = 10^2Pa）

6）旋下槽底调节旋钮降低水银面，使水银面下降至象牙针尖 2~3mm。

3. 气压计示值的修正

1）温度修正：由于水银密度随温度升高而变小以及标尺受热膨胀等因素的影响，需将上述气压计示值 p_1 修正到相当于 0℃时的数值。一般以 0℃时水银密度和黄铜标尺长度为准，而水银体膨胀系数 $\alpha = 1.82 \times 10^{-4}$/℃，随温度升高将使读数增大；黄铜的线膨胀系数 $\beta = 1.9 \times 10^{-5}$/℃，它将使读数减小。经温度修正后，大气压为 $p = p_1(1 - 0.000163t)$。式中，t 为附属温度计示值。

2）重力加速度修正：国际上在用水银气压计测定大气压强时，是以纬度 45°的海平面上的重力加速度 $g_0 = 980.665$cm/s^2 为准的。由于各地区纬度不同，海拔高度不同，重力加速度的值也就不同，这就会使同样高度的水银柱具有不同的压强，所以要作重力修正（包括纬度修正和高度修正）。经此项修正后，实际大气压为

$$p = p_1(1 - 2.65 \times 10^{-3}\cos 2\varphi - 3.15 \times 10^{-7}h)$$

式中，φ 为测量点的纬度；h 为该点的海拔高度，单位为 m。

3）仪器差修正：由于毛细管作用而导致水银面降低，以及象牙针尖位置与标尺零点不一致等原因，故需作仪器差修正。此项修正一般定期与标准气压计相比较后作为仪器常数给出。

吊环
玻璃管
游标
水银柱
标尺
游标微调旋钮
黄铜管
附属温度计
象牙针
水银杯
水银面调节钮

图 2.7-1　福延式水银气压计

第3章 物理实验的基本测量方法

物理实验的基本内容是物理测量。物理测量是以实验理论为基础，以实验技术、实验装置为主要手段进行科学研究，取得所需结果的方法。物理测量的内容极为广泛，它包括对力学量、热学量、振动和波的参量、电磁学参量和光学参量等的测量。正是由于物理测量的范围广泛，决定了物理测量不仅仅在与物理有关的科学研究和生产领域，几乎在任何理工科、医学等学科的科学研究、实际生产中都离不开物理测量。另外，许多物理量之间存在各种各样定量的函数关系，在测量某个物理量有困难时，可以考虑测量与它有定量关系的另一个参量，然后通过数学运算即可得知该物理量的量值，这种方法被称为转换测量。转换测量是经常用到的。一般说来，只有时间、质量、温度、电流等少数物理量可以有相应的仪器进行直接测量。大多数物理量都没有可直接读数的仪器直接用于测量。因此，掌握各种间接的测量方法是十分必要的。在科学研究中，转换测量方法的设计是科研能力的体现。

在纷繁的物理测量门类中，测量方法存在一些共性，可以归纳出若干种基本的测量方法。掌握这些测量方法就可以在各种测量中达到思路开阔，方法灵活，为攻克科研中的各种测量难题提供非常实用的技术。可见，掌握物理测量的基本方法具有十分普遍的意义。

3.1 比较法

比较法分为直接比较和间接比较两种。

直接比较非常常见，直接比较是将被测量与同类物理量的标准量具直接进行比较。比如，测量一个物体的长度就是用它与米尺进行比较；同样，测量物体的质量是与天平的砝码质量进行比较；测量光栅衍射某一波长谱线的衍射角，则是通过衍射光线与带有游标的刻度盘上的刻度进行比较。

间接比较是利用物理量之间的函数关系制成相应的仪器来简化测量的过程。例如，电流表在工作时是利用通电线圈在磁场中受到电磁力矩与游丝的扭力矩平衡时，电流的大小与电表指针的偏转量之间有一定的对应关系而制成的。因此，可以用电流表指针的偏转量间接地比较出电路中的电流值。

直流单臂电桥测电阻的基本原理也是比较法。当电桥平衡时，待测未知电阻两端的电势差与用作比较的标准电阻两端的电势差是相同的，通过简单的数学运算即可得知电阻的值。

电势差计也是利用比较法将被测电压与标准电池提供的标准电压进行比较实现电压测量的。

在测量振动系统的频率时，可以通过共振的方法将它的频率与已知的频率相比较来确定这个未知频率。还可以转换成电学量，通过在示波器上显示李萨如图形进行频率的测量。因此，比较测量法是应用得最广泛的方法之一。

3.2　平衡法

在一定的条件下，一些物理量可以达到平衡。在物理实验中运用平衡法的情况有以下 3 种。

1. 力学平衡

力学平衡是最简单、最直观的平衡。天平就是典型的利用力学平衡原理制作的仪器。

2. 电学平衡

电学平衡是指电流、电压等电学量的平衡。例如，直流单臂电桥达到平衡时检流计中将没有电流通过，这时桥路中电阻的阻值之间有简单的比例关系，利用这一关系可以很方便地测量出未知电阻的阻值。电学平衡在精密测量中有广泛的应用。例如在计量工作中，直接复现电流单位的"安培天平"和实现电压单位定义的"电压天平"都是力学平衡与电学平衡综合应用的精密仪器，它们的不确定度可达 1×10^{-5}。

3. 稳定测量

在物理测量中，如果系统的各项参量保持不变，就可以说此系统处于稳定状态。当一个系统处于稳态时，测量其各个参量变得相对容易。稳态也是物理过程达到的某种平衡，因此也属于平衡法具体应用的范畴。例如，在"不良导体热导率的测定"实验中，只有当系统处于稳定状态后才能认定导热速率与散热速率相等，这正是稳态法测量热导率的基本条件。

3.3　放大法

在物理量的测量中，许多待测量属于微小量。比如，微小长度、微弱电流、微弱电信号等，采用常规的测量方法往往无法测出结果。即使测出了结果，由于测量精度低而失去意义。这时需要将被测量放大后再测量，这种方法称为放大法。例如，用拉伸法测量金属丝的弹性模量时，就是通过光杠杆将伸长量放大进行测量的。放大法也包括由于被测量过大而必须先行缩小再进行测量的情况。通常，放大法可分为以下几种：

1. 累计放大

测量一张纸的厚度很难测准确，可以考虑叠放 100 张同样的纸然后测量它们总的厚度，再除以 100，即可得到每张纸的平均厚度。这一原理虽然简单，但有很大的推广价值。比如，用秒表测量单摆的周期，通常是测量单摆摆动 50 或 100 个周期的总时间。从误差的角度看，如果所用机械秒表的仪器误差为 0.1s，设单摆的周期约为 1.0s，则测量单个周期的相对误差为

$$E = \frac{0.1}{1.0} = 10\%$$

若累计测量 100 个周期的时间间隔，则相对误差变为

$$E = \frac{0.1}{100} = 0.1\%$$

同样道理，在光学干涉实验中，测量相邻干涉条纹间的距离时，由于间距太小，为了减少测量的相对误差，需要挑选若干数量的干涉条纹，测量它们的总间距，然后得到相邻干涉条纹之间的距离，从而提高测量的精度。

2. 机械放大

通过机械原理和装置也可以对某些物理量进行放大。例如，测量长度的游标卡尺、外径千分尺就分别是利用游标原理、丝杠鼓轮机械螺旋等将读数放大，使读数更加精确。又如，测量压力用的弹性压力计，当压力变化时，弹性体发生伸长、位移等形变，通过机械放大装置可以直接传动指示仪表进行读数。

3. 光学放大

由于人的视力有限和操作上的困难，应用一般测长仪器常常无法直接测量很小的长度，这时常使用显微镜将被测物体放大后再进行测量。此外，当被测物体相距较远时，可先用望远镜得到被测物体的像，再进行测量。这种利用光学原理的测量方式属于非接触测量。由于它具有不破坏物体原始状态的特点，与接触测量方法相比具有明显的优点。光杠杆镜尺法就是一种典型的利用光放大测量微小长度的方法。

4. 电磁放大

许多物理量都可以转换成电信号，而这些电信号却常常十分微弱。这就需要先让这些微弱的电信号经过电子电路放大后再进行测量。这在非电量的电测量中几乎成为科技人员的惯用方法。

3.4 补偿法

采用一个可以调节的能量装置，用以对实验中某部分能量的损失或能量变换进行弥补，使得实验条件得以满足或接近理想条件，称为补偿法。例如，某人想用电压表测量一只电池的电动势。当他将电压表接在电池两电极时，实际上电压表开通了一个电流的支路。由于电压表内电阻的存在，电压表的示值并非电池的电动势，而是路端电压。为了精确地测出电池的电动势，应当把用于测量的电压表改换成一个电压可调的电源，用这个电源串接一只灵敏电流计再接到待测电池的两个电极上。调节可调电源的电压值，使灵敏电流计显示 "0"。这表明待测电池并未输出电流，它的电压与此时可调电源的电压相一致。读出可调电源的电压值就是该电池的电动势。这种方法是典型的电压补偿法。电势差计就是利用电压补偿法制成的测量仪器。

除了电压补偿外，还有电流补偿法。在与热有关的实验中，温度补偿法可以弥补因某些物理量（比如电阻）随温度的变化而对测试状态带来的影响；在光学实验中，用光程补偿法可弥补光路中光程的不对称性。迈克尔逊干涉仪中的补偿板就是为了弥补两条光路的光程不对称而设计的。

补偿法还可以修正系统误差。在某些测量中往往存在某些不合理因素而导致的系统误差，但又无法排除。这时，可以考虑制造另一种因素去补偿这种不合理因素的影响，使它消失或减弱，从而大大减少由此造成的系统误差。例如，用补偿法测量电动势时，电路中是没有电流的，这就避免了因电路中引入了电表测量而造成的系统误差。

3.5　模拟法

模拟法是一种间接的测量方法。这种方法不直接研究某个物理现象本身，而是用与该物理现象相似的模型进行研究。采用模拟法的基本条件是模拟量与被模拟量必须是等效的或相似的。模拟法用途很广，许多难以测量或无法测量的物理量可以通过模拟法进行测量。在工程设计中也常采用模拟试验的方法进行研究。

模拟法可分为物理模拟和数学模拟。物理模拟是保持同一物理本质的模拟。比如光弹性实验可以模拟工件内部所受应力的分布情况；高速空气流动的"风洞"可以模拟飞机在大气中的飞行。在静电场的研究中，对于有一定对称性的形状规则的带电体的电场分布，一般可以用解析法求出。在实际中，场源的电极常常是不对称、不规则的带电体。例如，电子显像管、电子显微镜、电子加速器内部的聚焦电场等，都无法直接用解析法求解。这时，模拟法就显得至关重要。

数学模拟又称类比法。如果一个物理过程所遵循的规律可以用某种数学模型描述，那么运用类比法就可以得到这个物理过程的解。例如，力学共振与电学共振虽然完全不同，但它们都有相同的二阶微分方程。通过类比就可以绕过复杂的数学过程直接得到它们的解。

3.6　干涉法

在上述放大法中，用光杠杆和外径千分尺测量长度能达到 10^{-6} m 的精度。如果测量更加微小的长度或长度变化，就需要用光的干涉法，它可以使测量的精度达到光波长的量级。

光的干涉法是以光的干涉为基础的。由光的波动理论知道，利用分波阵面或分振幅的方法都可以把一束光分成两束相干光，它们经过不同的光程后再相遇，可获得干涉图形。这一干涉图形的形状、位置、条纹间距等取决于各相干光束在各点的光程差、光波的光谱分布和光源的大小等。因此，使用一定的干涉装置得到的干涉图形仅是一个中间信息。通过对干涉图形的分析和计算，可以确定光程差的变化、几何路程的变化或折射率的变化等。利用这个原理，设计了多种高精度的计量干涉仪，可以用来测量光波的波长，精确测定微小长度、厚度的变化以及微小角度或它们的微小变化，检验工件表面的平面度、球面度、粗糙度，测定媒质的折射率，等等。此外，光的衍射同样可以用在物理测量中，比如，一个金属横梁在外力的作用下发生微小弯曲。这个弯曲量就可以通过光的衍射来测量。其方法是，在横梁中央的表面平行安装两个边缘平直的铁块，使它们之间有一个微小缝隙。用一束激光照射这个缝隙，在缝隙后面的屏上比较横梁受力前后衍射条纹的变化情况就可以确定横梁的形变量。由于此测量利用了单缝衍射原理，所以可以把这种测量方法叫做衍射法。

3.7　光谱法

三棱镜可以通过折射使一束白光按波长展开，形成从红光到紫光的可见光谱。这种利用分光元件把复色光分解成单色光的过程叫做分光或色散，而不同波长的光线按一定规律分开排列则称为光谱。在实验室中，常用的分光元件或装置除了三棱镜外，还常用衍射光栅、法布里-珀罗标准具等。它们各有一定的分光原理，各具特色。三棱镜的色散很明显，光谱也不重叠，使用灵活方便。光栅可按单色光的波长形成亮而细的线状光谱。这种线状光谱非常有利于对光谱的定量分析与测量。法布里-珀罗标准具适用于作光谱精细结构的研究。

利用各种分光元件、入射光系统（准直透镜）及记录系统（照相透镜和探测器等）可构成各种形式的光谱仪和摄谱仪。比如单色仪、光栅光谱仪和棱镜摄谱仪等。

各种元素发出的光线有特定的光谱，因此，光谱法广泛用于光谱分析、晶体结构分析、全息技术等。近年来，在现代光学技术及光学信息处理方面也有重要的应用。

3.8　转换测量法

数以百计的物理效应把各种物理量联系起来，并且在不同的物理量之间建立了定量的函数关系。所以，要测量某一物理量，常常可以转换成通过测量另一个物理量来实现。随着科学技术的发展，物理实验方法对各个学科的渗透也越来越广泛，而物理实验技术本身也不断地向高精度、宽量程、快速测量、遥感和自动化测量的方向发展，转换测量方法更加突显其重要性和实际的意义。

概括地讲，转换测量法可以把不可测量的量转换成可以测量的量，把不易测准的量转换成可测准的量。转换测量法可分为参量转换测量法和传感器转换测量法。

1. 参量转换测量法

参量转换测量法是利用各种参量的变换及其变化的定量函数关系进行测量的方法。这种测量方法几乎贯穿于所有物理实验中。例如，利用测量单摆的周期 T，可以测得重力加速度 $g\left(g=4\pi^2\dfrac{l}{T^2}\right)$。在光栅光谱实验中，测出某一单色光的衍射角 φ 就可以测定光栅常数 d 或光波的波长 $\lambda\left(d\sin\varphi=k\lambda\right)$ 等。

2. 传感器转换测量法

传感器转换测量法又称为能量转换测量法。传感器的作用与人的感觉器官类似，它可以将各种被测信号（包括物理、化学、生物等量）转换为可测量的电信号，也可以将非光学量转换为光学量进行测量。由于传感器能把一种形式的能量转换成为另一种形式的能量，所以常称之为"换能器"。

传感器的种类很多，大体上可分为声、光、电、热、力、磁、光纤、湿、生物等 9 大类。随着信息时代的发展，传感器的事业将有更大的发展。

一切现代化仪器设备几乎都离不开传感器。测量时常常需要利用转换测量法进行测量。例如，电阻温度计就是一种利用对温度敏感的热敏电阻材料制成的温度测量仪器。就金属材料的热敏电阻而言，温度每升高 1℃，其内阻就增加 0.4% ~ 0.6%。因此，只要对其电阻进行测量，就可以得到相应的温度值。电阻温度计属于热电传感器。类似地，还有磁电传感器、压电传感器、光电传感器等。这些传感器可以将压力、流速、转速等转换成电学量进行测量。

光纤是 20 世纪后半期的一项重大发明。它与激光器、半导体光探测器等构成的光电子技术，在通信领域获得广泛应用。同时，光纤也在其他领域获得开发与应用。光纤传感器是一种很有前途的新型传感器。光纤传感器是将被测对象的状态转换成光信号来进行检测的光学传感器。按照结构，光纤传感器大致可分为两类：一类是利用光纤与光波本身特性受被测对象影响而发生变化制成的传感器，称为传感光纤型光纤传感器，它可以利用各种物理效应检测压力、振动、温度、速度、角速度等；另一类是在光纤端头装上其他传感元件，利用光纤传输光信号，称为传输光纤型光纤传感器。它利用液晶、半导体晶体、光弹性元件、电子电路等作光转换元件，可以检测温度、压力、振动、位移、电流、磁场、电压等。目前，实用化的光纤传感器还不多，多数光纤传感器还处于研究之中。

3.9 其他测量方法

在物理实验中，除了上述测量方法外，还有许多其他方法。例如，用交换法（对置法）来消除天平悬臂长度不一致的系统误差；对于测角度的仪器，由于转轴偏心而引起的周期性系统误差，可采用每经过半个周期进行偶数次测量的半周期偶数测量法；在灵敏电流计研究中，改变方向使光标左右分别偏转相同的格数，测量值取两次的平均值，以减小电流计零点调节和内部磁场不均匀造成的误差。这种方法称为异号法，它可以使误差出现两次且符号相反，取其平均值来消除系统误差的影响。

另外，随着计算机科学的发展，计算机控制、数据采集和处理这一现代化测试方法引进物理实验，用微机做实验终端，通过接口电路、传感器和实验仪器共同完成物理量的测量。计算机的应用还使得仿真实验成为现实。仿真实验可以利用计算机设计与开发虚拟的实验仪器，建立虚拟的实验环境。在虚拟的实验环境中，利用鼠标和键盘操作虚拟的实验仪器，模拟真实的实验过程。这对于物理实验的现代化，以及进行更复杂、更有难度的物理实验将具有更大的意义。

第 4 章 基础性实验

实验 4.1 长度的测量

【实验目的】

（1）学习游标卡尺、外径千分尺的测量原理和使用方法。

（2）掌握一般仪器的读数规则。

【实验仪器】

游标卡尺、外径千分尺、空心圆柱体、金属铜片、塑料片等。

【实验原理】

游标卡尺和外径千分尺的工作原理及其读数方法见本书2.1节。

【实验内容】

（1）用游标卡尺测量空心圆柱体的外径（或内径、深、高）5次。

（2）用外径千分尺测量金属片、塑料片的厚度各5次。

【数据处理】

1. 测空心圆柱体的外径5次。

1）将测量数据填入表4.1-1，并计算各测量值的平均值及合成标准不确定度。

游标卡尺的分度值 $\delta = $ _____ mm，零点读数 $D_0 = $ _____ mm

游标卡尺的仪器误差 $\Delta_{仪} = $ _____ mm

表 4.1-1

次数 项目	1	2	3	4	5	平均值	合成标准不确定度
外径 D/mm							

标准不确定度 A 类分量

$$u_A(\overline{D}) = s_{\overline{D}} = \frac{s_D}{\sqrt{n}} = \sqrt{\frac{\sum_{i=1}^{n}(D_i - \overline{D})^2}{n(n-1)}} = \underline{\qquad} \text{ mm}$$

标准不确定度 B 类分量

$$u_B(D) = \frac{\Delta_{仪}}{\sqrt{3}} = \underline{\qquad} \text{ mm}$$

合成标准不确定度

$$u_c(D) = \sqrt{u_A^2(\overline{D}) + u_B^2(D)} = \underline{\qquad} \text{ mm}$$

2）测量值的修正：

$$D = \overline{D} - D_0 = \underline{\hspace{3cm}} \text{ mm}$$

3）测量结果：

$$D \pm u_c(D) = \underline{\hspace{3cm}} \text{ mm}$$

2. 测金属片、塑料片的厚度各 5 次。

1）将测量数据填入表 4.1-2，并计算各测量值的平均值及合成标准不确定度。

千分尺的分度值 = \underline{\hspace{2cm}} mm，零点读数：$H_0 = $ \underline{\hspace{2cm}} mm

千分尺的仪器误差：$\Delta_{仪} = $ \underline{\hspace{2cm}} mm

表 4.1-2

次数 被测量	1	2	3	4	5	平均值	合成标准不确定度
金属片厚度 H/mm							
塑料片厚度 L/mm							

标准不确定度 A 类分量

$$u_A(\overline{H}) = s_{\overline{H}} = \frac{s_H}{\sqrt{n}} = \sqrt{\frac{\sum\limits_{i=1}^{n} (H_i - \overline{H})^2}{n(n-1)}} = \underline{\hspace{3cm}} \text{ mm}$$

$$u_A(\overline{L}) = s_{\overline{L}} = \frac{s_L}{\sqrt{n}} = \sqrt{\frac{\sum\limits_{i=1}^{n} (L_i - \overline{L})^2}{n(n-1)}} = \underline{\hspace{3cm}} \text{ mm}$$

标准不确定度 B 类分量

$$u_B(H) = \frac{\Delta_{仪}}{\sqrt{3}} = \underline{\hspace{3cm}} \text{ mm}$$

$$u_B(L) = \frac{\Delta_{仪}}{\sqrt{3}} = \underline{\hspace{3cm}} \text{ mm}$$

合成标准不确定度

$$u_c(H) = \sqrt{u_A^2(\overline{H}) + u_B^2(H)} = \underline{\hspace{3cm}} \text{ mm}$$

$$u_c(L) = \sqrt{u_A^2(\overline{L}) + u_B^2(L)} = \underline{\hspace{3cm}} \text{ mm}$$

2）测量值的修正：

$$H = \overline{H} - H_0 = \underline{\hspace{3cm}} \text{ mm}$$

$$L = \overline{L} - L_0 = \underline{\hspace{3cm}} \text{ mm}$$

3）测量结果：

$$H \pm u_c(H) = \underline{\hspace{3cm}} \text{ mm}$$

$$L \pm u_c(L) = \underline{\hspace{3cm}} \text{ mm}$$

【思考题】

（1）确定游标卡尺的分度值需要知道尺身 \underline{\hspace{2cm}} a 和 \underline{\hspace{2cm}} n，分度值的一般计算公式为 \underline{\hspace{2cm}}。

（2）游标卡尺的读数方法是：从游标零刻线左边的_____刻线读出_____，从与主尺某刻线对齐的_____刻线读出毫米以下的小数部分，两者相加就得到测量值。

（3）外径千分尺的读数方法是：先以微分筒的棱边作为读数准线从固定套管上读出_____，再以固定套管的_____作为读数准线从微分筒上读出_____，还要估读到_____的 1/10。

（4）轻轻转动测力装置，使千分尺的测微螺杆和测砧（参看 2.1 节仪器介绍）的测量面接触，微分筒的_____与固定套管的_____对准，同时微分筒的_____与固定套管的_____对准，这时千分尺的零点读数为 0.000mm。若微分筒的零刻线在固定套管水平线之上，零点读数取_____值，若微分筒的零刻线在固定套管的水平线之下，零点读数取_____值。

实验 4.2　物体密度的测量

【实验目的】

（1）学会正确使用物理天平。

（2）测定规则物体的密度。

【实验仪器】

游标卡尺、外径千分尺、物理天平、待测圆柱体。

【实验原理】

直径为 d、高为 h、质量为 m 的圆柱体体积是

$$V = \frac{1}{4}\pi d^2 h \tag{4.2-1}$$

圆柱体密度定义为

$$\rho = \frac{m}{V} = \frac{4m}{\pi d^2 h} \tag{4.2-2}$$

实验中利用长度测量仪器直接测量圆柱体的直径 d、高 h，用物理天平称出其质量 m 代入式（4.2-2），便可求出圆柱体的密度。

【实验内容】

1. 调整物理天平

（1）调底座水平：旋转底脚螺钉，使水平仪的气泡位于中心。

（2）调零点：将游码移至横梁的左端，转"开关旋钮"支起横梁，观察指针是否指在标牌中间，调节平衡螺母，使指针指向标牌中央。

（3）称衡：将被称物体放于左秤盘，砝码放于右秤盘，进行秤衡。

2. 测量规则物体的密度

（1）用天平称铜圆柱体的质量 m，测一次，记下天平的分度值。

（2）分别用外径千分尺和游标卡尺测量铜圆柱体的直径 d 和高 h，重复 5 次。

【数据处理】

天平的分度值 = _____ g，仪器误差 $\Delta_{m仪}$ = _____ g

游标卡尺的分度值 = _____ mm，零点读数 h_0 = _____ mm

仪器误差 $\Delta_{h仪}$ = _____ mm

外径千分尺的分度值 = _____ mm，零点读数 d_0 = _____ mm

仪器误差 $\Delta_{d仪}$ = _____ mm

（1）将数据填入表 4.2-1，计算标准不确定度，写出测量结果。

表 4.2-1

读 数　　　项目 次　　数	d/mm	h/mm	m/g
1			
2			
3			
4			
5			
平均值			
合成标准不确定度 u_C			

（2）计算圆柱体的密度及其标准不确定度，写出测量结果。

【思考题】

（1）物理天平是称衡物体质量的仪器，主要技术规格有：1）_____，2）_____，3）_____。

（2）在天平上取放物体、取放砝码、移动游码以及调节平衡螺母等都必须_____方向转动制动旋钮，将天平的横梁放下，只有在判断天平平衡时，才能_____转动制动旋钮，支起横梁。

（3）一台合格的天平，无论如何调节平衡螺母，天平不能平衡，可能原因有：1）_____，2）_____，3）_____。

实验 4.3　金属弹性模量的测定

在生产和科学研究中常常根据不同的使用条件而选择不同力学性质的材料。弹性模量是描述固体材料抵抗形变能力的重要物理量，是选定机械构件材料的重要依据，是工程技术中常用的参数。测量弹性模量的方法有拉伸法、振动法、梁的弯曲法、内耗法等，本实验利用拉伸法测量金属丝的弹性模量。

【实验目的】

（1）学习用拉伸法测量金属丝弹性模量的方法。

（2）学会用逐差法处理实验数据。

【实验仪器】

弹性模量测量仪、外径千分尺、米尺、砝码等。

【仪器介绍】

弹性模量测量仪主要由弹性模量仪主体、显微镜组、CCD 摄像头组和监视器组合而成，并且还包括外径千分尺、米尺等，如图 4.3-1 所示。

图 4.3-1　弹性模量仪结构示意图

1—底座　2—支柱　3—立柱　4—连接杆　5—支架　6—固定支架　7—显微镜

8—显微镜支架　9—二维底座　10—CCD 摄像头　11—监视器

1. 弹性模量仪主体

弹性模量仪的主体包括钢丝固定组、砝码组、支撑架和底盘组。钢丝固定组采用专用夹具固定钢丝，便于安装和拆卸，且钢丝的形变量小。砝码组所采用的砝码是经标定的 M1 级增托砝码，精度较高。底板组采用不锈钢表面，外表美观且不易生锈。

2. 显微镜组

由显微镜和固定显微镜的支架组成，支架下方的磁力底座能吸附在工作台面上，保证显微镜能够牢牢地固定于工作台面上。显微镜的镜头可以来回伸缩，这样可以得到清晰的物体的像。显微镜的支架可作二维调整，且可连续细微调节。

3. CCD 摄像头组

采用 420 线/mm 的黑白摄像头和固定支架，支架下方为磁力底座，能吸附在工作台面上，防止因意外碰撞而改变光路。CCD 摄像头支架可上下、前后调整。上下调整包括粗调和细调两种功能。

4. 监视器组

采用 14in（英寸）的黑白监视器。在实验时可在监视器上清晰地看到钢丝的伸长。

【实验原理】

在外力作用下物体要发生形变，当形变较小时，外力撤除后物体的形变随之消失，物体完全恢复到原状，称这样的形变为弹性形变。若形变超过了一定限度，外力撤除后物体不能完全恢复原状，仍有剩余形变，这称为塑性形变。当外力进一步增大到某一值时，物体会突然发生很大的形变，该点称为屈服点。在达到屈服点后，材料可能发生断裂。

设长为 L、横截面积为 S 的均匀直金属丝，在沿长度方向的外力 F 作用下伸长了 ΔL。金属丝的相对伸长 $\Delta L/L$ 称为应变，金属丝单位横截面积所受的力 F/S 称为应力，在弹性形变限度内满足胡克定律，应力与应变成正比，即

$$\frac{F}{S} = E \cdot \frac{\Delta L}{L} \tag{4.3-1}$$

式中，比例系数 E 称为弹性模量，它表征材料的性质。弹性模量仅与材料本身的结构、化学成分及其加工制造方法有关，其大小标志材料的刚性。

在样品横截面积 S 上施加作用力 F，并测出该力引起的应变 $\Delta L/L$，即可利用式（4.3-1）计算出材料的弹性模量

$$E = \frac{4FL}{\pi d^2 \Delta L} \tag{4.3-2}$$

在实验中用砝码提供拉伸钢丝的力，同时用显微镜和 CCD 成像系统来检测钢丝的伸长量，进而通过式（4.3-2）来计算弹性模量的大小。

【实验内容】

测量金属丝的弹性模量：

（1）将钢丝托架下放，在砝码托上加上一个 0.2kg 的砝码，使钢丝处于拉直状态。

（2）调节 WYM-1 型 CCD 弹性模量测定仪的底脚螺钉，使悬挂砝码的金属杆穿过托架中心孔的正中央，当杆不和孔周围发生接触时，可判断此时底座水平、钢丝铅直。

（3）将 CCD 摄像头与监视器连接好，打开监视器和 CCD 摄像头电源，调节监视器的对比度和灰度旋钮，确保在监视器内看到 CCD 摄像头所拍摄的图像清晰。

（4）将测微目镜固定在磁力底座上，使测微目镜的物镜一端距离划有十字的小圆玻璃 0.5cm 左右，通过磁力底座和支架精细地调节测微目镜的高低和前后，使测微目镜光轴与小圆玻璃上的十字划线的中心等高，且使测微目镜光轴垂直小圆玻璃表面。调好后，将磁力底座锁紧，以防止意外碰撞使显微镜的位置发生变化。调节目镜，直至用眼睛可以看到清晰的标尺像，然后调节目镜套筒的前后距离，直至用眼睛可以看到清晰的十字像为止。如果划有十字的小圆玻璃没有面向测微目镜，则可轻轻转动一下塑料套筒，使其面向目镜。

（5）将 CCD 摄像头放置在磁力底座上，其摄像头上已经安装了调焦镜头，通过磁力底座和支架精细地调节 CCD 摄像头的高低和前后，使其尽量贴近准测微目镜，并与测微目镜共轴。

（6）调节 CCD 摄像头前的调焦镜头和监视器的调节旋钮，直到监视器中能看到清晰的钢丝像为止。

（7）试加几个砝码，估计一下满负荷时标尺读数是否够用（也可用计算法算出），调好后取下砝码。

（8）加减砝码。调节完成后，砝码托上剩余一个砝码，读出第一个标尺读数，然后逐个加砝码，每加一个砝码，记录一次标尺的位置，增加砝码到 6 个后（连第一个砝码共 6 个），依次减砝码，每减一个砝码，记下相应的标尺位置。

（9）在砝码托上留下一个砝码时，用米尺测出钢丝的原长 L（两夹头之间的部分）（测一次）。

（10）将所有砝码取下，并将钢丝托架上升，使钢丝自然弯曲不受外力。

（11）在钢丝上选不同部位及方向（尽量避免两个端点附近的位置），用外径千分尺测出钢丝的直径（测五次）。

【注意事项】

（1）实验系统调好后，一旦开始测量，就不能对系统任一部分进行调整，否则，所有数据要重新测量。

（2）加减砝码时，要轻拿轻放，让砝码开口均匀地朝向各个方向，使重心落在金属丝所在的铅垂线上。

（3）注意保护显微镜和 CCD 摄像头的镜头，不能用手触碰镜面。

（4）测量钢丝直径时，注意不要将钢丝硬性弯折，如果钢丝严重生锈和弯曲变形，则必须更换钢丝。

（5）实验完成后将砝码取下，将钢丝托架上升，使钢丝自然弯曲不受外力，防止钢丝长时间受力而疲劳伸长。

【数据处理】

（1）用逐差法处理标尺读数，并计算标准不确定度，写出测量结果。

序号	砝码/kg	标尺读数/mm			$\Delta L_j = (L_{i+3} - L_i)$ /mm	$\overline{\Delta L}$ /mm
		增加砝码 L_+	减少砝码 L_-	平均 $\overline{L}_i = \dfrac{L_+ + L_-}{2}$		
1	0.200					
2	0.400					
3	0.600					
4	0.800					
5	1.000					
6	1.200					

（2）自拟表格，记录金属丝直径 d、金属丝长度 L，并计算各量的标准不确定度。

（3）计算弹性模量及其标准不确定度。

【思考题】

（1）为什么用逐差法处理标尺读数？

（2）如何调节光路使标尺的成像能清晰地显示在监视器上？

实验 4.4　物体转动惯量的测定

转动惯量是物体转动惯性大小的量度，是表明物体特性的一个物理量，它不仅与物体的质量有关，而且还与质量分布（形状、大小、密度分布等）和转轴位置有关。对于几何形状规则、质量分布均匀的物体可以通过数学计算求出其绕定轴转动的转动惯量。但是对于大多数形状复杂的物体是不能通过数学计算求出其转动惯量的，通常要用实验的方法测定。实验测定物体转动惯量的方法有多种，如：动力法、扭摆法和复摆法。

【实验目的】

（1）用扭摆仪测定几种不同形状物体的转动惯量并与理论值进行比较。

（2）研究系统的转动惯量与质量分布的关系。

【实验仪器】

扭摆转动惯量测试仪、游标卡尺、金属载物圆盘、实心塑料圆柱体、金属圆筒、实心球体、细金属杆及金属滑块、电子天平。

【仪器介绍】

扭摆转动惯量测试仪的构造如图 4.4-1 所示，它是由主机和光电传感器两部分组成。在扭摆的垂直轴上装有一个薄片状的螺旋弹簧，用以产生恢复力矩。在轴的上方可以装上各种待测物体。垂直轴与支座之间装有轴承，以降低摩擦力矩。水平仪的作用是调整系统平衡。

图 4.4-1　扭摆仪结构

本实验利用定数计时功能测定扭摆周期。光电探头由红外发射管和红外接收管组成，将光信号转换为脉冲信号，送入主机工作。仪器调整及定数计时使用方法如下：

（1）调节光电传感器在固定支架上的高度，使被测物体上的挡光杆能自由往返地通过光电门，再将光电传感器的信号传输线插入主机输入端。

（2）开启主机电源，仪器面板上的摆动指示灯亮、参量指示为"P_1——第一次测量"，本仪器设定重复测量的最多次数为 5 次，即（P_1，P_2，…，P_5）。数据显示为"— — — —"。

（3）按"执行"键，数据显示为"000.0"，表示仪器已处于等待状态，此时，当被测物体上的挡光杆通过光电门时，仪器开始连续计时，一直测到仪器所设定的周期数时（本机设定的周期数为 10）自动停止计时，显示器显示累计时间，同时仪器自行计算周期 C_1 并储存起来，以供查询和作多次测量求平均值，至此，P_1 测量完毕。

（4）按"执行"键，"P_1"变为"P_2"，数据显示又回到"000.0"，仪器处于第二次待测状态。通过"查询"键，可知每次测量的周期及它们的平均值 C_A。

重新设定周期数的方法：

转动惯量仪设定的扭摆周期数为 10，如果临时更改，可按以下步骤进行：

（1）按"置数"键参量显示"$n =$"，数据显示"10"。

（2）按"上调"键，周期数依次加 1，按"下调"键，周期数依次减 1，周期数能在 1～20 范围内任意设定，再按"置数"键确认，显示"F1 end"或"F2 end"。

（3）必须指出，上述周期的更改不具备记忆功能，一旦切断电源或按"复位"键，便又恢复到原来设置的周期数 10。

【实验原理】

将装在垂直轴上的物体在水平面内转过 θ 角度后，在弹簧恢复力矩的作用下，物体开始绕垂直轴作往复扭转运动。根据胡克定律，弹簧受扭转而产生的恢复力矩 M 与所转过的角度成正比，即

$$M = -K\theta$$

式中　K——弹簧的扭转常数，决定于弹簧本身性质。根据转动定律

$$M = I\beta \tag{4.4-1}$$

式中　I——物体的转动惯量。忽略轴承的摩擦力矩，物体转动的角加速度为

$$\beta = \frac{\mathrm{d}^2\theta}{\mathrm{d}t^2} = \frac{M}{I} = -\frac{K}{I}\theta$$

令

$$\omega^2 = \frac{K}{I}$$

有

$$\frac{\mathrm{d}^2\theta}{\mathrm{d}t^2} = -\omega^2\theta \tag{4.4-2}$$

方程（4.4-2）表明扭转运动具有简谐振动的特征。简谐振动的周期为

$$T = \frac{2\pi}{\omega} = 2\pi\sqrt{\frac{I}{K}}$$

则

$$I = \frac{K}{4\pi^2}T^2 \tag{4.4-3}$$

式（4.4-3）给出了用实验测定转动惯量的方法。测得摆动周期 T 后，只要知道转动惯量 I 就可求出扭转常数 K，或知道 K 即可求出转动惯量 I。

弹簧的扭转常数 K 可以用下述方法测量。设金属载物圆盘绕垂直转轴的转动惯量为 I_0，测出其摆动周期 T_0。某一规则物体对其质心轴的转动惯量理论值为 I_1，将该物体置于圆盘中并使其质心轴与垂直转轴重合，测出复合体的摆动周期 T_1，由式（4.4-3）可知

$$T_0^2 = \frac{4\pi^2}{K}I_0 \tag{4.4-4}$$

$$T_1^2 = \frac{4\pi^2}{K}(I_0 + I_1) \tag{4.4-5}$$

由式（4.4-4）和式（4.4-5）即可求出扭转常数

$$K = 4\pi^2\frac{I_1}{T_1^2 - T_0^2} \tag{4.4-6}$$

实验中，某一物体可选用质量为 m_1、外径为 D_1 的圆柱体，其对质心轴的转动惯量理论值为

$$I_1 = \frac{1}{8}m_1D_1^2 \tag{4.4-7}$$

根据刚体转动惯量的平行轴定理：质量为 m 的刚体，对通过其质心轴的转动惯量为 I_c，则对于与其质心轴平行且距离为 x 的转轴的转动惯量为

$$I_x = I_c + mx^2 \tag{4.4-8}$$

将套有两个圆柱形金属滑块的细金属杆装在扭摆的垂直轴上，如图 4.4-2 所示。对称地改变两个金属滑块质心到垂直转轴的距离，根据式（4.4-8），刚体对垂直转轴的转动惯量为

图 4.4-2　测量转动惯量的扭摆装置图

$$I = I_4 + 2(I_c + m_0 x^2) \tag{4.4-9}$$

式中　I_4——细金属杆对垂直轴的转动惯量；

　　　I_c——圆柱形金属滑块对通过其与垂直轴平行的质心轴的转动惯量；

　　　m_0——滑块的质量；

　　　x——滑块质心到转轴的垂直距离。

将式（4.4-9）代入式（4.4-3），有

$$T^2 = \frac{4\pi^2 \, (I_4 + 2I_c)}{K} + \frac{8\pi^2 m_0}{K} x^2$$

上式表明 T^2 与 x^2 成线性关系。

【实验内容】

（1）熟悉扭摆转动惯量测试仪的结构，掌握其使用方法。

1）调整扭摆基座底部螺钉，使水准仪中气泡居中。

2）调节光电传感器在固定支架上的高度，使被测物体上的挡光杆能自由往返地通过光电门，再将光电传感器的信号传输线插入主机输入端，使其能正常工作。

（2）测定扭摆弹簧的扭转常数。

1）用电子台秤、游标卡尺分别测出待测物体的质量及必要的几何尺寸。

2）根据式（4.4-7）计算出实心塑料圆柱体的转动惯量 I_1。

3）在扭摆的垂直转轴上装上转动惯量为 I_0 的金属载物圆盘，调节光探头的位置使载物盘上挡光杆处于其缺口中央，多次测量 10 个摆动周期所需的时间 $10T_0$。然后，在载物圆盘上放置质量为 m_1、直径为 D_1、转动惯量为 I_1 的实心塑料圆柱体。再测量 10 个周期所需的时间 $10T_1$，并由式（4.4-6）求出扭转常数 K 的值。

（3）测量不同物体的转动惯量。

1）用金属圆筒代替实心塑料圆柱体，多次测量摆动 $10T_2$ 所需的时间，计算金属圆筒的转动惯量 I_2，并与理论值进行比较。

2）取下载物圆盘，装上实心球体，多次测量摆动 $10T_3$ 所需的时间，计算球体的转动惯量 I_3，并与理论值进行比较。（在计算球体转动惯量时，应扣除支座的转动惯量 $I_{支座}$）。

3）将细金属杆穿过夹具且使其质心置于垂直转轴上，多次测量细金属杆摆动 $10T_4$ 所需的时间，计算细杆的转动惯量 I_4，并与理论值进行比较。（在计算细金属杆的转动惯量时，应扣除夹具的转动惯量 $I_{夹具}$）

（4）研究系统的转动惯量与质量分布的关系。

将两个圆柱形金属滑块对称地安装在金属杆上，滑块可以固定在金属杆上已刻好的槽口内，相邻槽口的距离为 5.0cm。使滑块质心与垂直转轴的距离 x 分别为 5.0cm、10.0cm、15.0cm、20.0cm、25.0cm，测出对应于不同距离时的摆动周期（数据填入表 4.4-2 中）。

1）计算出相应的转动惯量并与理论值进行比较。

2）分析实验数据，并讨论系统的转动惯量与质量分布的关系。

【注意事项】

（1）拧紧固定待测物与垂直轴的螺钉。

（2）由于弹簧的扭转常数 K 与摆角 θ 有关。因此，在测量摆动周期 T 时，摆角不宜过小或过大，一般在 90℃ 左右，弹簧的扭转常数 K 基本保持不变，同时摆幅也不宜过大。

（3）挡光杆不要和光探头相碰，光探头不能放在强光下。

【数据处理】

将测量数据填入表4.4-1 中。

表 4.4-1　各待测物体测量数据记录表

塑料球支座转动惯量实验值　$I_{支座} = 0.187 \times 10^{-5} \, \mathrm{kg} \cdot \mathrm{m}^2$

金属细杆夹具转动惯量实验值　$I_{夹具} = 0.321 \times 10^{-5} \, \mathrm{kg} \cdot \mathrm{m}^2$

物体名称	质量 /kg	几何尺寸 /10^{-2}m	周期/s		转动惯量理论值 /kg·m^2	实验值/kg·m^2	百分差 $E_0 = \dfrac{|I' - I|}{I'} \times 100\%$
金属载物盘			$10T_0$			$I_0 = \dfrac{I'_1 \, \overline{T}_0^2}{\overline{T}_1^2 - \overline{T}_0^2}$	
			$\overline{T}_0$				
塑料圆柱		D_1	$10T_1$		$I'_1 = \dfrac{1}{8} m D_1^2$	$I_1 = \dfrac{K \, \overline{T}_1^2}{4\pi^2} - I_0$	
			$\overline{T}_1$				
金属圆筒		$D_{外}$	$10T_2$		$I'_2 = \dfrac{1}{8} m (D_{外}^2 + D_{内}^2)$	$I_2 = \dfrac{K \, \overline{T}_2^2}{4\pi^2} - I_0$	
		$D_{内}$	$\overline{T}_2$				
塑料球		$D_{直}$	$10T_3$		$I'_3 = \dfrac{1}{10} m D_{直}^2$	$I_3 = \dfrac{K}{4\pi^2} \overline{T}_3^2 - I_{支座}$	
			$\overline{T}_3$				
金属细杆		l	$10T_4$		$I'_4 = \dfrac{1}{12} m l^2$	$I_4 = \dfrac{K}{4\pi^2} \overline{T}_4^2 - I_{夹具}$	
			$\overline{T}_4$				

表中：

$$K = 4\pi^2 \frac{I'_1}{\overline{T}_1^2 - \overline{T}_0^2} = \underline{\hspace{3cm}} \, \mathrm{N} \cdot \mathrm{m}$$

表 4.4-2　金属滑块在不同位置的数据记录表

两滑块对通过其与垂直轴平行的质心轴的转动惯量理论值：$I_5' = 0.753 \times 10^{-4} \text{kg} \cdot \text{m}^2$

转动惯量测试仪：$\Delta_{仪} = 0.001 \text{s}$

$X/(10^{-2}\text{m})$	5.00	10.00	15.00	20.00	25.00
摆动周期 $10T/\text{s}$					
$\bar{T}/\text{s}$					
转动惯量实验值/kg·m² $I = \dfrac{K}{4\pi^2}\bar{T}^2 - I_{夹具}$					
转动惯量理论值/kg·m² $I' = I_4' + I_5' + 2m_0 x^2$					
百分差 $E_0 = \dfrac{|I' - I|}{I'} \times 100\%$					

【思考题】

(1) 如何利用扭摆测定任意形状物体绕特定轴的转动惯量？

(2) 测细杆的转动惯量时，为什么称细杆质量时必须把安装夹具取下？

实验 4.5　线胀系数的测量

由于物体内部分子的热运动，多数物质都具有"热胀冷缩"现象。在工程结构的设计、机械和仪器的制造、材料的加工等过程中，都要考虑"热胀冷缩"特性，否则，将影响结构的稳定性和仪表的精度，考虑失当，甚至造成工程的毁损、仪表的失灵等。

线胀系数是描述固态材料热膨胀特性的一个物理量，是选用材料的一项重要指标，特别是研制新材料时，往往要对材料的线胀系数进行测定。

【实验目的】

(1) 掌握一种测量线胀系数的方法。

(2) 学会使用千分表。

(3) 学习用逐差法处理数据。

【实验仪器】

EH—IV 数字智能化热学综合实验仪（见图 4.5-1）、游标卡尺、千分表、待测样品——铜杆。

【实验原理】

固体材料受热后长度会变化，其长度的增加称为线膨胀。实验表明：不同材料的线胀系数不同，几种材料的线胀系数 α 见表 4.5-1。

图 4.5-1　EH—IV 数字智能化热学综合实验仪面板图

表 4.5-1　几种材料的线胀系数　　　　　　　　　（单位：℃$^{-1}$）

材　　料	铜、铁、铝	陶瓷、普通玻璃	因瓦合金	熔凝石英
α 数量级	约 10^{-5}	约 10^{-6}	$< 2 \times 10^{-6}$	约 10^{-7}

　　实验还发现，同一材料在不同温度区域，其线胀系数不一定相同，在金相组织发生变化的温度附近，某些合金会出现线胀量的突变。所以测量线胀系数是了解材料特性的一种手段。但当温度变化不大时，可认为线胀系数是一常量。

　　实验证明：原长为 L 的固体受热后，当温度变化不大时，其相对伸长量 $\dfrac{\Delta L}{L}$ 正比于温度的变化 Δt，即

$$\frac{\Delta L}{L} = \alpha \Delta t \tag{4.5-1}$$

式中 α 为固体的线胀系数。α 的物理意义为温度升高 1℃ 时，固体的相对伸长量，其单位为 ℃$^{-1}$。

　　为测量线胀系数，应将材料做成条状或杆状。设在温度分别为 t 和 t' 时，相应固体的长度分别为 L 和 L'，则由式（4.5-1）得

$$\alpha = \frac{L' - L}{L(t' - t)} \tag{4.5-2}$$

　　测出杆的长度、伸长量 $\Delta L = L' - L$ 及相应的温差 $\Delta t = t' - t$，由上式可计算出杆的线胀系数。但在通常情况下，固体因受热膨胀产生的伸长量 ΔL 很小，如 $L \approx 120\text{mm}$，温度变化 $\Delta t \approx 100℃$，若金属 α 的数量级为 $10^{-5}℃^{-1}$，则 $\Delta L \approx 0.12\text{mm}$，用普通量具（如游标卡尺）测不准这么微小的伸长量，可采用千分表、光杠杆放大、光的干涉、读数显微镜、位移传感器等方法来测量。本实验采用 EH—IV 数字智能化热学综合实验仪对铜杆加热、控制铜杆的温度，利用千分表（分度值为 0.001mm）测量其伸长量。

【实验内容】

　　测量铜杆的线胀系数：

（1）用游标卡尺测出金属杆在室温 t 下的长度。

（2）在支架上放一隔热薄板，将金属杆插入加热圆盘 C 中，把加热圆盘 C 放在薄板中央。

（3）松开千分表固定螺钉，转动千分表，使其指针指零后拧紧螺钉。将千分表插入支架上的孔中，如图 4.5-2 所示，旋转螺钉使千分表的指针转过一微小角，记下此时的千分表读数 L_0。

图 4.5-2　测量线胀系数实验装置示意图

（4）将温度传感器引线和加热引线插入数字智能化热学综合实验仪的电缆插座，打开数字智能化热学综合实验仪的电源，打开加热开关。

（5）旋转"温度指示选择开关"指向"设定温度"档，调节"设定温度粗选"和"设定温度细选"旋钮，使数字表显示所设定的温度值，如 40℃。预热一段时间后，再细调"设定温度细选"旋钮至所需的温度值。

（6）将"温度指示选择开关"旋向"加热盘温度"档，当加热盘温度升到设定温度值时，"加热开关"自动断开，加热盘的温度还会逐渐缓慢上升，然后再下降。仔细观察温度的变化，当温度稳定在设定值附近的某一温度值 t_1 时，记录千分表的读数 L_1。

（7）旋转"温度指示选择开关"指向"设定温度"档，调节"设定温度粗选"和"设定温度细选"旋钮，依次使数字表显示所设定的温度值 45℃、50℃、55℃、60℃、65℃、70℃、75℃、80℃，重复步骤（5）、（6），分别记录稳定温度 $t_2 \sim t_8$ 及相应的千分表读数 $L_2 \sim L_8$。

【注意事项】

（1）观察温度在设定值附近的变化快慢时，可启动计时器进行比较。

（2）加热盘加热的同时也在散热，所以加热盘的温度越高，其温度上升越慢。当加热到某一温度后，温度几乎不再上升，达到平衡。因此，要根据实验环境确定最低温度和最高温度，既要多测几组数据，等的时间又不要过长。

（3）加热盘的温度升到设定温度值时，不要急于记录千分表的读数，一定要等到温度稳定在某一值时，再记录千分表读数。

【数据处理】

（1）参阅实验 4.3"金属弹性模量的测量"中逐差法数据的处理方法，自行设计数据表，计算出 $\overline{\Delta L}$ 和 $\overline{\Delta t}$，将 L、$\overline{\Delta L}$ 和 $\overline{\Delta t}$ 代入式（4.5-2），计算线胀系数 α 及其标准不确定度。

（2）以 ΔL 为纵坐标，以 Δt 为横坐标，作出 $\Delta L - \Delta t$ 图，求出直线的斜率，进而求出 α。

【思考题】

（1）在本实验中，哪个量的测量误差对结果的影响最大？

（2）利用 $\alpha = \dfrac{\overline{\Delta L}}{L \, \overline{\Delta t}}$ 计算线胀系数时，$\overline{\Delta t} = ?$

（3）你能否设想出另一种测量微小伸长量的方法，从而测出线胀系数？

（4）利用 EH—IV 数字智能化热学综合实验仪，你还能做什么实验？试设计实验方案。

（5）为什么要等到温度稳定在某一值时，再记录千分表的读数？

实验 4.6　空气比热容比的测定

【实验目的】

（1）学习一种测量空气比热容比的方法。

（2）通过对空气比热容比的测定，加深对热力学过程中状态变化的理解。

【实验仪器】

FD—NCD 型空气比热容比测定仪、稳压电源。

【仪器介绍】

本实验采用的仪器为 FD—NCD 型空气比热容比测定仪。测量装置如图 4.6-1 所示。它由压力传感器、温度传感器（AD590）、两只数字电压表、大玻璃瓶、打气球和导线等组成。测量时需另外配用稳压电源。

压力传感器及数字电压表用于测量容器内的压强，该装置的灵敏度为 20mV/kPa，它显示的是容器内气体的压强与容器外大气压强的差值。温度传感器为线性测量元件，它的灵敏度为 $1.00\mu A/℃$，环境大气压可以用实验室提供的气压计测量。

图 4.6-1　FD—NCD 型空气比热容比测定仪及其面板图

1—充气阀　2—放气阀　3—温度传感器（AD590）　4—压力传感器　5—胶粘剂

【实验原理】

气体的比定压热容 c_p 与比定容热容 c_V 之比 $\gamma = \dfrac{c_p}{c_V}$ 叫做该气体的比热容比，对理想气体，其值等于等熵指数。在绝热过程中，它是一个很重要的参量。本实验采用绝热膨胀法测量空气的比热容比。实验中，用带有进气阀和放气阀的大玻璃瓶作为储气瓶。先用打气球通过进气阀向储气瓶内充气，待瓶内气体达到平衡状态后，打开放气阀放出部分气体。由于放气过程进行得很快，可以近似看做绝热过程，放气后立即关闭放气阀。将保留在瓶内的气体作为研究对象或称为热学系统。实验中，将该热学系统看做理想气体，它经历 3 个热力学过程：等温压缩过程、绝热膨胀过程和等容吸热过程。涉及 4 个状态：初态、状态Ⅰ、状态Ⅱ和状态Ⅲ。我们感兴趣的是后两个过程，这两个过程涉及的 3 个状态参量列表 4.6-1 中。

表　4.6-1

	压强 p	体积 V	温度 T
状态Ⅰ	p_1	V_1	T_0
状态Ⅱ	p_0	V_2	T_1
状态Ⅲ	p_2	V_2	T_0

注：表中的 p_0 为环境大气压，由气压计读出，T_0 为环境的温度，V_2 为储气瓶的容积。

对我们的研究对象而言，由状态Ⅰ到状态Ⅱ是绝热过程。由绝热过程方程得

$$p_1 V_1^{\gamma} = p_0 V_2^{\gamma} \tag{4.6-1}$$

状态Ⅰ和状态Ⅲ的温度均为 T_0。由理想气体的状态方程得

$$p_1 V_1 = p_2 V_2 \tag{4.6-2}$$

合并式（4.6-1）和式（4.6-2），消去 V_1、V_2 得

$$\gamma = \frac{\ln p_1 - \ln p_0}{\ln p_1 - \ln p_2} = \frac{\ln p_1 / p_0}{\ln p_1 / p_2} \tag{4.6-3}$$

由式（4.6-3）可以看出，只要测得 p_0、p_1 和 p_2 就可求出空气的比热容比，即 γ 值。

【实验内容】

（1）开启仪器的电源，预热 20min 左右。

（2）打开放气阀，然后再关闭它。调节压强调零旋钮使指示压强的数字电压表指示 000.0mV。记下指示温度的数字电压表的读数（用 mV 表示温度即可，不必换算成温度值）。

（3）打开充气阀，手动充气十几下，使指示压强的数字电压表示值为 150.0 ~ 170.0mV，然后关闭充气阀。这时，注意观察两只数字电压表。等两只数字电压表的读数都稳定后，分别记下它们的读数 p_1'（该状态的压强与环境压强的差值）和 T_1'（该状态的温度与环境温度的差值）。

（4）打开放气阀，听到放气嗤嗤声刚一结束，立即关闭放气阀。这时，瓶内空气开始进入等容吸热过程。观察指示压强与温度的两只数字电压表，等数值稳定后，分别记下它们的读数 p_2' 和 T_2'。注意稳定后的 T_2' 与 T_1' 应非常接近。

（5）以上测量进行 4 次。

（6）在实验室提供的气压计上读出实验室环境的大气压值 p_0。

【注意事项】

（1）在打气时，不可使瓶内的气压过大，因此只能打气十几下。

（2）打开放气阀后再重新关闭时一定要及时，即嗤嗤声停止的一刹那关闭。

【数据处理】

（1）数据表（数据填入表 4.6-2）

表 4.6-2

	p_0/kPa	与 p_1' 相当的电压/mV	与 T_1' 相当的电压/mV	与 p_2' 相当的电压/mV	与 T_2' 相当的电压/mV
1					
2					
3					
4					

（2）利用 20mV 相当于 1kPa 的关系，将以上 p_1' 和 p_2' 换算成以 Pa 为单位的气压值。

（3）用 $p_1 = p_0 + p_1'$ 和 $p_2 = p_0 + p_2'$ 求出 p_1 和 p_2。

（4）用式（4.6-3）求出 4 次测量的 γ 值。

（5）求出 γ 值的不确定度，写出实验结果的表达式。

【思考题】

（1）本实验中为何采用温度传感器？用水银温度计是否可以？

（2）实验内容的第（4）步要求"听到放气嘶嘶声刚一结束，立即关闭放气阀"，为什么？如果关闭较晚会有什么后果？

实验 4.7 用直流电桥测电阻

测量电阻的方法很多，主要是伏安法和电桥法。伏安法不仅存在因电表精度不高带来的误差，而且由于电表本身有内阻，不可避免地存在方法误差。电桥法本质是比较法，它是在平衡条件下将待测电阻与标准电阻进行比较以确定待测电阻的大小。电桥分为直流电桥和交流电桥两大类，直流电桥又分为单臂电桥和双臂电桥。单臂电桥也称为惠斯登电桥，主要用于测量中值电阻（$10 \sim 10^5 \Omega$），双臂电桥也称为开尔文电桥，适用于测量低值电阻（$10^{-6} \sim 10\Omega$）。电桥法具有灵敏度高、测量准确和使用方便等特点，已被广泛地应用于电工技术和非电量电测中。

4.7.1 单臂电桥测电阻

【实验目的】

（1）掌握用单臂电桥测电阻的原理和方法。

（2）初步研究电桥的灵敏度。

【实验仪器】

电源、检流计、电阻箱、滑线变阻器、开关、箱式单臂电桥、待测电阻。

【仪器介绍】

图 4.7-1 是 AC5 型直流指针式电流计的面板图。锁扣拨向"白点"时，检流计处于工作状态，倒向"红点"表示锁住；"零点调节"用于调节指针机械零点；按下"电计"，检流计与外电路接通；按下"短路"，指针迅速停止摆动。

图 4.7-1 电流计面板图

图 4.7-2 是 QJ23a 型箱式单臂电桥的面板示意图。倍率盘所示数字相当于比例系数 $k = R_1/R_2$。四个刻度盘所示读数之和即为 R_3。将内外接电源转换开关扳向"内接",表示使用仪器内部电源;内外接指零仪转换开关扳向"内接",表示使用仪器内部检流计指示平衡。电键 B 分别相当于图 4.7-3 中开关 S_1。测量时,先按"电源"按钮 B,再按"检流计"开关 G。若检流计指针向"+"偏转,应增加比较臂 R_3 的数值;指针若向"—"偏转,则应减小 R_3 的数值。

QJ23a 型电桥基本误差允许极限 Δ 为

量程倍率	Δ/Ω
×1	$\pm(0.1\%R_x + 1)$
×0.1	$\pm(0.1\%R_x + 0.1)$
×0.01	$\pm(0.2\%R_x + 0.02)$

图 4.7-2　QJ23a 型箱式单臂电桥面板示意图

【实验原理】

单臂电桥的基本线路如图 4.7-3 所示。四个电阻 R_1、R_2、R_3、R_x 连成一个四边形 $ABCD$,在对角线 AC 上接电源 E,在对角线 BD 上接检流计 G。接入检流计(平衡指示)的对角线称为"桥",四个电阻称为"桥臂"。一般情况下,桥路上有电流通过检流计,检流计指针有偏转。若适当调节电阻值,如改变 R_3 的大小,可使 B、D 两点的电位相等,此时流过检流计 G 的电流 $I_g = 0$,称为电桥平衡。当电桥平衡时,$V_B = V_D$,由欧姆定律得

$$\begin{cases} I_1 R_1 = I_2 R_2 \\ I_1 R_x = I_2 R_3 \end{cases}$$

所以

$$R_x = \frac{R_1}{R_2} R_3 = kR_3 \qquad (4.7\text{-}1)$$

式 (4.7-1) 即为电桥的平衡条件。通常取 R_1、R_2、R_3 为标准电阻，R_1/R_2 称为倍率，R_3 为比较臂。选择合适的倍率，改变 R_3 使电桥达到平衡，利用式 (4.7-1) 可求得待测电阻 R_x。

式 (4.7-1) 表明，电桥是在平衡条件下将待测电阻与标准电阻进行比较来测量电阻的仪器，对电源的稳定性要求不高，测量的精度取决于标准电阻的精度。一般说来，标准电阻的制造可以达到很高的精度，所以电桥法测量电阻的精度可以很高。

图 4.7-3 单臂电桥原理图

用检流计指针是否偏转来判断电桥的平衡。检流计的灵敏度是有限的，实验中所用的张丝式检流计的指针偏转 1 格所对应的电流大约是 10^{-6}A。当通过检流计的电流小于 10^{-7}A（即 0.1 格）时，人眼是很难觉察的。假设电桥在比例系数 $k = 1$ 时调到了平衡，则有 $R_x = R_3$，这时若把 R_3 改变一微小量 ΔR_3（一般改变电阻箱的最小位），电桥失去平衡，从而有电流流过检流计。但如果 I_g 小到使检流计觉察不出来，试验者仍会认为电桥是平衡的，得到 $R_x = R_3 + \Delta R_3$。ΔR_3 就是由于检流计的灵敏度不高而带来的误差。为此，引入电桥灵敏度 S 的概念，S 定义为

$$S = \frac{\Delta n}{\Delta R_x/R_x} = \frac{\Delta n}{\Delta R_3/R_3} \tag{4.7-2}$$

其中 Δn 表示 R_3 有相对改变量 $\Delta R_3/R_3$ 时引起的检流计的偏转格数（一般只允许偏转 1 格左右）。如相对改变量为 1%，则相对灵敏度 $S = 100$ 格。可见 S 值越大，电桥越灵敏，对电桥平衡的判断越准确。通常人眼可察觉出检流计指针 0.2 格的偏转，所以判断电桥平衡不准所带来的误差为

$$(\Delta R_x)_S = \frac{0.2 R_x}{S} \tag{4.7-3}$$

理论和实验都表明，电桥的灵敏度与电源电压成正比，与检流计本身的灵敏度成正比，与四个桥臂电阻的搭配、检流计内阻、限流电阻、电源内阻有关。所以电桥的灵敏度并非定值，需随上述因素的变动而作具体的测定。

【实验内容】

1. 用自组单臂电桥测电阻

1) 如图 4.7-3 连接线路，R_1、R_2、R_3 用六旋钮标准电阻箱。

2) 根据待测电阻的标称值，选择合适的比例臂系数 K，使比较臂 R_3 的有效数字位数多。

3) 调节 R_3，使电桥达到平衡，在表 4.7-1 中记下 R_1、R_2、R_3 的阻值。

4) 改变 R_3 的阻值到 R_3'，测量检流计指针偏转格数 Δn，将数据记入表 4.7-1 中。

2. 用 QJ23 型箱式直流单臂电桥测电阻

将待测电阻接到被测电阻接线端钮，操作步骤和方法详见盒盖上的使用说明。注意比率臂的选择标准是使四个比较臂读数盘都有读数。

$$被测电阻值 R_x = 测量盘读数之和 \times 量程倍率$$

表 4.7-1　自组电桥测电阻数据表

待测电阻	R_1/Ω	R_2/Ω	R_3/Ω	R_x/Ω	$u_C(R_x)/\Omega$	$R_x \pm u_C(R_x)/\Omega$	R_3'/Ω	$\Delta n/\mathrm{div}$	S/div
R_{x1}									
R_{x2}									
R_{x3}									

【注意事项】

用自组电桥测电阻时，请注意以下几点：

1）比例臂阻值不能太小，以免电桥未平衡时有较大电流流过而损坏检流计。一般 $R_1 > 100\Omega$，$R_2 > 100\Omega$。

2）滑线变阻器的分压电阻初始值要低，在电桥基本平衡后再逐渐增大。

3）在不知道电桥是否平衡时，不要长时间按下检流计开关，以免因电桥严重不平衡造成检流计指针打弯。测量过程中"电计"、"短路"要采用点触式，以保护检流计；测量结束，"电计"、"短路"旋钮全要松开。

【数据处理】

1. 用自组电桥测电阻及相应灵敏度

按要求计算 R_x 及误差，并计算电桥的灵敏度。

2. 按要求处理箱式电桥测电阻数据（数据填入表 4.7-2 中）

表 4.7-2　箱式电桥测电阻数据表

待测电阻	k	R_3/Ω	R_x/Ω	$u_C(R_x)/\Omega$	$R_x + u_C(R_x)/\Omega$
R_{x1}					
R_{x2}					
R_{x3}					

【思考题】

（1）单臂电桥平衡时，若将电源和检流计互换位置，电桥是否仍平衡？平衡条件是否改变？

（2）用单臂电桥测电阻时，应如何正确使用电源开关和检流计开关？如何根据检流计指针的偏转方向来调节 R_3，很快找到平衡点？

（3）选择电桥倍率的原则是什么？

4.7.2　双臂电桥测金属导体的电阻率

【实验目的】

（1）掌握用双臂电桥测低电阻的原理。

（2）了解单臂电桥和双臂电桥的关系与区别。

（3）掌握用 QJ42 型双臂电桥测量低电阻的方法。

【实验仪器】

QJ42 型直流双臂电桥（用内部电源），四端接法的黄铜棒、铁棒、粗铜线，螺旋测微计，钢板尺，检流计，电阻箱，滑线变阻器，电键，标准电阻，导线。

图 4.7-4　四端接线法

【仪器介绍】

图 4.7-4 为低值电阻的四端接线法，AB 两点之间为被测电阻 R_x，AP_1 和 BP_2 为电位端引线，AC_1 和 BC_2 为电流端引线。接线前，应清洁被测金属棒表面，连接用的导线应短而粗，各接头必须干净、接牢，避免接触不良。

图 4.7-5 是 QJ42 型双臂电桥面板示意图，使用见说明书。

【实验原理】

用单臂电桥测电阻时，未考虑各桥臂之间的连线电阻和各接线端钮的接触电阻，这是因为被测电阻和各臂的电阻都比较大，导线电阻和接触电阻（以下称附加电阻）很小，对测量结果的影响可忽略不计。一般附加电阻约 $10^{-2}\,\Omega$ 量级，在测低电阻时就不能忽略了。

图 4.7-5　QJ42 型双臂电桥面板示意图
1—检流计　2—电位端接线柱　3—电流端接线柱
4—倍率开关　5—电源选择开关　6—外接电源
接线柱　7—标尺　8—读数盘　9—检流
计按钮　10—电源按钮

下面考察接线电阻和接触电阻对低值电阻测量结果的影响。如用安培表和毫伏表按欧姆定律 $R = U/I$ 测量电阻 R_x，电路如图 4.7-6 所示。考虑到电流表、毫伏表与待测电阻的接触电阻后，等效电路如图 4.7-7 所示。

由于毫伏表内阻 R_g 远大于接触电阻 R_{i3} 和 R_{i4}，它们对毫伏表的测量影响可忽略不计，所以按照欧姆定律 $R = U/I$ 得到的电阻是（$R_x + R_{i1} + R_{i2}$）。当待测电阻 R_x 很小时，不能忽略接触电阻 R_{i1} 和 R_{i2} 对测量结果的影响。

图 4.7-6　测量电阻的电路图

图 4.7-7　等效电路

为消除接触电阻的影响，接线方式改成四端钮方式，如图 4.7-8 所示。将低电阻 R_x 用四端接法连接，其中 A、D 为电流端钮，B、C 为电压端钮，等效电路如图 4.7-9 所示。此时，毫伏表测得电压为 R_x 的电压降，由 $R_x = U/I$ 即可准确计算出 R_x。许多低值标准电阻都做成四端钮方式。

图 4.7-8　四端接法电路图

图 4.7-9　四端接法等效电路

把四端接法的低电阻接入原单臂电桥，演变成图 4.7-10 所示的双臂电桥，其等效电路如图 4.7-11 所示。标准电阻 R_n 电流头接触电阻为 R_{in1}、R_{in2}，待测电阻 R_x 的电流头接触电阻为 R_{ix1}、R_{ix2}，这些接触电阻都连接到双臂电桥电流测量回路中，只对总的工作电流 I 有影响，而对电桥的平衡无影响。将标准电阻电压头接触电阻 R_{n1}、R_{n2} 和待测电阻 R_x 电压头接触电阻 R_{x1}、R_{x2} 分别连接到双臂电桥电压测量回路中，因为它们与较大电阻 R_1、R_2、R_3、R_4 串联，对测量结果的影响也极其微小，这样就减少了这部分接触电阻和导线电阻对测量结果的影响。

图 4.7-10　双臂电桥电路图

图 4.7-11　双臂电桥等效电路图

电桥平衡时，通过检流计 P 的电流 $I_g = 0$，C、D 两点电位相等，根据基尔霍夫定律，有

$$\begin{cases} I_1 R_1 = I_3 R_x + I_2 R_3 \\ I_1 R_2 = I_3 R_n + I_2 R_4 \\ (I_3 - I_2) R_i = I_2 (R_3 + R_4) \end{cases}$$

解方程组得

$$R_x = \frac{R_1}{R_2} R_n + \frac{R_4 R_i}{R_3 + R_4 + R_i} \left(\frac{R_1}{R_2} - \frac{R_3}{R_4} \right) \tag{4.7-4}$$

调节 R_1、R_2、R_3、R_4，使 $R_1/R_2 = R_3/R_4$，则式（4.7-4）中第二项为零，待测电阻 R_x

和标准电阻 R_n 的接触电阻 R_{in1}、R_{ix2} 均包括在低电阻导线 R_i 内，则有

$$R_x = \frac{R}{R_1} R_n \tag{4.7-5}$$

实际上很难做到 $R_1/R_2 = R_3/R_4$。为了减小式（4.7-4）中第二项的影响，使用尽量粗的导线以减小 R_i 的值（$R_i < 0.001\Omega$），使式（4.7-4）中第二项尽量小，与第一项比较可以忽略，以满足式（4.7-5）。

如果被测电阻是一段粗细均匀的金属导体，利用双臂电桥精确测出其阻值 R_x，然后测出其长度 l 和直径 d，利用下式可求得该金属材料的电阻率。

$$\rho = R \frac{\pi d^2}{4l} \tag{4.7-6}$$

【实验内容】

1. 测金属导体四端电阻

（1）将被测电阻按四端接法接入 QJ42 型箱式直流双臂电桥。

（2）测量金属导体的电阻值。

$$被测电阻 R_x = 倍率 \times 读数盘示值$$

2. 测量导体的电阻率

（1）用外径千分尺测圆柱形导体的直径 d，在不同地方测 3 次，取平均值。

（2）用钢板尺测量 P_1、P_2 间导体的长度 l，测 3 次，取平均值。

3. 用自组双臂电桥测量粗铜导线电阻 R_x

（1）参照图 4.7-10 组装一双臂电桥。用四只电阻箱分别充作 R_1、R_2、R_3、R_4，用一个数值合适的低值标准电阻作为 R_n，它们与被测粗铜导线一起构成一只双臂电桥。注意，在电源支路中加入一限流电阻 R_p。

（2）开始测量之前，可先使 R_1、R_2、R_3、R_4 取同一数值，同时 R_p 置于较大阻值状态，这样容易调节电桥的平衡。

（3）接通电源和开关，根据电流计的偏转，改变 R_1/R_2 之值并同步调节 R_3/R_4，保持 $R_1/R_2 = R_3/R_4$，使电桥达到平衡。每次调节时，要先断开电源开关 S，同步调节后并确认无误时，再闭合 S。

（4）粗调平衡后，减少 R_p 再细调平衡，由式（4.7-5）计算 R_x。

【注意事项】

（1）R_n 和 R_x 都采用四端钮接法：标准电阻上的电流端钮为较粗的两接线柱，电压端钮为较细的两接线柱。待测电阻上的外侧接线柱为电流端钮，内侧接线柱为电压端钮。待测电阻 R_x 是指两电压端钮之间的一段金属棒所具有的电阻。

（2）连接线路前，先用万用表检测导线是否断路。

（3）接线前，应清洁被测金属棒表面，连接用的导线应短而粗，各接头必须干净、接牢，避免接触不良。

（4）比例臂电阻取值较大时，可能检测不到电流，但不能证明桥路已平衡，可适当减小比例臂电阻或更换标准电阻。

【数据处理】

（1）利用式（4.7-6），计算导体的电阻率 ρ。

（2）自拟数据表，计算 ρ 及其误差。

几种常用导体的电阻率（20℃时）和温度系数见表4.7-3。

表 4.7-3

材　料	电阻率/$(\Omega \cdot m)$	温度系数/$(1/℃)$
银	1.6×10^{-8}	4.1×10^{-3}
铜	1.75×10^{-8}	4.3×10^{-3}
铝	2.9×10^{-8}	4.7×10^{-3}
钨	5.5×10^{-8}	4.6×10^{-3}
铁	10×10^{-8}	5×10^{-3}
水银	95.8×10^{-8}	8.8×10^{-4}
黄铜（铜、锌合金）	6.5×10^{-8}	2.0×10^{-3}
康铜（铜、镍合金）	50×10^{-8}	4×10^{-5}
锰铜（铜、镍、锰合金）	48×10^{-8}	1×10^{-5}
镍铬合金（镍、铬、铁合金）	110×10^{-8}	1.6×10^{-4}

【思考题】

（1）双臂电桥平衡的条件是什么？

（2）四端电阻的电流端和电压端是如何区分的？

（3）用图4.7-11所示的双臂电桥测量时，如果被测低值电阻的两个电压端引线电阻较大（如所用引线过细和过长），对测量的准确度有无影响？

实验4.8　热电偶的原理与应用

温度是表征物体冷热程度的物理量。在生产和生活中我们经常要测量物体的温度，但有些温度的测量并非易事，如炼铁炉的炉温测量，酿酒过程的高精度测温等，这使人们对温度计的设计提出了更高的要求，从而促进了新型温度计，即温度传感器的诞生。热电偶温度传感器是一种热能-电能转换器，它是工业上最常用的温度检测元件之一，其主要特点是测温范围宽，性能比较稳定，结构简单，动态响应好。

【实验目的】

（1）了解热电偶的基本原理。

（2）学会热电偶的基本标定方法。

（3）掌握数字式电势差计的使用要点和技巧。

【实验仪器】

数字式电势差计、加热装置——电热恒温水浴锅、热电偶装置、温度计、电阻箱、待测电阻、滑线变阻器、干电池、开关等。

【实验原理】

如图4.8-1所示，将两种不同材料导体（或半导体）A和B组成一闭合回路。如果两个结点1和2所处的温度（$T_2 > T_1$）不同，则在其回路中会产生一定的电动势，这种物理现象称为热电效应。热电偶就是利用

图4.8-1　热电偶结构及原理示意图

这种效应来工作的。热电效应是由珀尔帖效应和汤姆逊效应共同决定的。

1. 珀尔帖效应（接触电势差）

当两种不同材料的导体 A 和 B 接触时，由于不同材料的自由电子密度不同，因而在它们相互接触时自由电子将产生扩散，接触面之间会形成电势差，我们称此电势差为内接触电势差，这种现象称为珀尔帖效应。高温端和低温端的总接触电势差为

$$\Delta V_{AB} = V_{AB}(T_2) - V_{AB}(T_1) = \frac{k}{e}(T_2 - T_1) \ln \frac{n_A}{n_B}$$

式中，k 为玻尔兹曼常数；e 为电子的电荷量；n_A 和 n_B 分别为两种材料的自由电子密度。

2. 汤姆逊效应（温差电势）

单一导体两端温度不同时，其两端也可形成电势差，这种现象称为汤姆逊效应。导体两端温度差将影响自由电子密度的分布。设高温处电子密度为 n_A，低温处电子密度为 n_B（$n_A > n_B$），则自由电子必由高温端向低温端扩散，最终在该导体内部产生电势差，称为温差电势。在热电偶回路中，两种导体总温差电势为

$$\Delta V'_{AB} = V'_A(T_2, T_1) - V'_B(T_2, T_1) = \int_{T_1}^{T_2} (\sigma_A - \sigma_B) dT$$

式中，σ_A 和 σ_B 分别为两种导体的汤姆逊系数。

热电偶产生的热电势 $V_{AB}(T_2, T_1)$ 是由两种导体的总接触电势和总温差电势所组成：

$$V_{AB}(T_2, T_1) = \Delta V_{AB} + \Delta V'_{AB}$$

在实际应用中，低温端常置于恒温场中，高温端置于待测温度场中，这样 $V_{AB}(T_2, T_1)$ 仅为一个温度的函数，即

$$V_{AB}(T_2, T_1) = f(T) - c$$

通过实验方法，找出热电偶高温端温度（T）与热电势 $V_{AB}(T_2, T_1)$ 的对应关系曲线，称为热电偶的温度定标曲线，如图

图 4.8-2　热电偶的温度定标曲线

4.8-2 所示。经过定标后的热电偶，如测量 $V_{AB}(T_2, T_1)$ 值即可得到相应高温端的待测温度值。

【实验内容】

1. 熟悉数字式电势差计测量电压的使用技巧，并测量待测电阻的阻值

（1）按图 4.8-3 接好线路，其中 $E \approx 1.5\text{V}$，R_s 为标准电阻（电阻箱），R_x 为待测电阻。

（2）用电势差计分别测量 R_s、R_x 上的电压 U_s、U_x，则

$$R_x = \frac{U_x}{U_s} R_s$$

2. 热电偶的标定

（1）将热电偶装置两端分别放入加热装置（高温

图 4.8-3　测量电阻电路图

端)和冰水保温杯(低温端)中,并将热电偶装置的两极引出线接在电势差计正、负接线柱上。

(2)接通加热装置的电源,设定所需温度值。水槽中水温开始上升,当水温达到设定值时,恒温水浴锅自动保温,用电势差计测量 8~10 个温度时热电偶的 V_{AB}(T_2、T_1)值。

【仪器介绍】

1. 电热恒温水浴锅

使用时必须先加水于锅内,可按需要的容量加水,以缩短加热时间。注意不可加水过多,以免沸腾时水溢出锅外,锅内水量也不能低于水筛(即不能使电热管露出水面),以免烧坏电热管,造成漏水。接通电源,调节温度到所需值,此时自动恒温装置开始工作,绿灯亮,达到设定温度时红灯亮,停止加热,低于设定温度时绿灯亮,继续加热。实验时,将温度计插入水浴锅中,注意观察温度计值、设定温度值、显示温度值之间的差别。

2. 数字式电势差计

仪器面板如图 4.8-4 所示,6 位 LED 数码管为"电动势指示"显示窗口,通过调节五个拨位开关 1~5 及电位器 6 来选定内部标准电动势的大小,如:内部标准电动势设定为 1018.62mV,应将 ×1000mV 档拨到 1,将 ×100mV 档拨到 0,将 ×10mV 档拨到 1,将 ×1mV 档拨到 8,将 ×0.1mV 档拨到 6,旋转 ×0.01mV 档电位器,使电动势指示的最后一位显示为 2。若不需要 ×1000mV 档,则将拨位开关 1 拨到 0。将 7 号拨位开关拨至"测量",根据

图 4.8-4　数字式电势差计面板图接线图

待测电压调节内部标准电动势的大小,当"平衡指示"为"00000"时,被测电压与设定的内部标准电动势相等。如显示为 OU.L,则表明被测电压与设定的内部标准电动势的差值过大,应重新设定。

【数据处理】

(1)根据实验数据画出 V_{AB}(T_2、T_1)- T 热电偶标定曲线。

(2)计算未知电阻 R_x 及其不确定度。

【注意事项】

(1)仪器出厂时已经由厂家校准好,不要随意校准。

(2)"电动势指示"和"平衡指示"的数码显示在小范围内摆动属于正常,摆动数值在 ±1 个字之间。

(3)在测量热电偶的温差电动势时,要注意电位的高低,线不能接反。待水槽温度稳定后再进行测量。

【思考题】

(1)用电势差计测量电动势有何优缺点?

(2)R_s 设定何电阻值时可快速判断电势差计测量的电压值?

（3）如何利用电势差计的测量规律来判断待测电动势 E_x 是否接反线？

实验 4.9 用模拟法测绘静电场

在科学研究和工业设计中，常有一些物理量很难直接测定，这时可采用间接测量方法。模拟法是指不直接研究物理现象本身，而用与这些物理现象或过程相似的模型来替代研究的一种方法。

本实验用稳恒电流场来模拟静电场的分布。

【实验目的】

（1）学会用模拟法测量静电场的分布。

（2）了解用稳恒电流场来模拟静电场的理论依据和基本实验条件。

（3）加深对电场强度及电势概念的理解。

【实验仪器】

THME—1 型静电场描绘实验仪。

【仪器介绍】

本实验用 THME—1 型静电场描绘实验仪来测量电流场中各点的电势。描绘仪由 $0\sim2\mathrm{V}$ 可调电源、高阻抗输入数字电压表、电极板、探针等组成，如图 4.9-1 所示。

图 4.9-1 静电场描绘仪面板图

（1）电极板 电极板是通过将不同形状的金属电极固定在导电玻璃板上制成。导电玻璃是通过在普通玻璃上镀覆一层厚度均匀的导电薄膜制成。电极与导电玻璃之间采用低电阻导电橡胶以保证电极与导电玻璃之间具有良好的电接触。电极板的一侧装有 2 个电压输入插座，可分别与电源的两极相连。导电玻璃的反面有方格坐标，可用于正确记录等势线的坐标点。

（2）探针 为保证探针与导电玻璃之间的良好电接触，在表针测试端头部套有一导电橡胶头，实验时应保证探针与玻璃有良好的软接触，同时应避免重压，否则容易造成导电橡胶头破裂。

（3）描绘仪电源 描绘仪电源可提供 $0\sim2\mathrm{V}$ 连续可调的稳定电压，数字表头显示电压值。实验时将电源电压输出连接到电极板的电压输入端。探针连接到测试表头输入端，当给电极加电压后，将探针在导电玻璃表面移动，测试电压表就会显示对应坐标点的电势值。测等势线时，先设定一个电势值（如 1V、2V），右手握住探针在导电玻璃表面平稳移动，记录相同电势的坐标点并在方格纸上记录之，连接相应的等电势点就形成等势线。取不同的电势设定值，按以上操作步骤，则可得到不同电势值的等势线。根据等势线与电场线正交的原理，即可由等势线得到相应电场线的分布图。

【实验原理】

1. 用电流场来模拟静电场

稳恒电流场和静电场具有相似的性质，它们都是有源场和保守场，都遵守拉普拉斯方程。因此，可以用稳恒电流场来模拟静电场。

对静电场，在无源区域内，电场强度 E 满足积分关系

$$\oint_S E \cdot \mathrm{d}S = 0, \quad \oint_L E \cdot \mathrm{d}L = 0$$

对稳恒电流场，在无源区域内电流密度矢量 J 满足积分关系

$$\oint_S J \cdot \mathrm{d}S = 0, \quad \oint_L J \cdot \mathrm{d}L = 0$$

可见，E 和 J 在各自区域内满足同样的数学规律。

在充满均匀电导率 σ 的空间，电流密度 J 与电场强度 E 成正比，即

$$J = \sigma E$$

在各向同性的均匀电介质中，电位移矢量 D 与电场强度 E 成正比，即

$$D = \varepsilon E$$

其中，ε 为电介质的介电常数。

2. 长同轴圆柱面电荷的电场

长同轴圆柱面电荷产生的静电场如图 4.9-2 所示，设内圆柱半径为 r_A，电势为 U_1，外圆柱半径为 r_B，且接地，带等值异号电荷，其间静电场的等势面为同轴圆柱面，所以等势线必为一些围绕中心轴的圆环，而电场线为径向直线，如图 4.9-2b 所示。

图 4.9-2　长同轴柱面的电场
a) 电极连接　b) 截面电力线分布

设内外柱面单位长所带电荷量为 $+\lambda$ 和 $-\lambda$，由高斯定理可知柱面间的电场强度为

$$E = \frac{\lambda}{2\pi\varepsilon r} \qquad (r_A < r < r_B) \tag{4.9-1}$$

两柱面间距轴线为 r 的点与柱面 B 的电势差为

$$U(r) = \int_r^{r_B} E\,dr = \frac{\lambda}{2\pi\varepsilon}\int_r^{r_B}\frac{1}{r}\,dr = \frac{\lambda}{2\pi\varepsilon}\ln\frac{r_B}{r}$$

柱面 A 与柱面 B 间的电势差为

$$U_1 = \int_{r_A}^{r_B} E\,dr = \frac{\lambda}{2\pi\varepsilon}\ln\frac{r_B}{r_A}$$

由上两式得

$$U(r) = \frac{U_1\ln\dfrac{r_B}{r}}{\ln\dfrac{r_B}{r_A}} \tag{4.9-2}$$

可见 $U(r)$ 与 $\ln r$ 呈线性关系，而相对电势 $U(r)/U_1$ 则仅是坐标 r 的函数，等势面为一系列同轴圆柱面，如图 4.9-5 所示。

3. 两无限长平行带电直圆柱的电场

设两圆柱体半径均为 a，中心轴线间距为 l，电极 A 的电势为 U_1，电极 B 接地，电荷均匀分布在柱体表面。

任取一个垂直平面 S，如图 4.9-3 所示。

图 4.9-3　长平行导线的电场

在 O_1 与 O_2 的连线上某点 P 的电势，如图 4.9-4 所示。

$$U(r) = \int_r^{l-a} E\,dr = \frac{\lambda}{2\pi\varepsilon}\int_r^{l-a}\left(\frac{1}{r} + \frac{1}{l-r}\right)dr = \frac{\lambda}{2\pi\varepsilon}\ln\frac{(l-a)(l-r)}{ar} \tag{4.9-3}$$

当 $r = a$ 时

$$U(r) = U_1 = \frac{\lambda}{2\pi\varepsilon}\ln\left(\frac{l-a}{a}\right)^2$$

所以

$$\frac{\lambda}{2\pi\varepsilon} = \frac{U_1}{2\ln\left(\dfrac{l-a}{a}\right)}$$

代入式 (4.9-3) 得

图 4.9-4　测量原理图

$$U(r) = \frac{U_1 \ln \dfrac{(l-a)(l-r)}{ar}}{2\ln \dfrac{(l-a)}{a}} \qquad (4.9\text{-}4)$$

式中，r 为点 P 距 O_1 的距离；O_1 与 O_2 相距 l；$U_1 = U_{O_1} - U_{O_2}$。

两根无限长平行带电直圆柱产生的空间等势面为一系列圆筒面（见图 4.9-6）。

用电流场模拟静电场应满足如下条件：

1）静电场中的带电体与电流场中的电极的形状和相互位置相同。

2）电极的电导率远大于导电纸的电导率。

3）导电纸的电导率各处均匀。

图 4.9-5　长同轴柱面电荷的电场
和电势分布（截面）

图 4.9-6　两无限长平行带电导线
的电场和电势分布（截面）

【实验内容】

1. 测绘长同轴圆柱面电荷的电场

（1）取带有一个圆柱形电极和一个圆环电极的电极板，接入电源。

（2）取两极间的电势差为 2V，分别记录 1.0V、0.8V、0.6V、0.4V、0.2V 的等势线各点的坐标。每条等势线至少取 8 ~ 12 个等电势点。

（3）将电势相等的点连成光滑的曲线即为等势线。

（4）根据电场线与等势线正交的关系画出相应的电场线分布图。

2. 测绘两根无限长平行带电直圆柱的电场和电势分布

（1）取带有两个圆柱形电极的电极板，接入电源。

（2）取两极间的电势差为 2V，分别记录 1.6V、1.4V、1.2V、1.0V、0.8V、0.6V、0.4V 的等势线各点的坐标。每条等势线至少取 8 ~ 12 个等电势点。

（3）将电势相等的点连成光滑的曲线即为等势线。

（4）根据电场线与等势线正交的关系画出相应的电场线分布图。

3. 测绘无限大带电平行板间的电场和电势分布（选做）

取带有两根长条形平行电极的电极板，步骤同 1。

【注意事项】

（1）测量探针头部的导电胶不能取下来，否则容易划坏玻璃上的导电膜。

（2）当测量电压时，应保证探针与玻璃有良好的软接触，同时应避免重压，否则容易造成导电橡胶探头破裂。

【数据处理】

1. 测绘长同轴圆柱面电荷的电场

（1）取下描图纸，用圆规画出测定的等势线，量出各等势线的半径 r，按表中要求将数据填入表 4.9-1 中进行数据处理。

$r_A = 0.30 \text{cm}$，$r_B = 4.70 \text{cm}$

表　4.9-1

$U_{实}$/V	1.00	0.80	0.60	0.20
r/cm				
r_B/r				
$\ln[r_B/r]$				
$U_{理}$/V				
$\dfrac{U_{理} - U_{实}}{U_{理}}$（%）				

（2）根据电场线与电势线的正交关系画出电场线（对称画 8 条）。

2. 测绘两根无限长平行带电直圆柱（$l = 10.00 \text{cm}$）的电场和电势分布

用曲线板画出等势线，取 O_1 与 O_2 连线上 1.40V、1.00V、0.60V 的 3 个点，量出半径 r，按表中要求将数据填入表 4.9-2 中进行数据处理。

$a = 0.30 \text{cm}$，$l = 10.00 \text{cm}$

表　4.9-2

$U_{实}$/V	1.40	1.00	0.60
r/cm			
$\ln[(l-a)(l-r)/ar]$			
$U_{理}$/V			
$\dfrac{U_{理} - U_{实}}{U_{理}}$（%）			

【思考题】

（1）为何可用稳恒电流场模拟静电场？

（2）用电流场模拟静电场应满足什么样的实验条件？

实验 4.10　用霍尔元件测磁场

测量磁场的方法很多，主要有冲击电流计法、霍尔元件法、铁磁探针法、核磁共振法、磁天平法、磁电阻元件法等。特斯拉计就是利用霍尔元件测量磁场的仪器，现在仍然被广泛用于工业、国防和科学研究中。

【实验目的】

（1）了解霍尔效应及霍尔器件的工作特性。

（2）掌握霍尔元件测量磁场的方法。

（3）了解长直螺线管轴向磁场分布规律。

【实验仪器】

TH—S 型螺线管磁场测定实验组合仪。

【仪器介绍】

TH—S 型螺线管磁场测定实验组合仪由实验仪和测试仪两部分组成。

图 4.10-1　螺线管磁场测定测试仪
1—霍尔元件引线　2—轴向调节支架 X_1 旋钮　3—轴向调节支架 X_2 旋钮
4—纵向调节支架 Y 旋钮　5—螺线管　6—探杆　7—霍尔元件

实验仪由长直螺线管、霍尔元件、位置调节机构、换向开关等组成，如图 4.10-1 所示。

直螺线管的长度 $L=28\text{cm}$，单位长度的匝数 n 标注在实验仪上。霍尔元件装在探杆顶端，用四线扁平电缆连接，用来提供给霍尔元件工作电流 I_S 和测量霍尔电压 U_H。扁平电缆一端接霍尔元件，另一端通过探杆引出后接在 I_S 换向开关和 U_H 的输出开关上。霍尔元件的灵敏度 K_H 标注在实验仪上。

探杆固定在 X、Y 可调的支架上，通过 Y 调节使探杆轴线和螺线管轴线重合，配合调节 X_1 和 X_2，将霍尔元件的位置从 0cm 移动到 28cm。X_1 和 X_2 均安装了游标测距尺，可以测量霍尔元件在螺线管中的位置。

螺线管磁场测试仪面板如图 4.10-2 所示。

（1）"I_S 输出" 提供霍尔元件工作电流，输出电流 0 ~ 10mA，连续调节。

（2）"I_M 输出" 提供螺线管励磁电流，输出电流 0 ~ 1A，连续调节。

"I_S 输出"和"I_M 输出"共用一个数字电流表显示，电流显示内容通过"测量选择"按键进行选择，按下该键电流表显示为 I_M，放开该键电流表显示为 I_S。

（3）直流数字电压表 用以测量霍尔电压，电压表零位可由面板上"调零"旋钮进行校正。

图 4.10-2 螺线管磁场测试仪面板

【实验原理】

1. 霍尔效应

1879 年霍尔（Edwin H. Hall）在研究磁场中金属导体的导电特性时发现：把一载流导体薄板放在磁场中，如果磁场方向垂直于薄板平面，则在薄板的上、下两侧面之间出现微弱电势差。这一现象称为霍尔效应，产生的电势差称为霍尔电势差或霍尔电压。

如图 4.10-3 所示，当金属导体中通以电流 I_S 时，在金属导体内部，载流子受到的洛仑兹力

$$F_L = -ev \times B$$

式中 v ——电子定向漂移速度；

B ——磁感应强度。

在洛仑兹力作用下，自由电子向下运动，在导体下表面将聚集较多的负电荷，在导体上表面出现等量的正电荷，在导体内部产生

图 4.10-3 霍尔效应示意图

向下的电场。随着导体下表面负电荷积累得越来越多，这个电场也逐渐增强。电子受到的电场力

$$F_E = -eE$$

其方向与洛仑兹力的方向相反。当电子受到的电场力与洛仑兹力大小相等时，达到动态平衡，导体内的电场强度大小不再发生变化。平衡时，$E = vB$。而通过导体的电流 $I_S = neSv$，式中 n 为载流子浓度，$S = bd$ 为导体横截面积。所以，霍尔电压

$$U_{\mathrm{H}} = Ed = \frac{1}{ne}\frac{I_{\mathrm{S}}B}{b} \tag{4.10-1}$$

若导体中载流子带电量为 q，则霍尔电压

$$U_{\mathrm{H}} = \frac{1}{nq}\frac{I_{\mathrm{S}}B}{b} = K_{\mathrm{H}}I_{\mathrm{S}}B \tag{4.10-2}$$

可见，霍尔电压的大小与载流子浓度、外磁场大小和通过的电流有关。由于金属导体中载流子浓度 n 太大，霍尔效应不明显，因此通常用于制作霍尔元件的材料多为半导体，其载流子浓度比金属导体的小得多，霍尔效应显著。

$K_{\mathrm{H}} = \dfrac{1}{nqb}$ 称为霍尔元件的灵敏度（霍尔系数），由材料载流子浓度及霍尔片的厚度决定。根据载流子的类型，可以分为 n 型（载流子为带负电的电子）和 p 型（载流子为带正电的空穴）半导体。根据霍尔电压的正负可判断半导体的类型，测定 K_{H} 可求得半导体内载流子的浓度。对于给定的霍尔元件，K_{H} 为常数，一般标在仪器面板或霍尔探头上。

由式（4.10-2），得

$$B = \frac{U_{\mathrm{H}}}{K_{\mathrm{H}}I_{\mathrm{S}}} \tag{4.10-3}$$

如果知道霍尔元件的灵敏度，并且测得通过霍尔元件的电流和霍尔电压，可利用式（4.10-3）计算出霍尔元件所在处磁感应强度的大小。

2. 霍尔电压的测量

式（4.10-1）是在理想情况下推出来的。事实上，在霍尔电压产生的同时，还伴随有各种附加电压。实验中应当采取措施，消除或减少附加电压对测量结果的影响。附加电压包括以下几种：

（1）不等势电压 U_0　由于制造工艺上的原因，测量霍尔电压的引线与霍尔元件的接点 P、S 很难做到在同一等势面上，如图 4.10-4a 所示，接通工作电流后，即使不加磁场，也会产生不等势电压 U_0，其方向与工作电流方向有关，与磁场方向无关。

（2）厄廷豪森效应引起的温差电压 U_t　霍尔电压达到稳定值后，载流子平均飘移速率为特定值 v，但存在速度大于 v 和小于 v 的载流子，如图 4.10-4b 所示。速度大的载流子聚集在导体下端面，而速度小的载流子聚集在导体的上端面。由于快速电子的能量大，因此导体下端温度高，上端温度低。从而产生温差电压 U_t，这种现象称为厄廷豪森效应。U_t 不仅与外磁场有关，而且与 I_{S} 有关。

（3）能斯脱效应引起的附加电压 U_{P}　如图 4.10-4c 所示，工作电流引线在霍尔元件上两个接点的接触电阻不同，在导体两端产生的焦耳热不同，这样导体左右两端的温度不同，形成温差电流 I'，这个电流会使导体两端产生附加电压 U_{P}，这就是能斯脱效应。U_{P} 只与磁场有关，与工作电流无关。

（4）里记-勒杜克效应引起的附加电压 U_{S}　如图 4.10-4d 所示，由能斯脱效应产生的电流 I' 也有厄廷豪森效应，由此产生附加电压 U_{S}，这就是里记-勒杜克效应。U_{S} 的方向与磁场的方向有关，与电流的方向无关。

图 4.10-4 附加电压示意图

a）不等势电压 b）厄廷豪森效应 c）能斯脱效应 d）里记-勒杜克效应

因此，实际测量的电压为霍尔电压和各种附加电压之和

$$U = U_H + U_0 + U_t + U_P + U_S \tag{4.10-4}$$

各种附加电压的方向或与电流有关或与磁场有关，为了消除附加电压的影响，进行表 4.10-1 四组数据测量：

表 4.10-1 测量数据

磁场方向	电流方向	测得电压	磁场方向	电流方向	测得电压
$+B$	$+I_S$	$U_1 = U_H + U_0 + U_t + U_P + U_S$	$-B$	$+I_S$	$U_3 = -U_H + U_0 - U_t - U_P - U_S$
$+B$	$-I_S$	$U_2 = -U_H - U_0 - U_t + U_P + U_S$	$-B$	$-I_S$	$U_4 = U_H - U_0 + U_t - U_P - U_S$

所以

$$U_H = \frac{1}{4}(U_1 - U_2 - U_3 + U_4) - U_t$$

$U_t \ll U_H$，忽略不计，

$$U_H = \frac{1}{4}(|U_1| + |U_2| + |U_3| + |U_4|) \tag{4.10-5}$$

通过改变磁场和工作电流的方向，测得四次电压，利用上式来计算霍尔电压。

3. 载流直螺线管内部的磁场

直螺线管是指均匀地密绕在直圆柱面上的螺旋形线圈。当给直螺线管通以恒定电流时，其内部能够产生一个较为均匀的磁场。工业上或实验室中常利用载流直螺线管来提供匀强磁场。另外，载流直螺线管产生的磁场相当于条形磁铁的磁场，所以，有时候用载流直螺线管来代替条形磁铁使用。

设螺线管的半径为 R，电流为 I，每单位长度有线圈 n 匝，如图 4.10-5 所示。在螺线管

上任取一小段 dl，这小段上有线圈 ndl 匝。由于管上线圈绕得很紧密，所以这小段上的线圈相当于电流为 $Indl$ 的一个圆形电流。利用圆形电流轴线上的磁场公式，可知这小段上的线圈在轴线上某点 P 所激发的磁感应强度为

$$dB = \frac{\mu_0}{2}\frac{R^2 I n dl}{(R^2 + l^2)^{3/2}} \qquad (4.10\text{-}6)$$

式中，l 是 P 点到螺线管上 dl 处这一小段线圈的长度，磁感应强度的方向沿轴线向右。因为螺线管的各小段在 P 点所产生的磁感应强度的方向都相同，因此整个螺线管所产生的总磁感应强度为

$$B = \int_L dB = \int_L \frac{\mu_0}{2}\frac{R^2 I n dl}{(R^2 + l^2)^{3/2}} \qquad (4.10\text{-}7)$$

如图 4.10-5 所示，P 点指向螺线管两端的矢量与螺线管轴线的夹角分别为 β_1 和 β_2，则上式积分结果为

$$B = \frac{\mu_0}{2}nI(\cos\beta_2 - \cos\beta_1) \qquad (4.10\text{-}8)$$

图 4.10-5　载流直螺线管内部的磁场

当螺线管的长度较其直径大得多时，螺线管内部轴线上距螺线管两端较远的 P 点处，$\beta_1 \to \pi$，$\beta_2 \to 0$，所以

$$B = \mu_0 nI \qquad (4.10\text{-}9)$$

还可以证明，长直螺线管内部不在轴线上的各点的磁感应强度的大小也近似等于 $\mu_0 nI$，因此长直螺线管内部的磁场是均匀的。

对长直螺线管的端点来说，例如在 A_1 点，$\beta_1 \to \dfrac{\pi}{2}$，$\beta_2 \to 0$，根据式（4.10-8）得 A_1 点处的磁感应强度为

$$B = \frac{\mu_0}{2}nI \qquad (4.10\text{-}10)$$

恰好是内部磁感应强度的一半。长直螺线管轴线上各处的磁感应强度大小的变化情况大致如图 4.10-6 所示。

用霍尔元件测量螺线管磁场的电路如图 4.10-7 所示。提供霍尔元件工作电流 I_S 和测量霍尔元件在磁场中产生的霍尔电压 U_H 用四线扁平电缆引出，分别接到"I_S 换向开关"和"U_H 开关"上，提供螺线管励磁电流 I_M 的连

图 4.10-6　螺线管轴线上的磁场分布

线接到"I_M 换向开关"上。工作电流 I_S 和励磁电流 I_M 由测试仪提供，霍尔电压 U_H 用测试仪中的电压表显示。

【实验内容】

1. 测量螺线管轴向磁场分布曲线

（1）闭合 U_H 输出开关。将 I_S 和 I_M 旋钮逆时针旋到底。接好线路，检查无误后，再打开测试仪电源。

（2）测量选择为 I_S（弹起状态），将实验仪底座上 I_S 输入开关闭合。调节 I_S 旋钮，使工作电流 $I_S = 8.00\text{mA}$，并在测试过程中保持不变。

（3）测量选择为 I_M（按下状态），将实验仪底座上 I_M 输入开

图 4.10-7　用霍尔元件测量螺线管磁场电路图

关闭合。调节 I_M 旋钮，使螺线管励磁电流 $I_M = 0.800\text{A}$，并在测试过程中保持不变。

（4）以螺线管中心为坐标原点，则霍尔探头的坐标 $x = (14 - x_1 - x_2)\text{cm}$。缓慢、细心调节霍尔元件位置，使测距尺读数 $x_1 = 0.00\text{cm}$、$x_2 = 0.00\text{cm}$，此时霍尔元件位于螺线管一端，通过改变磁场和工作电流的方向，测得四个电压。保持 $x_1 = 0.00\text{cm}$ 不变，调节 $x_2 = 0.50\text{cm}$、1.00cm、1.50cm、2.00cm、3.00cm、5.00cm、9.00cm、14.00cm，分别测得相应的四个电压。再保持 $x_2 = 14.00\text{cm}$ 不变，调节 $x_1 = 5.00\text{cm}$ 等，测出螺线管另一边对称位置的四个电压。

2. 测量螺线管中心的磁场与其励磁电流的关系

（1）调节工作电流 $I_S = 8.00\text{mA}$，在测试过程中保持不变。

（2）调节测距尺读数 $x_1 = 0.00\text{cm}$、$x_2 = 14.00\text{cm}$，在测试过程中保持不变。

（3）调节 I_M 旋钮，分别使螺线管励磁电流 $I_M = 0.300\text{A}$、0.400A、0.500A、0.600A、0.700A、0.800A，分别测量相应的四个电压。

【注意事项】

（1）霍尔探头和开关之间的四线扁平电缆已连好，在实验前后和实验过程中，严禁拆开，以免接反而损坏霍尔元件。

（2）测试仪面板上的"I_S 输出"、"I_M 输出"和"U_H 输入"三对接线柱应分别与实验仪上的三对相应接线柱正确连接。严禁将"I_M 输出"接到"I_S 输出"或"U_H 输入"处。否则，一旦通电，可能输出较大的电流 I_M，使霍尔元件损坏。

（3）开机前，应将 I_S、I_M 旋钮逆时针旋到底，使其输出电流趋于最小状态。仪器接通电源后，预热数分钟即可进行实验。关机前，先将 I_S、I_M 旋钮逆时针旋到底，再切断电源。

（4）在测量过程中，U_H 开关始终处于闭合状态。

【数据处理】

1. 测量螺线管轴向磁场分布曲线（数据填入表 4.10-2 中）

$I_S = 8.00 \text{mA}$，$I_M = 0.800 \text{A}$

表 4.10

探头位置/cm		U_1/mV	U_2/mV	U_3/mV	U_4/mV	U_H/mV	B/T
x_1	x_2						

在坐标纸上作出 B-x 曲线，并讨论实验结果。

2. 测量螺线管中心的 B-I_M 曲线（数据填入表 4.10-3 中）

$x_1 = 0.00 \text{cm}$、$x_2 = 14.00 \text{cm}$，$I_S = 8.00 \text{mA}$

表 4.10-3

I_M/A	U_1/mV	U_2/mV	U_3/mV	U_4/mV	U_H/mV	B/T
0.30						
0.40						
0.50						
0.60						
0.70						
0.80						

在坐标纸上作出 B-I_M 曲线，并根据式（4.10-9）计算螺线管单位长度的匝数 n（其中 $\mu_0 = 4\pi \times 10^{-7} \text{T} \cdot \text{m/A}$）。

【思考题】

（1）什么叫霍尔效应？如何利用霍尔效应测磁场？

（2）如果沿磁场方向有一恒定的附加磁场存在，如何消除它的影响，使能准确地测出被测磁场？

实验 4.11　示波器的使用

示波器是一种电子图示测量仪器，它能把电参数变化的过程转换成在屏幕上看得见的图像。示波器的使用范围非常广泛，它可以测量表征电信号特征的所有参数，如电压、电流、频率和相位差等。示波器具有工作频率范围宽、灵敏度高、输入阻抗高等特点，各种可转化为电压的电学量和非电学量都可以用示波器进行测量。

【实验目的】

（1）了解示波器的工作原理和使用方法。

（2）学会用示波器观察电信号的波形。

（3）学习用示波器测定正弦信号的电压和频率。

（4）学会用示波器观察李萨如图形。

【实验仪器】

示波器、低频信号发生器等。

【仪器介绍】

1. XD—2 低频信号发生器

XD—2 型低频信号发生器的频率范围为 1Hz ~ 1MHz，输出幅度为 0 ~ 5V，连续可调。面板如图 4.11-1 所示。

图 4.11-1　XD—2 型低频信号发生器

（1）阻尼开关一般置于"快"位置，当频率较低时，可置于"慢"位置，以减小电表指针摆动。

（2）频率范围旋钮供选择频段用，频率调节旋钮由三个十进位频率步进旋钮组成。输出频率 = 三个频率调节旋钮示值之和×频率范围示值，如面板图上的频率示值为 $f = 546$Hz。

（3）输出衰减器用来改变输出的电压大小，面板上指示的是衰减分贝值[注]（dB）。衰减分贝值与衰减倍数的换算关系见表 4.11-1。

（4）输出细调旋钮调节输出电压值，电压表指示的是衰减前的输出电压有效值，

$$实际输出电压有效值\ U_{\text{eff}} = \frac{电压表示值\ U}{衰减倍数}$$

表 4.11-1　衰减分贝值与衰减倍数的换算关系表

衰减分贝值/dB	0	10	20	30	40	50	60	70	80	90
衰减倍数	1.00	3.16	10.0	31.6	100	316	1000	3162	10000	31623

信号发生器的使用要点：

1）本机使用 220V、50Hz 交流电源，开机前将"输出细调"逆时针旋至最小。打开电源开关，预热 20min。

2）调节"频率范围"和"频率调节"旋钮，得到所需频率值。

3）调节"输出衰减"和"输出细调"旋钮得到所需电压值。正弦波信号由两个输出接线柱输出。

2. 阴极射线示波器

本次实验用的是岩歧 20M 通用双通道示波器，仪器面板如图 4.11-2 所示。

　⊖　衰减分贝值 = 20lg 电压衰减倍数。

图 4.11-2　示波器面板

1—电源开关 POWER　2—辉度 INTEN　3—文字显示 READOUT　4—聚集 FOCUS　5—机迹倾斜度 TRACE ROTATION　6—校准信号源 CAL　7—接地连接器⊥
8—CH1 输入　9—CH2 输入　10—外触发输入连接器 CH3　11—通道 1CH1　12—通道 2CH2　13—信号叠加 ADD　14—信号相减 INV　15—输入耦合方式 DC/AC
16—输入接地 GND　17—垂直因数旋钮 VOLTS/DIV　18—偏转因数旋钮 POSITION　19—水平位移 POSITION　20—水平位移微调 FINE　21—扫描速度 TIME/DIV
22—波形水平放大 ×10MAG　23—次替和断续 ALT CHOP　24—触发电平 TRIG LEVEL　25—触发信号极性 TRIG'D　26—等待触发指示灯 READY　27—触发信号源 SOURCE
28—触发信号触发模式 COUPL　29—触发沿 SLOPE　30—视频显示 TV　31—扫描显示模式 A　32—X-Y 显示模式　33—扫描模式;自动 AUTO,常态 NORM,
单次 SINGLE　34—扫描模式指示灯　35—功能旋钮 FUNCTION　36—光标测量 ΔV·Δt-OFF　37—光标移动 TCK/C2　38—释抑时间 HOLDOFF

　　示波器主要由示波管、垂直放大器、水平放大器、触发同步电路、扫描发生器与直流电源组成，如图 4.11-3 所示。

　　1）示波管由电子枪、偏转系统和荧光屏组成，如图 4.11-4 所示。

　　电子枪由灯丝、阴极、控制栅极、第一阳极和第二阳极组成，其作用是将电子束聚焦。

图 4.11-3　通用示波器示意图

图 4.11-4　示波管示意图

F—灯丝　K—阴极　G—控制栅极　A₁—第一阳极

A₂—第二阳极　Y—垂直偏转板　X—水平偏转板

　　偏转系统由两对互相垂直的偏转板组成，其作用是控制电子束的运动轨迹。

　　荧光屏的内表面涂有一层荧光物质，在高速电子束轰击后，荧光物质发出可见光。

　　2）垂直放大器将被测信号放大后，加到垂直偏转板上，控制电子束垂直方向的偏转。

　　3）水平放大器将 X 轴输入信号放大后，加在水平偏转板上，控制电子束水平方向的偏转。

　　4）扫描发生器产生锯齿波扫描电压，经水平放大器后，加到水平偏转板上，使电子束按时间沿水平方向展开。

　　5）触发同步电路利用被测信号或外接信号实现同步作用。

　　6）直流电源为示波器各组成部分提供工作电源。

　　示波器的使用注意事项：

　　1）机壳必须接地，但不得与交流电源线相连。

　　2）开机前应检查电源电压与示波器的工作电压是否相符。

　　3）开机后一般应预热 3～5min。光点不宜过亮，且不应长时间停留在同一位置，以免损坏荧光屏。

　　4）在示波器切断电源后，如需继续使用，应等待数分钟后再开启电源，以免损坏仪器。

　　5）人体感应的 50Hz 交流电压的数量级可能远大于被测信号电压，故在测试过程中应避免手指或人体其他部位触及输入端或探针。

　　6）示波器长期不用时，应罩上仪器罩。长期不用的示波器也要定期通电。

　　示波器操作参考表 4.11-2。

表 4. 11-2　示波器操作参考表

项目	编号	开 机 前	测正弦波的幅度和频率（测量信号接入 CH1 通道）	观测李萨如图形（信号 1 接入 CH1 通道，信号 2 接入 CH2 通道）
电源开关 POWER	1	关	开	开
辉度 INTEN	2	适中	适中	适中
文字显示 READOUT	3	适中	清晰	清晰
聚焦 FOCUS	4	适中	清晰	清晰
输入接地	16	任意	不选择	不选择
垂直输入通道选择	11	任意	按下 CH1	按下 CH1 按下 CH2（编号 12）
垂直位移 POSITION	17	适中	使图线居中	使图线居中
偏转因数旋钮 V/格	18	适中	使幅度合适	使幅度合适
按下偏转因数旋钮使用微调 VARIABLE	18	不按下	不可使用微调功能	任意
输入耦合方式选择 DC/AC	15	任意	AC	AC
触发信号源选择按钮 SOURCE	27	任意	CH1	任意
水平显示模式	31	任意	A	X-Y
触发耦合模式选择按钮 COUPL	29	任意	AC	任意
触发沿选择按钮 SLOPE	28	任意	+	任意
触发电平 LEVEL	24	任意	使波形稳定	任意
扫描方式 SWEEP MODE	33	任意	AUTO	任意
扫描速度 t/格	21	逆时针到底	显示 1-2 个周期波形	任意
按下扫描速度旋钮选择微调 VARIABLE	21	不按下	不可使用微调功能	任意
水平位移 POSITION	19	任意	使图线居中	使图线居中
光标测量选择按钮 ΔV-Δt-OFF	36	任意	ΔV	OFF
光标移动形式选择按钮 TCK/C2	37	任意	选择需要移动的光标	任意
功能旋钮 FUNCTION	35	任意	移动光标 1 到波形顶端；移动光标 2 到波形底端。测量峰峰电压值。可以用类似方法测量信号周期,从而计算出频率。	任意

【实验原理】

1. 示波器显示图形

将一随时间变化的电压信号加在示波器的垂直偏转板上,电子束在垂直方向偏转的距离正比于信号的瞬时值,在屏幕上显示出一条垂直的亮线,如图 4.11-5a 所示。

单独在水平偏转板加上随时间线性变化的锯齿波电压,电子束水平方向偏转距离正比于时间,光点在屏幕上沿水平方向从左到右,再迅速从右到左返回起点,这个过程称为扫描。在屏幕上显示一条水平亮线,如图 4.11-5b 所示。这条水平亮线称为扫描线或时间基线,所加锯齿波电压称为扫描电压。

将被测信号加到垂直偏转板的同时,在水平偏转板加上锯齿波电压,电子束同时受到垂直和水平偏转系统的作用,在荧光屏上显示出电子合成运动的轨迹,即输入信号的波形,如图 4.11-5c 所示。

当扫描电压的周期 T_X 严格等于输入信号的周期 T_Y 的整数倍时,即

$$T_X = nT_Y \quad (n = 1, 2, 3, \cdots) \tag{4.11-1}$$

图 4.11-5　扫描成像示意图

每次扫描的起点都对应信号电压的相同相位点,在屏幕上显示稳定的波形。式(4.11-1)称为波形稳定条件。

实现 $T_X = nT_Y$ 的过程称为扫描同步。为了实现扫描同步,锯齿波电压的频率必须连续可调,同时必须把一个触发信号加到扫描发生器上来保证扫描同步。

2. 测量交流电压和频率

(1)测量交流电压的有效值 U_{eff}　　被测量的信号为正弦电压时,屏幕上显示出图 4.11-6 所示的正弦波形。从屏幕标尺读出整个波形所占 Y 轴方向的格数 $B(div)$,被测交流电压的峰峰值

$$U_{p-p} = \alpha(V/div)B(div)$$

有效值

$$U_{eff} = \frac{\sqrt{2}}{4}\alpha(V/div)B(div) \qquad (4.11\text{-}2)$$

式中　α——偏转因数,可以从示波器荧光屏数据显示读出。另外,利用示波器光标测量功能可以直接测量信号的峰峰电压值。

图 4.11-6　测量交流电压、频率示意图

(2)测交流电压的频率　　从屏幕标尺读出一个周期波形所占 X 轴方向的格数 $A(div)$,被测交流电压的频率

$$f = \frac{1}{\beta(s/div)A(div)} \qquad (4.11\text{-}3)$$

式中　β——扫描时间因数,可以从示波器荧光屏数据显示读出。另外,利用示波器光标测量功能可以直接测量信号的周期值。

3. 用李萨如图形测定频率的原理

如在示波器的 X 轴和 Y 轴同时输入正弦电压 U_X 和 U_Y,并且这两个正弦电压的频率相同或成简单整数比,则电子束在这两个电压作用下,合成运动的轨迹称为李萨如图形,如图 4.11-7 所示。

为了确定 U_X、U_Y 的频率比,可在李萨如图的 X 方向作一与图形相切的直线,数出切点数 n,在 Y 方向作一与图形相切的直线,数出切点数 m,则有

$$\frac{f_Y}{f_X} = \frac{n}{m} \qquad (4.11\text{-}4)$$

若已知一个信号的频率,从图像上的切点数 m 和 n,根据式(4.11-4),可求出另一个信号的频率。

图 4.11-7　垂直简谐振动合成示意图

【实验内容】

1. 熟悉示波器的使用

(1)开机前了解示波器各旋钮的作用(见图 4.11-2)。根据参考表 4.11-2 的提示设置各旋钮和开关的位置。

（2）打开电源开关1，预热几分钟后，首先将输入通道1和通道2均匀接地（利用按钮16），显示方式选择 X-Y（利用按钮32），这时屏上出现一个亮点，调节辉度旋钮2和聚焦旋钮4使屏幕亮度合适，亮点清晰。调节文字显示旋钮，使荧光屏上的文字清晰。调节水平轴位移旋钮19和垂直轴位移旋钮17（当选择 CH1 输入时，应调整水平对应的另一个 POSITION 旋钮），使亮点位于屏幕中央。

（3）观察扫描情况：显示方式置于扫描（利用按钮31），使亮点在屏幕上移动。顺时针旋转旋钮21变换扫描速度，可看到扫描速度由慢变快。

（4）观察方波信号：用电压测量探极将校准信号源6的信号接到 CH1 输入8上，输入端选择按钮按下 CH1 按扭（编号11）。调节旋钮21，使波形稳定，如果信号不稳定，可以调节触发电平旋钮24，使波形稳定。按下旋钮21可执行扫描速度微调程序。在测量信号周期时，不可使用扫描速度微调功能。按钮22可以使信号水平方向放大10倍。关闭水平放大按钮22，测出方波的周期 T，进而求出方波的频率 f。

（5）观察正弦信号波形

1）将信号发生器的输出信号接到示波器的 CH2 输入（编号9）。

2）将信号发生器的频率调为 500Hz，输出电压表指示值调为 5V，衰减分贝值调为10dB。

3）调节偏转因数旋钮18，使波形幅度适中，如果按下旋钮18则执行微调程序，信号测量时不可使用微调程序。

4）调节旋钮21，如果信号不稳定，可调节触发电平旋钮24，使波形稳定，显示 1～2 个周期的稳定波形。

2. 测量交流电压的有效值和频率

（1）测量 500Hz 正弦信号的电压和频率：关闭偏转因数旋钮18和扫描速度21的微调程序（即荧光屏上不显示"＞"号），测量正弦波形的幅度对应的格数 B 及一个周期对应的格数 A，记录荧光屏显示的偏转因数 α 和扫描时间因数 β。

另外，可以利用光标测量选择按钮（ΔV-Δt-OFF）36，选择时间变化测量（Δt）或者选择电压变化测量（ΔV）。当选择 Δt 或 ΔV 时，将显示两条测量光标。利用光标移动形式选择按钮（TCK/C2）37可以选择要移动的光标，旋转功能按钮 FUNCTION35 可以调整光标位置。将光标调整到起始端和终止端，即可从荧光屏上读出两条光标之间的数据（电压值或时间值）。

（2）将信号发生器的频率改为 100Hz，按上述方法再测量信号发生器实际输出的电压和频率。

3. 用李萨如图形测量正弦信号的频率

（1）将一个信号发生器的输出设定为 500Hz，作为已知频率信号输入，将其接入示波器 CH1 输入端8。将另一个信号发生器的输出信号接到示波器的 CH2 输入9上，信号发生器的"地"和示波器的"地"相接。

（2）显示模式设置在 X-Y 方式（按钮32）。

（3）按照 f_Y:f_X 分别为 1:1、1:2、3:1、3:2 的要求设定第2台信号发生器的频率，微调信号发生器的频率使示波器显示图形变化缓慢，记下图形最稳定时信号发生器所示的频率 f_Y，画出李萨如图。

【注意事项】

（1）开机后一直找不到亮点，可能是辉度太弱或 X、Y 位移旋钮的位置不对。为尽快找到亮点，把各旋钮置于观察正弦波形的位置，加大 X、Y 增幅或调整 X、Y 位移，可很快找到图案，再适当调整。

（2）输入示波器 Y 轴的信号，一般要先衰减。

（3）当波形不稳定时，可能需要调整触发电平旋钮 24。

【数据处理】

1. 测量正弦信号的电压和频率（数据填入表 4.11-3 中）

表　4.11-3

低频信号发生器					示　波　器			
频率/Hz	电压表示值 U/V	衰减分贝值/dB	电压衰减倍数	实际输出电压/V	交流信号的峰峰值/V	交流信号的周期/ms	电压有效值/V	信号频率/Hz
500	5.0	10						
100	5.0	10						

2. 用李萨如图测量正弦信号的频率（数据填入表 4.11-4 中）

表　4.11-4

$f_Y:f_X$	1:1	1:2	3:1	3:2
f_X	500Hz			
f_Y（计算值）				
f_Y（实验值）				
李萨如图形				

【思考题】

（1）用示波器观察正弦电压信号时，荧光屏上显示出一条水平直线，是什么旋钮的位置不对？应如何调节？

（2）如何用示波器观察二极管的伏安特性曲线？

（3）用示波器观察正弦电压信号时，荧光屏上显示的图形在不停地移动，应该如何调节？

【补充说明】　示波器面板旋钮功能介绍

参考图 4.11-2，以下各行序号即为图中旋钮（按钮）的编号。

（1）电源开关（POWER）：用于开启 ON（或关闭 OFF）整机电源。

（2）辉度（INTEN）：调节光点或扫线的亮度。

（3）文字显示（READOUT）：调节文字显示的亮度。

（4）聚集（FOCUS）：调节光点或扫线的粗细。

（5）轨迹倾斜度（TRACE ROTATION）：用合适的旋具调节孔内螺钉，可以调整轨迹的倾斜度。

（6）校准信号源（CAL）：该输出端提供频率为 1kHz、校准电压为 0.5V 的正方波。此信号用于本仪器的操作检查及调整探头波形。

(7) 接地连接器（⊥）：测量时的接地点。

(8) 输入连接器 CH1：连接输入信号（可测量的信号）。

(9) 输入连接器 CH2：连接输入信号（可测量的信号）。

(10) 输入连接器 CH3：连接外触发输入信号。

(11) 按钮（CH1）：选择通道 CH1 显示或不显示状态。

(12) 按钮（CH2）：选择通道 CH2 显示或不显示状态。

(13) 按钮（ADD）：显示 CH1 和 CH2 两个通道信号的和（CH1（11）与 CH2（12）均设置为显示）。

(14) 按钮（INV）：显示 CH1 和 CH2 两个通道信号的差（CH1（11）与 CH2（12）均设置为显示）。

(15) 按钮（DC/AC）：选择 CH1 或 CH2 输入耦合方式，选择直流（DC）则显示输入信号的直流和交流成分。选择交流（AC）则显示去掉信号的直流成分后的输入波形的交流成分。

(16) 按钮（GND）：将垂直输入信号 CH1 或 CH2 接地。

(17) 垂直位移旋钮（POSITION）：将波形上下移动。

(18) 偏转因数旋钮（VOLTS/DIV）：选择 CH1 或 CH2 通道的偏转因数，选择范围是 2mV/div ~ 5V/div，偏转因数显示于屏幕左下角。按下偏转因数旋钮（VARIABLE），可执行微调程序（此时屏幕出现“>”符号），此时旋转偏转因数旋钮可连续改变偏转因数值，再次按下偏转因数旋钮，退出微调程序。测量信号电压时不可用微调模式。

(19) 水平位移旋钮（POSITION）：将波形左右移动。

(20) 水平位移微调选择按钮（FINE）：按下 FINE 指示灯亮，此时旋转水平位移旋钮可作微调。再次按下 FINE，指示灯灭，退出微调。

(21) 扫描速度旋钮（TIME/DIV）：用于选择扫描速度（按钮 A 选择扫描），旋转扫描速度旋钮可改变扫描电压的频率，扫描速率的值显示在屏幕的左上角。按下扫描速度旋钮，可执行微调程序（此时屏幕出现“>”符号），此时旋转扫描速度旋钮可连续改变扫描速率值，再次按下扫描速度旋钮，退出微调程序。测量信号频率时不可用微调模式。

(22) 波形水平放大按钮（×10MAG）：波形将基于水平中心位置向左右放大 10 倍，屏幕右下角显示 MAG 字样。

(23) 交替和断续选择按钮（ALT CHOP）：当选择多个通道时需要选择交替 ALT 或断续 CHOP 方式。

交替（ALT）：同时显示由 CH1 和 CH2 两个通道输入的信号，它是把两个输入信号轮流地显示在屏幕上。当扫描电路第一次完整扫描时，屏幕上显示 CH1 通道输入信号的波形，第二次完整扫描时，显示 CH2 通道输入信号的波形，以后各次扫描轮流重复显示两个信号的波形，交替速度很快，当 CH1 信号的波形还没有消失时，后一次扫描已把 CH2 信号的波形显示出来了。适用于观测两个频率较高的信号。

断续（CHOP）：同时显示由 CH1 和 CH2 两个通道输入的信号。当断续显示时，两个通道的信号以 4μs(250kHz) 的速度依次切换，双通道的扫线是以时间分割方式同时显示的，也就是说，扫描电压的第一瞬间显示 CH1 信号波形的某一段，在第二瞬间显示 CH2 信号波形的某一段，以后各瞬间轮流显示两个信号波形的其余各段。由于转换频率很高，显示光点靠得很近，因此，人眼看到的波形是连续的。适用于观测两个频率较低的信号。

（24）触发电平旋钮（TRIG LEVEL）：用于设置触发电平，当触发信号产生时，TRIG′D 指示灯亮。一旦触发信号超过该旋钮所设置的触发电平，扫描即被触发，并在屏幕上显示稳定波形。当触发电平的位置越过触发区域时，扫描将不启动，则屏幕上不显示被测信号的波形。当使用加到 Y 轴放大器的部分输入信号作为触发信号时，适当调节扫描速度使波形基本稳定，再调触发电平可使波形稳定。

（25）指示灯 TRIG′ D：当触发脉冲产生时灯亮。

（26）指示灯 READY：等待触发信号时灯亮。

（27）触发信号源选择按钮（SOURCE）：按下 SOURCE 按钮，选择触发来源（CH1，CH2，LINE，EXT，VERT）。在屏幕上方显示行的第 2 项显示的字样就是所选择的触发来源，如 CH1 表示以 CH1 通道输入信号为触发源，CH2 表示以 CH2 通道输入信号为触发源，LINE 表示以电源频率为触发源，便于观察电源频率触发的信号，EXT 表示以前面板 EXT INPUT 输入的信号为触发源，VERT 表示用小序号通道的信号做触发源，如两个通道相加 ADD 显示时，总是采用 CH1 通道为触发源。

（28）触发沿选择按钮（SLOPE）：选择扫描开始的位置，如果触发沿设置"＋"，则扫描在波形上升沿开始，如果触发沿设置"－"，则扫描在波形下降沿开始。在屏幕上方显示行的第 3 项显示的字样就是所选择的触发沿。

（29）触发耦合模式选择按钮（COUPL）：按下 COUPL 按钮，选择触发耦合模式（AC，DC，HF REJ，LF REJ）。AC 隔离触发信号中的直流成分；DC 通过触发信号中的所有成分；HR REJ 衰减高频（10kHz 以上）成分，该模式适用于触发信号中含有高频噪声，使触发不稳定时。LF REJ 衰减信号中的低频（10kHz 以下）成分；该模式适用于触发信号中含有低频噪声，使触发不稳定时。在屏幕上方显示行的第 4 项显示的字样就是所选择的触发耦合模式。

（30）视频信号触发选择按钮：按下 TV 按钮，选择 TV 触发模式（BOTH，ODD，E-VEN，TV-H）。选择 TV-H 时，此时屏幕上功能显示 f：TV-MODE，旋转"FUNCTION"旋钮，选择电视信号的 NTSC，PAL（SECAM）或 HDTV 制式。选择 TV-H 时，触发设置在水平同步脉冲上。选择 BOTH，ODD，EVEN 时，此时屏幕上功能显示 f：TV-LINE，旋转"FUNCTION"旋钮，选择线的序号。当"FUNCTION"旋钮被按下或连续按下时，是对位置方向的粗调。ODD：当选择水平同步信号显示模式和垂直同步信号显示模式的奇数号时，触发被设置。EVEN：当选择水平同步信号显示模式和垂直同步信号显示模式的偶数号时，触发被设置。BOTH：当选择水平同步信号显示模式和垂直同步信号显示模式的奇数号或偶数号时，触发被设置。

（31）扫描显示模式（A）：按下 A 选择扫描模式。

（32）水平显示模式（X-Y）：按下 X-Y，将 CH1 信号作为 X 轴输入信号，而（CH1，CH2，ADD）中的一个作为 Y 轴输入信号，该模式适用于观察磁滞回线或李萨如图形。

（33）扫描模式选择按钮：自动（AUTO）、常态（NORM）、单次（SINGLE）。自动扫描适用于 50Hz 以上的触发信号，常态模式下，触发信号不受限制，但尤其适用于低频信号和低重复信号。选择单次扫描模式时，READY 指示灯亮，表示等待触发信号，当触发信号产生时，将进行一次单扫描。此时，READY 指示灯灭。如果再按一次 SINGLE，将选择另一次单次触发。

（34）扫描模式指示灯：当选择某种扫描模式时，该扫描模式上方的指示灯亮。

（35）功能旋钮（FUNCTION）：可用此旋钮设定延迟时间、光标位置等。旋转时作为微调使用。如需粗调时，可单次或连续按下此钮，而光标移动方向为之前此钮旋转的方向。

（36）光标测量选择按钮（ΔV-Δt-OFF）：选择时间变化测量（Δt），选择电压变化测量（ΔV），选择关闭光标测量（OFF）。当选择 Δt 或 ΔV 时，将显示两条测量光标。旋转 FUNC-TION 可以调整光标位置。

（37）光标移动形式选择按钮（TCK/C2）：每按一次 TCK/C2，光标及其序号按如下顺序改变：C1（光标 1）→C2（光标 2）→TCK（跟踪）→C1…，选择要移动的光标后，用 FUNCTION 移动光标位置，将两条光标移动到测量位置后，屏幕左下角显示测量结果。选择 TCK 时，两条光标间的距离不变，同时移动。

（38）选择释抑时间按钮（HOLDOFF）：有时观测复杂的复合脉冲串时触发会出现不稳定。此时调节释抑时间（扫描暂停）可以获得稳定的波形。按下 HOLDOFF，功能显示变为：f：HOLDOFF。旋转 FUNCTION 调整释抑时间。

实验 4.12　利用等厚干涉测量透镜的曲率半径

光的干涉现象是两束或多束相干光相遇而叠加的结果。1675 年牛顿在制作天文望远镜时，偶然将一个望远镜的物镜放在平板玻璃上，发现了"牛顿环"，"牛顿环"是典型的等厚干涉。

【实验目的】

（1）了解等厚干涉现象及特点。

（2）熟悉读数显微镜及钠光灯的使用。

（3）掌握用干涉法测量透镜曲率半径的方法。

【实验仪器】

读数显微镜、钠光灯（$\lambda = 589.3\,\text{nm}$）、牛顿环装置。

【实验原理】

将一块曲率半径 R 较大的平凸透镜的凸面置于一光学平玻璃上，在透镜凸面和平玻璃之间形成一层空气膜，其厚度从中心接触点到边缘逐渐增加。当平行单色光垂直照射牛顿环装置时，入射光将在空气薄膜上下两表面上反射，产生具有一定光程差的两束相干光，这两束相干光干涉，形成以接触点为圆心的明暗相间的同心圆环——"牛顿环"。

如图 4.12-1 所示，第 k 级条纹对应的两相干光的光程差为

$$\delta_k = 2e_k + \frac{\lambda}{2} \tag{4.12-1}$$

式中　e_k——与第 k 级条纹相应的空气薄膜的厚度；

　　　λ——入射光的波长；

　　　$\dfrac{\lambda}{2}$——由于光线从光疏介质射向光密介质，在界面反射时产生的半波损失所引起的附

　　　　　加光程差。

图 4.12-1　牛顿环及其形成光路示意图

由图 4.12-1 得

$$R^2 = r_k^2 + (R - e_k)^2$$

因为 $R \gg e_k$，所以可略去上式展开后的二级小量 e_k^2，于是有

$$r_k^2 = 2Re_k \tag{4.12-2}$$

利用干涉出现暗纹的条件

$$\delta_k = 2e_k + \frac{\lambda}{2} = (2k+1)\frac{\lambda}{2} \qquad (k = 0,1,2,\cdots) \tag{4.12-3}$$

得

$$r_k^2 = kR\lambda \tag{4.12-4}$$

可见，干涉条纹的半径越大，相应的级数越高。随着条纹半径的增大，空气膜上下两面间的夹角也增大，因而条纹变密。分别测出第 m、n 级暗纹的半径 r_m 和 r_n，代入式（4.12-4）得

$$r_m^2 = mR\lambda$$

$$r_n^2 = nR\lambda$$

两式相减，得

$$r_m^2 - r_n^2 = (m-n)R\lambda$$

又因暗环的圆心不好确定，所以用直径替换，得

$$D_m^2 - D_n^2 = 4(m-n)R\lambda$$

故平凸透镜的曲率半径为

$$R = \frac{D_m^2 - D_n^2}{4(m-n)\lambda} \tag{4.12-5}$$

【实验内容】

（1）轻轻调节牛顿环装置的三个螺钉，使牛顿环处于中间部位，将牛顿环装置放在读数显微镜的工作台上，并对准物镜（见图 4.12-2 及第 2 章 2.1 节）。

（2）开启钠光灯，调节45°玻璃镜，使视场中亮度最大。

（3）调节目镜看清叉丝，并使横丝平行于标尺。转动调焦手轮，使目镜自下而上移动，看到清晰的牛顿环，并消除视差。

（4）转动测微鼓轮，使标尺读数准线对准标尺中央。移动牛顿环，使叉丝交点对准牛顿环中心。转动测微鼓轮，检查左右两侧牛顿环是否清楚，并观察条纹粗细和条纹间距的变化规律。

（5）朝一个方向转动测微鼓轮，分别测出表4.12-1所示的10个暗环位置。

【注意事项】

（1）为了避免螺旋空程引入的误差，在整个测量过程中，测量鼓轮只能朝一个方向转动，不准中途倒转。

（2）应在纵丝位于各级暗环中央时读数。

图 4.12-2　测量牛顿环装置图

（3）钠光灯点燃后等待一段时间（约10min）才能正常使用。故点燃后不要轻易熄灭。

【数据处理】

（1）将测量数据填入表4.12-1中并进行相关计算。

表 4.12-1　测量牛顿环直径数据表

暗环序号		21	22	23	24	25	26	27	28	29	30
暗环位置 /mm	左										
	右										
直径 D/mm											
D^2/mm^2											
$D_{k+5}^2 - D_k^2$/mm^2											
$\overline{D_{k+5}^2 - D_k^2}$/mm^2											
$u_A\left(\overline{D_{k+5}^2 - D_k^2}\right)$/mm^2											

（2）计算 R 及其不确定度，写出测量结果。

【思考题】

（1）为什么牛顿环中央条纹间的距离比边缘条纹的间距大？

（2）用式（4.12-5）测量平凸透镜的曲率半径有什么优点？

（3）在测量过程中，为什么测微鼓轮要向同一个方向转动？

（4）实验测量的往往不是直径，而是弦长，用弦长代替直径，式（4.12-5）还成立吗？为什么？

实验 4.13　分光计的调整和使用

分光计是一种测量光线偏转角度的精密光学仪器，又称为分光测角仪。分光计的基本部件和调节原理与其他更复杂的光学仪器有许多相似之处，所以它是一种有代表性的基本光学仪器，学会调节和使用分光计可为使用更精密的光学仪器打下良好基础。

分光计装置较精密，结构较复杂，调节要求高，时间又紧，要认真预习，了解其基本结构和光路，明确每调一步的作用，严格按要求和步骤耐心进行调节，调好一部分，就固定相应旋钮。

【实验目的】

（1）了解分光计的构造和各部件的作用。

（2）了解分光计的基本原理，学会分光计的调整方法。

（3）学会用分光计测量三棱镜的顶角。

【实验仪器】

JJY 型分光计、三棱镜、平面反射镜、变压器、放大镜。

【仪器介绍】

分光计介绍：

1. 分光计的结构

分光计有多种型号，但都由接受平行光的自准望远镜、能产生平行光的平行光管、能承载光学元件的载物台和读数装置四部分组成。

JJY 型分光计的外形结构如图 4.13-1 所示，分光计底座坚实平稳，仪器中心有一旋转中心轴，望远镜、载物台和读数装置都可绕中心轴旋转，平行光管固定在底座上。

图 4.13-1 　JJY 型分光计的外形结构

1—狭缝装置　2—狭缝套筒锁紧螺钉　3—平行光管　4—载物台　5—载物台调平螺钉
6—载物台锁紧螺钉　7—望远镜　8—目镜套筒锁紧螺钉　9—自准目镜　10—目镜视
度调节手轮　11—望远镜光轴高低调节螺钉　12—望远镜光轴水平调节螺钉　13—望
远镜微调螺钉　14—转座与刻度盘止动螺钉　15—望远镜止动螺钉（在背面）　16—刻度盘
17—游标盘　18—游标盘微调螺钉　19—游标盘止动螺钉　20—平行光管光轴水平
调节螺钉　21—平行光管光轴高低调节螺钉　22—狭缝宽度调节螺钉

2. 自准望远镜

望远镜主要由目镜、分划板、物镜组成，它们分别装在三个套筒内，彼此可相对移动，如图 4.13-2 所示。

图 4.13-3 为分划板示意图，分划板上刻有"十"形叉丝，下方与小棱镜的直角面粘合在一起，直角面上有一个十字形透光孔。小灯泡发出的光经小棱镜反射，改变90°方向后从十字形透光孔射出，经物镜后射到平面反射镜上，反射回来的光再经物镜成像。

图 4.13-2 自准望远镜示意图

图 4.13-3 分划板示意图

自准原理：采用自准法，使望远镜适于观察平行光。我们知道当发光体在透镜焦平面上时，经过透镜的光为平行光，经平面反射镜反回，再经凸透镜聚焦在其焦平面上。这时物和像在同一平面（焦平面）内，如图 4.13-4 所示。

当十字形透光孔不在物镜焦平面内时，看不到"绿十字像"或看到一个亮团，前后移动目镜，直到"绿十字像"清晰，这时目镜视场如图 4.13-5，分划板已位于物镜焦平面上，望远镜达到自准——望远镜接受的是平行光。

图 4.13-4 自准法原理示意图

图 4.13-5 目镜视场

3. 平行光管

平行光管由狭缝和透镜组成，松开螺钉 2，前后移动狭缝套筒，当狭缝位于透镜焦平面上时，从平行光管出射的是平行光。

4. 载物台

载物台用于放置待测物件，可升降，可绕分光计中心轴转动。台下面的三个螺钉 5 用于调节台面的倾斜度，使载物台面水平。

5. 读数装置

读数装置由刻度盘和游标盘组成，刻度盘分为 360°，最小刻度为 30′，JJY 型分光计的分度值为 1′。读数方法与游标卡尺类似，读数时应先看游标零线所指的位置，由刻度盘读出半度以上的"度"数，再看游标盘上哪条线与刻度盘某刻线对齐，从游标盘读出小于半度的"分"数。如图 4.13-6 所示情形，读数为 $334°30' + 17' = 334°47'$。

为了消除刻度盘与游标盘不共轴而产生的偏心差，用相差180°的两个游标读数。

【实验原理】

如图4.13-7所示，游标两次读数之差即为望远镜转过的角度。用两个游标分别进行读数，望远镜转过的角度为

$$\varphi = \frac{1}{2}(|\theta_1' - \theta_1| + |\theta_2' - \theta_2|) \tag{4.13-1}$$

式中　θ_1、θ_2——望远镜在初始位置时，游标 I、游标 II 的读数；

　　　θ_1'、θ_2'——望远镜转过 φ 角后，游标 I、游标 II 的读数。

图4.13-6　游标读数示意图

图4.13-7　测三棱镜顶角示意图

由图4.13-7知三棱镜的顶角

$$\alpha = 180° - \varphi = 180° - \frac{1}{2}(|\theta_1' - \theta_1| + |\theta_2' - \theta_2|) \tag{4.13-2}$$

【实验内容】

1. 熟悉分光计

把分光计与其示意图对照，熟悉分光计的构造、各部件的作用，明确其调节方法。

2. 调整分光计

为了测准入射光和出射光方向之间的夹角，必须调整分光计，使其满足：

1）平行光管能发出平行光；

2）望远镜适于观察平行光；

3）望远镜和平行光管的光轴垂直于分光计的中心轴，载物台面垂直于分光计的中心轴。

参见图4.13-1，按以下步骤调整分光计，调好一步，就固定相应的旋钮。

（1）目测粗调高度、倾斜度　光学仪器虽然精密，但视场小，不易调节。为了顺利、快速地调节光学仪器，必须进行目测粗调——用眼睛看！这是非常重要、最容易忽视的一步！

图4.13-8为载物台面示意图，松开载物台锁紧螺钉6，使载物台高度合适后再锁紧。

图4.13-8　载物台面
示意图

粗调载物台面下的调平螺钉5（三个螺钉 B_1、B_2、B_3），使载物台面大致水平。

粗调螺钉11，使望远镜基本水平。

（2）自准法调节望远镜能接受平行光

1）目镜调焦 转动目镜视度调节手轮 10，调节目镜与分划板间的距离，直至在目镜视场中看到清晰的"十"形叉丝。调好后，一般不要再动调节手轮。

2）物镜聚焦 打开变压器电源（小灯电源），将平面镜挂在望远镜镜头上，在目镜中将看到一个亮斑，松开螺钉 8，前后移动目镜套筒，直到分划板位于物镜焦平面上，看到清晰的绿十字像"＋"，如图 4.13-9 所示。微移目镜套筒，消除视差（眼睛左右移动时，叉丝与绿十字像之间无相对位移）后，拧紧目镜套筒锁紧螺钉 8。

（3）调节望远镜光轴垂直于分光计中心轴

1）将平面镜如图 4.13-10 放置在载物台上，正对望远镜。这样放，只需调节螺钉 B_1 或 B_2，就可改变平面镜的倾斜度。

图 4.13-9 目镜视场

2）微转载物台，使平面镜偏离望远镜一小角度，让眼睛与望远镜等高，从望远镜侧面用眼睛会看到望远镜的"镜筒像"，如图 4.13-11 所示，若在"镜筒像"中找到"亮十字像"，则说明从望远镜射出的光能被平面镜反射回望远镜中，否则，微调载物台调平螺钉 B_1（或 B_2）和望远镜光轴高低调节螺钉 11。再将载物台转到图 4.13-10 所示位置，用目镜看视场中有无"绿十字像"。反复进行目测粗调，直到在目镜中看到"绿十字像"为止，如图 4.13-9 所示。

图 4.13-10 平面镜放法

图 4.13-11 观察"绿十字"像

3）将载物台转过 $180°$，重复 2）。

注意：当望远镜对准平面镜的一个面时，在目镜中看到"绿十字像"后，不要急于将"绿十字像"调到分划板上方十字丝上。只有当从平面镜两个面反射回的"绿十字像"都能进入目镜视场后，才能进行步骤 4）。

4）"半调法"

①调节螺钉 11，改变望远镜倾度，使"绿十字像"与分划板上方黑十字丝的距离减少一半，再调载物台调平螺钉 B_1（或 B_2），使"绿十字像"与分划板上方黑十字丝重合。

②将载物台转过 $180°$，重复上述步骤。

反复调整，直到从平面镜两个面反射回的"绿十字像"都与分划板上方黑十字丝重合。注意：这时望远镜光轴已与分光计中心轴垂直，不允许再调望远镜光轴水平调节螺钉11。

（4）调载物台水平 将平面镜相对载物台转120°，只调第三个未调过的载物台调平螺钉 B_3，使"绿十字像"与上方黑十字丝重合。

3. 测三棱镜顶角

（1）三棱镜的调整 将三棱镜按图 4. 13-12 置于载物台上，使载物台每两个调平螺钉的连线与三棱镜的镜面正交。转动载物台，让三棱镜的一个光学面 ab 正对望远镜，调节螺钉 B_2，使"绿十字像"与分划板上方黑十字丝重合，这样 ab 面与望远镜光轴垂直。再让另一光学面 ac 正对望远镜，调节螺钉 B_3，使"绿十字像"与分划板上方黑十字丝重合，ac 面也与望远镜光轴垂直。

图 4. 13-12　三棱镜放法

（2）自准法测三棱镜顶角（5 次）

让 ab 面正对望远镜，调节望远镜微调螺钉13，当"绿十字像"与分划板上方黑十字丝严格重合时，锁紧游标盘止动螺钉19，即固定载物台，记下两个游标的读数 θ_1、θ_2。转动望远镜，使从 ac 面反射回来的"绿十字像"与分划板上方黑十字丝重合，记下 θ_1'、θ_2'。将测量数据填入表 4. 13-1 中。

利用式（4. 13-2）算出三棱镜的顶角。

【注意事项】

（1）目测粗调是关键，要特别重视。在望远镜中能看到从平面镜两个面反射回的"绿十字像"后，才能调望远镜或载物台的斜度，使"绿十字像"逐步向分划板上方黑十字丝逼近，不要急于求成。

（2）有条不紊，耐心调整，调好一步，不要再动相应螺钉，否则还要重新调整。

（3）测量时，注意哪些部件应相对不动。为准确测量，应利用微调旋钮。

（4）记录数据时，两个游标的顺序不要颠倒。

（5）当游标 0 线过主尺 0 刻线时，读数要加或减 360°。

【数据处理】

分光计的仪器误差 $\Delta_{\text{仪}}$ = ____。

表 4. 13-1　测量三棱镜顶角数据表

测量次数		1	2	3	4	5	$\bar{\theta}$	$u_A\,(\bar{\theta})$
游标 I	θ_1							
	θ_1'							
游标 II	θ_2							
	θ_2'							

计算下列各量，并写出测量结果：

$u_C(\theta)$ = _____；

$u_C(\theta_1) = $ _____　；　　$\overline{\theta_1} \pm u_C(\theta_1) = $ _____　；

$u_C(\theta_1') = $ _____　；　　$\overline{\theta_1'} \pm u_C(\theta_1') = $ _____　；

$u_C(\theta_2) = $ _____　；　　$\overline{\theta_2} \pm u_C(\theta_2) = $ _____　；

$u_C(\theta_2') = $ _____　；　　$\overline{\theta_2'} \pm u_C(\theta_2') = $ _____　；

$$\alpha = 180° - \varphi = 180° - \frac{1}{2}(\,|\theta_1' - \theta_1| + |\theta_2' - \theta_2|\,) = \underline{\qquad\qquad} ;$$

$$u_C(\alpha) = \frac{1}{2}\sqrt{u_C^2(\theta_1) + u_C^2(\theta_1') + u_C^2(\theta_2) + u_C^2(\theta_2')} = \underline{\qquad\qquad} ;$$

$$\alpha \pm u_C(\alpha) = \underline{\qquad\qquad} 。$$

【思考题】

（1）调整分光计应达到什么要求？主要分几步？

（2）如何判定望远镜已能观察平行光？

（3）用什么方法调节望远镜光轴垂直于分光计的中心轴？

（4）调节望远镜光轴垂直于分光计中心轴时，若平面镜反射回的"绿十字像"在黑十字丝的下方，平面镜转过180°后，"绿十字像"在黑十字丝的上方，主要原因是什么？如何快速调整？

（5）调节望远镜光轴垂直于分光计中心轴时，若观察到"绿十字像"在黑十字丝的上方，平面镜转过180°后，"绿十字像"仍在黑十字丝的上方，主要原因是什么？如何快速调整？

（6）为什么用相差180°的双游标读数可消除偏心差？

实验 4.14　用透射光栅测定光波波长

光栅是由大量等宽、等间距的平行狭缝构成的分光元件，它不仅用于光谱学，还广泛用于计量、光通信、信息处理等。原刻光栅是在精密刻线机上用金刚石在玻璃表面平行、等距地刻出许多刻痕制成的，实验室中通常使用的光栅是由原刻光栅复制而成。随着激光技术的发展，又制成了全息光栅。衍射光栅分为透射式和反射式两种，实验室常用的是透射光栅。

【实验目的】

（1）进一步学习分光计的调节和使用。

（2）观察光栅衍射现象和光栅光谱的特点。

（3）掌握利用光栅测量光栅常数和光波波长的原理和方法。

【实验仪器】

JJY 型分光计、光栅、平面反射镜、汞灯、变压器、放大镜。

【实验原理】

1. 光栅方程

光栅衍射是单缝衍射和多缝干涉的综合效果，光栅产生的光谱线细亮、间距宽，分辨本领较大。光栅不仅适用于可见光，还能用于红外线和紫外线。

以单色平行光垂直入射到平面光栅上，由于各缝的衍射和多缝出射光的干涉，在透镜焦

平面上出现一系列明条纹。根据光栅衍射理论，明条纹的位置满足光栅方程

$$d\sin\varphi_k = \pm k\lambda \quad (k = 0,1,2,\cdots) \tag{4.14-1}$$

式中　k——明条纹级数；

　　　d——光栅常数；

　　　φ_k——第 k 级明纹的衍射角；

　　　λ——入射光的波长。

由式（4.14-1）看出：同一级明纹，波长不同，相应的衍射角不同。若以复色光入射，经光栅衍射后不同颜色的光分开，出现一系列彩色条纹——光栅光谱，如图 4.14-1 所示。若用已知波长的光入射，用分光计测出第 k 级明纹的衍射角 φ_k，由式（4.14-1）即可计算出光栅常数；反之，若已知光栅常数，则可求出入射光的波长。

2. 测量衍射角

如图 4.14-2 所示，第 k 级明纹的衍射角

$$\varphi_k = \frac{1}{4}(|\theta_1' - \theta_1| + |\theta_2' - \theta_2|) \tag{4.14-2}$$

式中　θ_1、θ_2——望远镜对准第 $-k$ 级明纹时，游标Ⅰ和游标Ⅱ的读数；

　　　θ_1'、θ_2'——望远镜对准第 $+k$ 级明纹时，游标Ⅰ和游标Ⅱ的读数。

图 4.14-1　光栅衍射光谱示意图

【实验内容】

1. 调整分光计

1）调节望远镜适合观察平行光，其光轴垂直于分光计的中心轴，调节方法见实验 4.13 中实验内容 2 的"调整分光计"；

2）调节平行光管发出平行光，其光轴垂直于分光计的中心轴，并与望远镜光轴等高。

①调节平行光管发出平行光

a. 打开汞灯电源，取下平面镜。

b. 转动望远镜正对平行光管，松开狭缝套筒锁紧螺钉 2（见图 4.13-1，后同），前后移动狭缝装置，在望远镜中看到清晰的狭缝像，并注意消除视差（眼睛左右移动时，狭缝像与分划板十字丝竖线间无相对位移）。

c. 旋转狭缝宽度调节螺钉 22，使狭缝像的宽度约为 1mm。

②调节平行光管光轴垂直于分光计的中心轴

图 4.14-2　测衍射角示意图

　　a. 转动狭缝装置，使狭缝像与分划板十字丝竖线成一角度，调节平行光管光轴高低调节螺钉21，使狭缝像的中点与分划板中心重合，如图4.14-3所示。注意：以后不能再调螺钉21。

　　b. 旋转狭缝装置，使狭缝像与分划板十字丝竖线重合后，拧紧螺钉2。此时平行光管和望远镜的光轴等高。

　　2. 调整光栅

　　参见图4.13-1，调整光栅使平行光垂直入射到光栅上。

　　（1）调节光栅平面垂直于平行光管光轴

　　1）把光栅如图4.14-4所示置于载物台上。

　　2）用自准法调节光栅面垂直于望远镜光轴。

图 4.14-3　目镜视场

图 4.14-4　光栅的放法

　　以光栅面为反射面，转动载物台使望远镜正对光栅，在望远镜中看到"十字像"（若出现两个"十字像"，以较暗的那个为准），调节载物台调平螺钉 B_1 或 B_2，使"十字像"与分划板上方十字丝重合；将载物台转动180°，使光栅的另一面正对望远镜，调节载物台调平螺钉 B_2 或 B_1，使"十字像"与分划板上方十字丝重合。

　　注意：望远镜已调好，不能再调望远镜光轴高低调节螺钉11！

　　3）调"三线重合"。转动望远镜，调节望远镜微调螺钉13，使分划板"十字丝竖线"与"十字像竖线"重合；调节平行光管光轴水平方向调节螺钉20，使"狭缝像"与分划板"十字丝竖线"重合。这时"狭缝像"、"十字像竖线"和分划板"十字丝竖线"三线重合，这样光栅平面与平行光管光轴垂直，由平行光管出射的平行光垂直入射到光栅上。然后锁紧游标盘止动螺钉19。

　　（2）调节光栅刻线与分光计中心轴平行

　　1）松开望远镜止动螺钉15，旋紧转座与刻度盘止动螺钉14，使刻度盘随望远镜一起转动。

　　2）左右转动望远镜，观察谱线高低的变化，如果中央明纹两侧谱线的高低有变化，说明光栅刻线与狭缝不平行，调节载物台调平螺钉 B_3（见图4.14-4），直到各谱线高低一致。

　　3. 测量汞灯第一级光谱线的衍射角

　　1）左右转动望远镜，观察光栅光谱的特征；

　　2）从中央明纹开始，逐渐向左（或右）转动望远镜，先后看到 -1 级紫、蓝、绿、黄1、黄2谱线。调节望远镜微调螺钉13，将分化板十字丝竖线移至黄2线的中心，记下两个游标的读数。将望远镜右（或左）移，依次记录与黄1、绿、紫谱线相应的两个游标的读数 θ_1 和 θ_2。继续右（或左）移望远镜，经过中央明纹，依次记下 +1 级与紫、绿、黄1、黄2 谱线相应的两个游标的读数 θ_1' 和 θ_2'。

3）重复2），共5次。

【注意事项】

（1）汞灯紫外线很强，不能直视。

（2）光栅是精密光学元件，严禁用手触摸其光学表面，不得擅自用纸、布等物品擦拭光栅表面。

（3）为了测量准确，必须使用望远镜微动螺钉，使十字丝竖线对准谱线中心。

（4）调"三线重合"后，不能再转动载物台或微调平行光管光轴水平方向调节螺钉。

【数据处理】

1. 计算各谱线的衍射角

将第一级绿谱线的测量值填入表4.14-1中，将其他谱线的测量值填入自行设计的数据表中。计算各谱线的衍射角。

分光计的仪器误差 $\Delta_{仪}$ = ____。

表 4.14-1　测量第一级绿谱线衍射角数据表

测量次数		1	2	3	4	5	$\bar{\theta}$	$u_A(\bar{\theta})$
游标 I	θ_1							
	θ_1'							
游标 II	θ_2							
	θ_2'							

2. 计算光栅常数

已知汞灯绿谱线的波长为 546.07nm，用式（4.14-1）计算光栅常数，并计算 d 的标准不确定度。

3. 计算紫、黄谱线的波长

利用已测出的光栅常数，计算紫色和黄色谱线的波长及其标准不确定度。

【思考题】

（1）光栅方程（4.14-1）的适用条件是什么？为满足这些条件，对光栅的调节要求是

1）_____；

2）_____。

在测量衍射角过程中，如何保证实验条件？

（2）如何判定平行光管已发出平行光？如何判断平行光垂直入射到光栅上？

（3）按图4.14-4放置光栅有什么好处？

实验 4.15　迈克尔逊干涉仪

迈克尔逊（Albert A. Michelson，1852—1931）干涉仪（以下简称 M 干涉仪）是一种分振幅双光束干涉仪。由于 M 干涉仪能将两相干光束完全分开，其光程差可以根据要求作各种改变，测量精度达到波长量级，所以用 M 干涉仪可以进行光速测定、标定米尺和推断光谱精细结构等精密实验。迈克尔逊因发明 M 干涉仪和利用 M 干涉仪对以太进行测量而获得 1907 年度诺贝尔物理学奖。20 世纪 60 年代人类发明了激光，激光的高相干性和高强度大大提高了 M 干涉仪的测量精度和应用范围，使 M 干涉仪在近代物理与计量技术中得到了广泛的应用。

图 4.15-1　M 干涉仪实物照片

【实验目的】

（1）了解 M 干涉仪的原理，掌握调整、使用 M 干涉仪的方法。

（2）观察非定域干涉、等倾干涉和等厚干涉现象及变化规律。

（3）测量激光的波长。

【实验仪器】

M 干涉仪、半导体激光器、扩束透镜、小孔光栏、毛玻璃、白炽灯。

【仪器介绍】

M 干涉仪：

1. 光路系统装置说明

如图 4.15-1 所示，分束板 G_1 为半镀银玻璃板，G_2 为补偿板，G_2 的折射率和厚度与 G_1 完全相同，并且与 G_1 平行，其作用是补偿分束板厚度引起的光程差，消除分束板产生的色散。

如图 4.15-2 所示，11、13 是两个反射镜，11 可在导轨 7 上滑动。11、13 背后的三个螺钉用来调整它们的倾角，固定反射镜 13 附近的两个微调螺钉 14 可使反射镜 13 作更小的倾侧。

2. 标记反射镜面 11 移动的读数系统

导轨 7 固定在稳定的底座上，由三只调平螺钉 9 支承调平，拧紧锁紧圈 10 可保持座架稳定。转动粗动手轮 2 带动丝杆旋转，实现粗调。移动距离的毫米数在机体侧面的毫米刻尺 5 上读得。当粗动手轮 2 转动一周，即窗口内的刻度盘 3 转动一周时，反射镜 11 在导轨上移动 1mm。刻度盘分为 100 等份，每一小格代表 0.01mm。因此反射镜 11 移动距离不足 1mm 的部分，可以从窗口内的刻度盘 3 上读出。转动微动手轮 1 实现微调，微动手轮的最小读数为 0.0001mm。

图 4.15-2　M 干涉仪结构示意图

1—微动手轮　2—粗动手轮　3—刻度盘　4—可调螺母

5—毫米刻尺　6—精密丝杠　7—导轨　8—滚花螺帽

9—调平螺钉　10—锁紧圈　11—可移动反射镜

12—滚花螺钉　13—固定反射镜　14—微调螺钉

【实验原理】

1. 光路

M 干涉仪光路如图 4.15-3 所示。从光源 S 发出的光以 45° 入射角射向分束板 G_1，被分成强度相等的两束光，分别垂直地射到平面反射镜 M_1、M_2 上。经反射后，两束光沿原光路返回到 G_1，在 E 方向两束光相遇而发生干涉。前后移动 M_1，改变两束光的光程差，可观察到干涉条纹的移动。

2. 干涉条纹

（1）点光源产生的非定域干涉条纹　在图 4.15-3 中，M_2' 是 M_2 被 G_1 反射形成的虚像。因两相干光束是从 M_1、M_2 反射而来的，故干涉等效于 M_1、M_2' 间空气膜产生的干涉。用凸透镜会聚后的光可视为点光源向空间发射的球面波（实为球锥面）。由对称性可知，在 E 方向接收到的是以球面波形式传播的两相干光束。干涉条纹是垂直于 E 方向的一组同心圆。

如果 M_1、M_2' 严格平行，圆心即在轴线上。由于在 E 方向不同位置两束光均相遇，都可观察到干涉条纹，所以点光源产生的干涉称为非定域干涉。

若 M_1 和 M_2' 平行，则对圆心处，两束光的光程差 $\delta = 2d$，干涉出现明纹的条件为

$$2d = N\lambda \qquad (4.15\text{-}1)$$

可以证明：干涉条纹的级次 N 以圆心处为最高。所以，移动 M_1 镜，使 d 增加，由式（4.15-1）知，圆心的干涉级次 N 增大，故能看见圆条纹一个一个地从中心"冒"出来；反之，当 d 减小时，条纹一个一个地向中心"缩"进去。每"冒"出或"缩"进一条条纹，d 就增加或减少 $\lambda/2$。由式（4.15-1）得，条纹移动的数目 ΔN 和 M_1 移动的距离 Δd 满足

$$2\Delta d = \Delta N\lambda \qquad (4.15\text{-}2)$$

因此，若已知 Δd 和 ΔN，则可由式（4.15-2）求出波长 λ。

（2）等倾干涉条纹　如图 4.15-4 所示，M_1、M_2' 相互平行，光源为宽光源。对入射角 γ 相同的各光束，由空气膜上、下表面反射而形成的两束光的光程差为

$$\delta = 2d\cos\gamma \qquad (4.15\text{-}3)$$

在 E 处用眼睛观察，可看到一组同心圆状条纹，每一条条纹对应于一定的入射角 γ，所以称为等倾干涉。干涉由（1）、

图 4.15-3　M 干涉仪光路示意图

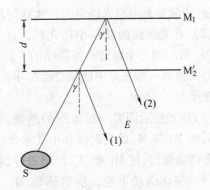

图 4.15-4　等倾干涉示意图

（2）两束光线产生，这两条光线是平行的，只能在无穷远处相交，因而等倾干涉条纹定域在无穷远。干涉加强，出现明纹的条件为

$$2d\cos\lambda = N\gamma \qquad (4.15\text{-}4)$$

其中，N 为正整数。

（3）等厚干涉条纹　如图 4.15-5 所示，当 M_1、M_2' 有一个很小的夹角，且 M_1、M_2' 所形成的空气劈尖很薄时，宽光源 S 发出的光经 M_1、M_2' 反射后，其延长线在镜面 M_1 附近相交，在 E 方向用眼睛观察，可以看到干涉条纹。当夹角 θ、入射角 γ 很小时，光线（1）、（2）之间的光程差

$$\delta \approx 2d\cos\gamma \approx 2d \qquad (4.15\text{-}5)$$

干涉加强，出现明纹的条件为

$$2d = N\lambda \qquad (4.15\text{-}6)$$

从式（4.15-5）可见，光程差 δ 仅随 d 变化，所以把观察到的干涉条纹称为等厚干涉条纹。显然，由式（4.15-6）决定的这些条纹是平行于两镜交棱的直条纹。

当以白光入射时，由式（4.15-6）可知，不同波长的干涉明纹对应不同的 d 值，这样，不同波长的光被分开，我们能看见彩色条纹。在 M_1、M_2' 相交处，$d=0$，对不同波长的光，$N=0$ 时，式（4.15-6）均成立，即不同波长的光都出现明纹，混合的结果为一白色亮纹。由于每种波长的光都形成各自的一组干涉条纹，故各组条纹除零级外，相互均有位移。远离交棱，可见度迅速下降，视场模糊，致使观察不到干涉条纹。因而出现彩色条纹是 M_1、M_2' 重合的标志，彩色带中央的亮纹正好对应 M_1 和 M_2' 重叠的交线。

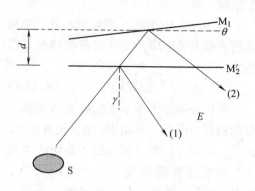

图 4.15-5　等厚干涉示意图

【实验内容】

1. 非定域干涉条纹的调节与观察

（1）如图 4.15-3 所示布置光路。调整激光器和 M 干涉仪的三个调平螺钉，使经 M_1、M_2 反射的激光束沿原光路返回，大致与源点重合。

（2）在光源前面放一小孔光栏，让光束通过小孔，此时在光栏屏上能看到两排光点，调节 M_2 后面的三个螺钉，使移动的一排光点中的最亮点与小孔重合；再调节 M_1 后面的三个螺钉，使另一排光点中的最亮点与小孔重合。这时 M_1 和 M_2 基本相互垂直，即 M_1 和 M_2' 大致相互平行。

（3）在光栏后面置一短焦距的透镜，使光束会聚为一点光源，并使发射光束覆盖分束板 G_1。只要 M_1 与 M_2 的发射像和小孔重合较好，则在屏 E 上就能看见干涉条纹。仔细调节 M_2 的两个微动螺钉，使 M_1 和 M_2' 严格平行，就可以观察到圆心在屏中央的同心圆形条纹了。

（4）转动微动手轮，前后移动 M_1，观察条纹的变化，请读者从条纹的"冒"出或"缩"进说明 M_1 和 M_2' 之间的距离 d 是变大还是变小。

2. 测量激光的波长

移动 M_1，改变 d，每缩进或冒出 50 环条纹，记一次读数 d，共测 250 环。

由于 M 干涉仪的机械传动部分不可避免地会出现间隙，因此，不能来回移动平面镜 M_1，应单方向转动"微动手轮"，以避免空程差。

3. 等倾干涉条纹的调节与观察

在非定域干涉的基础上，在透镜和分束板之间放一毛玻璃，使球面光波经过漫反射成为宽光源。取下干涉仪上的投影屏，用眼睛观察，可以看到圆条纹。仔细调节 M_2 的微动螺钉，使眼睛上下左右移动，观察等倾干涉条纹圆心的位置和半径的变化情况，记下观察结果。

4. 等厚干涉条纹的调节和观察

（1）取走毛玻璃，装上投影屏，在等倾干涉的基础上，移动 M_1，让纹朝里"缩"进，这时 d 减小。继续沿原方向转动粗动手轮，使 d 减小至零再增大，可观察到条纹从弯曲变直，再向相反方向变弯的现象，我们看到的直条纹就是等厚干涉条纹。

（2）在干涉条纹变直的附近，关闭激光，换上白炽灯，取下投影屏。用眼睛观察，这时视场中没有干涉条纹。缓慢转动微动手轮，使 M_1 继续沿原方向移动，直到视场中出现彩色条纹为止。彩色带中的中央亮纹对应着 M_1 和 M_2' 的交线，记下此时 M_1 镜的位置 d_0。

【注意事项】

（1）M 干涉仪系精密光学仪器，光学玻璃元件如分束板、补偿板和反射镜等，绝对不许用手摸。

（2）转动蜗轮和丝杆是仪器的重要部件，应当加倍爱护。转动微动手轮时务必轻轻地、慢慢地转动，不得频频来回旋转，否则影响读数精度。

（3）调整一切激光光路，都应避免眼睛正对光束观察，否则会伤害眼睛。

【数据处理】

对实验内容 2，自拟数据记录表。用逐差法求出 Δd，再计算 λ 值及 λ 的百分误差。半导体激光的标准波长 $\lambda_0 = 635\text{nm}$）。

【思考题】

（1）M 干涉仪中为什么要用补偿板？对补偿板有什么要求？

（2）如果没有激光，能否直接用汞灯调出干涉条纹？

（3）能否用 M 干涉仪测量钠灯黄双线的波长差（此波长差约为 0.6nm）？能否用 M 干涉仪测量玻璃片的折射率？如能，对此玻璃片有何要求？请设计相应的实验装置。

第 5 章　综合性实验

实验 5.1　弗兰克-赫兹实验

1914 年，德国物理学家弗兰克和赫兹用加速电子与稀薄气体原子碰撞的方法，使原子从低能级激发到高能级，观察并测量了汞原子的激发电势和电离电势，直接证明了原子内部能级的存在，为玻尔提出的原子理论提供了直接的、独立于光谱研究方法的实验证据。1920 年弗兰克改进了装置，测得了亚稳能级和较高的激发能级，进一步证实了原子内部能量是量子化的。为此，他们获得了 1925 年度的诺贝尔物理学奖。

【实验目的】

测量氩原子的第一激发电位，证明原子能级的存在。

【实验仪器】

弗兰克-赫兹实验仪、示波器等。

【仪器介绍】

F-H-I 型弗兰克-赫兹实验仪

实验仪采用的 F-H 管是一个具有双栅极结构的柱面形充氩四极管。管子的性能好，可获得的谱峰数多，谱峰明显，收集电流大，管子工作寿命长。F-H 管直接插在实验仪中，工作时不需要加热，操作较为方便。

F-H-I 型弗兰克-赫兹实验仪面板如图 5.1-1 所示。

图 5.1-1　弗兰克-赫兹实验仪

1. 仪器的技术性能

（1）提供 F-H 管的各组电压：

U_{G1K}：第一栅极与阴极之间的电压，$0 \sim 5V$ 连续可调。

U_{G2P}：第二栅极与阳极之间的电压（即反向电压），$0 \sim 15V$ 连续可调。

U_F：灯丝电压，$1 \sim 6V$ 连续可调。

U_a：加速电压，$0 \sim 90V$（手动连续可调或自动扫描）。

（2）微电流测量范围：$10^{-4} \sim 10^{-7}A$。

（3）谱峰数≥5 个。

（4）测量精度≤5%。

（5）环境温度：$0 \sim 40°C$。

（6）工作电压：交流 220V，50Hz。

2. 仪器的面板介绍

前面板：见图 5.1-1

（1）电源开关：电源开关接通时，指示灯亮。

（2）加速旋钮：手动调节加速电压，采用多圈电位器，调节幅度为 $0 \sim 90V$。

（3）U_{G1K} 旋钮：第一栅极与阴极之间的电压，调节幅度为 $0 \sim 5V$。

（4）U_{G2P} 旋钮：第二栅极与阳极之间的电压（即反向电压），调节幅度为 $0 \sim 15V$。

（5）U_F 旋钮：控制 F-H 管的灯丝电压，幅度为 $1 \sim 6V$。

（6）记录仪接口：用于连接记录仪 X，Y 输入端。

（7）数字显示电流表：微电流计各档电流指示。

（8）量程旋钮：微电流计换档开关。分四档：$10^{-4}A$、$10^{-5}A$、$10^{-6}A$、$10^{-7}A$。

（9）选择旋钮：工作方式选择开关。分别对应手动、记录仪、示波器、计算机四个功能。

（10）电压开关：电压指示换档开关。结合数字面板表的指示，可分别显示加在 F-H 管上的四个电压。

（11）数字显示电压表：用于电压指示。

后面板：后面板如图 5.1-2 所示。

图 5.1-2　弗兰克-赫兹实验仪后面板

（1）连接示波器

Y：用于示波器观察，接示波器 Y 输入。

X：用于示波器观察，接示波器 X 输入。

增益调节 $0\sim15\text{V}$：调节输入到示波器 X 轴的电压幅度。

（2）连接计算机。

计算机接口：连接计算机。

增益调节：用于调节输入计算机的"F-H 管电流信号"幅度大小。

3. 仪器的功能

（1）能用手动方式逐点进行测量，从仪器的电流表和数字面板表上读出数据，然后绘制出谱峰曲线。

（2）能连接函数记录仪，直接绘出谱峰曲线。

（3）能连接示波器，直接观察谱峰曲线。

（4）能连接计算机，进行实验控制。

【实验原理】

量子理论认为原子只能处于一系列分立而稳定的能量状态，称为定态。定态具有确定的能量值。当原子吸收或辐射一定频率的电磁波时，它就从一个能级（设能量为 E_n）跃迁到另一个能级（设能量为 E_m）。电磁波的频率 ν 取决于发生跃迁时两能级之间的能量差，它们之间的关系为

$$h\nu = |E_n - E_m|$$

式中，h 为普朗克常量，$h = 6.63 \times 10^{-34}\text{J}\cdot\text{s}$。

原子状态的改变通常在两种情况下发生：一是当原子本身吸收或辐射电磁波时；二是当原子与其他粒子碰撞而交换能量时。处于基态的原子发生状态改变时，所需的能量至少应该等于该原子的第一激发态与基态的能量差，这个能量称作临界能量。若能量小于临界能量的电子与原子发生碰撞，则电子与原子之间发生弹性碰撞，电子的能量基本不变，原子也不会被激发到更高的能态上；若与原子发生碰撞的电子具有的能量大于临界能量，则电子与原子发生非弹性碰撞。这时，电子将给予原子由基态跃迁到第一激发态所需的能量，而保留剩余的能量。一般情况下，原子在激发态停留的时间不会很长，它很快会向下跃迁回到基态，同时以电磁辐射的形式释放所获得的能量，这一电磁辐射对应的频率 ν 满足下式

$$h\nu = eU_g \tag{5.1-1}$$

式中，U_g 为氩原子的第一激发电势。

本实验就是利用具有一定能量的电子与氩原子相碰撞而发生能量交换来实现氩原子状态的改变。图 5.1-3 为实验原理图，其中弗兰克-赫兹管是一个具有双栅极结构的柱面形充氩四极管。电子由热阴极 K 发射，FF 为灯丝，U_F 是加热灯丝的电源。第一栅极 G_1 的作用是消除空间电荷对阴极电子发射的影响，提高发射效率。第一栅极 G_1 与热阴极 K 之间的电压由电源 U_{G1K} 提供。第二栅极 G_2 的作用是在第二栅极与热阴极之

图 5.1-3　弗兰克-赫兹实验原理图

间建立一个加速电场，使从阴极发射出的电子被加速。第二栅极 G_2 与热阴极 K 之间的加速电压由电源 U_a 提供，电源 U_a 的电压连续可调。

在第二栅极 G_2 和板极 P 之间有一个反向拒斥电场，其电压由电源 U_{G2P} 提供，该电场的作用是阻止电子向板极 P 运动。如果电子能够克服拒斥电场的作用而到达板极，则会形成板极电流 I_p，板极电流 I_p 由微电流放大器监测。通过观测板极电流 I_p 的变化，可以知道到达 P 的电子数的变化情况。

从阴极发射出的电子被加速场加速，能量增加。电子朝栅极 G_2 运动时，与管内氩原子发生碰撞。开始时，加速场的加速电压 U_a 比较低，电子的能量小于氩原子的临界能量，电子与氩原子的碰撞是弹性碰撞，电子并未损失太多的能量，因此它可以有足够的能量克服拒斥电场的作用而到达板极 P 形成板极电流 I_p。随着加速电压 U_a 的增加，阴极 K 与栅极 G_2 之间的电场强度增大，在加速场中运动的电子的能量也逐渐增大。当电子的能量等于氩原子的临界能量时，电子与氩原子之间发生非弹性碰撞，将自身的能量交给氩原子，使氩原子从基态跃迁到第一激发态。电子由于损失了能量，不能再克服拒斥电场的作用到达板极 P，所以板极电流 I_p 减少。继续增大加速电压 U_a，电子在与氩原子碰撞后还能在到达栅极 G_2 之前被加速到具有足够能量，克服拒斥电场的作用而到达板极 P，这时板极电流 I_p 又开始上升，直到加速电压 U_a 增加到二倍于氩原子的第一激发电势（$2U_g$）时，电子在栅极 G_2 附近又会因为第二次与氩原子发生非弹性碰撞而失去能量。经过与基态氩原子两次碰撞而失去能量的

电子，不再有足够的能量克服拒斥电场的作用而到达板极 P，板极电流 I_p 再度下降。同样的道理，随着加速电压 U_a 的增加，电子会在栅极 G_2 附近与氩原子发生第三次、第四次、…，第 n 次非弹性碰撞，因而板极电流 I_p 会相应下跌，形成有规则起伏的 I_p-U_a 曲线。

需要指出的是，实验中板极电流 I_p 的上升和下降都不是完全突然的，其峰值总有一定的宽度，这主要有两个原因：一是从阴极发出的电子能量并不完全一样，而是服从一定的统计分布规

图 5.1-4　氩的弗兰克-赫兹实验曲线

律；二是电子与原子碰撞有一定的几率，当大部分电子恰好在栅极 G_2 前使氩原子激发而损失能量时，总会有一些电子逃避碰撞而直接到达板极 P，因此板极电流 I_p 并不降到零。

图 5.1-4 为氩的弗兰克-赫兹实验曲线，图中两峰之间的电势差就等于氩原子的第一激发电势。

【实验内容】

本实验用示波器观测弗兰克-赫兹实验曲线并测量氩原子的第一激发电势。

（1）将弗兰克-赫兹实验仪的示波器输出端口（位于后面板）的 Y 输出端接到示波器的

Y 输入 CH1 端口，X 输出端接到示波器的外触发源输入端口。

（2）开机前将微电流"量程"置于 10^{-7}A 档，稳压电源各档电压调节旋钮逆时针旋到最小。

（3）接通弗兰克-赫兹实验仪电源，预热 3min。记录仪器所提供的参考电压值 U_F、U_{G1K}、U_{G2P}。

（4）按照 F-H 管所提供的各极电压参考数据设置电压（参考数据见实验仪器的侧面板）。

1）先将"电压"开关置于 U_F 位置，调节 U_F 旋钮使数字面板表指示的电压达到参考电压的数值，并记录下来。

2）将"电压"开关置于 U_{G1K} 位置，调节 U_{G1K} 旋钮，使数字面板表指示的电压达到参考电压的数值，并记录下来。

3）将"电压"开关置于 U_{G2P} 位置，调节 U_{G2P} 旋钮，使数字面板表指示的电压达到参考电压的数值，并记录下来。

（5）将弗兰克-赫兹实验仪"选择"开关置于"示波器"位置。

（6）接通示波器电源，对 X 轴定标。

1）将示波器的"Y_1 连接方式"置于"GND"，"触发源选择开关"放在"EXT"位置，"触发耦合方式选择开关"放在直流耦合"DC"方式。

2）此时应在屏上观察到一水平扫描线，调节弗兰克-赫兹实验仪后面板"0～15V 增益调节"电位器，使水平扫描线长度为 9 格。

定标后的示波器 X 轴为 10V/cm，根据谱峰的位置可在屏上读出对应的电势值，此测量值作为精确测量实验的参考数据。

（7）示波器的"Y_1 连接方式"置于"DC"，将"Y 轴输入方式"选为 CH1，适当调节"Y 轴衰减"旋钮和"Y_1 位移"旋钮，使图形幅度和位置便于观察，此时在示波器的屏幕上可以观察到完整的谱峰曲线。

（8）将弗兰克-赫兹实验仪"选择"开关置于"手动"位置，然后将"电压"开关置于"加速"位置。调节"加速"旋钮，缓慢加大加速场的加速电压 U_a，从 0V 开始记录每次电压值和相应的电流值，直至加速电压 $U_a = 80$V 左右。

注意：根据示波器显示的图形，在靠近电流的峰和谷的位置处取几个密集点进行测量。用面板表读出峰信号所对应的电压值，并逐点记录数据。

（9）在坐标纸上画图 I_p-U_a 曲线，并用逐差法求出氩原子的第一激发电势 U_g。

【注意事项】

（1）在测量过程中，当慢慢加大加速电压时，如果板极电流 I_p 迅速增大，则表明氩原子已明显电离，此时应立即减小加速电压 U_a，然后改变 F-H 管的工作电压（如减少灯丝电压 U_F）。长时间处于电离状态会损坏 F-H 管。

（2）灯丝电压 U_F 对 F-H 管的工作状态影响最大。实验仪使用了一段时间后，F-H 管的工作条件可能与原先提供的参考数据有偏离，可以调节灯丝电压 U_F，使电流信号增大。

若需要改变灯丝电压 U_F，调节时以每次改变 0.1V 为宜。

刚开机测量时的信号电流大小与连续工作后的信号电流大小也有差别，若发现信号电流增大许多，可切换电流量程或适当减少灯丝电压 U_F。

（3）用示波器观察波形时，可以适当增加灯丝电压 U_F，微电流的量程则放在 10^{-6}A 档。在屏上可观察到 6~7 个峰，若在显示的谱峰曲线最后部分有明显电流直线上升现象，可减小灯丝电压 U_F，消除电离。

【数据处理】

将所测数据填入表 5.1-1 ~ 表 5.1-3 中。

表 5.1-1　实验仪器实验参数记录

	仪器给定参考值	实 验 值
灯丝电压 U_F/V		
第一栅极与阴极的电压 U_{G1K}/V		
第二栅极与阳极的电压 U_{G2P}/V		
谱峰数		

表 5.1-2　实验数据记录

序　号	1	2	3	4	5	6	7	8	9	10
U_a/V										
I_p/ ×10^{-7}mA										
序　号	11	12	13	14	15	16	17	18	19	20
U_a/V										
I_p/ ×10^{-7}mA										

由 I_p-U_a 曲线图得板极电流 I_p 峰对应的加速电压 U_a 的值

表 5.1-3　峰值对应的加速电压 U_a 的值

顺序	1	2	3	4	5	6
峰位 U_a/V						

测量结果：$U_g = \dfrac{(U_4 - U_1) + (U_5 - U_2) + (U_6 - U_3)}{3 \times 3} = $ ＿＿＿＿＿＿ V。

$$E = \frac{U_{标准} - U_g}{U_{标准}} = \underline{\qquad\qquad} \%$$

【思考题】

1. 为什么 I_p-U_a 曲线呈周期性变化？
2. 灯丝电压 U_F 的高低直接影响什么参量？

实验 5.2　用光电效应测普朗克常量

光电效应是指一定频率的光照射在金属表面时会有电子从金属表面逸出的现象。光电效应实验对于认识光的本质及早期量子理论的发展，具有里程碑式的意义。

光电效应的实验规律与经典的电磁理论是矛盾的，按经典理论，电磁波的能量是连续的，电子接受光的能量获得动能，应该是光强越大，能量越大，所以电子的初动能越大；而实验结果是电子的初动能与光强无关。按经典理论，只要有足够的光强和照射时间，电子就应该获得足够的能量而逸出金属表面，与光的频率无关。但实验事实是，对于一定的金属，当光的频率高于某一值时，金属一经照射，立即有光电子产生，当光的频率低于该值时，无论光强多大，照射时间多长，都不会有光电子产生。爱因斯坦由光子假设得出了著名的光电效应方程，解释了光电效应的实验结果。

【实验目的】

（1）了解光电效应的规律，加深对光的量子性的理解。

（2）学会一种测量普朗克常量 h 的方法。

【实验仪器】

ZKY—GD—3 型光电效应仪。

【仪器介绍】

ZKY—GD—3 型光电效应实验仪，包括汞灯与电源、滤色片、光阑、光电管、测试仪（含光电管电源和微电流放大器）等，仪器结构如图 5.2-1 所示，测试仪的调节面板如图 5.2-2 所示。

图 5.2-1　仪器结构示意图

1—汞灯电源　2—汞灯　3—滤色片　4—光阑　5—光电管　6—基座　7—实验仪

图 5.2-2　测试仪器的调节面板

仪器的各项技术指标汇总在表 5.2-1 中。

表 5.2-1　ZKY—GD—3 型光电效应仪技术指标

名称		型号	技术规格
光电效应仪		ZKY—GD—3	
组件	微电流放大器	电流测量范围	$10^{-8} \sim 10^{-13}$ A，分 6 档，三位半数显
	光电管工作电源	电压调节范围	$-2 \sim +2$V，$-2 \sim +30$V，分 2 档，三位半数显
	光电管	光谱响应范围	300 ~ 700nm 最小阴极灵敏度 $\geq 1\mu$A/Lm 阳极：镍圈 暗电流：$I \leq 2 \times 10^{-12}$A（-2V $\leq U_{AK} \leq 0$V）
滤光片 5 片		中心波长/nm	365.0，404.7，435.8，546.1，578.0
汞灯		可用谱线/nm	365.0，404.7，435.8，546.1，578.0

【实验原理】

光电效应的实验原理如图 5.2-3 所示。入射光照射到光电管阴极 K 上，产生的光电子在电场力的作用下向阳极 A 迁移而构成光电流，改变外加电压 U_{AK}，测量出光电流 I 的大小，即可得出光电管的伏安特性曲线。

光电效应的基本实验事实如下：

（1）对应于某一频率，光电效应的 I-U_{AK} 关系如图 5.2-4 所示。从图中可见，对一定的频率，有一电压 U_0，当 $U_{AK} \leq U_0$ 时，电流为零，这个相对于阴极为负值的阳极电压 U_0，被称为截止电压。当 $U_{AK} \geq U_0$ 后，I 迅速增加，然后趋于饱和，饱和光电流 I_0 的大小与入射光的强度 p 成正比。

图 5.2-3　实验原理图　　　　　　　　　图 5.2-4　光电管的伏安特性曲线

（2）截止电压 U_0 与入射光的频率 ν 成正比，如图 5.2-5 所示。当 ν 低于某极限值 ν_0（ν_0 随不同金属而异）时，不论光的强度多强，照射时间多长，都没有光电流产生。

（3）光电效应是瞬时效应。即使入射光的强度非常微弱，只要频率大于 ν_0，在开始照射后立即有光电子产生，所经过的时间至多为 10^{-9}s 的数量级。按照爱因斯坦的光量子理论，频率为 ν 的光子具有能量 $E = h\nu$，h 为普朗克常量。当光子照射到金属表面上时，一次性被金属中的电子全部吸收，而无需积累能量的时间。电子把这一能量的一部分用来克服金

属表面对它的束缚，余下的就变为电子离开金属表面后的动能。按照能量守恒原理，爱因斯坦提出了著名的光电效应方程

$$h\nu = \frac{1}{2}mv_0^2 + A \qquad (5.2\text{-}1)$$

式中，A 为金属的逸出功；$\frac{1}{2}mv_0^2$ 为光电子获得的初始动能。

图 5.2-5　截止电压 U_0 与入射光频率 ν 的关系图

由上式可见，入射到金属表面的光频率越高，逸出的电子动能越大，所以，即使阳极电势比阴极电势低，也会有电子落入阳极形成光电流，直至阳极的电势降低到与阴极的电势差等于截止电压时，光电流才为零，此时有如下关系

$$eU_0 = \frac{1}{2}mv_0^2 \qquad (5.2\text{-}2)$$

随着阳极电势的升高，阳极对阴极发射的电子的收集作用增强，光电流随之上升；当阳极与阴极的电势差高到一定程度，以至于把阴极发射的光电子几乎全部收集到阳极时，再增加 U_{AK}，光电流 I 也不再变化，达到饱和，饱和光电流 I_m 与入射光的强度 p 成正比。

当光子的能量 $h\nu < A$ 时，电子不能脱离金属，因而没有光电流产生。产生光电效应的最低频率是 $\nu_0 = A/h$，称 ν_0 为该种金属的红限频率。将式（5.2-2）代入式（5.2-1）式得

$$U_0 = \frac{h}{e}\nu - \frac{A}{e} \qquad (5.2\text{-}3)$$

此式表明，截止电压 U_0 是频率 ν 的线性函数，而直线斜率 $k = h/e$。于是，只要由实验测出不同的频率对应的截止电压，求出直线斜率，就可算出普朗克常量 h。

【实验内容】

1. 测试前的准备

用专用连接线将光电管暗盒电压输入端与测试仪电压输出端（后面板上）连接起来（红—红，蓝—蓝）。

将测试仪及汞灯电源接通，预热 10min。

把汞灯及光电管暗盒遮光盖盖上，将汞灯暗盒光输出口对准光电管暗盒光输入口，调整光电管与汞灯距离为约 40cm，并保持不变。

将"电流量程"选择开关置于适当（如 10^{-3}A）档位，仪器在充分预热后，进行测试前调零，旋转"调零"旋钮使电流指示为 000.0。

用高频匹配电缆将光电管暗盒电流输出端 K 与测试仪微电流输入端（后面板上）连接起来。

2. 测普朗克常量

将电压选择按键置于 $-2 \sim +2$V 档；将"电流量程"选择开关置于 10^{-13}A 档，将测试仪电流输入电缆断开，调零后重新接上；将直径 4mm 的光阑及 365.0nm 的滤色片装在光电管暗盒光输入口上。

从低到高调节电压，测量该波长对应的 U_0。依次换上 404.7nm、435.8nm、546.1nm、577.0nm 的滤色片，重复以上测量步骤，并将数据记于表 5.2-2 中。用表 5.2-2 中的数据作

出截止电压 U_0 与入射光频率 ν 的关系图，进而求出普朗克常量。

注： 本仪器在测量各谱线的截止电压 U_0 时，用"零电流法"或"补偿法"。

（1）零电流法　零电流法是直接将测得的、电流为零时对应的电压 U_{AK} 的绝对值作为截止电压 U_0。

（2）补偿法　调节电压 U_{AK} 使电流为零后，保持 U_{AK} 不变，遮挡汞灯光源，此时测得的电流 I_1 为电压接近截止电压时的暗电流和本底电流。重新让汞灯照射光电管，调节电压 U_{AK} 使电流值至 I_1，将此时对应的电压 U_{AK} 的绝对值作为截止电压 U_0。

3. 测光电管的伏安特性曲线

将电压选择按键置于 $-2 \sim +30V$ 档；将"电流量程"选择开关置于 $10^{-11}A$ 档；将测试仪电流输入电缆断开，调零后重新接上，将直径 2mm 的光阑及 435.8nm 的滤色片装在光电管暗盒光输入口上。

从低到高调节电压，记录电流从零到非零点所对应的电压值，并作为第一组数据，改变电压，记录相应的光电流数值到表 5.2-3 中。

换上直径 4mm 的光阑及 546.1nm 的滤色片，重复以上测量。

用表 5.2-3 数据作两条光电管的伏安特性曲线。

4. （选作）光电管的饱和光电流与入射光强成正比

提示：光电管接收的光强与光阑面积成正比。

【注意事项】

（1）实验中将 $\phi5mm$ 的光阑孔安放在暗盒窗口，尽量防止散射光照到光电管上。

（2）认真阅读"测试前准备"，接线一定要正确无误。

（3）换滤色片时，注意把汞灯用遮光盖盖上，防止强光照射光电管。

【思考题】

（1）利用表 5.2-2 的数据如何求普朗克常量？

（2）如何设计实验，以验证"光电管的饱和光电流与入射光强成正比"？

【数据处理】

表 5.2-2　U_0-ν 关系数据记录表　　　　　　　　光阑孔 $\phi = $ 　mm

波长 λ /nm	365.0	404.7	435.8	546.1	577.0
频率 ν /($\times10^{14}$ Hz)	8.214	7.408	6.879	5.490	5.196
截止电压 U_0 /V					

表 5.2-3　I-U_{AK} 关系数据表　　　　$L = $ 　mm　光阑孔 $\phi = $ 　mm

$\lambda = 435.8nm$	U_{AK}/V						
光阑 2mm	I/($\times10^{-11}$ A)						
$\lambda = 546.1nm$	U_{AK}/V						
光阑 4mm	I/($\times10^{-11}$ A)						

根据以上数据作出相应的曲线，并说明结果。

实验 5.3 　密立根油滴实验

电子电荷是一个重要的基本物理常数，准确测定电子电荷量具有重要的意义。1883 年由法拉第电解定律发现了电荷的不连续性；1897 年，汤姆逊通过对阴极射线的研究，测量了电子的荷质比，从实验上发现了电子的存在；而用个别粒子所带电荷的方法直接证明电荷的分立性并首先准确测定电子电荷的数值则是由密立根（Milton）在 1913 年完成的。密立根因此荣获 1923 年诺贝尔物理学奖。

密立根油滴实验设计巧妙，原理清楚，设备简单，结果准确，是一个著名而有启发性的物理实验。密立根油滴仪可用于工业上测量粉尘的电荷量，也可用于静电除尘、静电分选、静电复印、静电喷雾等领域，从而显示出密立根油滴实验广泛的应用前景。

【实验目的】

（1）了解密立根油滴实验的设计思想；掌握其实验方法和实验技巧。

（2）验证电荷的"量子化"，测量基本电荷的电荷量。

（3）通过测量油滴的电荷量，培养学生严谨的科学态度。

【实验仪器】

MOD-5 型密立根油滴仪、监视器、喷雾器、实验用油。

【仪器介绍】

1. 油滴盒

如图 5.3-1 所示，上下电极板是经过精密加工的平行极板，垫在胶木圆环上。油滴盒置于有机玻璃防风罩内，防止外界空气扰动对油滴的影响。用喷雾器从喷雾口将油喷入油雾室，经油雾孔落入上电极板中央直径为 0.4mm 的小孔，进入上、下电极之间。上极板上装有一弹簧压舌，是上极板的电源。关闭油雾孔挡板可防止油滴的不断进入。仪器的底部装有调平螺钉，用来调节平行板的水平位置。油雾室上加一上盖板。

图 5.3-1 　油滴盒结构示意图

1—油雾室　2—油雾孔　3—防风罩　4—上极板
5—胶木圆环　6—下极板　7—上盖板　8—油雾口
9—油雾孔挡板　10—上极板压簧　11—上极板
电源接头　12—基座

2. 监视器分划板

监视器分划板面板如图 5.3-2 所示，上下 6 格，中间 4 格每小格 0.5mm，用来观察油滴匀速运动的距离，横向格子用来测量布朗运动。

3. MOD 型密立根油滴仪面板

MOD-5 型密立根油滴仪面板如图 5.3-3 所示，"直流工作电压"有平衡、提升、下落三档。"平衡"档给极板提供平衡电压，使被测油滴处于平衡状态；"提升"档是在平衡电压的基础上自动增加 200～333V 提升电压，将油滴从视场的下端提升上来，作下次测量；"下落"档是去除极板间电压，使油滴自由下落。

图 5.3-2　监视器分划板面板图　　　　图 5.3-3　MOD-5 型密立根油滴仪面板图

【实验原理】

用油滴法测量电子的电荷量，分为静态（平衡）测量法和动态（非平衡）测量法，通过改变油滴所带的电荷量，还可以用静态法或动态法测量油滴所带电荷量的改变量。

1. 静态测量法

（1）基本原理　油滴在平行极板间同时受到重力和静电力的作用，设油滴的质量为 m，带电荷量为 q，两极板间电压 U，调节极板间电压 U，使二力达到平衡，则

$$q = \frac{mg}{E} = mg\,\frac{d}{U} \tag{5.3-1}$$

式中，E 为两极板间的电场强度；d 为极板间距。可见，测定了 m、U 和 d 即可计算出油滴的电荷量 q。

（2）油滴质量的测定　因 m 很小，需用如下特殊方法测量。当平行板间不加电压时，油滴受重力作用而加速下降，由于空气阻力的作用，下降一段距离达到某一速度 v_g 后，阻力 F_r 与重力 mg 平衡（忽略不计空气浮力），油滴将匀速下降。根据斯托克斯定律有

$$F_r = 6\pi a \eta v_g = mg \tag{5.3-2}$$

式中，η 为空气粘度；a 为油滴半径（表面张力的作用使油滴呈小球状）。设油滴的密度为 ρ，则 $m = \frac{4}{3}\pi a^3 \rho$，代入式（5.3-2）得

$$a = \sqrt{\frac{9\eta v_g}{2\rho g}} \tag{5.3-3}$$

但油滴并非刚性小球，线度可与室温下气体分子的平均自由程（$7 \times 10^{-8}\,\mathrm{m}$）相比，故斯托克斯定律不严格成立，将 η 修正为

$$\eta' = \frac{\eta}{1 + \dfrac{b}{pa}}$$

式中，b 为修正常数；p 为大气压强。代入式（5.3-3）得

$$a = \sqrt{\frac{9\eta\nu_g}{2\rho g\left(1 + \dfrac{b}{pa}\right)}} \tag{5.3-4}$$

所以

$$m = \frac{4\pi}{3}\left(\frac{9\eta\nu_g}{2\rho g}\frac{1}{1 + \dfrac{b}{pa}}\right)^{\frac{3}{2}}\rho \tag{5.3-5}$$

式（5.3-4）中根号下还包含油滴的半径 a，因处于修正项中，不需十分精确，所以式（5.3-3）仍成立。

（3）v_g 的测定　两极板间不加电压时，设油滴匀速下降的距离为 l，时间为 t_g，则 $\nu_g = \dfrac{l}{t_g}$，代入式（5.3-5）后再代入式（5.3-1），得

$$q = \frac{18\pi}{\sqrt{2\rho g}}\left(\frac{\eta l}{t_g\left(1 + \dfrac{b}{pa}\right)}\right)^{\frac{3}{2}}\frac{d}{U} \tag{5.3-6}$$

实验发现，对同一油滴，如果改变其所带的电荷量，则能够使油滴达到平衡的电压 U 必须是某些特定值 U_n（不连续），这表明油滴所带电荷量 q 是不连续的，即

$$q = ne = mg\frac{d}{U_n} \qquad (n = \pm 1, \ \pm 2 \cdots)$$

对不同油滴，发现有同样的规律，而且 e 值是 q_1，q_2，q_3，$\cdots$，q_n 的最大公约数。这就证明了电荷的不连续性，且存在最小电荷单位 e，使

$$ne = \frac{18\pi}{\sqrt{2\rho g}}\left(\frac{\eta l}{t_g\left(1 + \dfrac{b}{pa}\right)}\right)^{\frac{3}{2}}\frac{d}{U} \tag{5.3-7}$$

式（5.3-7）就是用静态法测定油滴所带电荷量的理论公式。从油滴仪的电压表上直接读出平衡电压 U；用观察屏测出油滴匀速下降距离 l；所用时间 t_g 可由油滴仪上的秒表测定。ρ、g、η、p、b、d、l 都是与实验条件和仪器有关的或设定的参数。数值如下：

油滴密度	$\rho = 981\text{kg/m}^3$
重力加速度	$g = 9.80\text{m/s}^2$
空气的粘度	$\eta = 1.83 \times 10^{-5}\text{kg/}(\text{m} \cdot \text{s})$
油滴匀速下降的距离	$l = 2.00 \times 10^{-3}\text{m}$
修正常数	$b = 8.226 \times 10^{-3}\text{m} \cdot \text{Pa}$
大气压强	$p = 1.013 \times 10^5\text{Pa}$
平行极板间距离	$d = 5.00 \times 10^{-3}\text{m}$

油滴的半径

$$a = \sqrt{\frac{9\eta l}{2\rho g t_g}}$$

将以上参数代入式（5.3-7），得油滴所带电荷量的测量公式

$$q = \frac{1.43 \times 10^{-14}}{U[t_g(1 + 0.02\sqrt{t_g})]^{3/2}} \tag{5.3-8}$$

由于油滴的密度 ρ、空气的粘度 η 都是温度的函数，大气压强 p 又随实验条件和地点的变化而变化，因此，上式的计算是近似的。一般情况下，由这些因素引起的误差仅 1% 左右。

2. 动态测量法

（1）油滴带电荷量的测量　非平衡测量法是在平行极板上加上适当的电压 U，使油滴受静电力作用加速上升。由于空气阻力的作用，上升一段距离达到某一速度 v_e 后，空气阻力、重力与静电力达到平衡（空气浮力忽略不计），油滴将以 v_e 匀速上升，此时

$$6\pi a \eta v_e = q\frac{U}{d} - mg$$

当去掉平行极板上所加的电压 U 后，油滴受重力作用而加速下降。当空气阻力和重力平衡时，

$$6\pi a \eta v_g = mg$$

$$\frac{v_e}{v_g} = \frac{q\dfrac{U}{d} - mg}{mg}$$

所以，

$$q = mg\frac{U}{d}\left(\frac{v_e + v_g}{v_g}\right) \tag{5.3-9}$$

实验时取油滴匀速下降和匀速上升的距离相等，设为 l，油滴匀速下降和匀速上升的时间分别为 t_g、t_e，则 $v_g = \dfrac{l}{t_g}$，$v_e = \dfrac{l}{t_e}$，代入式（5.3-9），得

$$q = K\left(\frac{1}{t_e} + \frac{1}{t_g}\right)\left(\frac{1}{t_g}\right)^{\frac{1}{2}}\frac{1}{U} \tag{5.3-10}$$

式中

$$K = \frac{18\pi}{\sqrt{2\rho g}}\left(\frac{\eta l}{1 + \dfrac{b}{pa}}\right)^{\frac{3}{2}} d = \frac{1.43 \times 10^{-14}}{(1 + 0.02\sqrt{t_g})^{\frac{3}{2}}} \tag{5.3-11}$$

采用动态法，当调节电压 U 使油滴受力达到平衡时，油滴匀速上升的时间 $t_e \to \infty$，式（5.3-7）和式（5.3-10）相一致。可见平衡测量法是非平衡测量法的一种特例。

（2）油滴带电荷量改变量的测量　如果油滴所带的电荷量从 q 变到 q'，油滴在电场中匀速上升的速度（电压 U 不变）将由 v_e 变成 v_e'，而匀速下降的速度 v_g 不变，设上升距离仍为 l，则

$$q' = K\left(\frac{1}{t_e'} + \frac{1}{t_g}\right)\left(\frac{1}{t_g}\right)^{\frac{1}{2}}\frac{1}{U}$$

所以，油滴带电荷量的变化量为

$$\Delta q = q' - q = K\left(\frac{1}{t_e'} - \frac{1}{t_e}\right)\left(\frac{1}{t_g}\right)^{\frac{1}{2}}\frac{1}{U} \tag{5.3-12}$$

电荷量为

$$e = \frac{\Delta q}{\Delta n} \tag{5.3-13}$$

式中，Δn 为油滴所带电子数的改变量。

两种方法各有利弊，用平衡法测量，原理简单直观，且油滴有平衡不动的状态，但需仔细调节平衡电压，实验较慢；用动态法测量，不需调节平衡电压，只需测量上升和下降时间，操作简便，但其原理和数据处理相对复杂，且油滴不处于平衡状态，实验中容易丢失。

【实验内容】

1. 用平衡法测量电子的电荷量

（1）调整仪器

1）调节仪器底部调平螺钉，使水准仪气泡处于中央位置，这时平行板处于水平，保证电场和重力场平行，然后接通电源，预热10min。

2）调节监视器上亮度（BRIGHT）和对比度（CONTRAST）旋钮，使亮度和对比度适中，不要太亮。

3）将工作电压选择开关置于"平衡"档，极板上加250V左右的电压，用喷雾器将油从喷雾口喷入油雾室（喷一次即可），推上油雾孔挡板，以免空气流动使油滴乱漂移。调节显微镜的调焦手轮，看清监视器上出现的大量清晰的油滴。

（2）练习测量

1）练习控制油滴：在显示屏上剩下几颗缓慢运动时，选中其中的某一颗并跟踪，当工作电压选择开关置于"下落"档时，该油滴向下运动；置于"提升"档时又能向上运动。然后仔细调节平衡电压，使这颗油滴静止。如此反复练习，以掌握控制油滴的方法。

2）练习测量油滴运动的时间：任意选择几颗运动快慢不同的油滴，用计时器测出它们下降一段距离所需要的时间，反复练习。

3）练习选择油滴：通常选择平衡电压在150-300V、20-30s时间内匀速下降2mm的油滴，其大小和带电荷量都比较合适。

（3）测量电子电荷量

1）电压开关置"平衡"档。将选定的一颗油滴置于分划板上某条横线附近，仔细调节平衡电压旋钮，使油滴平衡，记下平衡电压 U。

2）保持平衡电压 U 不变，电压开关置"提升"档，将油滴移至略高出分划板最高横刻线。再将开关扳向"下落"档，测出其通过分划板中间4格($L = 2.00$mm)的匀速运动时间 t_g。

3）迅速将电压开关置"平衡"档（以免油滴因继续下降而丢失）。

4）重复步骤1）、2）、3），对同一颗油滴测量6次。

5）用同样方法对不同油滴（至少5个）进行测量。

6）将测量数据填入表1（格数不够自行补上）。

2. 动态测量法测电子电荷量

1）适当调整平衡电压，向油雾室喷油。选择合适的一颗油滴，利用提升电压将油滴送到分划板最高水平刻线上方，去掉极板间电压，用秒表测出该油滴通过分划板中间4格($L = 2.00$mm)的匀速运动时间 t_g。

2）将电压换到"平衡"档，让油滴向上运动，同时记下油滴向上运动相同 4 格的时间 t_e。（无论油滴是上升还是下降，测完时间后，都要迅速改变电压档位，以免油滴丢失）。同一油滴重复测量 5 次 t_g、t_e。

3）选择不同油滴 5 滴，重复 1）～3）步。

4）将测量数据填入表 2（格数不够自行补上），求 t_g、t_e 的平均值代入式（5.3-10）求电子电荷量 e。

【注意事项】

（1）学生一般不要打开油雾室，如要打开，应先将工作电压选择开关置"下落"档，即油滴仪二极板绝对不允许加电压，否则会因短路造成仪器损坏。而且有高压，不安全。

（2）喷油次数不能太多，喷油量不能过大，否则将堵塞油孔，还会使进入视场油滴太多，造成跟踪困难。若打开仪器电源开关并喷入油雾后，仍看不到油滴，可能的原因有：显微镜调焦不准，微调调焦手轮；极板上的小孔被堵塞，应请老师处理。

（3）做好本实验的关键是选择大小适当、带电荷量适中的油滴。太大的油滴虽然比较亮，但自由降落速度快，不易测准确时间，且油滴需带较多电荷才能平衡，电荷量不易测准；油滴太小，会因热扰动和布朗运动使测量时涨落太大。实验证明油滴所带电荷量以小为好，但在多次选择时，又应当使各油滴带电荷量尽量不同。具体做法是，先设定平衡电压，然后将工作电压选择开关放在"下落"档，之后喷油，在刚出现"繁星"时将平衡电压加上，选定几个上升较慢又不过分缓慢的油滴，设法留住其中一个。

（4）每次测量都要重新调整平衡电压！

【数据处理】

为了证明电荷的不连续性和所有电荷 q 都是基本电荷的整数倍 ne，应对实验测得的各个电量 q 求最大公约数。但由于实验所带来的误差，求 q 的最大公约数比较困难，通常用"倒过来验证"的办法进行数据处理，即用公认的电子电荷量 $e = 1.6021892 \times 10^{-19}$ C 去除实验测得的电荷量 q，得到一个接近某一整数的数值，这个整数就是油滴所带的基本电荷的数目 n，再用这个 n 去除实验测得的电荷量，即得电子的电荷值 e。将实验数据填入表 5.3-1 和表 5.3-2 中。

1. 静态测量法

天气：　　　　　　　　　　　室温：

表　5.3-1

油滴编号	测量次数	电压/V	t_g/s	q/C	n	e/C
1	1					
	2					
	3					
	4					
	5					
	6					

计算电子电荷 e 的平均值，并与 $e = 1.6021892 \times 10^{-19} C$ 比较，求出百分差。

2. 动态测量法

天气：　　　　　　　　　　　　室温：

表 5.3-2

油滴编号	测量次数	电压/V	t_g/s	t_e/s	q/C	e/C
1	1					
	2					
	3					
	4					
	5					
	6					

【思考题】

（1）喷射出的油滴为什么会带电？如何判断油滴带电的正负和油滴所带电荷量的多少？

（2）用静态法测量时，为什么必须使油滴作匀速运动？试验中怎样保证油滴匀速运动？

（3）在对一个油滴测量过程中，发现平衡电压在不大的范围内逐渐变小，说明什么？

（4）若油滴平衡未调好，对实验结果有何影响？

实验5.4　金属电子逸出功的测量

给真空二极管的阴极（用金属丝做成）通以电流，使金属丝加热，从金属丝表面逸出电子的现象称为热电子发射。热电子发射的基本物理参量之一是电子的逸出功。通常情况下，电子在金属内部所具有的能量低于在外部的能量，所以，要使电子逸出金属表面，必须给电子提供一定的能量，这份能量称为电子的逸出功。

金属电子逸出功的测量实验综合应用了直线测量法、外延测量法和补偿测量法等多种实验方法，通过数据处理得到较好的技巧性训练。

【实验目的】

（1）了解热电子发射的基本规律。

（2）学习用里查逊直线法测量钨的逸出功。

（3）学习外延测量法和补偿测量法等基本实验方法。

（4）进一步学习数据处理的方法。

【实验仪器】

WF—3 型逸出功测定仪，包括：主机、理想二极管及座架、WF—3 型组合数字电表。

【仪器介绍】

1. 理想（标准）二极管

为了测定钨的逸出功，将钨做成理想二极管的阴极（灯丝）。"理想"的含义一是把电极设计成能够进行分析的几何形状，本仪器设计成同轴圆柱形系统；二是把阴极发射面限制在温度均匀的一定长度内，且能近似地把电极看成无限长的。为了避免阴极的冷端效应（两端温度较低）和电场不均匀等边缘效应，在阳极两端各装一个保护（补偿）电极，它们与阳极在管内相连后引出管外。

虽然保护电极与阳极加相同的电压，但由于它们与阳极绝缘，所以在被测热电子发射电流中，并不包括保护电极中的电流。在阳极上开有一个小孔（辐射孔），以便用光测高温计测量阴极温度。理想二极管的结构如图 5.4-1 所示。

2. WF—3 型金属电子逸出功测定仪

WF—3 型逸出功测定仪的面板如图 5.4-2 所示，下面的一排接线柱是为二极管提供电源的，从右至左依次接"阳极电压 U_a"、"灯丝电压 U_f"和励磁螺线管电压。

待测的各电压、电流用 WF—3 型组合数字电表来测量。"灯丝电流"调节旋钮用于调节二极管的灯丝电流，电流值由"灯丝电流"电流表显示；"阳极电压"调节旋钮用于调节二极管的阳极电压，分"粗调"和"细调"两档，电压值由"阳极电压"电压表显示。电压表量程分"×1"、"×10"两档，"×1"档满度值为19.9V，"×10"档满度值为199.9V。"阳极电压"表显示的是实际测量的电压，"×1"、"×10"并非倍率。

图 5.4-1　理想二极管示意图

图 5.4-2　面板示意图

【实验原理】

1. 电子的逸出功

固体物理学理论指出：金属中电子的能量是量子化的，电子的分布服从泡利不相容原理，即一个状态只能被一个电子所占据；电子是全同粒子，即电子之间不可区分；电子的自旋量子数为 1/2。所以，金属中传导电子的分布遵循费米 - 狄拉克能量分布，热平衡时，能量在 $E \sim E + \mathrm{d}E$ 之间、单位体积内的电子数为

$$\mathrm{d}N = \frac{4\pi}{h^3}(2m_\mathrm{e})^{\frac{3}{2}} E^{\frac{1}{2}} \left[\exp\left(\frac{E - E_F}{kT}\right) + 1 \right]^{-1} \mathrm{d}E$$

所以电子的能量分布函数为

$$f(E) = \frac{dN}{dE} = \frac{4\pi}{h^3}(2m_e)^{\frac{3}{2}}E^{\frac{1}{2}}\left[\exp\left(\frac{E-E_F}{kT}\right)+1\right]^{-1} \tag{5.4-1}$$

式中　h——普朗克常量；

　　　k——玻尔兹曼常数；

　　　m_e——电子质量；

　　　E_F——费米能级。

电子的能量分布曲线 $f(E) \sim E$ 如图 5.4-3（左侧）所示。图中曲线 1 表示绝对零度时电子随能量的分布情况，当 $T > 0$ 时，电子的能量分布曲线如曲线 2 和曲线 3 所示。由图看出：在 $T = 0K$ 时，电子所具有的最大能量为 E_F；曲线2、曲线 3 表明，当 $T > 0K$ 时，少数电子的能量大于 E_F，但这种状态的电子数随能量的增加而指数衰减。

由电学知识可知，当金属表面附近有电子时，金属表面上会出现感应正电荷，正电荷对电子的吸引力阻止电子从金属表面逃逸。所以，一般电子不能从金属中逸出。从能量角度看，金属中的电子在一个势

图 5.4-3　金属中电子能量的分布

阱中运动，势阱的深度 $E_b > E_F$，图 5.4-3（右侧）给出金属—真空界面的势垒曲线（将金属中电子的能量分布曲线画于左侧，以便比较）。横坐标 x 为电子到金属表面的距离，纵坐标为能量。由图看出，要使处于绝对零度的电子从金属中逸出，必须具有大于 E_b 的动能。在绝对零度时，使电子从金属中逸出所需要的最小能量

$$E_0 = E_b - E_F = e\phi$$

就是金属电子的逸出功（或功函数），常用电子伏特 eV 为单位，ϕ 为电子的逸出电位，单位为伏 V，e 为电子电荷量。给金属通电加热，提高其温度，以改变电子的能量分布，使动能大于 E_F 的电子增多，如图 5.4-3 中虚线所示，从而使动能大于 E_b 的电子越过势垒，从金属中逸出，形成热电子发射。不同金属有不同的逸出功，因此，逸出功的大小对热电子发射的强弱有重要影响。

2. 热电子发射公式

根据费米 - 狄拉克统计分布公式（5.4-1），可以导出热电子发射的里查逊 - 杜西曼公式

$$I = AST^2\exp\left(-\frac{e\phi}{kT}\right) \tag{5.4-2}$$

式中　I——热电子发射的电流；

　　　S——阴极的有效发射面积；

　　　T——阴极的热力学温度；

　　　A——与阴极材料表面化学纯度有关的系数；

k——玻尔兹曼常数，$k = 1.38 \times 10^{-23} \mathrm{J \cdot K^{-1}}$。

原则上只要测出 I、A、S、T，根据式（5.4-2）即可计算出阴极材料的逸出功 $e\phi$。但由于 A、S 这两个量难以直接测定以及肖脱基效应，用式（5.4-2）还不能求出逸出功。在实际测量中，常用以下测量和数据处理方法：

3. 用里查逊直线法测逸出功

将式（5.4-2）两边除以 T^2，再取对数得

$$\lg \frac{I}{T^2} = \lg(AS) - 5.039 \times 10^3 \frac{\phi}{T} \tag{5.4-3}$$

可见，$\lg \dfrac{I}{T^2}$ 与 $\dfrac{1}{T}$ 成线性关系。因为对某一固定材料的阴极，A、S 是常数，所以 $\lg(AS)$ 只改变直线的截距，而不影响直线的斜率。故由直线 $\lg \dfrac{I}{T^2} \sim \dfrac{1}{T}$ 的斜率可得出金属的逸出电位 ϕ。这种方法称为里查逊直线法。采用里查逊直线法避免了 A 和 S 不能准确测定造成的困难。

4. 零场电流的测量

加速电场为零时阴极的发射电流称为零场电流 I。为了使阴极发射的热电子连续不断地飞向阳极，必须在阴极和阳极之间加一加速电场，但加速电场的存在导致阴极表面的势垒 E_b 降低，逸出功减小，助长阴极的电子发射。外加电场使发射电流增大的现象称为肖脱基效应。

可以证明，阴极热电子发射电流与加速电场的关系为

$$I_a = I \exp\left(\frac{0.439 \sqrt{E_a}}{T} \right) \tag{5.4-4}$$

式中　E_a——阴极表面加速电场的电场强度；

　　　I_a——阴极加速场强为 E_a 时的阴极发射电流；

　　　I——零场电流。

因为理想二极管的阴极和阳极做成了同轴圆柱形，忽略接触电位差和边缘效应等，所以阳极电压

$$U_a = \int_{\text{阳极}}^{\text{阴极}} \boldsymbol{E} \cdot \mathrm{d}\boldsymbol{l} = \int_{r_1}^{r_2} \frac{\lambda}{2\pi\varepsilon_0 r} \mathrm{d}r = \frac{\lambda}{2\pi\varepsilon_0} \ln \frac{r_2}{r_1} = E_a r_1 \ln \frac{r_2}{r_1}$$

即

$$E_a = \frac{U_a}{r_1 \ln \dfrac{r_2}{r_1}}$$

式中，r_1 和 r_2 分别为阳极和阴极的半径。将上式代入式（5.4-4），并取对数得

$$\lg I_a = \lg I + \frac{0.439}{2.30T} \frac{1}{\sqrt{r_1 \ln \dfrac{r_2}{r_1}}} \sqrt{U_a} \tag{5.4-5}$$

可见，对一定几何尺寸的管子，当阴极的温度 T 一定时，$\lg I_a$ 与 $\sqrt{U_a}$ 成线性关系。以 $\sqrt{U_a}$ 为横坐标，$\lg I_a$ 为纵坐标，作出如图 5.4-4 所示的直线，这些直线的延长线与纵坐标的交点为不同温度时的 $\lg I$。这样从加速电场外延就能求出一定温度下的零场电流 I。

5. 灯丝温度 T 的测定

式（5.4-4）给出了热电子发射电流 I_a 与阴极（灯丝）温度 T 的关系，温度测量的误差对结果的影响很大。在热电子发射的实验研究中，准确地测定温度是一个很重要的问题。本实验通过测阴极电流 I_f 来确定其温度 T。理想二极管的灯丝（纯钨丝）电流已经标定，只要准确测定灯丝电流，查表5.4-1就能得到阴极温度。这种方法的实验结果比较稳定，但要求灯丝电压 U_f 必须稳定，用高级别（如0.5级）的安培表测定灯丝电流。

总之，将被测材料做成二极管的阴极，测定阳极电压 U_a、阴极发射电流 I_a、阴极温度 T 或电流 I_f 后，将用加速电场外延法求出的零场电流 I 代入式（5.4-3），即可求出逸出功 $e\phi$（或逸出电位）。

图 5.4-4　确定零场电流示意图

表 5.4-1　灯丝电流与其温度关系表（WF—3 型）

灯丝电流 I_f/A	0.50	0.55	0.60	0.65	0.70	0.75	0.80
灯丝温度 $T/\times10^3$K	1.72	1.80	1.88	1.96	2.04	2.12	2.20

【实验内容】

用 WF—3 型逸出功测定仪测钨的逸出功

（1）结合仪器熟悉逸出功测定仪各接线柱和旋钮的功能。

（2）将理想二极管对准定位键插在座架的八脚插座内，按图 5.4-5 连接线路，接通电源预热 10min。

（3）调节灯丝电流，使 $I_f=0.55$A，再调节阳极电压，依次使 $U_a=25$V、36V、49V、64V、81V、100V、121V、144V，分别测出相应的阳极电流 I_a。

（4）改变灯丝电流，使 $I_f=0.60$A、0.65A、0.70A、0.75A，对应每一灯丝电流，重复步骤（3）。

【注意事项】

（1）使用二极管时应轻拿轻放；要手持二极管下部的金属管座，对准定位键，将二极管插在座架上的八脚插座内；除收藏外，一般不要将管子任意拔下。

图 5.4-5　测量电路图

（2）特别提醒：图 5.4-2 所示的 WF—3 型逸出功测定仪面板上各接线柱都是提供电压的，切忽接错阳极电压 U_a 和灯丝电压 U_f，以免烧坏管子。

（3）使用 WF—3 型组合数字电表时要注意各表的量程，接线时注意电位的高低，不要接错正负极。

（4）测量时，每改变一次灯丝电流，要预热几分钟再测。

【数据处理】

按以下要求计算钨的逸出功

（1）将测量数据填入表 5.4-2 中。

表　5.4-2

$I_a/$ ($\times 10^{-6}$A)　U_a/V　　I_f/A	25	36	49	64	81	100	121	144
0.55								
0.60								
0.65								
0.70								
0.75								

（2）根据记录数据换算至表 5.4-3 中。

表　5.4-3

$\lg I_a$　$\sqrt{U_a}$　　$T/$ ($\times 10^3$K)	5.0	6.0	7.0	8.0	9.0	10.0	11.0	12.0

（3）作 $\lg I_a$-$\sqrt{U_a}$图。

根据表 5.4-3 数据，作出 $\lg I_a$-$\sqrt{U_a}$图，定出截距 $\lg I$，再求出在不同阴极温度时的零场热电子发射电流 I，并换算成表 5.4-4。

说明：可将测量数据录入计算机，用实验室提供的相关软件进行计算，将计算结果填入表 5.4-3 中。

表　5.4-4

$T/$ ($\times 10^3$K)				
$\lg I$				
$\lg \dfrac{I}{T^2}$				
$\dfrac{1}{T}/$ ($\times 10^{-4}$K^{-1})				

（4）作 $\lg \dfrac{I}{T^2}$-$\dfrac{1}{T}$图，求逸出功。

根据表 5.4-4 数据，作出 $\lg \dfrac{I}{T^2}$-$\dfrac{1}{T}$图，并由图求出：

直线斜率：

逸出功：

逸出功的百分误差：

（注：钨逸出功的公认值 $e\phi = 4.54$eV）

【思考题】

（1）测量金属的逸出功有什么意义？

（2）用里查逊直线法处理数据的优点是什么？

（3）灯丝电压为什么要稳定？为什么每改变一次灯丝电流要预热几分钟后再测量？

（4）想一想用 WF—3 型金属电子逸出功测定仪还能测什么量？试设计实验方案，拟写出实验步骤。

实验 5.5　用超声波测量固体的弹性模量

超声波是频率在 $2 \times 10^4 \sim 10^{12}$ Hz 的声波。它广泛存在于自然界和日常生活中。超声波测试是把超声波作为一种信息载体，这种测试已在海洋探测与开发、无损检测与评价、医学诊断等领域发挥着不可取代的作用。例如，在检测中，利用超声波检验固体材料内部的缺陷；在医学中，可以利用超声波进行人体内部器官的组织结构扫描（B 超诊断）和血流速度的测量（彩超诊断）等。

机械波在媒质中传播的时候，它的传播特性和媒质的性质有关。如果弹性材料发生变化，机械波的传播就会受到扰动，根据这个扰动，就可了解材料的弹性或弹性变化的特征。利用超声波的传播特性与弹性材料物理特性之间的关系，通过测量超声波的传播特性参量，可以测量材料的弹性模量。

【实验目的】

（1）了解超声波产生和接收的方法。

（2）掌握超声波声速测量的方法。

（3）了解超声波声速与固体弹性模量的关系。

【实验仪器】

JDUT—2 型超声波实验仪、示波器、CSK—IB 型铝试块、钢板尺、水（耦合剂）等。

【仪器介绍】

1. JDUT—2 型超声波实验仪

JDUT—2 型超声波实验仪面板如图 5.5-1 所示。

图 5.5-1　JDUT—2 型超声波实验仪面板

（1）仪器的连接

1）单探头工作方式：用三通线把超声波实验仪的发射接口、接收接口及超声波探头相连接。

2）示波器采用外触发工作方式，超声波实验仪的"触发"接口与示波器的外触发输入口连接。

3）超声波实验仪的"射频"输出口与示波器的第一通道 CH1 输入口相连。

（2）仪器的使用 JDUT—2 型超声波实验仪能够调节放大电路的衰减倍数。衰减的单位是分贝，用 dB 表示，定义如下

$$分贝值 = 20 \lg A \quad (dB)$$

其中，A 是放大倍数。衰减器读数与放大器的放大倍数成对数关系。

超声仪衰减范围是 0 ~ 95dB；调节步长为 1dB 和 10dB 两档。

（3）主要性能指标

脉冲形式：负脉冲

发射强度：400V   发射阻抗：1000Ω

输入阻抗：500Ω   频带宽度：50Hz ~ 7MHz（ – 3dB）、50Hz ~ 10MHz（ – 6dB）

放大增益：50dB   动态范围：0 ~ 95 dB，步长 1 dB

输出阻抗：50Ω（射频）、1000Ω（检波）

触发模式：内触发   触发输出：TTL 电平

重复频率 125 Hz、250Hz、500Hz、1000Hz

输出限幅：±5V   有效电压：±2V（射频）、0 ~ 2V（检波）

使用电源：~ 220V   使用功率：10W

2. 超声波换能器（超声波探头）

我们经常把超声波换能器称为超声波探头。常用的超声波探头有直探头和斜探头两种，其结构如图 5.5-2 所示。如果晶片内部质点的振动方向垂直于晶片平面，那么晶片向外发射的就是超声纵波。探头通过保护膜或斜楔向外发射超声波；吸收背衬的作用是吸收晶片向背面发射的声波，以减少杂波；匹配电感的作用是调整脉冲波的形状。

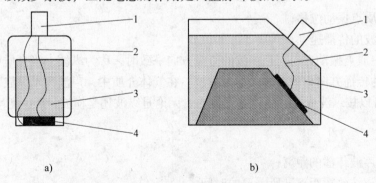

a)   b)

图 5.5-2 超声波探头的基本结构

a）直探头 b）斜探头

1—接插头 2—电极接线 3—吸收背衬 4—晶片

一般情况下，采用直探头产生纵波，斜探头产生横波或表面波。对于斜探头，晶片受激发产生超声波，声波首先在探头内部传播一段距离后，才到达试块的表面，这段时间我们称为探头的延迟。直探头的延迟一般较小，在测量精度要求不高的情况下，可以忽略不计。

【实验原理】

超声波换能器中的压电晶片是被加工成平面状的压电陶瓷，在压电陶瓷片的正反两面分别镀上银层作为电极。当给压电晶片两极施加一个电压短脉冲时，由于逆压效应，晶片将发生弹性形变而产生弹性振荡，适当选择晶片的厚度可以产生超声频率范围的弹性波，即超声波。当电压短脉冲很窄时，它发射出的是一个超声波波包，通常称为脉冲波，如图 5.5-3 所示。

超声波在媒质中传播可以有三种波型，它取决于媒质的性质和激发超声波的振动源。

纵波波型：媒质中质点振动方向与超声波的传播方向一致的波型。

横波波型：媒质中质点的振动方向与超声波的传播方向相垂直的波型。横波只能在固体媒质中传播。

表面波波型：超声波沿着固体表面传播的波型为表面波波型。这种波可看成纵波与横波的合成，在距表面四分之一波长处振幅最强，随着深度的增加振幅很快衰减。

晶片振动   脉冲波

图 5.5-3　脉冲波的产生

能够实现超声能量与其他形式能量相互转换的器件称为超声波换能器。超声波在媒质中传播时，被超声波换能器接收到后，由于压电晶体的正压效应，振荡的晶片在两极产生振荡的电压，电压被放大后可以用示波器显示。一般情况下，超声波换能器既能用于发射又能用于接收。

在各向同性的均匀媒质中机械波的波动方程为

$$\frac{\partial^2 \xi}{\partial x^2} + \frac{\partial^2 \xi}{\partial y^2} + \frac{\partial^2 \xi}{\partial z^2} = \frac{1}{u^2} \frac{\partial^2 \xi}{\partial^2 t^2} \tag{5.5-1}$$

式中　ξ——质点振动位移；

　　　u——波的传播速度。

当介质中质点振动方向与超声波的传播方向一致时，称为纵波；当介质中质点的振动方向与超声波的传播方向相垂直时，称为横波。在气体介质中，声波只是纵波。在固体媒质内部，超声波可以按纵波或横波两种方式传播。无论是纵波还是横波，其速度均可表示为

$$u = \frac{d}{t} \tag{5.5-2}$$

式中　d——声波传播的距离；

　　　t——声波传播距离 d 所需要的时间。

对于同一种材料，其纵波波速和横波波速的大小一般不一样，但是它们都由媒质的密度、弹性模量和泊松比等弹性参数决定，即这些物理参数的变化都对声速有影响。

固体在外力作用下，其长度沿力的方向产生变形。变形时的应力与应变之比就定义为弹性模量，用 E 表示。

固体在应力作用下，沿纵向有一正应变（伸长），沿横向就将有一个负应变（缩短），横向应变与纵向应变之比被定义为泊松比，记做 μ，它也是表示材料弹性性质的一个物理量。

在各向同性固体媒质中声速为

纵波声速：
$$u_L = \sqrt{\frac{E(1-\mu)}{\rho(1+\mu)(1-2\mu)}} \tag{5.5-3}$$

横波声速：
$$u_S = \sqrt{\frac{E}{2\rho(1+\mu)}} \tag{5.5-4}$$

式中 ρ——媒质的密度。

通过测量媒质中的纵波声速和横波声速，利用以上公式可以计算材料的弹性模量和泊松比。计算公式如下：

弹性模量：
$$E = \frac{\rho u_S^2(3T^2-4)}{T^2-1} \tag{5.5-5}$$

泊松比：
$$\mu = \frac{T^2-2}{2(T^2-1)} \tag{5.5-6}$$

式中 $T = \dfrac{u_L}{u_S}$。

超声波在两种固体界面上发生折射和反射时，纵波可以折射或反射为横波，横波也可以折射或反射为纵波。超声波的这种现象称为波型转换。在同一种媒质中纵波的波速大于横波的波速。实验中利用这一性质，用斜探头测量横波的速度。

【实验内容】

（1）按图 5.5-4 连接超声波实验仪。

图 5.5-4 超声波实验仪连接图

（2）用直探头测量超声波纵波速度，如图 5.5-5 所示。将直探头与超声波实验仪连接，把探头放在试块的上面，仪器的射频输出与示波器第 1 通道相连，触发与示波器外触发相连，示波器采用外触发方式，适当设置超声波实验仪衰减器的数值和示波器的电压范围与时间范围，从示波器上就可以看到如图 5.5-6 所示的波形。

在图 5.5-6 中，S 称为始波，t_0 对应于发射超声波的初始时刻；B_1 称为试块的 1 次底面回波，t_1 对应于超声波传播到试块底面反射回来后，被超声波探头接收到的时刻。B_2 称为试块的 2 次底面回波，它对应于超声波在试块内往复传播到试块的上表面后，部分超声波被上表面反射，并被试块底面再次反射，即在试块内部往复传播两次后被接收到的超声波。依此类推，有 3 次、4 次和多次底面反射回波。设 2 次回波被超声波探头接收到的时刻为 t_2，测量出超声波在试块中传播的距离，就可以得到超声波纵波的速度。

图 5.5-5　用直探头测量超声波纵波速度　　　图 5.5-6　用直探头测量时示波器的图像

当试块的厚度为 L 时，超声波纵波的速度为

$$u_{\mathrm{L}} = \frac{2L}{t_2 - t_1} \tag{5.5-7}$$

（3）用斜探头测量超声波横波速度。参照图 5.5-7 把斜探头放在试块上，并使探头靠近试块正面，使探头的斜射声束能够同时入射在 R_1 和 R_2 两个圆弧面上（$R_2 = 2R_1$）。适当设置超声波实验仪衰减器的数值和示波器的电压范围与时间范围。在示波器上同时观测到两个弧面的回波 B_1 和 B_2，如图 5.5-8 所示。左右移动探头，使回波幅度最大。测量它们对应的时间 t_1 和 t_2。

图 5.5-7　用斜探头测量超声波横波速度　　　图 5.5-8　用斜探头测量时示波器的图像

超声波横波的速度为　　　　　　　　　　$$u_{\mathrm{S}} = \frac{2(R_2 - R_1)}{t_2 - t_1} \tag{5.5-8}$$

【数据处理】

（1）自拟表格记录数据。

（2）根据式（5.5-7）计算纵波波速 u_L。

（3）根据式（5.5-8）计算横波波速 u_S。

（4）计算铝试块材料的弹性模量和泊松比。

【注意事项】

（1）超声仪的发射接口向外发射 400V 的高压脉冲，因此它只能与接收接口或探头相连，而不能够与超声仪的射频接口、检波接口、触发接口相连，也不能与示波器的 CH1、CH2、TRG 相连，否则会损坏仪器！

（2）超声仪的输出信号被限幅在 5V 左右，因此在测量过程中，一般要求被测信号幅度不超过 2V。

（3）利用 CSK—IB 铝试块时，可以用水或机油作为耦合剂。实验完成后必须擦干净试块上残余的耦合剂，否则会损坏试块。

实验 5.6　非良导体热导率的测量

热传导是由于物体内部的温度不均匀引起的热量传递过程，是工程热物理、材料科学、固体物理及能源、环保等各个领域的研究课题。热导率（又称导热系数）是表征材料热性能的重要物理量。热导率随物质成分、结构及所处环境的不同而千变万化，所以在科学实验和工程设计中，物质的热导率都需要用实验方法来精确测定。

【实验目的】

（1）了解热传导现象。

（2）学习用稳态法测量非良导体的热导率。

（3）学会用作图法求冷却速率。

【实验仪器】

测量热导率的实验装置、EH—IV 数字智能化热学综合实验仪、游标卡尺、天平。

热导率测量的实验装置如图 5.6-1 所示，EH—IV 数字智能化热学综合实验仪面板见图 4.5-1。

图 5.6-1　实验装置示意图

【实验原理】

当物体内部温度不均匀时，就有热量从高温区向低温区传递，材料的热导率在很大程度上取决于它的微观结构。依靠原子、分子在平衡位置附近的振动以及自由电子的迁移实现热量的传递，在金属中电子迁移起支配作用，在绝缘体和大部分半导体中晶格振动起主导作用。测量热导率的方法可以分为两大类：稳态法和瞬态法，本实验采用稳态平板法测量不良导体的热导率。

设在 dt 时间内通过面元 ds 传递的热量为 dQ，根据热力学理论，dQ 正比于物体内的温度梯度 $\dfrac{dT}{dx}$、传热时间 dt 和面元的面积 ds，即 $\dfrac{dQ}{dt} = -\lambda \dfrac{dT}{dx} ds$，式中 $\dfrac{dQ}{dt}$ 为传热速率，$\dfrac{dT}{dx}$ 是与面元垂直方向上的温度梯度，" $-$ " 表示热量由高温区域传向低温区域，比例系数 λ 称为热导率，表示物体导热能力的强弱，在 SI 单位制中，λ 的单位是 $\mathrm{W \cdot m^{-1} \cdot K^{-1}}$。

设样品 B 为一圆平板，半径为 R_B，厚度为 h_B，如图 5.6-2 所示，维持上、下平面的温度 T_1 和 T_2 恒定不变（侧面近似绝热），则稳态时通过样品的传热速率

$$\frac{\mathrm{d}Q_B}{\mathrm{d}t} = \pi R_B^2 \lambda \frac{T_1 - T_2}{h_B} \tag{5.6-1}$$

要降低侧面散热的影响，就要减小 h_B。又因为待测平板上、下平面的温度 T_1、T_2 是用加热圆盘 C 的底部和散热铝盘 A 的温度来代表，所以就必须保证样品与加热圆盘 C 的底部和散热铝盘 A 的上表面密切接触。

在实验时，在稳定导热条件下（T_1、T_2 恒定不变），可认为待测样品 B 盘的传热速率与铝盘 A 向周围环境散热的速率相等。因此，通过 A 盘在稳定温度 T_2 附近的散热速率 $\dfrac{\mathrm{d}Q_A}{\mathrm{d}t}$，求出样品的传热速率 $\dfrac{\mathrm{d}Q_B}{\mathrm{d}t}$。

得到 $\dfrac{\mathrm{d}Q_A}{\mathrm{d}t}$ 的方法：

在读取稳态时的 T_1、T_2 后，拿走样品 B，让 A 盘直接与加热圆盘 C 的下表面接触，加热铝盘 A，使 A 盘温度上升到比 T_2 约高 10℃，然后移去加热圆盘 C，让散热铝盘 A 自然冷却，即通过外表面直接向环境散热，当散热铝盘温度 T_A 降至比 T_2 高 5℃ 时开始计时，并记录其温度，每隔一分钟测一次温度，直到 T_A 比 T_2 低 5℃ 为止。以时间 t 为横坐标，温度 T_A 为纵坐标，作散热铝盘 A 的冷却曲线，如图 5.6-3 所示，过曲线上点 $P(t_2, T_2)$ 作切线，此切线的斜率就是散热铝盘 A 在 T_2 时的自然冷却速率

$$\frac{\mathrm{d}T_A}{\mathrm{d}t} = \frac{T_a - T_b}{t_a - t_b} \tag{5.6-2}$$

图 5.6-2　样品示意图

图 5.6-3　冷却曲线

在稳态传热时，散热铝盘 A 的散热表面积 $S_A = \pi R_A^2 + 2\pi R_A h_A$，移去加热圆盘 C 后，A 盘自然散热的表面积 $S'_A = 2\pi R_A^2 + 2\pi R_A h_A$。考虑到物体的散热速率与它的散热面积成正比，应有

$$S'_A \frac{\mathrm{d}Q_A}{\mathrm{d}t} = S_A \frac{\mathrm{d}Q'_A}{\mathrm{d}t},$$

即

$$\frac{\mathrm{d}Q_A}{\mathrm{d}t} = \frac{R_A + 2h_A}{2(R_A + h_A)} \frac{\mathrm{d}Q'_A}{\mathrm{d}t} \tag{5.6-3}$$

式中　$\dfrac{\mathrm{d}Q'_A}{\mathrm{d}t}$——A 盘自然散热时的散热速率；

$\quad\quad R_A$——A 盘的半径；

$\quad\quad h_A$——A 盘的厚度。

把比热容的定义 $\dfrac{\mathrm{d}Q}{\mathrm{d}T} = mc$ 应用于温度均匀的自然散热铝盘 A，得

$$\frac{\mathrm{d}Q'_A}{\mathrm{d}t} = m_A c_A \frac{\mathrm{d}T_A}{\mathrm{d}t} \tag{5.6-4}$$

式中　m_A——A 盘的质量；

$\quad\quad c_A$——A 盘的比热容，$c_A = 0.904\mathrm{J/(g \cdot K)}$。

将式(5.6-4)代入式(5.6-3)得

$$\frac{\mathrm{d}Q_A}{\mathrm{d}t} = m_A c_A \frac{R_A + 2h_A}{2(R_A + h_A)} \frac{\mathrm{d}T_A}{\mathrm{d}t}$$

利用稳态时 $\dfrac{\mathrm{d}Q_A}{\mathrm{d}t} = \dfrac{\mathrm{d}Q_B}{\mathrm{d}t}$ 和式(5.6-1)，得

$$\lambda = \frac{m_A c_A h_B (R_A + 2h_A)}{2\pi R_B^2 (T_1 - T_2)(R_A + h_A)} \cdot \frac{\mathrm{d}T_A}{\mathrm{d}t} \tag{5.6-5}$$

式中，m_A、h_A、R_A、R_B、h_B、T_1 和 T_2 都可以准确测出，只要测出 $\dfrac{\mathrm{d}T_A}{\mathrm{d}t}$，利用式(5.6-5)就能算出热导率 λ。

【实验内容】

(1) 熟悉实验仪器

(2) 用游标卡尺测量散热铝盘 A 的厚度 h_A 和直径 $2R_A$、待测材料的厚度 h_B 和直径 $2R_B$，用天平测出散热铝盘 A 的质量。

(3) 建立稳恒态

1) 如图 5.6-1 和图 4.5-1 所示，安装好实验装置，连接好电缆线，打开数字智能化热学综合实验仪的电源开关和加热开关。

将"温度指示选择转换开关"旋至"设定温度"档，调节"设定温度粗选"和"设定温度细选"旋钮，使数字表显示所需要的温度值，如 70℃，加热 C 盘，同时预热仪器。

2) 旋转"温度指示选择转换开关"至"加热盘温度"档，观察 C 盘温度的变化，当 C 盘温度接近所需温度（如 68℃ 时）时，再将开关扳向"设定温度"，细调"设定温度细选"至设定温度。

3) 再将"温度指示选择转换开关"旋到"加热盘温度"档，待 C 盘的温度升高并稳定在设定温度值附近的 T_1 值上。

4) 将"温度指示选择转换开关"指向"散热盘温度"档，观察散热盘 A 的温度变化，若每 5min 温度的变化 $\Delta T_A < 0.1℃$，则可认为达到稳恒态，记下此时 C 和 A 盘的温度 T_1、T_2。

时间测量方法：按动"暂停、启动"钮一下，开始计时；再按动"暂停、启动"钮一下，即暂停计时；按动"复位"钮，即归零。

（4）测 A 盘在 T_2 时的自然冷却速率。在读取稳态时的 T_1、T_2 后，拿走样品 B，让盘 A 直接与加热圆盘 C 的下表面接触，加热铝盘 A，使其温度上升到比 T_2 高 10°C 左右，关闭加热开关，再移去加热盘 C，"温度指示选择转换开关"置"散热盘温度"档，让盘 A 通过表面直接向空气散热（自然冷却），当其温度比 T_2 高 5°C 时，每隔 1min 记录相应的温度值，直到盘 A 的温度低于 T_2 约 5°C。

说明：环境温度不同，稳恒态的温度就不同；不同材料也有不同的稳恒态温度。要根据实验时的情况，调整设定温度。一般设定温度在 60°C 到 70°C 之间。

【数据处理】

（1）自拟数据表。

（2）以时间 t 为横坐标，温度 T 为纵坐标，作出铝盘 A 的自然冷却曲线，过点（t_2, T_2）画切线，求其斜率，即可得到冷却速率 $\dfrac{\mathrm{d}T_A}{\mathrm{d}t}$，利用式（5.6-5）计算热导率 λ。

【思考题】

（1）如何判断系统达到了稳定导热条件？

（2）为什么待测样品要做成很薄的板？

实验5.7 波尔共振实验

在声学、光学、电学、原子核物理及各种工程技术领域中，会有各种各样的共振现象。共振现象既有破坏作用，也有许多实用价值。众多电声器件是运用共振原理设计制作的，如超声发生器、无线电接收机、交流电的频率计等。此外，在微观科学研究中，"共振"也是一种重要的研究手段，如利用核磁共振和顺磁共振研究物质结构等。

因受迫振动而导致的共振现象具有相当的普遍性和重要性。表征受迫振动的性质通常采用受迫振动的振幅频率特性和相位频率特性（简称幅频特性和相频特性）曲线。在本实验中，用波尔共振仪定量测定机械受迫振动的幅频特性和相频特性，并利用频闪方法来测定动态物理量——相位差。

【实验目的】

（1）研究弹性摆轮受迫振动的幅频特性和相频特性。

（2）研究不同阻尼力矩对受迫振动的影响，观察共振现象。

（3）学习用频闪法测定相位差。

（4）学习系统误差的修正。

【实验仪器】

ZKY—BG 型波尔共振仪，它由振动仪与电器控制箱两部分组成。

振动仪部分如图 5.7-1 所示，铜质摆轮 4 安装在机架上，蜗卷弹簧 6 的一端与铜质摆轮 4 的轴相连，另一端固定在机架支柱上，在弹簧弹性力的作用下，铜质摆轮可绕轴自由往复摆动。在铜质摆轮的外围有一圈槽型缺口，其中一个长凹槽 2 比其他凹槽长出许多。机架上对准长型缺口处有一个光电门 1，它与电器控制箱连接，用来测量铜质摆轮的振幅角度值及其振动周期。在机架下方有一对带有铁心的阻尼线圈，铜质摆轮 4 恰巧嵌在铁心的空隙，当线圈中通过直流电流时，铜质摆轮 4 受到一个电磁阻尼力的作用。改变电流的大小即可使阻尼大小相应地变化。为使铜质摆轮 4 作受迫振动，在电动机轴上装有偏心轮，通过连杆 9 带动铜质摆轮 4。同时，在电动机轴上还装有带刻线的有机玻璃转盘 13，由刻线在角度盘 12 的位置读出相位差。调节控制箱上"强迫力周期"旋钮，可以精确地改变加于电动机上的电压，使电动机的转速在实验范围（30～45r/min）内连续可调。电动机的有机玻璃转盘 13 上装有两个挡光片，在角度盘 12 上方有一个与控制箱相连的光电门 11，用于测量强迫力矩的周期。

图 5.7-1　波尔振动仪

1—光电门　2—长凹槽　3—短凹槽　4—铜质摆轮　5—摇杆　6—蜗卷弹簧　7—支承架
8—阻尼线圈　9—连杆　10—摇杆调节螺钉　11—光电门 1　12—角度盘
13—有机玻璃转盘　14—底座　15—弹簧夹持螺钉　16—闪光灯

受迫振动时铜质摆轮与外力矩的相位差是利用小型闪光灯来测量的。闪光灯受铜质摆轮信号光电门控制，当铜质摆轮上的长凹槽 2 通过平衡位置时，光电门 1 接收到光信号，引起闪光，这一现象称为频闪现象。在稳定情况下，由闪光灯照射可以看到有机玻璃转盘 13 上的刻度线好像一直"停在"某一刻度处（实际有机玻璃转盘 13 上的刻度线一直在匀速转动），所以以此数值可方便地直接读出。为使闪光灯管不易损坏，采用按钮开关，仅在测量相位差时才按下按钮。

铜质摆轮振幅 θ 由测出铜质摆轮 4 通过光电门 1 的凹型缺口的个数得到，并在控制箱液晶显示器上直接显示出此值，精度为 1°。波尔共振仪电器控制箱的前面板如图 5.7-2 所示。

图 5.7-2　波尔共振仪前面板示意图

1—液晶显示屏幕　2—方向控制键　3—确认按键　4—复位按键

5—电源开关　6—闪光灯开关　7—强迫力周期调节电位器

强迫力周期旋钮系带有刻度的十圈电位器，如图 5.7-3 所示。调节此旋钮可以精确地改变电动机转速。锁定开关处于图中位置时，电位器刻度锁定，要调节大小须将其置于该位置的另一边。×0.1 档旋转一圈，×1 档变化一个数字。一般调节刻度仅供实验时参考，以便大致确定强迫力矩周期值在多圈电位器上的相应位置。

图 5.7-3　电动机转速调节电位器

【实验原理】

物体在周期外力的持续作用下发生的振动称为受迫振动，这种周期性的外力称为强迫力。如果外力是按简谐振动规律变化，那么稳定状态时的受迫振动也是简谐振动，此时，振幅保持恒定，振幅的大小与强迫力的频率和原振动系统无阻尼时的固有振动频率以及阻尼系数有关。在受迫振动状态下，系统除了受到强迫力的作用外，同时还受到回复力和阻尼力的作用。所以，在稳定状态时物体的位移、速度变化与强迫力变化不是同相位的，存在一个相位差。当强迫力的频率与系统的固有频率相同时产生共振，此时速度有最大的幅值。

当铜质摆轮受到周期性强迫外力矩 $M = M_0 \cos\omega t$ 的作用，并在有空气阻尼和电磁阻尼的媒质中运动时$\left(阻尼力矩为 -b\dfrac{\mathrm{d}\theta}{\mathrm{d}t}\right)$，其运动方程为

$$J \frac{\mathrm{d}^2\theta}{\mathrm{d}t^2} = -k\theta - b\frac{\mathrm{d}\theta}{\mathrm{d}t} + M_0\cos\omega t \qquad (5.7\text{-}1)$$

式中，J 为铜质摆轮的转动惯量；$-k\theta$ 为弹性力矩；M_0 为强迫力矩的幅值；ω 为强迫力的角频率。令

$$\omega_0^2 = \frac{k}{J}, \quad 2\beta = \frac{b}{J}, \quad m = \frac{M_0}{J}$$

则式（5.7-1）变为

$$\frac{\mathrm{d}^2\theta}{\mathrm{d}t^2} + 2\beta\frac{\mathrm{d}\theta}{\mathrm{d}t} + \omega_0^2\theta = m\cos\omega t \qquad (5.7\text{-}2)$$

方程（5.7-2）的通解为

$$\theta = \theta_1 e^{-\beta t}\cos(\omega_f t + \alpha) + \theta_2\cos(\omega t + \varphi) \tag{5.7-3}$$

由式（5.7-3）可见，受迫振动可分成两部分：第一部分为 $\theta_1 e^{-\beta t}\cos(\omega_f t + \alpha)$，和初始条件有关，经过一定时间后衰减消失。第二部分说明强迫力矩对铜质摆轮做功，向振动体传送能量，最后达到一个稳定的振动状态。振幅为

$$\theta_2 = \frac{m}{\sqrt{(\omega_0^2 - \omega^2)^2 + 4\beta^2\omega^2}} \tag{5.7-4}$$

位移与强迫力矩之间的相位差大小为

$$\varphi = \tan^{-1}\frac{2\beta\omega}{\omega_0^2 - \omega^2} = \tan^{-1}\frac{\beta T_0^2 T}{\pi(T^2 - T_0^2)} \tag{5.7-5}$$

式（5.7-4）和式（5.7-5）是受迫振动稳定时，振幅和相位差随强迫力矩的角频率变化的关系，分别称为受迫振动的幅频特性和相频特性。可以看出，振幅 θ_2 与相位差 φ 的数值取决于 m、ω、ω_0 和 β 四个因素，而与振动初始状态无关。

由 $\dfrac{\partial}{\partial\omega}[(\omega_0^2 - \omega^2)^2 + 4\beta^2\omega^2] = 0$ 的极值条件可得出，当强迫力的角频率 $\omega = \sqrt{\omega_0^2 - 2\beta^2}$ 时，产生共振，θ 有极大值。若共振时角频率和振幅分别用 ω_r、θ_r 表示，则

$$\omega_r = \sqrt{\omega_0^2 - 2\beta^2} \tag{5.7-6}$$

$$\theta_r = \frac{m}{2\beta\sqrt{\omega_0^2 - 2\beta^2}} \tag{5.7-7}$$

式（5.7-6）、式（5.7-7）表明，阻尼系数 β 越小，共振时角频率越接近于系统固有频率，振幅 θ_r 也越大。图 5.7-4 和图 5.7-5 是在不同 β 时受迫振动的幅频特性和相频特性示意图。

图 5.7-4　幅频特性

图 5.7-5　相频特性

实验采用铜质摆轮在弹性力矩作用下摆动、在电磁阻尼力矩作用下作受迫振动来研究受迫振动的特性。

【实验内容】

1. 实验准备

按下电源开关，选择"单机模式"按前面板"确认"键，待屏幕上显示如图 5.7-6a 所示"按键说明"字样。其中，符号"◄"为向左移动；"►"为向右移动；"▲"为向上移动；"▼"向下移动，以下文中符号含义相同。按确认键显示图 5.7-6b。

图 5.7-6　液晶显示屏幕图

2. 测量自由振荡情况下摆轮振幅 θ 与系统固有周期 T_0 的关系

（1）在图 5.7-6b 所示的实验类型中，默认选为"自由振荡"，字体反白为选中。再按确认键显示如图 5.7-6c。

（2）用手转动摆轮 160°左右，放开手后按"▲"或"▼"键，测量状态由"关"变为"开"，控制箱开始记录实验数据，振幅的有效数值范围为：160°～50°（振幅小于 160°测量开，小于 50°测量自动关闭）。测量显示为关时，此时数据已保存。

（3）查询实验数据，按"◀"或"▶"键，选中"回查"，再按确认键显示如图 5.7-6d 所示，表示第一次记录的振幅 $\theta = 134°$，对应的周期 $T = 1.442\text{s}$。再按"▲"或"▼"键，记录所有已保存的 θ 与 T 的对应数据。回查完毕，按确认键，返回到如图 5.7-6c 的状态。

（4）选中"返回"，按确认键回到如图 5.7-6b 所示，进行其他实验。

3. 测量阻尼系数 β

在图 5.7-6b 状态下，选中"阻尼振荡"，按确认键显示如图 5.7-6e 所示。阻尼分三个档次，阻尼 1 最小，根据实验要求选择阻尼档，例如选择"阻尼 2"档，按确认键显示如图 5.7-6f 所示。

首先将转盘 F 的刻度线放在 0°位置，用手转动摆轮 160°左右，选取 θ_0 在 150°左右，按"▲"或"▼"键，测量由"关"变为"开"并记录数据，仪器记录十组数据后，测量自动关闭，此时振幅大小还在变化，但仪器已经停止记数。

阻尼振荡的回查同自由振荡类似，请参照上面操作。在液显窗口可回查出摆轮作阻尼振动的 10 次振幅数值 θ_1、θ_2、θ_3、…、θ_n，及 10 倍的周期平均值 $10\overline{T}$。利用公式

$$\ln \frac{\theta_0 e^{-\beta t}}{\theta_0 e^{-\beta(t+nT)}} = n\beta T = \ln \frac{\theta_1}{\theta_n} \qquad (5.7\text{-}8)$$

将测量数据按逐差法处理，可得到 β 满足下式

$$5\beta \overline{T} = \ln \frac{\theta_i}{\theta_{i+5}} \qquad (5.7\text{-}9)$$

式中，i 为阻尼振动的周期次数；θ_i 为第 i 次振动时的振幅。一般阻尼系数需测量 2～3 次，然后取平均值。

4. 测量受迫振动的幅频特性和相频特性

在进行强迫振荡前必须先作阻尼振荡，否则无法实验。

如图 5.7-6b 所示的状态，选中"强迫振荡"，按确认键显示图 5.7-6g，默认状态选中"电动机"。

按"▲"或"▼"键，让电动机启动。此时保持周期为 1，待摆轮和电动机的周期相同，特别是振幅已稳定，变化不大于 1，表明两者已经稳定了，如图 5.7-6h 所示，此时准备开始测量。

测量前应先选中"周期"，按"▲"或"▼"键把周期由 1（见图 5.7-6g）改为 10（见图 5.7-6i），（目的是为了减少误差，若不改周期，测量无法打开）。再选中"测量"，按下"▲"或"▼"键，测量打开并记录数据（见图 5.7-6i）。

待一次测量完成，显示"测量"关后，读取摆轮的振幅值，并利用闪光灯测定受迫振动位移与强迫力间的相位差 φ。

调节强迫力矩周期电位器，改变电动机的转速，即改变强迫外力矩频率 ω。电动机转速的改变可按照 φ 控制在 10°左右来定。按"◄"或"►"键，选中"返回"，按确定键，重新回到图 5.7-6b 所示的状态。再次选中"强迫振荡"，进行多次测量。

5. 关机

在图 5.7-6b 所示的状态下，按住复位按钮保持不动，几秒钟后仪器自动复位，此时所做实验数据全部清除，然后按下电源按钮，结束实验。

【注意事项】

（1）在做强迫振荡实验时，调节仪器面板"强迫力周期"旋钮，从而改变电动机的转动周期，该实验必须做 1 次以上，其中必须包括电动机转动周期与自由振荡实验时的自由振荡周期相同的数值。

（2）在做强迫振荡实验时，必须待电动机与摆轮的周期相同（末位数差异不大于 2），即系统稳定后，方可记录实验数据。且每次改变了强迫力矩的周期，都需要重新等待系统稳定。

（3）因为闪光灯的高压电路及强光会干扰光电门采集数据，因此，必须待一次测量完成，显示测量关后，才可使用闪光灯读取相位差。测量相位时应把闪光灯放在电动机转盘前下方，按下闪光灯按钮，根据频闪现象来测量，仔细观察相位位置。不读相位差时，切勿按闪光灯开关，以免闪光灯管损坏。

（4）由于受迫振动位移落后于强迫力，所以作相频特性曲线时 φ 取负值。

（5）在共振点附近由于曲线变化较大，因此测量数据相对密集些，此时电动机转速的极小变化会引起 φ 的很大改变。电动机转速旋钮上的读数是一参考数值，建议在不同 ω 时记下此值，以便实验中快速寻找，待要重新测量时参考。

【数据记录和处理】

1. 摆轮振幅 θ 与系统固有周期 T_0 的关系（见表 5.7-1）

表 5.7-1　振幅 θ 与 T_0 关系

振幅 θ	固有周期 T_0/s	振幅 θ	固有周期 T_0/s	振幅 θ	固有周期 T_0/s

注：约 40 个数据。

2. 阻尼系数 β 的计算（见表 5.7-2）

表 5.7-2　阻尼振荡数据表　　　　　　　　　　阻尼档位_____

序　　号	振幅 $\theta(°)$	序　　号	振幅 $\theta(°)$	$\ln\dfrac{\theta_i}{\theta_{i+5}}$
θ_1		θ_6		
θ_2		θ_7		
θ_3		θ_8		
θ_4		θ_9		
θ_5		θ_{10}		
$\ln\theta_i/\theta_{i+5}$ 平均值				$\beta =$

$10T =$ _____ s　　　　　　　　　$\overline{T} =$ _____ s

利用式（5.7-9）对所测数据按逐差法处理，求出 β 值。

3. 幅频特性和相频特性测量

（1）将实验数据填入表 5.7-3，并查表 5.7-1，找出与振幅 θ 对应的固有周期 T_0，也填入表 5.7-3 中。表中的 $\varphi_{计算}$，可利用式（5.7-5）求得。

表 5.7-3　幅频特性和相频特性数据表　　　　　　阻尼档位_____

强迫力矩周期刻盘度值	强迫力矩周期 T	相位差 $\varphi_{测}$	角度振幅 $\theta_{测}$	与振幅 θ 对应的 T_0	$\dfrac{\omega}{\omega_0}$	$\varphi_{计算}$

注：约 12 行数据。

（2）以 (ω/ω_0) 为横轴，θ 为纵轴，作幅频特性曲线 $\theta - (\omega/\omega_0)$；以 (ω/ω_0) 为横轴，相位差 φ 为纵轴，作相频特性曲线 $\varphi - (\omega/\omega_0)$。

实验 5.8　半导体热电特性综合实验

本实验利用半导体综合测量仪测量半导体材料的热电特性，并学习智能化的综合测量和数据处理方法。实验中所采用的制冷、温控和测量半导体材料电输运参量的方法可用于生产和科学研究实践。本实验体现了电学、半导体物理和热学知识的综合作用。

【实验目的】

（1）了解半导体热敏电阻、PN 结电输运的微观机制及其与温度的关系。

（2）了解半导体制冷电堆的制冷原理和半导体热电偶的测温原理。

（3）测量半导体热敏电阻在恒定电流下的电压-温度曲线和 PN 结的正向压降和温度的关系曲线。

（4）掌握线性回归方法，利用实验曲线拟合得到热敏电阻的温度系数（热敏指数）和 PN 结的禁带宽度。

【实验仪器】

半导体热电特性综合实验仪。

【仪器介绍】

半导体热电特性综合实验仪由主控仪器箱（包括恒流源、电压电流测量及显示系统、制冷加热控制系统和计算机接口系统）和样品架（内装样品及制冷元件、加热元件、测温二极管）两部分组成。

样品架如图 5.8-1 所示。

其中样品室采用双层隔温罩密封，升温由黄铜载体内发热体提供热量，降温采用两级：一级为风冷，二级为 BiTe 系半导体制冷。这样，当需要低于室温时，两级同时工作，而当由高温回到室温时，则由风冷使其快速冷却，以便上下一节课的学生使用。采用黄铜作载体是因为其热导率高、热容适中。加热和冷却功率均可调节，在设定测温区间后机器自动调节、启动加热或制冷单元。测温元件、待测样品 PN 结和热敏电阻均固定在黄铜载体上，保证测量温度与样品温度一致，测温采用半导体热电偶集成组件，方便准确。

主控仪器箱面板如图 5.8-2 所示。

图 5.8-1 样品架装置图
1—样品室 2—样品座 3—待测半导体元件
4—测温元件 5—加热器 6—制冷片堆
7—散热器 8—接线盒

图 5.8-2 主控仪器箱面板图
1—通信接口 2—控制及测量接线口（加热电流，制冷电流，热敏电阻测量，PN 结测量，温控）
3—测量转换开关（V：热敏电阻；ΔV：PN 结） 4—手动设置按钮 5—启动（增调整）按钮
6—停止（减调整） 7—温度显示 8—电压显示 9—制冷电流显示

主控仪器箱电源在机箱后面，用通信接口 1 将仪器与计算机连接，通过计算机控制给样品通以恒定电流，并实时观测样品电压随温度的变化，在实时显示过程中，采用时间小区间积分取值消除样品由于热噪声和热惯性带来的示值跳跃。可存储或打印当次实验所有原始数据，并作数据分析。在脱机状态下也可进行实验，利用手动设置按钮 4、启动按钮 5 和停止按钮 6 来控制仪器，进行实验，并从面板 LED 读取温度、电压、电流值，数据保存于控制器中。

本机通过样品的恒定电流已经调整为 $20\mu A$。主控仪器箱的测量转换开关 3 选为 V 时电压窗口显示样品（硅热敏电阻）两端电压值；选为 ΔV 时电压窗口显示样品（PN 结）两端的电压值与背底电压的差值，背底电压已经调整为 390mV，比如：窗口显示 90mV，则样品（PN 结）两端的实际电压值是 480mV。

实验仪器可采用手动控制或计算机控制，数据可导出到 Excel 表格或纯文本文件中，以便用 Excel 直接处理或用 Matlab、Oringe 等工具处理。

【实验原理】

1. 热敏电阻的热电特性

半导体材料的热电特性最为显著，因此，也最常被用作温度传感器。一般而言，在较大的温度范围内，半导体都具有负的电阻温度系数。半导体的导电机制比较复杂，起电输运作用的载流子为电子或空穴。载流子的浓度受温度的影响很大，因此，半导体的电阻率受温度影响也很大。随着温度的升高，热激发的载流子数量增加，导致电阻率减小，因而呈现负的温度系数的关系。但是，实际应用的半导体往往通过掺杂工艺来提高半导体的性质，这些杂质原子的激发，同样对半导体的电输运性能产生很大的影响。同时在半导体中还存在晶格散射、电离杂质散射等多种散射机制，因此，半导体具有非常复杂的电阻温度关系，往往不能用一些简单的函数概括，但在某些温度区间，其电阻温度关系可以用经验公式来概括，如本实验中用的半导体热敏电阻，它的阻值与温度关系近似满足下式

$$R = R_0 e^{B\left(\frac{1}{T} - \frac{1}{T_0}\right)} \tag{5.8-1}$$

式中，R_0 为 T_0 时的电阻；R 是温度为 T 时的电阻；T 为热力学温度；B 为温度系数（热敏指数）。B 在工作温度范围内并不是一个严格的常数，但在我们的测量范围内，它的变化不大。将上式变形得到

$$\ln R = B \cdot \frac{1}{T} + C \tag{5.8-2}$$

以 $\ln R$ 为纵轴，$\frac{1}{T}$ 为横轴作图，直线的斜率即为 B 值。

2. PN 结的热电特性

由 PN 结构成的二极管和三极管的伏安特性对温度有很大的依赖性，利用这一点可以制造 PN 结温度传感器和晶体管温度传感器。本实验用的测温元件为二极管温度传感器。二极管的正向电流 I、电压 U 满足下式

$$I = I_s (e^{qU/kT} - 1) \tag{5.8-3}$$

式中，q 为电子电荷；k 为玻尔兹曼常数；T 为热力学温度；I_s 为反向饱和电流（和 PN 结材料的禁带宽度以及温度等有关），可以证明（见参考材料）

$$I_s = CT^r \exp\left(-\frac{qU_0}{kT}\right) \tag{5.8-4}$$

式中，C 是与结面积、杂质浓度等有关的常数；r 也是常数；U_0 为绝对零度时 PN 结材料的导带底和价带顶间的电势差，以下各式中 I 均指二极管的正向电流。

将式（5.8-4）代入式（5.8-3），由于 $e^{qU/kT} \gg 1$，两边取对数可得

$$U = U_0 - \left(\frac{kT}{q}\ln\frac{c}{I}\right) - \frac{kT}{q}\ln T^r \tag{5.8-5}$$

其中，非线性项 $\dfrac{kT}{q}\ln T'$ 相对甚小，可以忽略。

因此，式 (5.8-5) 可写为

$$U = U_0 + \alpha T \tag{5.8-6}$$

其中

$$\alpha = -\frac{k}{q}\ln\frac{c}{I} \tag{5.8-7}$$

α 为负值，如 $\alpha = -2.3\text{mV}/°\text{C}$ 即温度每升高 $1°\text{C}$，电压减小 2.3mV。这样，通过测量不同温度时二极管两端的正向电压可以测得温度，这正是 PN 结传感器的测温原理。通过实验可以测量 α 值，并利用其他温度计给它定标，从而制作一个二极管温度计。由电压温度曲线外推，还可求得 0K 时半导体材料的禁带宽度

$$E_{g0} = qU_0 \tag{5.8-8}$$

　　禁带宽度是半导体材料的一个重要参数，本实验所用的 Si 二极管半导体在 0K 时禁带宽度的公认值为 1.21eV。

　　3. 半导体的制冷原理

　　本实验用的制冷元件为半导体制冷电堆，材料的热电效应是半导体制冷的最基本依据，其中最主要为塞贝尔效应和帕尔贴效应。1821 年塞贝尔发现，在用两种不同导体组成的闭合回路中，当两个连接点温度不同时（$T_1 < T_2$），导体回路就会产生电动势，形成电流，这就是塞贝尔效应（图 5.8-3）。利用塞贝尔效应可以制作测量温度用的热电偶，热电偶温度计已经广泛用于生产实践中。1834 年，法国科学家帕尔贴在做了一个与塞贝尔效应相反的实验：用两种不同导体组成闭合回路，并通直流电，连接处出现了一端冷、一端热的现象，这就是帕尔贴效应。显然，帕尔贴效应就是塞贝尔效应的逆效应（图 5.8-4）。半导体制冷就是通过帕尔贴效应实现的。

图 5.8-3　塞贝尔效应　　　　　　　　　　图 5.8-4　帕尔贴效应

　　普通金属的帕尔贴效应非常微弱，制冷效果不理想。直到帕尔贴效应发现 130 多年后，即 20 世纪 60 年代，随着半导体技术的发展，科学家发现某些半导体的帕尔贴效应远强于普通金属，从此半导体制冷真正走向应用。

　　由三块金属板和一对电偶臂（由一块 P 型半导体和一块 N 型半导体构成），在通过图 5.8-5 所示的电流时，金属板 1 会从周围空间吸收热量，而金属板 2 和 3 会向周围空间放出热量。如果将金属板 1 作为工作端，就可以达到制冷的目的。如果将通过的电流反向，则金属板 1 会向周围空间放热，如果仍将金属板 1 作为工作端，就是制热器。制冷效率较好的半导体并不是我们在电子元件中常用的 Si 或 Ge 等为基的掺杂半导体，而是相对复杂的化合物

半导体，如 P 型的 Bi_2Te_3-Sb_2Te_3、AgTiTe、AgCuTiTe 及 N 型的 Bi-Sb 合金等。衡量半导体材料的热电性能用优值系数 Z 来表示，Z 是一个与材料的温差电动势、电导率、热导率等相关的参数。上述几种材料的 Z 值在 $3 \times 10^{-3}K^{-1}$ 左右，材料的 Z 值越大，则用其制作制冷器的制冷效率就越高。

一对半导体热电偶制冷量非常有限，为获得较大的制冷量，将多对半导体电偶通过串、并联的方式组合起来，形成半导体制冷电堆（图 5.8-6），使前一级的冷端是后一级的散热器，依次类推形成多级半导体制冷器，最后封装在两个绝缘但导热良好的陶瓷片之间，形成实用的半导体制冷器。本实验采用的就是 BiTe 系半导体制冷电堆，用它来实现对样品室的制冷。

图 5.8-5　半导体热电偶对　　　　　　图 5.8-6　串联二级半导体制冷电堆

半导体制冷电堆的制冷系数定义为

$$\eta = Q_0 / A \tag{5.8-9}$$

式中，Q_0 为单位时间制冷电堆吸收的总热量；A 为单位时间内制冷电流做的总功。目前半导体制冷器的制冷系数已经达到 2.0 左右，低于普通压缩式空调的制冷系数，使其在家用空调冰箱方面的应用受到了限制。但半导体制冷器具有不使用制冷剂、不污染环境、体积小、重量轻，结构简单，容易操作、无机械噪声、无摩损、运行可靠等有优点，因此，广泛用于各行业（如计算机 CPU 降温，各种发热电子元器件降温，运动粘度测试仪，凝固点测试仪，医用手术冷切刀，冷热饮水机，以及用于潜水艇、飞机机舱、高速列车车厢的半导体空调、冰箱等）中。

【实验内容】

1. 测量通过恒定电流的热敏电阻的电压-温度曲线

（1）在仪器未通电的情况下，连接仪器和样品池的连接线，注意连接线的标志不能接错。连接仪器和计算机的通信线，将测量选择开关置"V"档。

（2）检查接线连接无误后，再打开仪器的电源开关，面板应显示当前样品池的温度和样品的电压值，启动计算机程序。

（3）点击"设置"按钮，设置"开始温度"和"结束温度"，默认温度为 10~70℃，一般低温不要低于0℃，高温不要高于80℃。

（4）点击"开始"按钮，仪器进入测量工作状态，自动调整温度到"开始温度"，再加温，测量时每增加1℃，机器的"运行"灯闪动一下并伴一声蜂鸣。

（5）到达所设"结束温度"，测量结束并自动停止加热。

（6）导出数据，利用计算机 Excel 等软件处理数据并画图打印。

（7）待样品温度冷却到40℃以下，可以进行后面的实验内容。

2. 测量通过恒定电流时 PN 结的电压-温度曲线

（1）将测量选择开关置 "ΔV" 档。

（2）面板显示的当前样品池的温度若低于 40℃，则启动计算机程序，重复实验内容 1 中的（3）~（6）步。

（3）关闭仪器电源和计算机。

如果实验室未提供计算机，本实验也可以通过手动完成。实验操作的主要步骤为：

（1）在仪器未通电的情况下，连接仪器和样品池的连接线，注意连接线的标志不能接错。连接仪器和计算机的通信线，将测量选择开关置 "V" 档。

（2）检查连接线无误后打开仪器的电源开关。

（3）按"设置"按钮显示屏显示 0010 STAR，代表设置开始温度，通过 "＋"、"－" 按钮修改成要设定的初始温度。再按"设置"按钮，显示屏显示 0080 END，代表设置结束温度，通过 "＋"、"－" 按钮修改成要设定的结束温度。再按"设置"按钮，显示屏显示 0000 SET，代表设置模式，可不作设置。再按"设置"按钮，显示屏显示当前样品池的温度和样品的电压值，退出设置状态。

（4）按"开始"按钮，仪器进入测量状态，自动调整温度到初始温度，再加热、测量，到结束温度自动停机。在测量时，温度每到一整度时"运行"灯闪动一下，并伴一声蜂鸣，这时，应手动记录温度和电压值作为测量数据，进行手动计算和分析。

（5）手动测量完毕，测量的结果也保存在仪器中，可通过计算机专用软件一次读出进行计算、分析和打印。

（6）关闭仪器电源，整理实验结果。

【注意事项】

（1）主控实验箱和样品架的接线盒必须连接准确，开机前要仔细检查对应接口连线是否正确。

（2）中途故障或在进行新的实验项目前，注意样品室的温度要冷却到 40℃ 以下才可以进行，否则，容易损坏制冷电堆。

【数据处理】

1. 测量通过恒定电流的热敏电阻的电压-温度曲线

（1）画出热敏电阻的电压-温度曲线（打印或用坐标纸作图）。

（2）通过热敏电阻的恒定电流为 $20\mu A$，将测量得到的电压值转化为热敏电阻的阻值，并取自然对数，作出 $\ln R$-$1/T$ 曲线（打印或用坐标纸作图），根据式（5.8-2），利用最小二乘法拟合直线的斜率，从而测得热敏电阻的温度系数 B。

2. 测量通过恒定电流时 PN 结的电压-温度曲线

（1）利用背底电压（390mV）换算 PN 结两端的实际电压 $U = 390\text{mV} + \Delta U$（测量值）。

（2）作出 V-T 图，利用式（5.8-6），通过计算机线性拟合得到直线的斜率（α）和截距（U_0）。

（3）根据式（5.8-8）计算半导体的禁带宽度。

【思考题】

（1）举例说明几种测量温度的方法。

（2）半导体制冷的原理是什么，如何测量半导体制冷电堆的制冷系数？

【参考材料】

对于 P * N 结（P * 指 P 区为重掺质），在杂质导电范围内，I_s 的表达式为

$$I_s = AqP_N \, (D_P/L_P)$$

式中，A 为表面积；P_N 为 N 区的少数载流子（空穴）的平均浓度；L_P 为空穴扩散长度；D_P 为扩散系数。P_N、L_P 和 D_P 均随温度变化。根据热平衡公式 $np = n_i^2$（其中，p 为半导体空穴的平均浓度；n 为半导体电子的平均浓度；n_i 为本征载流子浓度），把 N 区施主浓度用 N_D 来表示，当温度足够高时，有 $n \approx N_D$，$p = P_N$，则

$$P_N = n_i/N_D \propto \left[\frac{1}{N_D} \right] T^3 \exp(E_g(0)/KT)$$

式中，$E_g(0)$ 为绝对零度时的禁带宽度。

利用 $L_P = \sqrt{D_P\tau}$（τ 为少数载流子的寿命）和爱因斯坦关系 $D_P = (KT/q) \cdot \mu_P$（μ_P 为空穴转移率），将 D_P/L_P 化为 T 的函数，则 I_s 可改写为如下形式

$$I_s = CT^r \exp(-qU_0(0)/KT)$$

其中，r 的数值取决于少数载流子迁移率对温度的关系，通常取 $r = 3.4$；U_0 为绝对零度时 PN 结材料的导带底和价带顶之间的电势差。

第 6 章　设计性实验

引言

设计性实验是对学生进行科学实验训练的提高内容，是从基础教学实验向研究性科学实验过渡的桥梁。

设计性实验的任务是进一步培养和提高学生的科学实验能力和素养，着重培养和训练学生在工程技术和科学实验方面的设计能力、动手能力、分析问题和解决问题的能力，提倡和培养敢于创新的精神。

(1) 设计能力　能根据课题要求自行查阅文献资料，依据实验原理设计实验方案，确定实验参数，选择配套仪器，拟定实验程序。

(2) 对实验知识的应用能力　能根据已经拟定的实验程序进行正确测量，能分析判断实验中出现的问题，并设法排除实验故障，完成预定方案。

(3) 分析和解决问题的能力　能对实验现象及结果进行分析判断和解释，对实验中出现的与预想不符的现象进行解释，并能把物理实验的现象上升到理论高度来认识，找出解决问题的办法。

(4) 撰写科研论文的能力　能根据实验情况写出条理清楚的报告，并对实验结果进行有一定深度的讨论。

(5) 创新精神　敢于提出自己的设想，并创造条件付诸实践。

学生通过自行设计物理实验，不仅可以加深对物理学原理的理解，提高对物理规律本质的认识，而且能够初步掌握科研实验的程序。通过实验培养学生理论联系实际和实事求是的科学作风、严肃认真的工作态度、勇于克服困难的研究探索精神、团结协作的优良品德。培养与提高学生的科学实验能力和科学实验素养，使学生逐步具备科学研究的能力。

1. 设计性实验的基本环节

(1) 设计实验方案　课前根据课题的任务和要求自行查阅文献资料，设计实验方案，选择合适的仪器，拟定实验程序，论证实验设计方案的可行性。

实验方案应包括：实验名称、实验要求、实验原理、选用仪器设备的规格参数及依据和实验步骤。

(2) 实施实验方案　根据拟定的实验方案和程序，在实验室完成观测任务。如果实验室无法提供方案中所选仪器的型号、规格，则应更改仪器的型号、规格或修改、调整实验方案。使实验得以实施。

(3) 完成实验报告　实验报告是对实验工作的全面总结，完成实验观测任务后应及时写出实验报告。实验报告应包含以下内容。

1) 实验名称、实验目的、任务和要求。

2) 实验原理。

3）实验选用的仪器设备及确定的规格参数。

4）实验内容和步骤。

5）实验数据记录表格及数据处理。

6）实验结果及分析，评价实验方案，提出改进意见。

7）参考资料或参考文献。

实验报告最好以小论文的形式完成。

2. 设计性实验的基本知识

为制定实验方案，首先必须根据实验任务和要求查阅有关资料。有关物理和物理实验方面的书籍和杂志都是查阅的重点。学生应充分利用图书馆、阅览室、资料室的图书资料。为制定实验方案作理论上的准备。制定方案的步骤确定实验方法，选配测量仪器、确定测量条件。

（1）确定实验方法　实验方法的确定就是根据物理原理建立被测量和可测量之间的关系。对同一实验题目，往往有多种实验方法可以完成。例如测量一个未知电阻，可以用伏安法、电桥法、电势差计法，也可以用万用电表直接测量。在实验中要根据测量要求选择最佳的实验方法。测量电阻在要求不高时可选择用万用电表直接测量或用伏安法测量。若要测量精确一些，可以用电桥法或电势差计法测量。

确定实验方法的原则是实验操作上可行，在实验室条件允许和保证实验精度要求的前提下，经济上尽量节省。降低实验成本也是设计过程中必须考虑的一个重要因素。

实验仪器选择确定后，对某一物理量的测量，如果有多种方法可以选择，则应选取测量结果不确定度最小的那种方法。

（2）选配测量仪器　主要原则是：确定不确定度分配方案；根据不确定度分配方案选择测量仪器和有关参数。

不确定度分配是根据不确定度均分原理来进行的。

1）等作用原则（参看本书第 1.2.6 节）。

例 6.0-1　用伏安法测量金属膜电阻的阻值 R，要求 $\dfrac{u_C(R)}{R} \leqslant 1\%$，已知该电阻 R 的标称值为 1000Ω，额定功率为 $1/8\mathrm{W}$，问应该选用什么规格的电流表和电压表来测量？

【解】

$$R = \frac{U}{I}$$

$$\frac{u_C(R)}{R} = \sqrt{\left(\frac{u_C(U)}{U}\right)^2 + \left(\frac{u_C(I)}{I}\right)^2}$$

根据不确定度的等分配原则知

$$\frac{u_C(U)}{U} \leqslant \frac{E_R}{\sqrt{2}}$$

所以，

$$\frac{u_C(U)}{U} \leqslant \frac{1\%}{\sqrt{2}} = 0.7\%,\ u_C(U) \leqslant 0.7\% U$$

$$\frac{u_C(I)}{I} \leqslant \frac{E_R}{\sqrt{2}}$$

所以，
$$\frac{u_C(I)}{I} \leqslant \frac{1\%}{\sqrt{2}} = 0.7\% , u_C(I) \leqslant 0.7\% I$$

金属膜电阻额定功率为 1/8W，额定电流为

$$I = \sqrt{\frac{P}{R}} = 11.2\text{mA}$$

测量电流可在 $0 \sim 11\text{mA}$ 范围内取，当电流为 11mA 时，不确定度最大，为
$$u_C(I) = 0.7\% \times 11.2\text{mA} = 0.08\text{mA}$$

此时
$$\Delta_{仪} = u_C(I) \sqrt{3} = 0.08\sqrt{3}\text{mA} = 0.14\text{mA}$$

故可选取 $\Delta_{仪} \leqslant 0.14\text{mA}$ 的电流表来测量。这种选择可以有多种。

①选择量程为 $I_m = 15\text{mA}$，级别为 0.5 级的电流表。

则 $\Delta_{仪} = 15\text{mA} \times 0.5\% = 0.075\text{mA} \leqslant 0.14\text{mA}$

②选择量程为 $I_m = 5\text{mA}$，级别为 1.5 级的电流表。

则 $\Delta_{仪} = 5\text{mA} \times 1.5\% = 0.075\text{mA} \leqslant 0.14\text{mA}$

以上两个表都能满足测量不确定度的要求，但在用第二个电流表做实验时，要注意选择实验的电源电压，使得电路中的电流不能超过所选电流表的量程。

同理，电压表也可选择量程为 15V，级别为 0.5 级或量程为 5V，级别为 1.5 级的两种规格。

2）不等作用原则：等作用原则固然是一种较好的不确定度分配原则，但对不同的测量来讲，不一定都合理，因为有些物理量比较容易进行精密测量，而有些物理量则较难实现精密测量。所以，在设计实验时应根据实际情况对不确定度分配进行调整。对那些难以进行精密测量的物理量，适当分配较大的不确定度，而对那些容易实现精密测量的物理量分配较小的不确定度。

在进行实验时，选择什么规格的仪器要根据实验室的具体情况而定。值得注意的是，选择仪器并非仪器的精度越高越好，因为仪器的精度越高，对操作、环境条件等方面的要求也越高。如果使用不当，反而不能得到理想的结果。另外，精度低的仪器能满足要求而非要使用精度高的仪器，也是一种浪费。因此，在能保证测量精度要求的条件下，尽量选择和配置经济上最合理的测量仪器。

（3）选择测量条件　在测量方法、测量仪器及环境条件确定后，合理选择测量条件可以最大限度地减小测量不确定度。这个最有利的测量条件可以由不确定度函数各对自变量求导或偏导，并令其一阶导数为零即可求出相应的参数，此时若二阶导数大于零，则函数有极小值，不确定度最小，说明该条件是最有利条件。

图 6.0-1　滑线式电桥电路

例 6.0-2　用滑线式电桥测电阻，线路如图 6.0-1 所示。问滑线电阻的滑键在什么位置时，能使得滑线式电桥的测量精度最高？

【解】　电桥平衡时有

$$R_x = \frac{b}{a}R_0 = \frac{b}{L-b}R_0$$

其中，R_0 为精度很高的标准电阻，可视为

$$u_C(R_0) = 0$$

根据标准不确定度传播公式得，$E_{R_x} = \dfrac{u_C(R_x)}{R_x} = \dfrac{L}{b(L-b)} u_C(b)$

$$\frac{\mathrm{d}E_{R_x}}{\mathrm{d}b} = \frac{L(2b-L)}{b^2(L-b)^2} u_C(b)$$

令　　　　　　　　　　　　$\dfrac{\mathrm{d}E_{R_x}}{\mathrm{d}b} = 0$，得 $2b - L = 0$。

故 $b = \dfrac{L}{2}$，且可以证明 $\dfrac{\mathrm{d}^2 E_{Rx}}{\mathrm{d}b^2} > 0$。

所以，当 $a = b = L/2$ 时，相对不确定度最小，此即滑线式电桥的最佳测量条件。

例 6.0-3　用光栅测定光波的波长时，选择什么样的光栅和测量条件，才能减小测量不确定度？

【解】　由光栅方程

$$d\sin\varphi = k\lambda$$

得　　　　　　　　　　　　$\lambda = \dfrac{d\sin\varphi}{k}$

波长的相对不确定度公式为

$$\frac{u_C(\lambda)}{\lambda} = \cot\varphi \cdot u_C(\varphi)$$

从上式可以看出，对一定的衍射角的测量不确定度 $u_C(\varphi)$ 来说，只有增大衍射角才能减小波长的相对不确定度。从光栅方程可知，增大衍射角有两个途径。

1）提高观察衍射线的级别。如果手头只有一个光栅，即光栅常数 d 是一定的，则观测衍射线的级别 k 越高，φ 越大，$\dfrac{u_C(\lambda)}{\lambda}$ 越小。

2）减小光栅常数。如果手头有光栅常数各不相同的光栅，则选择光栅常数 d 越小的光栅，$\dfrac{u_C(\lambda)}{\lambda}$ 越小。

（4）设计实验方案举例

例 6.0-4　弹簧劲度系数的测定。

已知弹簧的劲度系数 k 约为 4N/m，质量可略，其最大伸长量不得超过 30cm，并要求振子的振幅限定在 5~4cm 之间，已知每次振幅衰减为前次的 90%。现提供分度值为 0.2s 的秒表和三个可独立悬挂于弹簧下端的砝码：(50.00 ± 0.02)g，(100.00 ± 0.02)g，(200.00 ± 0.05)g。要求测量的相对不确定度 $\dfrac{u_C(k)}{k} < 1\%$。

【解】　1）实验原理　由弹簧振子的周期公式

$$T = 2\pi \sqrt{\frac{m}{k}} \tag{6.0-1}$$

式中，m 是砝码的质量，k 是弹簧的劲度系数，得

$$k = 4\pi^2 \frac{m}{T^2} \qquad (6.0\text{-}2)$$

选定 m，测出 T，即可由式(6.0-2)算出 k。

2）实验参数的选择

①砝码的选择　因为弹簧的最大伸长量不得超过 30cm，根据胡克定律，有

$$m_{\max} \leqslant \frac{k\Delta l_{\max}}{g} = \frac{4 \times (0.30 - 0.05)}{9.8}\text{kg} \leqslant 0.10\text{kg}$$

可初选 50g 和 100g 的砝码。

②周期测量条件的选择

由式(6.0-1)可知

当 $m = 50$g 时，$T = 2\pi\sqrt{\dfrac{0.05}{4}}\text{s} \approx 0.7\text{s}$

当 $m = 100$g 时，$T = 2\pi\sqrt{\dfrac{0.1}{4}}\text{s} \approx 1.0\text{s}$

对于单次测量　　　　　　　$u_C(T) = \dfrac{0.2}{\sqrt{3}}\text{s} = 0.1\text{s}$

k 的相对不确定度为　　$\dfrac{u_C(k)}{k} = \sqrt{\left[\dfrac{u_C(m)}{m}\right]^2 + \left[\dfrac{2u_C(T)}{T}\right]^2} \qquad (6.0\text{-}3)$

若用 50g 砝码，

则　　　　$\dfrac{u_C(k)}{k} = \sqrt{\left(\dfrac{0.02}{50\sqrt{3}}\right)^2 + \left(\dfrac{2 \times 0.1}{0.7}\right)^2} = 29\%$

若用 100g 砝码，

则　　　　$\dfrac{u_C(k)}{k} = \sqrt{\left(\dfrac{0.02}{100\sqrt{3}}\right)^2 + \left(\dfrac{2 \times 0.1}{1.0}\right)^2} = 20\%$

由上面的计算可见，弹簧的劲度系数 k 测量的不确定度主要来源于对弹簧振子的周期 T 的测量，要想减小 T 的测量不确定度，必须采用累计测量法。

因为砝码精度较高，所以在式(6.0-3)中暂将砝码的不确定度项略去，有

$$\frac{u_C(k)}{k} \approx \frac{2u_C(T)}{T}$$

根据设计要求　　　　　　$\dfrac{u_C(k)}{k} < 1\%$

所以　　　　　　　　　　$\dfrac{u_C(T)}{T} < 0.5\%$

设测 n 个周期，即 $t = nT$，代入式(6.0-2)得

$$k = 4\pi^2 n^2 \frac{m}{t^2} \qquad (6.0\text{-}4)$$

显然　　$\dfrac{u_C(k)}{k} = \sqrt{\left[\dfrac{u_C(m)}{m}\right]^2 + \left[\dfrac{2u_C(t)}{t}\right]^2} < 1\% \qquad (6.0\text{-}5)$

仍有　　　　　　　　　　$\dfrac{u_C(t)}{t} < 0.5\% \qquad (6.0\text{-}6)$

又 $u_C(t) = \dfrac{0.2}{\sqrt{3}}s = 0.1s$，代入式(6.0-6)得

$$t > 20s$$

当取 $m = 50g$ 时，$T \approx 0.7s$，所以要累计次数 $n \geqslant \dfrac{20}{0.7} = 29$ 次，

当取 $m = 100g$ 时，$T \approx 1.0s$，所以要累计次数 $n \geqslant \dfrac{20}{0.9} = 20$ 次。

当 $n = 29$ 次时，振幅由 5cm 衰减为 $5cm \times (99\%)^{29} \approx 3.7cm < 4cm$，

当 $n = 20$ 次时，振幅由 5cm 衰减为 $5cm \times (99\%)^{20} \approx 4.1cm$。

显然，只有取 $m = 100g$ 才能满足要求。

由振幅的最小值 4cm 可以定出 n 的最大值，

$$4 = 5 \times (99\%)^n$$

$$n = \frac{\ln 0.8}{\ln 0.99} = 22$$

故，选择 $m = 100g$ 的砝码，将其悬挂于弹簧下，构成弹簧振子，令初始振幅为 5cm，测 20~22 个周期的时间，代入式(6.0-2)，即可算出 k，并满足设计题目所要求的 $\dfrac{u_C(k)}{k} < 1\%$。

物理实验的内容十分广泛，实验方法和手段也十分丰富，同时在实际工作中还要受到客观条件限制和各种因素的影响。因此，很难总结出一套完整的、普遍实用的方法，这里介绍的只是一些原则，希望能有所启发，要真正掌握这方面的内容，必须通过大量的实践，不断地总结和积累经验。

实验 6.1 测定冰的熔解热

【实验目的】

（1）学会使用量热器和温度计。

（2）了解相变的热过程。

（3）学会用混合法测定冰的熔解热。

【实验仪器】

（1）WL—05 型物理天平一台。

（2）温度计一支（分度值：1℃，测量范围：-5~100℃）。

（3）量热器一个。

（4）冰、水若干。

【实验提示】

物质相变时一般要吸收（或放出）热量，称为相变潜热。单位质量的物质，在熔点时，由固体状态完全熔解为同温度的液体状态所需要吸收的热量，叫做该物质的熔解热，这就是一种相变潜热。

将质量为 m、温度为 0℃ 的冰投入到质量为 m_1、温度为 t_1（℃）的水中，冰全部熔解为水

后，达到热平衡的温度为 $t_2(\text{℃})$。已知水的比热容为 $c_1 = 4.18 \times 10^3 \text{J/kg} \cdot \text{℃}$，量热器内筒和搅拌器总质量为 m_2，铜的比热容为 $c_2 = 3.85 \times 10^2 \text{J/kg} \cdot \text{℃}$。如果实验系统为孤立系统，并忽略温度计的热容量，设 λ 为冰的熔解热，则有

$$(c_1 m_1 + c_2 m_2)(t_1 - t_2) = m\lambda + c_1 m t_2$$

【设计要求】

（1）设计测量冰的熔解热的实验方案，并测量冰的熔解热。

（2）根据实验原理进行数据处理和不确定度分析。

【思考题】

（1）如果投冰时冰表面的水没擦干净，会使实验测得的熔解热值 λ 比实际值偏大还是偏小？

（2）如何判断筒内的冰完全熔解了？

（3）如果在投放冰时，不慎将水溅出来一些，这会使实验测得的熔解热值 λ 比实际值偏大还是偏小？

实验 6.2　滑线变阻器的分压特性研究

【实验目的】

（1）测定滑线变阻器的分压特性曲线。

（2）研究用滑线变阻器组成分压器时电路的分压特性。

【实验仪器】

（1）滑线变阻器 1 个，全电阻为 420Ω，额定电流为 $0.8A$。

（2）ZX—21 电阻箱 1 个（详见本书 2.5.4 节）。

（3）MF9 型万用电表 1 只。

（4）稳压电源 1 个。

【设计要求】

（1）以电阻箱为负载电阻，设计一个用滑线变阻器组成分压器的电路，要求电路的输出电压从零开始连续可调。

（2）设负载电阻的阻值为 R_L，滑线变阻器的全电阻为 R_0，在 $\dfrac{R_L}{R_0} = 10$、1、0.1、0.01 四种情况下，改变滑线变阻器滑动头的位置（要求选取 $8 \sim 10$ 个测量点），测出负载上的电压 U_L，研究电路输出电压的变化。

（3）设加在滑线变阻器上的电压为 U，滑线变阻器的分压电阻为 R，以 $\dfrac{R}{R_0}$ 为横坐标，以 $\dfrac{U_L}{U}$ 为纵坐标，画出 $\dfrac{R_L}{R_0} = 10$、1、0.1、0.01 四种情况下的变化曲线。

（4）由实验曲线分析用滑线变阻器组成分压器时负载电压的变化规律，给出结论。

【实验提示】

（1）在实验中，根据电阻箱的额定功率，选择合适的电源电压，保证电阻箱的安全。

（2）用万用电表测量电阻 R 时，应断开电路。

【思考题】

用滑线变阻器组成分压器时，电路的分压特性是什么？

实验 6.3　伏安法测电阻

【实验目的】

（1）掌握伏安法测量电阻的两种接线方法及其适用条件。

（2）学会测量电子元件的伏安特性曲线。

（3）掌握电表、滑线变阻器的使用方法。

【实验仪器】

（1）1.5级、0～5mA电流表一块。

（2）1.5级、0～100mA电流表一块。

（3）1.5级、0～5V电压表一块。

（4）总阻值420Ω的滑线变阻器一个。

（5）示值50Ω、1000Ω的待测电阻各一个。

（6）单刀单掷开关、单刀双掷开关各一个。

【设计要求】

（1）分析电流表内接、电流表外接的误差，分别给出两种接法时待测电阻的修正公式。

（2）设计伏安法测电阻的电路。

（3）分析两种接法的接入误差，对两个待测电阻分别确定接线方法。

（4）测量要求及数据处理：

1）选择合适接法，测一个电阻，进行误差分析。

2）测另一个电阻的伏安特性曲线，利用伏安特性曲线和最小二乘法计算电阻。

【实验提示】

测出电阻两端的电压 U 和通过电阻的电流 I，根据欧姆定律，可求得电阻 $R = \dfrac{U}{I}$。但由于电表存在内阻，用伏安法测电阻存在系统误差，要注意进行修正。

1. 电流表内接法（图6.3-1a）

a)　　　　　　　　　　　　　b)

图 6.3-1　电流表的两种接法

测量结果的修正值：$R_x = \dfrac{U}{I} - R_A$，方法误差：$E_内 = \dfrac{R - R_x}{R_x} = \dfrac{R_A}{R_x}$。

可见当 $R_x \gg R_A$ 时，误差小，内接法适合测大电阻。

2. 电流表外接法（图 6.3-1b）

测量结果的修正值：$R_x = \dfrac{U}{I - \dfrac{U}{R_V}}$，方法误差：$E_外 = \dfrac{R - R_x}{R_x} = \dfrac{-R_x}{R_x + R_V}$。

可见当 $R_x \ll R_V$ 时，误差小，外接法适合测小电阻。

若 $E_内 = E_外$，则 $\dfrac{R_A}{R_x} = \dfrac{R_x}{R_x + R_V}$，即 $R_x^2 = R_A R_x + R_A R_V$。所以，当 $R_A \ll R_x$、$R_x \ll R_V$ 时，$R_x \approx \sqrt{R_A R_V}$，故 $R_x > \sqrt{R_A R_V}$ 时，用内接法；$R_x < \sqrt{R_A R_V}$ 时，用外接法。

【思考题】

（1）对标称值 1000Ω 的待测电阻，用哪种接法测量较好？

（2）用伏安法的电流表内接电路测电阻时，有人认为：因为 $E_内 = \dfrac{R_A}{R_x}$，所以，$R_x \pm u_C(R_x) = R_x \pm R_A$。你认为对吗？为什么？

（3）用伏安法测标称值 $R = 36\Omega$、功率 $P = \dfrac{1}{4}\text{W}$ 的电阻，要求 $\dfrac{u_C(R)}{R} \leqslant 1.5\%$，应选哪种规格的电表？

实验 6.4　电表的改装与校准

【实验目的】

（1）掌握改装电表的原理和方法。

（2）学习电表校准的基本知识。

【实验仪器】

（1）微安表（1.5 级，$100\mu\text{A}$）1 块。

（2）直流稳压电源（$0 \sim 30\text{V}$，1A）1 个。

（3）滑线变阻器（420Ω，1A）1 个。

（4）zx21 型电阻箱 1 个。

（5）直流电流表（0.5 级）1 块。

（6）直流电压表（0.5 级）1 块。

（7）单刀开关、导线等。

【设计要求】

（1）将微安表改装为 10mA 的电流表。

（2）将微安表改装为 3V 的电压表。

（3）说明改装原理。

（4）分别对改装的电流表和电压表进行校准。画出校准电路图，作出校准曲线。

（5）确定改装表的准确度等级。

改装表的等级按下式计算

$$a_{改} = \left| \frac{\Delta X_{max}}{X_m} \right| \times 100 \tag{6.4-1}$$

式中，ΔX_{max} 为标准表的读数与改装表相应读数的最大差值；X_m 为改装表的量程。

确定改装表的准确度等级必须遵循如下两个原则：

1）当计算出的 $a_{改}$ 值在国家标准所规定的准确度等级的两个级别之间时，取较低的级别作为改装表的等级。

2）当计算出的 $a_{改}$ 值小于原表头的级别时，采用原表头的级别作为改装表的等级。

表 6.4-1 是磁电式仪表准确度等级的国家标准。

表 6.4-1　磁电式仪表准确度等级

国 家 标 准	准确度等级										
GB 7676.2—87	0.05	0.1	0.2	0.3	0.5	1	1.5	2	2.5	3	5

【思考题】

（1）在校准改装好的电表时，标准表已调到满量程，而改装表尚未达到满量程，应该如何调节电阻？

（2）在校准改装好的电表时，改装表已调到满量程，而标准表尚未达到满量程，应该如何调节电阻？

（3）在实验过程中，如何保护标准表和微安表？

实验 6.5　用交流电桥测电阻

【实验目的】

（1）了解电桥平衡原理，掌握调节交流电桥平衡的方法。

（2）学习用不同仪器判断交流电桥的平衡状态。

【实验仪器】

（1）XD—2 信号发生器 1 台。

（2）交流毫伏表 1 块。

（3）示波器 1 台。

（4）万用表 1 块。

（5）标准电阻箱 3 个。

（6）待测电阻 2 个。

（7）滑线变阻器 1 个。

（8）开关及导线。

【设计要求】

（1）合理选择测量仪器和量程，用两种方法测电阻，分别设计测量电路，画出电路图。

（2）根据实验原理进行数据处理和误差计算。

（3）写出完整的实验报告。

【思考题】

(1) 交流电桥与直流单臂电桥相比，有哪些不同？

(2) 能用几种仪器判断交流电桥是否平衡？现象是什么？

实验6.6　半导体光电特性的研究

【实验目的】

(1) 了解半导体器件的工作原理。

(2) 学习半导体光电器件伏安特性的测量方法。

(3) 掌握数字万用表的使用。

【实验仪器】

(1) 半导体光电特性综合实验仪 1 台。

(2) 数字万用表 2 个（UT56 型为 4 位半数字万用表，UT39 型为 3 位半数字万用表）。

(3) 发光二极管（简称 LED）5 个（红、黄、绿、蓝、白各 1 个）。

(4) 短接桥 2 个。

(5) 固定电阻 3 个（100Ω，1kΩ，10kΩ 各 1 个）。

(6) 可变电阻 1 个（4.7MΩ）。

(7) 标准导线 6 根。

半导体光电特性综合实验仪由半导体光电实验组件和面包板两部分组成。光电实验组件包括太阳能电池组件、光敏电阻组件和可调电压部分。可调电压主要为光敏电阻和非线性元件的测量提供电源。面包板区由若干个小孔"孤岛"组成，每个"孤岛"中的小孔之间由内部的铜条连通，使孤岛中的每个小孔都是等电势的。

【设计要求】

(1) 设计测量太阳电池伏安特性的实验方案，并计算其填充因子。

(2) 测量光敏电阻的伏安特性，计算在一定光照度下光敏电阻的阻值。

(3) 测量发光二极管的伏安特性，计算发射光波的波长。

【实验提示】

1. 太阳电池的填充因子

填充因子 FF 为太阳电池的重要表征参数，FF 越大说明太阳电池输出的功率越高。FF 定义为太阳电池的最大输出功率与开路电压和短路电流乘积的比值

$$FF = \frac{P_m}{U_{OC}I_{SC}} = \frac{U_m I_m}{U_{OC}I_{SC}} \tag{6.6-1}$$

式中，$P_m = U_m I_m$，P_m 为太阳电池加上负载后的最大输出功率；I_m 和 U_m 分别称为最佳工作电流和最佳工作电压，I_{SC} 和 U_{OC} 分别为短路电流和开路电压。

2. 光敏电阻的伏安特性

光敏电阻就是基于内光电效应的一种光电元件。当光敏电阻两端加上电压 U 后，光电流为

$$I_{ph} = \frac{A}{d} \cdot \Delta\sigma \cdot U \tag{6.6-2}$$

式中，A 为与电流垂直的截面积；d 为电极间的距离。由式（6.6-2）可知，光照度一定时，光敏电阻两端所加电压与光电流之间为线性关系，呈电阻特性，其斜率可反映为该光照下的阻值状态。电阻性元件用其端电压 U 与通过它的电流 I 之间的函数表征的特性称为电阻的伏安特性。

3. 非线性元件的光电特性

满足欧姆定律 $U = RI$ 的电阻，若加在其两端的电压 U 与通过电阻的电流 I 成线性关系，则这种电阻叫线性电阻。但是，很多器件的电压与电流不满足线性关系，这种电阻叫非线性电阻。非线性电阻的伏安特性总是与一定的物理过程相联系，如发热、发光、能级跃迁等。发光二极管就是一种非线性元件，它由半导体发光材料制成，其发出光波的波长与材料的禁带宽度 E 相对应。由量子力学理论 $E = eV = h\nu$ 可知，对于可见光，发光二极管的开启电压为 $1.5 \sim 3V$。当加在发光二极管两端的电压小于开启电压时，发光二极管不会发光，也没有电流流过。电压一旦超过开启电压，电流急剧上升，二极管处于导通状态并发光，此时电流与电压呈线性关系，直线与电压坐标的交点可以认为是开启电压。

【思考题】

（1）在研究半导体光电器件的伏安特性时，选用哪一个万用表测电流会使结果更精确？

（2）在进行光敏电阻伏安特性的测量时，若改变偏振片的放置方向，即改变偏振化方向，则测得的光敏电阻的阻值是否相同？为什么？

（3）试总结发光二极管的伏安特性。

第 7 章　研究性实验

实验 7.1　用箔式应变片测试应变梁的变形

传感器是物理实验测量的敏感元件，是自动检测和自动控制的基础单元。CSY 传感器系统实验仪集被测体、各种传感器、信号激励源、处理电路和显示器于一体，组成了一个完整的测试系统。能完成包含光、磁、电、温度、位移、振动、转速等内容的测试实验。

【实验目的】

（1）观察了解箔式应变片的结构及粘贴方式。

（2）测试应变梁变形的应变输出。

（3）了解单臂直流电桥的原理，比较各桥路间的输出关系。

（4）研究如何用箔式应变片测试应变梁的变形。

【实验仪器】

直流稳压电源（±4V 档）、电桥、差动放大器、箔式应变片、测微头、（或双孔悬臂梁、称重砝码）、电压表

【仪器介绍】

CSY10 型传感器系统实验仪是多功能教学仪器。其特点是集被测体、各种传感器、信号激励源、处理电路和显示器于一体，可以组成一个完整的测试系统。能完成包含光、磁、电、温度、位移、振动、转速等内容的测试实验。通过这些实验，可对各种不同的传感器及测量电路原理和组成有直观的感性认识。

实验仪主要由实验工作台、处理电路、信号与显示电路三部分组成。

（1）位于仪器顶部的实验工作台部分，左边是一副平行式悬臂梁，梁上装有应变式、热敏式、P-N 结温度式、热电式和压电加速度五种传感器。

平行梁上梁的上表面和下梁的下表面对应地贴有八片应变片，受力工作片分别用符号 ↑ 和 ↓ 表示。其中六片为金属箔式片（BHF-350）。横向所贴的两片为温度补偿片，用符号 ↔ 和 —*— 表示。片上标有"BY"字样的为半导体式应变片，灵敏系数 130。

测微头装在右边的支架上。

（2）信号及仪表显示部分：位于仪器上部面板。

直流稳压电源：±15V，提供仪器电路工作电源和温度实验时的加热电源，最大输出电流 1.5A。±2V ~ ±10V，档距 2V，分五档输出，提供直流信号源，最大输出电流为 1.5A。

数字式电压/频率表：$3\frac{1}{2}$ 位显示，分 2V、20V、2kHz、20kHz 四档，灵敏度 ≥50mV，频率显示 5Hz ~ 20kHz。

指针式直流毫伏表：测量范围 500mV、50mV、5mV 三档，精度 2.5%。

（3）处理电路：位于仪器下部面板。

电桥：用于组成应变电桥，面板上虚线所示电阻为虚设，仅为组桥提供插座。R_1、R_2、R_3 为 350Ω 标准电阻，W_D 为直流调节电位器，W_A 为交流调节电位器。

差动放大器：增益可调直流放大器，可接成同相、反相、差动结构，增益 1～100 倍。

电压放大器：增益 5 倍的高阻放大器。

使用仪器时打开电源开关，检查交、直流信号源及显示仪表是否正常。仪器下部面板左下角处的开关控制处理电路的工作电源，进行实验时请勿关掉。

指针式毫伏表工作前需将输入端对地短路调零，取掉短路线后指针有所偏转是正常现象，不影响测试。

各电路和传感器性能检查是否正常。进行单臂、半桥和全桥实验，各应变片是否正常可用万用表电阻档在应变片两端测量其阻值。各接线图两个节点间即为一实验接插线，接插线可多根迭插，并保证接触良好。

仪器工作时需良好的接地，以减小干扰信号，并尽量远离电磁干扰源。

仪器的型号不同，传感器种类不同，则检查项目也会有所不同，请自行根据仪器型号选择实验内容。

上述检查及实验能够完成，则整台仪器各部分均为正常。

实验时请非常注意实验指导书中实验内容后的"注意事项"，要在确认接线无误的情况下开启电源，尽量避免电源短路情况的发生，加热时"15V"电源不能直接接入应变片、热敏电阻和热电偶。实验工作台上各传感器部分如相对位置不太正确时可松动调节螺丝稍作调整，原则上以按下振动梁松手，周边各部分能随梁上下振动而无碰擦为宜。

本实验仪需防尘，以保证实验接触良好，仪器正常工作温度 −10℃～40℃。

【实验原理】

本实验研究箔式应变片及单臂直流电桥的原理和工作情况。

应变片是最常用的测力传感元件。当用应变片测试时，应变片要牢固地粘贴在测试体的表面，当测件受力发生形变，应变片的敏感栅随同变形，其电阻值也随之发生相应的变化。通过测量电路，转换成电信号输出显示。

电桥电路是最常用的非电量电测电路中的一种。当电桥平衡时，桥路对臂电阻乘积相等，电桥输出为零。在桥臂四个电阻 R_1、R_2、R_3、R_4 中，电阻的相对变化率分别为 $\Delta R_1/R_1$、$\Delta R_2/R_2$、$\Delta R_3/R_3$、$\Delta R_4/R_4$，当使用一个应变片时，灵敏度 $\sum R = \dfrac{\Delta R}{R}$；当二个应变片组成差动状态工作，则有 $\sum R = \dfrac{2\Delta R}{R}$；用四个应变片组成二个差动对工作，且 $R_1 = R_2 = R_3 = R_4 = R$，$\sum R = \dfrac{4\Delta R}{R}$。

由此可知，单臂、半桥、全桥电路的灵敏度依次增大。

【研究内容】

(1) 调零。开启仪器电源，差动放大器增益置 100 倍（顺时针方向旋到底），"＋、−"输入端用实验线对地短路。输出端接数字电压表，用"调零"电位器调整差动放大器输出电压为零，然后拔掉实验线。调零后电位器位置不要改变。

如需使用毫伏表，则将毫伏表输入端对地短路，调整"调零"电位器，使指针居"零"

位。拔掉短路线，指针有偏转是有源指针式电压表输入端悬空时的正常情况。调零后关闭仪器电源。

（2）按图 7.1-1 将实验部件用实验线连接成测试桥路。桥路中 R_1、R_2、R_3、和 W_D 为电桥中的固定电阻和直流调平衡电位器，R 为应变片（可任选上、下梁中的一片工作片）。直流激励电源为 ±4V。

图 7.1-1 实验测试的单臂电桥电路

测微头装于悬臂梁前端的永久磁钢上，并调节使应变梁处于基本水平状态。

（3）确认接线无误后开启仪器电源，并预热数分钟。

调整电桥 W_D 电位器，使测试系统输出为零。

（4）旋动测微头，带动悬臂梁分别作向上和向下的运动，以悬臂梁水平状态下电路输出电压为零为起点，向上和向下移动各 5mm，测微头每移动 0.5mm 记录一个差动放大器输出电压值，并列表（见表 7.1-1）记录。（或在双孔悬臂梁称重平台上依次放上砝码，进行上述实验）。

【数据处理】

表　7.1-1

位移/mm											
电压/V											

根据表 7.1-1 中所测数据计算灵敏度 S，$S = \Delta X / \Delta V$，并在坐标图上作出 $V\text{-}X$ 关系曲线。

【注意事项】

（1）实验前应检查实验接插线是否完好，连接电路时应尽量使用较短的接插线，以避免引入干扰。

（2）接插线插入插孔，以保证接触良好，切忌用力拉扯接插线尾部，以免造成线内导线断裂。

（3）稳压电源不要对地短路。

实验 7.2　塞曼效应实验

1896 年，塞曼（Zeeman）发现，如果把光源放在足够强的磁场中，那么原来发出的谱线将发生分裂。分裂的谱线成分是偏振的，分裂的条数随跃迁能级的类别不同而不同，后人称此现象为塞曼效应。由于历史原因，人们把一条谱线分裂成三条、裂距按波数计算正好等于一个洛仑兹单位（$L = eB/4\pi mc$）的现象称为正常塞曼效应；把分裂成更多条、而且裂距大于或者小于一个洛仑兹单位的现象称为反常塞曼效应。塞曼效应不仅证实了洛仑兹电子论的正确性，而且为汤姆逊发现电子提供了证据，同时也证明了原子具有磁矩并且空间取向是量子化的。经典电子论无法解释反常塞曼效应，对于反常塞曼效应的研究，促使朗德（Lande）于 1921 年提出 g 因子的概念，乌伦贝克和哥德斯密特于 1925 年提出了电子自旋的概念，推动了量子理论的发展。直至今日，塞曼效应仍然是研究原子能级结构的重要方法之一。

【实验目的】

（1）学习观测塞曼效应的实验方法。

（2）研究汞原子发射的 546.1nm 谱线在磁场中分裂的情况。

【实验仪器】

WPZ-Ⅱ塞曼效应仪。

【实验原理】

1. 塞曼效应

塞曼效应的产生是原子磁矩和外加磁场作用的结果。根据原子理论，原子中的电子既作轨道运动，又作自旋运动。原子的总轨道磁矩 $\boldsymbol{\mu}_L$ 与总轨道角动量 $\boldsymbol{p}_L$ 的关系为：

$$\boldsymbol{\mu}_L = \frac{e}{2m}\boldsymbol{p}_L, \qquad p_L = \sqrt{L(L+1)}\,\hbar \tag{7.2-1}$$

原子的总自旋磁矩 $\boldsymbol{\mu}_S$ 与总自旋角动量 p_S 的关系为

$$\boldsymbol{\mu}_S = \frac{e}{m}\boldsymbol{p}_S, \qquad p_S = \sqrt{S(S+1)}\,\hbar \tag{7.2-2}$$

其中：m 为电子质量；L 为轨道角动量量子数；S 为自旋量子数；$\hbar$ 等于普朗克常数 h 除以 2π。原子的轨道角动量和自旋角动量合成为原子的总角动量 $\boldsymbol{p}_J$，原子的轨道磁矩和自旋磁矩合成为原子的总磁矩 $\boldsymbol{\mu}$（见图 7.2-1）。由于 μ_S/p_S 的值不同于的 μ_L/p_L 值，总磁矩矢量 $\boldsymbol{\mu}$ 不在总角动量 $\boldsymbol{p}_J$ 的延长线上，而是绕 $\boldsymbol{p}_J$ 进动。由于总磁矩在垂直于 $\boldsymbol{p}_J$ 方向的分量 $\boldsymbol{\mu}_\perp$ 与磁场的作用对时间的平均效果为零，所以只有平行于 $\boldsymbol{p}_J$ 的分量 $\boldsymbol{\mu}_J$ 是有效的。$\boldsymbol{\mu}_J$ 称为原子的有效磁矩，大小由式（7.2-3）确定

$$\boldsymbol{\mu}_J = g\frac{e}{2m}\boldsymbol{p}_J, \qquad p_J = \sqrt{J(J+1)}\,\hbar \tag{7.2-3}$$

其中，J 为总角动量量子数；g 为朗德因子。对于 LS 耦合，存在

$$g = 1 + \frac{J(J+1) - L(L+1) + S(S+1)}{2J(J+1)} \tag{7.2-4}$$

当原子处在外磁场时，在力矩 $\boldsymbol{N} = \boldsymbol{\mu} \times \boldsymbol{B}$ 的作用下，原子总角动量 $\boldsymbol{p}_J$ 和磁矩 $\boldsymbol{\mu}_J$ 绕磁场方向进动（见图 7.2-2）。原子在磁场中的附加能量 ΔE 为

$$\Delta E = -\mu_J B\cos\alpha = g\frac{e}{2m}p_J B\cos\beta \tag{7.2-5}$$

其中，β 为 $\boldsymbol{p}_J$ 与 $\boldsymbol{B}$ 的夹角。角动量在磁场中取向是量子化的，即

$$p_J\cos\beta = M\hbar, \qquad M = J, J-1, \cdots, -J \tag{7.2-6}$$

其中，M 为磁量子数。因此，

$$\Delta E = Mg\frac{e\hbar}{2m}B \tag{7.2-7}$$

图 7.2-1 原子磁矩与角动量的矢量模型　　　　图 7.2-2 μ_J 和 p_J 的进动

可见,附加能量不仅与外磁场 B 有关系,还与朗德因子 g 有关。磁量子数 M 共有 $2J+1$ 个值,因此原子在外磁场中的时候,原来的一个能级将分裂成 $2J+1$ 个子能级。未加磁场时,能级 E_2 和 E_1 之间的跃迁产生的光谱线频率 ν 为

$$\nu = \frac{E_2 - E_1}{h} \tag{7.2-8}$$

在外加磁场中,分裂后的谱线频率 ν' 为

$$\nu' = \frac{(E_2 + \Delta E_2) - (E_1 + \Delta E_1)}{h} \tag{7.2-9}$$

分裂后的谱线与原来谱线的频率差 $\Delta\nu'$ 为

$$\Delta\nu' = (\Delta E_2 - \Delta E_1)/h = (M_2 g_2 - M_1 g_1)\frac{eB}{4\pi m} \tag{7.2-10}$$

用波数间距 $\Delta\gamma$ 表示为

$$\Delta\gamma = (M_2 g_2 - M_1 g_1)\frac{eB}{4\pi mc} = (M_2 g_2 - M_1 g_1)L_0 \tag{7.2-11}$$

其中,$L_0 = eB/(4\pi mc) = 4.67 \times 10^{-3} Bm^{-1}$,称为洛仑兹单位。

能级之间的跃迁必须满足选择定则,磁量子数 M 的选择定则为 $\Delta M = M_2 - M_1 = 0,\ \pm 1$;而且当 $J_2 = J_1$ 时,$M_2 = 0 \rightarrow M_1 = 0$ 的跃迁除外。

(1) 当 $\Delta M = 0$ 时,产生 π 线,沿垂直于磁场方向观察时,π 线为光振动方向平行于磁场的线偏振光,沿平行于磁场方向观察时,光强度为零,观察不到(见图 7.2-3)。

图 7.2-3 π 线和 σ 线

(2) 当 $\Delta M = \pm 1$ 时,产生 σ 线,迎着磁场方向观察时,σ 线为圆偏振光,$\Delta M = +1$ 时为左旋圆偏振光,$\Delta M = -1$ 时为右旋圆偏振光。沿垂直于磁场方向观察时,σ 线为线偏振光,其电矢量与磁场垂直(见图 7.2-3)。

早年将一条光谱线在磁场中分量为 3 条的现象称为正常塞曼效应,而将分裂为更多条的

现象称为反常塞曼效应。实际上正常塞曼效应只是一个特例，就是说，仅当自旋磁矩无贡献（$S=0$）时才产生正常塞曼效应，而且此时 $g=1$，裂距都相等。

另外，塞曼效应是原子在弱外磁场中的效应，当外磁场足够强的时候，LS 耦合可以忽略，自旋磁矩和轨道磁矩分别独立地与外磁场作用而产生帕邢-巴克效应。

2. 汞绿线在外磁场中的分裂

汞绿线（546.1nm）是汞原子的 $6s7s\,^3S_1$ 能级到 $6s6p\,^3P_2$ 能级跃迁产生的谱线。这两个能级的分裂情况及对应的量子数 M 和 g 见图 7.2-4。上能级 $6s7s\,^3S_1$ 分裂为 3 个子能级，下能级 $6s6p\,^3P_2$ 分裂为 5 个能级。选择定则允许的跃迁共有 9 种，即原来的 546.1nm 的谱线将分裂成 9 条谱线。分裂后的 9 条谱线等距，间距为 $L_0/2$，9 条谱线的光谱范围是 $4L_0$。

图 7.2-4　汞绿线的塞曼效应

在观察塞曼分裂时，一般光谱线最大的塞曼分裂仅有几个洛伦兹单位，塞曼分裂的波长差的数值很小，欲观察如此小的波长差，普通棱镜摄谱仪是不能胜任的，必须用高分辨的光谱仪器。因此，在实验中采用了法布里-珀罗标准具（简称 F-P 标准具）。

3. 测量塞曼分裂线的波数间距 $\Delta\gamma$

（1）基本公式

根据干涉亮条纹的公式

$$2nd\cos\theta = K\lambda \tag{7.2-12}$$

可以推知，在会聚透镜的焦平面上，波长为 λ 的第 K 级亮条纹半径的平方是

$$R_K^2(\lambda) = 2\left(1 - \frac{K\lambda}{2nd}\right)\left(f\frac{n}{n_0}\right)^2 \tag{7.2-13}$$

其中，n 和 d 分别为间隔层的折射率和厚度；n_0 为空气折射率；f 为物镜的焦距。

（2）分两步测得 $\Delta\gamma$ 值

1）在无磁场时，测量汞绿光的亮条纹的直径 D_k，计算出 F-P 标准具的自由光谱区的波数值 $(\Delta\gamma)_{\text{FSR}}$。

因为

$$R_K\left(\lambda = \frac{1}{\gamma}\right) = R_{K+1}\left(\left[\lambda - (\Delta\lambda)_{\text{FSR}}\right] = \frac{1}{\gamma + (\Delta\gamma)_{\text{FSR}}}\right) \tag{7.2-14}$$

因此，只有在入射光的波数区间 $\delta\gamma < (\Delta\gamma)_{\text{FSR}}$ 时，波数区间内所有波长的第 K 级干涉条纹的

直径，都大于（$K+1$）级干涉条纹的直径，不同级次的干涉条纹才不会交叉或重叠。使用干涉滤光片和摄谱仪就是为了消除或改善这种不同级次亮条纹的交叉或重叠现象。

已知：

$$(\Delta\gamma)_{\mathrm{FSR}} \approx 1/2nd \quad （光垂直 \text{F-P} 面入射）\tag{7.2-15}$$

由式（7.2-13）可知 $D_K^2\text{-}K$ 曲线的斜率为

$$\frac{\Delta(D_K)^2}{\Delta K} = 4\frac{\Delta(R_K^2)}{\Delta K} = \frac{4\lambda}{nd}\left(f\frac{n}{n_0}\right)^2 \tag{7.2-16}$$

其中，D_K 是第 K 级亮条纹的直径，因此测得 $D_K^2\text{-}K$ 曲线的斜率，已知 n 和 f 的值，就可用式（7.2-15）和式（7.2-16）算得 $(\Delta\gamma)_{\mathrm{FSR}}$ 值。

2）测量塞曼分裂线的波数间距 $\Delta\gamma$ 的值。

在各分裂线的各级亮条纹的条件下，由式（7.2-13）和式（7.2-14）得严格的计算公式

$$\frac{\Delta\gamma}{(\Delta\gamma)_{\mathrm{FSR}}} = \frac{D_K^2\left(\dfrac{1}{\gamma_0}\right) - D_K^2\left(\dfrac{1}{\gamma_0-\Delta\gamma}\right)}{D_K^2\left(\dfrac{1}{\gamma_0}\right) - D_{K+1}^2\left(\dfrac{1}{\gamma_0}\right)} \tag{7.2-17}$$

其中，γ_0 是加磁场后光谱线的波数。因此，测得有关亮条纹的直径即可算出 $\Delta\gamma$ 值。

【研究内容】

（1）学习观测塞曼效应的实验方法。

（2）研究汞原子的发射 546.1nm 谱线在磁场中分裂的情况。

（3）测量塞曼分裂线的波数间距。

【研究步骤】

1. 仪器调整（见图 7.3-5）

（1）将导轨放置在长工作台上，调整水平螺钉，使导轨成水平状态。

（2）将电磁铁 1（带转座 2）放在工作台上紧靠导轨尾部。连接稳流稳压电源。

（3）把笔形汞灯 3 放在电磁铁的磁极间，用漏磁变压器点燃汞灯。

（4）放置聚光透镜 4 使它的照明光斑均匀。

（5）放置干涉滤光片 5 要求汞灯光斑充满干涉滤光片孔径。

（6）放置法布里-珀罗（F-P）标准具 6，要求与干涉滤光片同轴，调整微调螺钉，使两镜片严格平行（调节方法见后）。

（7）放置物镜 7 调整高度与标准具镜片同轴。

图 7.2-5　塞曼效应仪

1—电磁铁　2—转座　3—笔形汞灯　4—聚光透镜　5—干涉滤光片　6—标准具　7—物镜　8—读数显微镜　9—导轨

（8）放置读数显微镜 8 调整高度与物镜同轴，然后移动物镜看到清晰的干涉图像（图 7.2-6a）。

（9）接通稳流稳压电源，逐步增强电流，看到清晰的塞曼分裂谱线 9 条（图 7.2-6b）。

（10）在聚光镜片上装偏振片，转动偏振片即可看到塞曼 π 分量和 σ 分量（图 7.2-6c、d）。

（11）用读数显微镜测量干涉条纹的直径 D_K，计算自由光谱区的波数值。

图 7.2-6　外加磁场前后谱线的变化
a）未加磁场的谱线　b）加磁场后谱线分裂　c）塞曼 π 分量　d）塞曼 σ 分量

2. 法布里-珀罗标准具的调整

塞曼效应光谱实验的成功与否关键在于法布里-珀罗标准具的调整，其调整步骤如下。

（1）将标准具置于汞灯照明之下用眼睛观察即能看到一组同心圆的干涉图像。

（2）观察者眼睛从标准具镜片中心向三个微调螺钉方向移动，此时干涉图像也发生移动，则说明标准具两个镜片还未严格平行需要进行调整，假如干涉图像是向外扩展则该微调螺钉压力太小，应增加压力即微调螺钉顺时针方向旋；若此时干涉图像向内收缩，则说明该微调螺钉压力太大应减小压力即微调螺钉逆时针旋，按此方法反复调整压力直至干涉图像不动为止，此时已严格平行即可进行实验。

3. 用读数显微镜测量

（1）确定显微镜的物平面与物镜的相对位置。

（2）用眼睛直接看会聚透镜的出射光束时，上下左右移动头部确定看到光束最亮的视线方向。

（3）使显微镜筒靠近此视线，调节显微镜位置与轴线取向使镜筒轴线与视线在同一高度，且近乎平行，并使物平面与干涉图像所在平面接近重合。

（4）转动读数鼓轮，使显微镜筒在水平面内移动，直到在镜筒内看到亮光。

（5）转动显微镜直到镜筒内的光最亮。

（6）对物平面调焦，使干涉亮条纹最清晰。

（7）转动读数鼓轮可测亮条纹直径，如果条纹中心不对称则微调法布里-珀罗标准具的轴线取向或左右平衡显微物镜位置，以上调节完毕后应再对显微物镜调焦使条纹最细。

（8）测量各相邻条纹的直径，计算自由光谱区的波数值 $(\Delta\gamma)_{FSR}$ 及法布里-珀罗标准具间距 d。

【数据处理】

自拟数据表，记录数据后由式（7.2-17）计算出分裂谱线的波数间距 $\Delta\gamma$ 的值并进行分析。

【注意事项】

（1）法布里-珀罗标准具调整时不要用力过大，以免损坏光学元件。

（2）稳流稳压电源预热 30min 后再工作以保持磁场稳定，加磁场时要逐渐升压或降压，不能长时间工作在高压状态，以少于 30min 为宜。一般工作范围：电压 20 ~ 40V，电流 1.5 ~ 2.5A。

（3）用测微目镜测量时，注意避免空程差。

（4）使用特斯拉计测磁场时，注意保护变送器探头，以免损坏霍尔元件。

【思考题】

（1）垂直磁场方向观察塞曼效应，怎样鉴别分裂谱线中的 σ 成分和 π 成分？

（2）塞曼效应分裂谱的裂矩与磁场强度有什么关系？

实验 7.3　光栅光谱仪原理及其应用

【实验目的】

（1）了解光栅光谱仪的工作原理。

（2）掌握利用光栅光谱仪进行测量的技术。

【实验仪器】

WGD—8A 型光栅光谱仪，氢氖灯，电脑，打印机。

【实验原理】

光谱仪是指利用折射或衍射产生色散的光谱测量仪器。光栅光谱仪是光谱测量中最常用的仪器，基本结构如图 7.3-1 所示。它由入射狭缝 S_1、反射镜 M_1、准直球面反射镜 M_2、平面衍射光栅 G、聚焦球面反射镜 M_3 以及输出狭缝 S_2 和 S_3 构成。

衍射光栅是光栅光谱仪的核心色散器件。它是在一块平整的玻璃或金属材料表面（可以是平面或凹面）刻画出一系列平行、等距的刻线，然后在整个表面镀上高反射的金属膜或介质膜，就构成一块反射式衍射光栅。相邻刻线的间距 d 称为光栅常数，通常刻线密度为每毫米数百至数十万条，刻线方向与光谱仪狭缝平行。入射光经光栅衍射后，相邻刻线产生的光程差 $\Delta s = d(\sin\alpha \pm \sin\beta)$（$\alpha$ 为入射角，β 为衍射角），则可导出光栅方程

$$d(\sin\alpha \pm \sin\beta) = m\lambda \tag{7.3-1}$$

光栅方程将某波长的衍射角和入射角通过光栅常数 d 联系起来，λ 为入射光波长，m 为衍射级次，取 0，±1，±2，…等整数。式中的 "±" 号选取规则为：入射角和衍射角在光

栅法线的同侧时取正号，在法线两侧时取负号。如果入射光为正入射，即 $\alpha = 0$，则光栅方程变为 $d\sin\beta = m\lambda$。衍射角度随波长的变化关系称为光栅的角色散特性，当入射角给定时，可以由光栅方程导出

$$\frac{\mathrm{d}\beta}{\mathrm{d}\lambda} = \frac{m}{d\cos\beta} \tag{7.3-2}$$

图 7.3-1　光栅光谱仪示意图

复色入射光进入狭缝 S_1 后，通过平面镜 M_1 反射后照射到 M_2 上，经 M_2 变成复色平行光照射到光栅 G 上，经光栅色散后，形成不同波长的平行光束，并以不同的衍射角度出射。M_3 将照射到它上面的某一波长的光聚焦在出射狭缝 S_2 或 S_3 上，再由 S_2 或 S_3 后面的电光探测器记录该波长的光强。光栅 G 安装在一个转台上，当光栅旋转时，就将不同波长的光信号依次聚焦到出射狭缝上，光电探测器记录不同光栅旋转角度（不同的角度代表不同的波长）时的输出光信号强度，即记录了光谱。这种光谱仪通过输出狭缝选择特定的波长进行记录，称为光栅单色仪。

图 7.3-2　光栅转动系统示意图

在使用单色仪时，对波长进行扫描是通过旋转光栅来实现的。通过光栅方程可以给出出射波长和光栅角度之间的关系，如图 7.3-2 所示。此时，入射角 α 变为 $\psi + \eta$，反射角变为 $\psi - \eta$，根据公式 $d(\sin\alpha - \sin\beta) = m\lambda$，经三角变换可以得到

$$\lambda = \frac{2d}{m}\cos\psi\sin\eta \tag{7.3-3}$$

式中，η 为光栅的旋转角度；ψ 为入射角和衍射角之和的一半，对给定的单色仪来说 ψ 为一常数。

【仪器介绍】

WGD—8A 组合式多功能光栅光谱仪的操作由计算机和手工操作来完成。单色仪的入射狭缝宽度、出射狭缝宽度和负高压（光电倍增管接收系统）不受计算机控制而采用手工设置，其他的各项参数设置和测量均由计算机来完成。WGD—8A 组合式多功能光栅光谱仪的结构框图如图 7.3-3 所示。

图 7.3-3　光谱仪的结构框图

1. 光学系统

光谱仪光学系统如图 7.3-1 所示：M_1 反射镜、M_2 准光镜、M_3 物镜、G 平面衍射光栅、S_1 入射狭缝，通过旋转反射镜可以选择出射狭缝 S_2 或 S_3，从而选择接收器件类型。若出射狭缝为 S_2，则为光电倍增管接收器件；若出射狭缝为 S_3，则为 CCD 接收器件。入射狭缝、出射狭缝均为直狭缝，宽度范围 0 ~ 2mm 连续可调，光源发出的光束进入入射狭缝 S_1，然后经反射镜 M_1 照射到 M_2 上，M_1 位于反射式准光镜 M_2 的焦面上，通过 S_1 射入的光束经 M_2 反射成平行光束投向平面光栅 G 上，衍射后的平行光束经物镜 M_3 成像在 S_2 或 S_3 上。

光源系统为仪器提供工作光源，可选氘灯、钨灯、钠灯或汞灯等。

2. 电子系统

电子系统由电源系统、接收系统、信号放大系统、A/D 转换系统和光源系统等部分组成。

电源系统为仪器提供所需的工作电压；接收系统将光信号转换成电信号；信号放大器系统包括前置放大器和主放大器两个部分；A/D 转换系统将模拟信号转换成数字信号，以便计算机进行处理。

3. 软件系统

WGD—8A 组合式多功能光栅光谱仪的控制和光谱数据的处理操作均由计算机来完成。

软件系统主要功能有：仪器系统复位、光谱扫描、各种动作控制、测量参数设置、光谱采集、光谱数据文件管理、光谱数据的计算等。

WGD—8A 组合式多功能光栅光谱仪系统操作软件根据型号的不同和接收仪器的不同，配有倍增管处理系统和 CCD 处理系统。每一系统均可采用快捷键和下拉菜单来进行仪器操作。本实验中我们只考虑倍增管处理系统，而对 CCD 处理系统不作要求。

4. 工作界面

在 Windows 操作系统中，从"开始"—"程序"—"WGD—8A"—"WGD—8A 倍增管系统"中执行相应的可执行程序，或双击桌面上的快捷方式，启动系统操作程序。

系统启动后在屏幕显示一欢迎界面，然后进入初始化过程（图 7.3-4），该过程大约需要几分钟的时间。此后进入系统操作主界面（图 7.3-5），主界面中包括各菜单栏，菜单栏包括文件、信息/视图、工作、读取数据、数据图形处理等菜单项，单击这些项可弹出下拉菜单。界面中各菜单栏及其下拉菜单和工具栏的详细信息请参考 WGD—8A 型组合式多功能光栅光谱仪使用说明书。

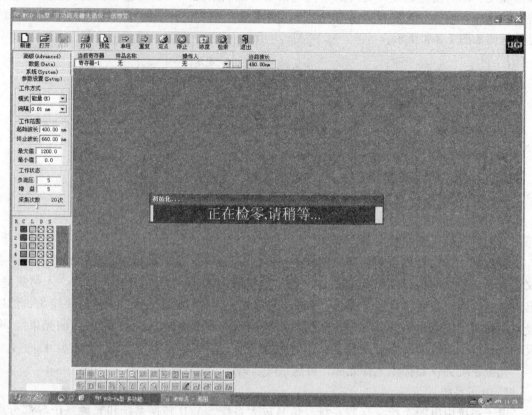

图 7.3-4　系统的初始化界面

【实验内容】

用 WGD—8A 型组合式多功能光栅光谱仪测量氢氘灯的光谱（WGD—8A 倍增管系统）。

（1）开机之前，请认真检查光栅光谱仪的各个部分（单色仪主机、电控箱、接收单元、计算机等）连线是否正确，保证准确无误（该仪器的线路已经连接好）。

（2）打开光谱仪电源，调节负高压在 500 ~ 1000V 之间（实验中一般选 700V）。打开 GY—13A 氢氘灯电源。

（3）打开计算机电源，启动程序。在 Windows 操作系统中，从"开始"—"程序"—"WGD—8A"—"WGD—8A 倍增管系统"中执行相应的可执行程序，或双击桌面上的快捷方式，启动系统操作程序。

WGD—8A 型多功能光栅光谱仪根据仪器型号的不同配有光电倍增管和 CCD 两个接收单元。在本实验中只使用光电倍增管系统。要注意：若采用光电倍增管作为接收单元，一定不要在光电倍增管加有负高压的情况下，使其暴露在强光下（包括自然光）。在使用结束后，一定要注意调节负高压旋钮使负高压归零，然后再关闭电控箱。

（4）调节狭缝。在仪器系统复位完毕后，根据测试和实验的要求分别调节入射狭缝、出射狭缝到合适的宽度。在测试过程中一般均小于 0.1mm。

仪器的入射狭缝和出射狭缝均为直狭缝，宽度范围 0~2mm 连续可调，顺时针旋转为狭缝宽度加大，反之减小。每旋转一周狭缝宽度变化 0.5mm，最大调节宽度为 2mm。为延长使用寿命，调节狭缝宽度时应注意最大不要超过 2mm。仪器测量完毕或平常不使用时，狭缝最好调节到 0.1~0.5mm 左右。

图 7.3-5　系统操作主界面

（5）调节光源，使氢氖灯正对入射狭缝，使其在单色仪的波长范围内有最大的输出。

（6）在参数设置区域设置实验参数。根据测量要求对系统参数进行相应的设置。参数设置包括工作范围（起始波长设置）、能量设置、工作状态及采集次数等。

（7）各参数设置完成后，点击"单程"扫描得到氢氖灯的光谱，如果光谱的质量不高（光谱的强度较低），可以在扫描完成后适当调节狭缝宽度和灯的位置或设置一下强度的最大值，再一次进行扫描。

（8）利用寻峰命令找到光谱中各峰值的位置，选定一峰值，根据已知的氢氖灯的光谱峰值对光谱仪进行修正。用寻峰命令标出每个峰值的位置（应该有 8 条线），然后打印光谱图。

（9）任选光谱中靠近的两条线，缩小波长的扫描范围，重新扫描一次，得到相邻两条谱线的图，并用寻峰命令标出峰值，打印该光谱。

（10）关机。关闭主程序，关闭电脑，把负高压值调为 0，关闭光栅光谱仪电源，然后关闭氢氖灯电源。

【注意事项】

（1）光谱仪是精密仪器，在使用过程中一定要严格按照要求操作。

（2）开机顺序：打开氢氖灯电源→打开光谱仪电控箱电源→把负高压调到 $500 \sim 1000\,V$ 之间（实验中一般选 $700\,V$）→打开电脑→启动程序。

（3）关机顺序：先关掉测量程序→把负高压调到零→关掉光谱仪电控箱电源→关掉氢氖灯电源。

（4）狭缝的开关方向：顺时针打开狭缝，逆时针关闭狭缝。实验完成后狭缝最好调节到 $0.1 \sim 0.5\,mm$ 左右。

【数据处理】

根据光谱中第 2、4、6、8 条线，计算里德伯常量的值。

【思考题】

（1）光栅光谱仪怎样将复色光分解为单色光？

（2）光谱仪入射狭缝的缝宽对光谱线的强度和谱线的线宽有何影响？

实验 7.4　太阳能电池伏-安特性的研究

太阳能电池也称光伏电池，是一种太阳能—电能的转换器件。它具有使用寿命长、操作方便、无噪声、无污染等优点。经过研究者不断的研究和设计，太阳能电池被广泛使用于人们的生产和生活中。目前，太阳能电池已成为空间卫星的基本电源和地面无电、少电地区及某些特殊领域（通信设备、气象台站、航标灯等）的重要电源。有专家预言，在 21 世纪中叶，太阳能光伏发电将占世界总发电量的 $15\% \sim 20\%$，成为人类的基础能源之一，在世界能源构成中占有一定的地位。因此，了解太阳能电池的工作原理和基本性能非常重要。

【实验目的】

（1）掌握太阳能电池的工作原理。

（2）根据所测伏-安特性曲线研究太阳能电池性能。

【实验仪器】

太阳能光伏组件、辐射光源、数字万用表、负载电阻等。

【实验原理】

太阳能电池内部结构如图 7.4-1 所示，主要由两部分组成：N 型硅基片层和 P 型硅受光层。根据 PN 结原理，当光照在 P 型硅表面，且光子能量大于材料的禁带宽度时，在 PN 结内产生电子-空穴对。N 区电子密度增加，P 区空穴密度增加，如果外电路处于开路状态，那么这些光生电子和空穴积累在 PN 结附近，使 P 区获得附加正电荷，N 区获得附加负电荷，这样，在 PN 结上产生一个光生电动势，这一现象称为光伏效应。如果连接灵敏电流计 G 形成闭合电路，则在回路中产生光电流，光电流的大小与入射光强有关。

太阳能电池的工作原理基于光伏效应。当太阳能电池受光照后，光生电流 I_{NP} 由 N 区流向 P 区。同时，由

图 7.4-1　太阳能电池结构示意

于 PN 结还存在着由 P 区到 N 区的正向二极管电流 I_{PN}，因而，总电流 I 为

$$I = I_{NP} - I_{PN} = I_{NP} - I_0 \left[\exp\left(\frac{eU_D}{nkT} \right) - 1 \right] \tag{7.4-1}$$

式中，U_D 为二极管结电压；I_0 为二极管的反向饱和电流；n 称为理想系数，是表示 PN 结特性的参数，一般在 $1 \sim 2$ 之间；e 为电子电荷；k 为玻耳兹曼常数。如不计太阳能电池回路中的串联电阻 R，U_D 可直接用端电压 U 来表示，则式（7.4-1）可变成

$$I = I_{NP} - I_0 \left[\exp\left(\frac{eU}{nkT} \right) - 1 \right] \tag{7.4-2}$$

如果把太阳能电池两输出端短路，即 $U = 0$，则短路电流 I' 为

$$I' = I_{NP} \tag{7.4-3}$$

如果将太阳能电池两输出端断开，即 $I = 0$，由式（7.4-2）和式（7.4-3）可得开路电压 U'

$$U' = \frac{nkT}{e} \ln\left(\frac{I'}{I_0} + 1 \right) \tag{7.4-4}$$

如将负载 R 接入太阳能电池回路，可得伏-安特性曲线，如图 7.4-2 所示。调节负载 R 得出相应输出功率 P，可测得最大功率 P_m 与相应负载 R_m 满足下列关系

$$P_m = I_m U_m \tag{7.4-5}$$

式中，I_m 为最佳工作电流；U_m 为最佳工作电压。填充因子 FF 为太阳能电池的重要表征参数，FF 愈大则输出的功率愈高。FF 取决于入射光强、材料的禁带宽度、理想系数、串联电阻和并联电阻等。

图 7.4-2　太阳能电池的伏-安特性曲线

【研究内容与步骤】

（1）用导线将太阳能光伏组件和负载电阻串联成闭合回路，调节负载电阻 R，用数字万用电表测量负载两端电压 U 和流经负载的电流 I，根据所测数据画出该光伏组件的伏-安特性曲线。分别测量以下几种条件下光伏组件的伏-安特性曲线数据。

1）改变辐射光源与光伏组件的距离。

2）保持辐射光源与光伏组件的距离不变，使光伏组件转过一角度。

（2）处理以上几种条件下的伏-安特性曲线：

1）绘制光伏组件的伏-安特性曲线；根据曲线得出短路电流 I' 和开路电压 U'。

2）根据所测数据计算电阻 R 和输出功率 P，绘出输出功率 P 随负载电阻 R 的变化曲线。确定最大功率 P_m，最佳工作电流 I_m、最佳工作电压 U_m、负载电阻 R_m 及填充因子 FF。比较不同条件下的各参数值。

（3）研究不同硅光电池板受照面积 S 与输出电压 U 之间的关系。

【注意事项】

（1）辐射光源的温度较高，应避免与灯罩接触。

（2）辐射光源的供电电压为 220V，应小心触电。

【思考题】

（1）试考虑几种得到开路电压 U' 和短路电流 I' 的方法。

（2）根据上述实验原理图，如何巧妙设计待测 U 和 I 的数据间隔？

实验 7.5　光速的测定

光速是一个基本物理常数，它与许多物理学问题密切相关，它的精确测定为光的电磁波理论的建立提供了重要的实验依据。光速的测量可分为天文学方法和实验室方法两大类。1676 年，丹麦天文学家罗默（1644—1710）通过观测木星对其卫星的掩食测定了光速，使光速测量首先在天文学上获得成功。实验室测定光速的方法有转动齿轮法、转镜法、克尔盒法、变频闪光法、激光测速法等。本实验采用光调制法来测定光速。

【实验目的】

（1）掌握一种新颖的光速测定方法。

（2）了解和掌握光调制的一般性原理和基本技术。

【实验仪器】

光速测量仪、示波器。

【仪器介绍】

LM2000A 光速仪（图 7.5-1）全长 0.8m，调制频率 100MHz，由电器盒、收发透镜组、棱镜小车、带标尺的导轨等组成。电器盒采用整体结构，端面安装有收发透镜组，内置收、发电子线路板。侧面有两排 Q9 插座，参见图 7.5-2。棱镜小车上有供调节棱镜左右转动和俯仰的两只调节把手。

图 7.5-1　光速测量装置图

1—光学电路箱　2—带刻度尺燕尾导轨　3—小车　4—示波器/相位计

本仪器采用 GaAs 发光二极管作为光源，当发光二极管上注入一定的电流时，在 PN 结两侧的 P 区和 N 区分别有电子和空穴的注入，这些非平衡载流子在复合过程中将发射波长为 0.65μm 的光。用机内主控振荡器产生的 100MHz 正弦振荡电压信号控制加在发光二极管上的注入电流。当信号电压升高时，注入电流增大，电子和空穴复合的机会增加而发出较强的光；当信号电压下降时，注入电流减小，复合过程减弱，所发出的光强也相应减弱，从而实现对光强的直接调制。硅光电二极管作为光电转换元件，所产生的光电流的大小随载波的强度而变化，因此，在负载上可以得到与调制波频率相同的电压信号，即被测信号。

图 7.5-2　Q9 插座接线图

1—频率计插口　2—调制信号输入（模拟通信用）

3 和 4—发送基准信号（5V 方波与正弦波）

5 和 6—接收测相信号（正弦波）　7—接收信号电平

【实验原理】

1. 利用调制波的波长和频率测光速

光波的传播速度 c 可由波长 λ 和频率 f 的乘积求得

$$c = \lambda \times f \tag{7.5-1}$$

但直接用这种方法测光速，存在很多技术上的困难。主要是光的频率高达 10^{14} Hz，目前的光电接收器中无法响应频率如此高的光强变化，迄今仅能响应频率在 10^8 Hz 左右的光强变化并产生相应的光电流。变通的办法之一是利用调制波的波长和频率测光速。

设想假如直接测量河中水的流速有困难，可以利用在单位时间内周期性地向河中投放小木块，再测出相邻两木块间的距离。单位时间内投放木块的个数对应光波频率 f，相邻两木块的间距对应光的波长 λ，则依据式（7.5-1）即可算出水流的速度。

向河中投放的小木块是在水流上作了特殊的标记，同样，也可以在光波上做一些特殊标记，称作"调制"。调制波的频率可以比光波的频率低很多，可用常规器件接收。与木块的移动速度就是水流动的速度一样，调制波的传播速度就是光波传播的速度。调制波的频率可以用频率计精确测定，所以测量光速就转化为如何测量调制波的波长。

2. 相位法测定调制波的波长

由发光二极管发出的波长为 0.65 μm 的载波，其强度受频率为 f 的正弦型调制波的调制（$I = I_0(1 + m\cos 2\pi ft)$，其中 m 为调制度；f 为调制波的频率；I_0 为载波原有光强）。被调制的载波经接收器光敏二极管的光/电变换后，将输出交变信号 $u = U_0\cos 2\pi ft$（U_0 是与时间无关的常量）。

如图 7.5-3a 所示，若 t_1 时刻载波由 A 点出发，经时间 Δt 后传至距离 A 点 $2x$ 的 A' 点，此时载波光强为 $I_2 = I_0[1 + m\cos 2\pi f(t_1 + \Delta t)]$，由它在接收器上产生的交变信号 $u_2 = U_0\cos 2\pi f(t_1 + \Delta t)$ 将比 A 点产生的交变信号 $u_1 = U_0\cos 2\pi ft_1$ 在相位上落后 $\Delta\phi$，即

$$\Delta\phi = 2\pi f\Delta t = 4\pi f\frac{x}{c} \tag{7.5-2}$$

图 7.5-3　位相法测波长原理图

式中，c 为载波在空气中的传播速度。

在实验室中为了用同一台仪器同时接收 A、A' 两点的载波信号，在 A、A' 的中点 B 设置一个反射器（平面镜），见图 7.5-3b。由 A 点发出的载波经 B 点的平面镜反射后再回到 A 点，反射波走过的光程同样是 $2x$，在 A 点的接收器上，反射波的相位也比发射波的相位落后 $\Delta\phi$。

将发射波产生的电压信号（基准信号）和反射波产生的电压信号（被测信号）分别输

入到示波器（或相位计）的两个输入端，由示波器（或相位计）可以测出基准信号和被测信号之间的相位差 $\Delta\phi$。移动棱镜小车，在导轨上任取若干个间隔点，其坐标分别为 x_0、x_1、x_2、$\cdots$、x_i；设 Δx_i 为 x_i 与 x_0 的间距，相对应的相移量如 $\Delta\phi_i$。由式（7.5-2）得到调制波的波长

$$\frac{\Delta\phi_i}{2\pi} = \frac{2\Delta x_i}{\lambda}$$

$$\lambda = \frac{2\pi}{\Delta\phi_i} \times 2\Delta x_i \tag{7.5-3}$$

利用式（7.5-1），由 λ 和调制频率 f 可以获得载波在空气中的传播速度 c。若 Δx_i 等间隔变化，则称为等距法测波长；若 $\Delta\phi_i$ 等间隔变化，则称为等相位法测波长。

3. 差频法测相位

在实际测相过程中，当信号频率很高时，测相系统的稳定性、工作速度以及电路分布参量造成的附加相移等因素都会直接影响测相精度，因此，高频下测相困难较大。例如，BX21 型数字式位相计中检相双稳电路的开关时间是 40ns 左右，如果所输入的被测信号频率为 100MHz，则信号周期 $T = 1/f = 10$ns，比电路的开关时间短，电路根本来不及动作。为避免高频下测相的困难，通常采用差频的方法，即把待测高频信号转化为中、低频信号来处理，这意味着拉长了与待测的相位差 ϕ 相对应的时间差。可以证明这两个差频信号之间的相位差与基准信号和待测信号之间的相位差相同。

本实验就是利用差频检相的方法，将 100MHz 的高频基准信号和高频被测信号分别与本机振荡器产生的高频振荡信号混频，得到两个频率为 1kHz、相位差不变的低频信号，然后送到示波器（或相位计）中去比相，如图 7.5-4 所示。

图 7.5-4   相位法测光速实验装置方框

4. 双踪显示法测量同频率正弦信号的相位差

用示波器测量两个同频率正弦信号相位差的方法有多种，下面介绍双踪示波器法。

在双踪模式下，将两个同频率正弦信号 u_1、u_2 分别输入到 CH1、CH2 两个通道，适当调节扫描时间因数和偏转因数，便可将 u_1、u_2 的信号波形同时显示在显示屏上（见图 7.5-

5）。设屏上信号一个周期所对应的水平宽度为 A，两个信号同相位点间的水平距离为 ΔA（A、ΔA 可用示波器屏幕标尺 X 方向的格数表示），则两信号的相位差为

$$\Delta \phi = \phi_1 - \phi_2 = 2\pi \frac{\Delta A}{A} \qquad (7.5\text{-}4)$$

若为数字式示波器，则其上具有光标卡尺测量功能，移动光标，很容易进行 T 和 ΔT 的测量，然后按 $\Delta \phi = 2\pi \dfrac{\Delta T}{T}$ 求得相位变化量。

图 7.5-5　双踪法测量相位

【实验内容】

（1）打开电源，预热半小时。

（2）光路调整。先把棱镜小车移近收发透镜处，用小纸片挡在接收物镜管前，观察光斑位置是否居中。调节棱镜小车的把手（主要是小车上方调节棱镜俯仰方位的把手），使光斑尽可能居中，将小车移至最远端，观察光斑位置有无变化，并作相应调整，使小车前后移动时，光斑位置变化最小。

（3）参考图 7.5-2 连接示波器与光速测量仪。将光速测量仪上的基准信号与测相信号分别接入示波器 CH1、CH2 通道。

（4）开启示波器电源，调节扫描时间因数和偏转因数，使屏幕上波形大小适合，幅度相同。测量一个周期所对应的水平宽度 A。

（5）等距法测波长：

1）在导轨上任取一点 x_0，在示波器上找出被测信号波形的某一特征点，将其位置设为示波器水平方向格数的零点 A_0。

2）在导轨上等间隔地移动棱镜小车，记下小车的位置坐标 x_1、x_2、$\cdots$、x_i 及相应的特征点在示波器上的位置 A_1、A_2、$\cdots$、A_i。

3）列表记录数据，求出所测光速的平均值及其与公认值的百分差。

（6）等相位测波长：

1）在导轨上任取一点 x_0，在示波器上找出被测信号波形的某一特征点，将其作为相位差 0°位。

2）移动棱镜小车，使示波器上波形等格数地改变，记下移动格数 A_1、A_2、$\cdots$、A_i 及相应的小车位置坐标 x_1、x_2、$\cdots$、x_i。

3）列表记录数据，并用逐差法处理数据。

【注意事项】

（1）为了减小由于电路系统附加相移量的变化给位相测量带来的误差，当用等距法测量时，采取 $x_0—x_1—x_0$ 及 $x_0—x_2—x_0$ 等顺序进行测量，移动棱镜小车要快、准，如果两次 x_0 位置时的读数值相差在 0.1 度以上，须重测。

（2）用等相位法测波长时，拉动棱镜至某格数时，要迅速读取 x_i 值，并尽快将棱镜返回至 0°处，再读取一次 x_0，两次 0°时的距离读数误差不超过 1mm，否则要重测。

【思考题】

（1）在用等距法测量时，可否用作图法求得光速 c？如何求？

（2）实验过程中比较的是两个 100MHz 调制信号的相位关系，能否把实验装置中的 100MHz 调制信号改成直接发射频率为 100MHz 的无线电波，并对它的波长和进行绝对测量？为什么？

实验7.6　干涉测量系列实验的研究

干涉是光的特性之一，在科学研究和工业生产中有着广泛的应用，例如：测量光的波长、薄膜的厚度和介质的折射率，检验工件的平整度等。

A. 杨氏双缝干涉

【实验目的】
（1）观察双缝干涉现象。
（2）学习一种测量光波波长的方法。

【实验仪器】
光具座、钠光灯、凸透镜（$f=50\text{mm}$）、可调狭缝、双缝板（间距 0.4mm）、测微目镜、白屏。

【实验原理】
杨氏双缝干涉实验原理如图 7.6-1 所示，在普通单色光源前面放置一狭缝 S，在 S 的前方再放置一个有两个平行狭缝（S_1 和 S_2）的屏。S_1 和 S_2 彼此相距很近，而且到 S 的距离相等并与 S 平行。根据惠更斯原理，从 S_1 和 S_2 出来的光波在距离狭缝为 D 的接收屏上叠加，形成干涉图样。观测时通常可以不用接收屏，而代之用目镜直接观测，这样便于测量数据用以计算。在激光出现后，利用激光的相干性好和亮度高的特点，用氦氖激光束直接照射双缝，就可以在屏幕上获得一组十分清晰的干涉条纹。

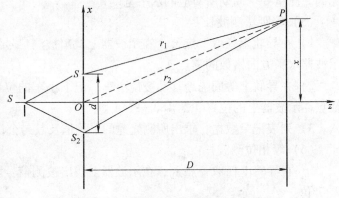

图 7.6-1　杨氏双缝干涉实验原理图

设双缝 S_1 和 S_2 的间距为 d，假定 S_1 和 S_2 到 S 的距离相等，则 S_1 和 S_2 处的光振动就具有相同的相位，接收屏幕上各点的干涉强度由光程差 δ 决定。为了确定屏幕上干涉极大和极小的位置，选取直角坐标系如图 7.6-1 所示，假定屏幕上 P 点的坐标为（x, y, D），那么 S_1 和 S_2 到 P 点的距离 r_1 和 r_2 分别为

$$r_1 = S_1P = \sqrt{\left(x - \frac{d}{2}\right)^2 + y^2 + D^2}$$

$$r_2 = S_2P = \sqrt{\left(x + \frac{d}{2}\right)^2 + y^2 + D^2}$$

由上两式可以得到

$$r_2^2 - r_1^2 = 2xd \tag{7.6-1}$$

若整个装置放在空气中，则相干光到达 P 点的光程差为

$$\delta = r_2 - r_1 = \frac{2xd}{r_2 + r_1}$$

在实际情况中，$d \ll D$，这时，如果 x 和 y 也比 D 小得多（即在 z 轴附近观察），则有 $r_2 + r_1 \approx 2D$。在此近似条件下上式变为

$$\delta = \frac{xd}{D} \tag{7.6-2}$$

当 $\delta = k\lambda$（$k=0$，± 1，± 2，$\cdots$）时，P 点为光强极大处。

当 $\delta = \left(k + \frac{1}{2}\right)\lambda$（$k=0$，$\pm 1$，$\pm 2$，$\cdots$）时，$P$ 点为光强极小处。

由此可知，在屏幕上各级干涉极大的位置为

$$x = \frac{kD\lambda}{d} \ (k=0，\pm 1，\pm 2，\cdots) \tag{7.6-3}$$

干涉极小的位置为

$$x = \left(k + \frac{1}{2}\right)\frac{D\lambda}{d} \ (k=0，\pm 1，\pm 2，\cdots) \tag{7.6-4}$$

由式（7.6-3）和式（7.6-4）可知，两个相邻明条纹或暗条纹的间距为 $\Delta x = \frac{D}{d}\lambda$，变换可得

$$\lambda = \frac{d}{D}\Delta x \tag{7.6-5}$$

在实验中可测得 D，d 及 Δx，然后由上式可算出 λ。

【研究内容】

1. 调节光路

（1）参照图 7.6-2，将钠光灯 W（可加圆孔光阑）摆放在光具座的一端，在光具座依次摆放凸透镜 $L(f=50\text{mm})$ 和白屏 H，并使屏到狭缝的距离略大于凸透镜焦距的 4 倍。移动透镜，用两次成像法调节光具组"等高共轴"。

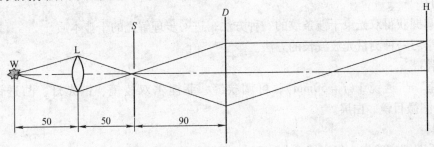

图 7.6-2　实验装置图

（2）在距离透镜 50mm 处摆放狭缝 S，使得钠光灯经透镜 L 聚焦于狭缝上，目测让光通过竖直取向的狭缝并照在白屏的中心线上。移动白屏使得屏上能得到清晰的狭缝像。

（3）在距狭缝 S 约 90mm 处，用干板架支起双缝 D，调节单缝和双缝平行，而且由单缝

射出的光照射在双缝的中间。

（4）在用白屏 H 或直接用眼睛观测到干涉条纹后，以测微目镜 M 取代白屏，使相干光束在目镜视场中心。移近测微目镜 M（距离双缝约 300mm），慢慢调节狭缝的铅直微调，使狭缝与双缝平行，再从测微目镜中观测，若条纹的亮度和清晰度不理想，还可微调狭缝的宽窄。这样反复调节直至调出满意的干涉条纹。

2. 测量条纹间距 Δx

用目镜叉丝逐一对准视场中部的 6 条明条纹，记录每一明条纹在目镜测微尺上的位置 x_1，x_2，…，x_n，用逐差求 Δx 的平均值。记录双缝和测微目镜在光具座上的位置，计算 D。

【注意事项】

（1）钠光灯点燃后等待一段时间（约 10min）才能正常使用，故点燃后不要轻易熄灭。

（2）使用光学元器件时要注意的一些问题：①不要用手触及光学器件的通光面；②光学器件在使用中要轻拿轻放；③用完后要规整地码放回原处。

（3）从测微目镜 M 中观测到干涉条纹后，若条纹的亮度和清晰度不理想，还可微调狭缝的宽窄，反复调节直至调出满意的干涉条纹。

（4）为了避免螺旋空程引入的误差，在整个测量条纹间距的过程中，测微目镜测量鼓轮只能朝一个方向转动，不准中途倒转。

（5）实验环境不宜太亮，否则很难调整和观测。

【实验要求】

（1）自行设计数据表格，记录干涉条纹间距 Δx 及双缝到测微目镜的距离 D。

（2）根据式（7.6-5）计算波长 λ，并与标准值（$\lambda_0 = 589.3nm$）比较，计算百分差，并分析误差原因。

【思考题】

（1）在杨氏双缝实验中，相邻的两条明（暗）条纹的间距 Δx 与哪些因素有关？

（2）若用不同的单色可见光进行杨氏双缝实验，哪种光的条纹间距最大？

B. 菲涅尔双棱镜干涉

【实验目的】

（1）掌握获得双光束干涉条纹的一种方法，进一步理解光的干涉本质。

（2）学习一种测量光波波长的方法。

【实验仪器】

光具座、凸透镜 1（$f = 50mm$）、可调狭缝、菲涅尔双棱镜、钠光灯、凸透镜 2（$f = 150mm$）、测微目镜、白屏。

【实验原理】

在杨氏双缝实验中，仅当缝 S、S_1 和 S_2 都很窄时，才能保证 S_1 和 S_2 处的振动有相同的相位，但这时通过狭缝的光强过弱，干涉条纹常常不够清晰。菲涅尔利用双棱镜获得两束相干光，其原理如图 7.6-3 所示，双棱镜是由两块底边相接、折射棱角 α 小于 1° 的直角棱镜组成的，从单缝 S 发出的单色光的波阵面，经双棱镜折射后形成两束重叠的光束，这两束光相当于从狭缝 S 的两个虚像 S_1 和 S_2 射出的两束相干光。于是，在两波束重叠的区域内产生干涉，将白屏插进重叠区域中的任何位置，均可看到明暗相间的干涉条纹。

图 7.6-3　菲涅尔双棱镜干涉原理图

【研究内容】

1. 自行推导计算波长的公式

2. 调节光路

（1）参照图 7.6-4，将钠光灯 W（可加圆孔光阑）摆放在光具座的一端，在光具座上依次摆放凸透镜 L_1（$f_1 = 50\text{mm}$）和白屏 H，并使屏到狭缝的距离略大于凸透镜 L_1 焦距的 4 倍。移动透镜 L_1，用两次成像法调节光具组"等高共轴"。

图 7.6-4　实验装置图

（2）在 W 约 50mm 处固定透镜 L_1，在距 L_1 约 50mm 处摆放狭缝 S，使得钠光灯经 L_1 聚焦于狭缝上，目测让光通过竖直取向的狭缝并照在白屏 H 的中心线上。移动屏使得在屏上能看到清晰的狭缝像。

（3）当狭缝像清晰时，在距狭缝 S 约 50mm 处，用二维调整架支起双棱镜 B，调节单缝和双棱镜的棱脊平行，而且由单缝射出的光对称地照在棱脊的两侧。

（4）用白屏 H 或直接用眼睛观测到干涉条纹后，以测微目镜 M 取代白屏，使相干光束在目镜视场中心。移近测微目镜 M（距离双棱镜约 280mm），慢慢调节狭缝的铅直微调，使狭缝与棱镜的棱脊平行，再从测微目镜中观测，若条纹的亮度和清晰度不理想，还可微调狭缝的宽窄。这样反复调节直至调出满意的干涉条纹。

3. 测量条纹间距 Δx

将测微目镜移到距狭缝 800～900mm 处，用目镜叉丝逐一对准视场中部的 6 条明条纹，记录每一明条纹的位置 x_1，x_2，$\cdots$，x_n，用逐差法求 Δx 的平均值。记录狭缝和测微目镜在光具座上的位置，计算 D。

4. 用共轭法测量虚光源 S_1 和 S_2 的间距 d

（1）保持狭缝与双棱镜的相对位置不改变，在双棱镜 B 与测微目镜 M 之间加上凸透镜

L_2（$f_2 = 150\text{mm}$），以白屏取代测微目镜 M，并使屏到狭缝的距离略大于凸透镜 L_2 焦距的 4 倍。移动透镜 L_2，用两次成像法调节光具组"等高共轴"。

（2）将狭缝调至足够窄时在测微目镜中出现两条亮线，即虚光源的像 S_1 和 S_2。

（3）移动透镜 L_2，在测微目镜中两次出现虚光源的像。用测微目镜分别测出两虚光源较大像之间的距离 d' 和较小像之间的距离 d''，则两虚像之间实际的距离为

$$d = \sqrt{d'd''} \tag{7.6-6}$$

（4）重新移动透镜 L_2 寻找最佳位置（3 次），分别测出 d_i' 和 d_i''，用式（7.6-6）计算出 d_i，进而求得虚光源之间的距离 d。

【注意事项】（与前面所述的杨氏双缝实验中的注意事项相同）

【实验要求】

（1）自行设计数据表格，记录干涉条纹间距 Δx，测量虚光源之间的距离 d 以及狭缝到测微目镜的距离 D。

（2）计算波长 λ，并与标准值（$\lambda_0 = 589.6\text{nm}$）比较，计算百分差，分析误差原因。

【思考题】

（1）在本实验中，狭缝起什么作用？为什么狭缝太宽会降低干涉条纹的可见度？

（2）双棱镜的两个折射角为什么要小？

C. 利用劈尖干涉测量薄膜的厚度和细丝的直径

【实验目的】

（1）观察空气劈尖产生的干涉现象，加深对干涉原理的理解。

（2）掌握利用劈尖干涉测量薄膜厚度及细丝直径的原理和方法。

【实验仪器】

钠光灯、读数显微镜、半透膜玻璃板、待测膜厚的金薄膜样品、厚约 $25\mu\text{m}$ 的铝箔、细丝。

【实验原理】

杨氏干涉、菲涅尔双棱镜干涉都属于分波面干涉，除此之外，还可用分振幅的方法获得相干光。劈尖就是一种简单的分振幅干涉装置。

1. 劈尖干涉测量细丝的直径

将两块光学平玻璃板叠在一起，在一端插入一细丝，则在两玻璃板间形成一空气劈尖。当用单色光垂直照射时，在劈尖的薄膜上下表面反射的两束光发生干涉，其光程差为

$$\delta = 2e + \frac{\lambda}{2} \tag{7.6-7}$$

产生的干涉条纹是一组与两玻璃板交接线平行而且间隔相等的平行条纹，如图 7.6-5 所示。显然，当 $\delta = 2e + \dfrac{\lambda}{2} = (2k+1)\dfrac{\lambda}{2}$（$k = 0,\ \pm 1,\ \pm 2,\ \cdots$）时为干涉暗条纹。

与第 k 级暗纹对应的薄膜的厚度为

$$e = k\frac{\lambda}{2} \tag{7.6-8}$$

利用此式，只要测得细丝处的条纹级次 k，即可求出细丝的直径。

图 7.6-5　劈尖干涉

2. 干涉法测量薄膜厚度

图 7.6-6 是干涉法测量薄膜厚度的原理示意图，图中下方是待测薄膜样品，上方是半透膜板，待测样品和半透膜板之间构成一个空气劈尖。图 7.6-7 是干涉法测量膜厚的光路示意图。钠光灯发出的光通过读数显微镜的分光镜垂直入射到空气劈尖上，产生等厚干涉现象，在读数显微镜中将观察到等厚干涉条纹。图 7.6-8 为等厚干涉条纹示意图，由于薄膜的膜厚 d 产生的台阶造成空气劈尖厚度的变化，使该等厚干涉条纹发生了移动。设等厚干涉条纹的间距为 a，干涉条纹移动的距离为 b，入射光的波长为 λ，则膜厚 d 可由下式给出

$$d = \frac{b}{a} \times \frac{\lambda}{2} \qquad (7.6\text{-}9)$$

图 7.6-6　干涉法测量薄膜厚度原理示意图

通常，利用波长 λ 已知的入射光波进行实验，只要从实验中测出 a 和 b 的值，就可以用式（7.6-9）计算出待测薄膜的膜厚 d。

图 7.6-7　干涉法测量膜厚的光路示意图　　　图 7.6-8　等厚干涉条纹的示意图

【研究内容】

1. 测量细丝的直径

（1）将待测细丝置于两片平玻璃之间，细丝平行于劈棱放置，将劈尖装置放在读数显

微镜的工作台上，并对准物镜。

（2）开启钠光灯，调节45°玻璃镜，使视场中亮度最大。

（3）调节目镜看清叉丝，并使横丝平行标尺。转动调焦手轮使目镜自下向上移动，看到清晰的牛顿环，消除视差。

（4）朝一个方向转动测微手轮，测量10个暗条纹的位置。

（5）测量劈棱到细丝间的距离。

2. 测量薄膜的厚度

（1）建立如图7.6-7所示的测量光路，在读数显微镜的载物台上放上待测膜厚的薄膜样品（薄膜样品的背面标有黑色圆点）和半透膜板（将半透膜板有膜的一面朝下）。

（2）仔细调节光路中各个可调节的部分（如读数显微镜、分光镜 M 的角度、半透膜板 P 和待测样品的相对位置），直到观察到如图7.6-8所示的清晰的干涉条纹。

（3）朝一个方向转动测微手轮，测量10个等厚干涉条纹的位置和10个移动的干涉条纹的距离。

【数据处理】

1. 测量细丝的直径

（1）自拟数据表。

（2）用逐差法求出条纹的间距。

（3）计算细丝的直径并写出测量结果表达式。

2. 测量薄膜厚度

（1）用逐差法求出条纹的间距。

（2）计算条纹移动量。

（3）算出薄膜的厚度并写出结果表达式。

【思考题】

你认为在本实验中用干涉法测量薄膜的膜厚和细丝的直径可能存在什么问题？如何改进？

【参考材料】 共轴调节

光学系统的共轴调节方法分为粗调和细调两步。

1. 粗调

将光源、物（或物屏）、透镜、像屏等光具夹固定好，先将它们靠拢，调节各自的高低、左右位置和取向，凭眼睛观察，使它们的中心处在一条和导轨平行的直线上，使透镜的主光轴与导轨平行，并且使物（或物屏）和成像平面（或像屏）与导轨垂直。这一步因单凭眼睛判断，调节效果与实验者的经验有关，故称为粗调。

2. 细调

下面讨论用透镜成像的共轭原理进行共轴的细调。

（1）放置物（或物屏）、透镜和像屏后，使物到像屏的距离大于4倍的透镜焦距，然后固定物屏和像屏。

（2）沿光轴移动凸透镜使能够在屏上两次成像，如图7.6-9a所示，一次成大像 A_1B_1，一次成小像 A_2B_2。物点 A 位于光轴上，则两次像的 A_1 和 A_2 点都在光轴上而且重合。如果物点 A 不在透镜的主光轴上，则两次像的 A_1 和 A_2 点不重合，若观察到大像的 A_1 点在小像 A_2

的下面，如图 7.6-9b 所示，则可以看出物点 A 在光轴的上方，这时应降低物屏或升高透镜，反之则应升高物屏或降低透镜。经过几次仔细调节，直至 A_1 和 A_2 重合，即说明点 A 已调到透镜的主光轴上了。

图 7.6-9　共轴调节

若要调多个透镜共轴，则应先将轴上物点调到一个凸透镜的主光轴上，然后，同样根据轴上物点的像总在轴上的道理，逐个增加待调透镜，调节它们使之逐个与第一个透镜共轴。

实验 7.7　高温超导材料特性的测试和低温温度计

自 1911 年超导现象发现后，人们一直在为提高超导临界温度而努力。直到 1986 年 4 月，缪勒（K. A. müller）和贝德罗兹（J. G. Bednorz）才有了重大突破，发现一种氧化物的超导转变温度可能高于 30K。从此在全世界范围内掀起了关于高温超导电性的研究热潮，在短短两年里就把超导临界温度提高到了 110K。氧化物超导体的出现使超导体的使用温区从液氦温区（4.2K）提高到了液氮温区（77.4K），从此超导体就被冠以"高温超导体"之名。高温超导电性的机理、基本性质是物理学的前沿课题，具有重大的应用前景。

【实验目的】

（1）了解高临界温度超导材料的基本特性及其测试方法。

（2）了解金属和半导体 PN 结的伏安特性随温度的变化规律和温差电效应。

（3）学会几种低温温度计的比对和使用方法，学习低温温度控制的简便方法。

【实验仪器】

BW2 型高温超导材料特性测试装置（电源盒）、低温恒温器（探头）、PZ158 型直流数字电压表、不锈钢杜瓦容器和支架、连接导线和电缆若干、液氮、吹风机等。

【仪器介绍】

1. 低温恒温器和不锈钢杜瓦容器

采用图 7.7-1 所示的低温恒温器和杜瓦容器，可得到从液氮正常沸点（77.4K）到室温范围内的任意温度。液氮盛在不锈钢真空夹层杜瓦容器中，用拉杆固定螺母（及与之配套的、固定在有机玻璃盖上的螺栓）调节或固定引线拉杆及其下端的低温恒温器的位置。

低温恒温器：俗称探头，其核心部件是安装有高临界温度超导样品、铂电阻温度计、硅二极管温度计、铜-康铜热电偶、25Ω 锰铜加热器线圈的紫铜恒温块，如图 7.7-2 所示。

可调式定点液面计：用来简便而精确地将液氮面维持在紫铜圆筒底和下挡板之间距离的 1/2 处。保证在测量超导转变曲线和在全温区标定温度计过程中，降温速率足够缓慢，又能在 4 学时内顺利完成实验。

加热器线圈：由温度稳定性较好的锰铜双线无电感地绕成25Ω的加热器。旋转电压调节旋钮，可提供0～5V的输出电压，使低温恒温器升温或稳定。

温度计：为了精确地测量样品的温度和进行低温温度计的比对，在紫铜恒温块上安装有铂电阻温度计、硅二极管温度计和热电偶温度计。为使温度计和超导样品具有较好的温度一致性，将它们的测温端塞入紫铜恒温块的小孔中，并用真空脂将待测超导样品粘贴在紫铜恒温块平台上的长方形凹槽内。通过金属铟的压接，将超导样品与四根电引线连接。另外，热电偶的参考端从低温恒温器底部的小孔中伸出（见图7.7-1和图7.7-2），使其在整个实验过程中都浸没在液氮内。

引线插座
引线拉杆
拉杆固定螺母
拉杆固定螺栓
有机玻璃盖
不锈钢杜瓦容器
上挡板
紫铜圆筒上盖
锰铜加热器线圈
紫铜圆筒
紫铜恒温块
超导样品
可调式定点液面计
下挡板
温差电偶和液面计
（参考点）
液氮

25Ω锰铜加热器线圈
高温超导样品
硅二极管温度计
铜-康铜热电偶（测量端）
铂电阻温度计

图7.7-1　低温恒温器和杜瓦容器结构示意图　　图7.7-2　紫铜恒温块结构示意图

2. 电测量方法和测量电路

电测量设备的核心是"BW2型高温超导材料特性测试装置"和"PZ158型直流数字电压表"。

高温超导材料特性测试装置：俗称电源盒，其前面板外形如图7.7-3所示，它主要由铂电阻、硅二极管和超导样品三个电阻测量电路构成，每一电路都包含恒流源、标准电阻、待测电阻、数字电压表和转换开关等五个主要部件。高温超导材料特性测试装置有手动和自动两种工作方式。

图 7.7-3　测试装置前面板外形图

（1）四引线测量法

对超导样品，引线电阻比样品电阻大得多，必须采用四引线法，即每个电阻元件都用四根引线，其中两根为电流引线，两根为电压引线，原理性电路如图 7.7-4 所示。采用恒流源，通过两根电流引线，恒流源将测量电流 I 提供给待测样品，通过两根电压引线，用数字电压表测量样品的电势差 U_x。

因为两根电压引线与样品的接点在两根电流引线的接点之间，排除了电流引线与样品间的接触电阻对测量的影响；又由于数字电压表的输入阻抗很高，电压引线的引线电阻及它们与样品间的接触电阻对测量的影响可以忽略不计。

图 7.7-4　四引线法测电阻原理图

用数字电压表分别测出标准电阻 R_n、待测样品上的电压 U_n、U_x，则样品的电阻为

$$R_x = \frac{U_x}{U_n} R_n$$

（2）铂电阻和硅二极管测量电路

在铂电阻、硅二极管测量电路中，电源分别为电流可微调的单一输出恒流源，输出电流的标称值分别为 1mA、$100\mu A$；通过转换开关，用两个内置的数字电压表可分别测量铂电阻、硅二极管及相应标准电阻上的电压，由此确定紫铜恒温块的温度。

（3）超导样品测量电路

超导样品的正常电阻受多种因素影响，导致每次测量所使用的超导样品的正常电阻可能有较大的差别。因此，在超导样品测量电路中，采用多档输出式、内置恒流源来提供电流，共设标称为 $100\mu A$ 到 100mA 六档电流输出，其实际值由串接在电路中的 10Ω 标准电阻上的电压来确定。

为提高测量精度，外接一台 PZ158 型直流数字电压表（灵敏度为 $1\mu V$），用来测量标准电阻和超导样品上的电压。

为了消除直流电路中乱真电动势的影响，增设电流反向开关，用以进一步确定超导体的电阻是否确已为零。

（4）热电偶和定点液面计测量电路

利用转换开关和 PZ158 型直流数字电压表，监测铜-康铜热电偶的电动势和调试定点液面计的指示。

电测量电路如图 7.7-5 所示。

图 7.7-5　电测量电路示意图

3. 自动控制专用接口

高温超导材料特性测试装置具有自动控制专用接口，将接口与计算机相连接，利用高温超导实验数据采集处理软件，可实现实验数据的自动采集、储存与处理，不仅提高实验精度，而且使数据分析更快捷、方便。

接口的基本结构如图 7.7-6 所示，由单片机主控模块、铂电阻（硅二极管）数据接收模块、PZ158 型直流数字电压表（简称 PZ158）数据接收模块、数据选择通信模块和继电器控制模块组成。硬件接口主要完成对铂电阻、硅二极管、超导样品电阻测量数据的采集工作，实现铂（硅）电流/电压档位的自动切换，以及自动检测多路测量选择转换开关的状态（短路、热电偶、液面计、样品电压、样品电流），自动控制加热器和样品电流换向开关。

图 7.7-6　接口结构图

接口默认设置：

（1）加热档默认为不加热，测试装置前面板"加热"指示灯灭。

（2）换向默认为不换向，测试装置前面板"电流换向"指示灯灭。

（3）平时档位应置于短路状态，"短路"指示灯亮。

4. 高温超导实验数据采集处理软件

软件性能特点：

（1）数据采集与处理功能各自独立，既可分开进行，又可连为一体。

（2）数据采集实时保存。

新建实验后，以当前日期及开始时刻为名称，建立实验数据库，每采集一个数据就自动保存一次。

（3）系统各类参数设置灵活。

根据实验者的不同需要，可对数据采集速率、液面计调零允许误差、铂电阻温度计型号及拟合参数等进行设置。

（4）图像坐标的全自由度设置。

提供独立的坐标设置对话框，分别对硅电压 - 温度特性曲线图、样品电压 - 温度特性曲线图、热电偶 - 温度特性曲线图、降温曲线图建立适当的坐标系，可设置坐标中心、坐标范围、网络间隔等，极其方便地进行图形处理和数据的精细分析。

【实验原理】

1. 超导电性

材料的电阻突然下降到零的现象称为零电阻现象或超导电现象。不论是否加外磁场，只要材料从正常态转变为超导态，在超导体内部的磁感应强度总等于零，这称为**迈斯纳效应**。

此效应表明，超导体具有完全抗磁性。温度的升高，磁场或电流的增大，都可使超导体从超导态转变为正常态。因此，常用临界温度 T_c、临界磁场 B_c 和临界电流密度 j_c 作为临界参量来表征超导材料的超导性能。实际超导体的电阻 - 温度关系曲线如图 7.7-7 所示，其中 $T_{c,\mathrm{onset}}$ 为起始转变温度，T_{c0} 为零电阻温度，T_{cm}（或 T_c）为超导转变（中点）温度。

图 7.7-7　超导体的电阻 - 温度关系曲线

借助高灵敏度数字电压表，用伏安法判定零电阻现象是实验室中常用的方法之一。

迄今为止，已发现 28 种金属元素（在地球常态下）及许多合金和化合物具有超导电性，而有些元素只在高压下才具有超导电性。

2. 金属电阻随温度的变化

电阻随温度变化的性质反映了物质的内在属性，是研究物质性质的基本方法之一。不同类型的材料，电阻随温度变化的性质不同。在绝对零度的纯金属中，电子在理想的、完全规则排列的原子周期场中运动，处于确定的状态，故电阻为零。当温度升高时，晶格原子的热振动会引起电子运动状态的变化，即电子的运动受到晶格的散射而出现电阻 R_i。当温度 $T >$ $\dfrac{\Theta_D}{2}$（Θ_D 为德拜温度）时，$R_i \propto T$。另外，金属中含有杂质，杂质原子对电子的散射会造成附加电阻。

当温度很低时，如小于 4.2K，晶格散射对电阻的贡献趋于零，这时的电阻几乎完全由杂质散射所造成，称为剩余电阻 R_r，它近似与温度无关。当金属纯度很高时，总电阻为

$$R = R_i + R_r$$

当高于液氮温度时，$R_i(T) \gg R_r$，故有 $R \approx R_i(T)$。当低于液氮温度时，铂的电阻温度关系如图 7.7-8 所示。在液氮正常沸点到室温的范围内，铂的电阻 $R \approx R_i(T)$ 近似地正比于温度 T，所以，铂电阻温度计的电阻-温度关系可近似表示为

$$R(T) = AT + B \qquad (7.7\text{-}1)$$

或

$$T(R) = aR + b \qquad (7.7\text{-}2)$$

其中 A、B 和 a、b 是不随温度变化的常量。可见，根据给出的铂电阻温度计在液氮正常沸点和冰点的电阻值，可以确定所用的铂电阻温

图 7.7-8 铂电阻-温度关系

度计的 A、B 或 a、b 的值，由此得到用铂电阻温度计测温时，任一个电阻值相应的温度值。

3. PN 结的正向电压随温度的变化

半导体的载流子是电子和空穴，在纯净半导体中，由本征激发产生载流子；在掺杂半导体中，还有杂质激发产生的载流子。因此，半导体具有比较复杂的电阻温度关系。一般情况下，在较大温度范围内，半导体具有负的电阻温度系数，这一特性正好弥补了金属电阻温度计在低温下灵敏度明显降低的不足。在低温物理实验中，硅电阻温度计等是常用的低温半导体电阻温度计。

与半导体具有负的电阻温度系数类似，在恒定工作电流下，硅二极管 PN 结的正向电压随着温度的降低而升高，如图 7.7-9 所示。用一支二极管温度计能测量很宽范围的温度，且灵敏度很高。在恒定小电流（0.1mA）下，硅二极管 PN 结的正向电压为

$$U \approx KT + U_0 \qquad (7.7\text{-}3)$$

式中，K、U_0 是常数。

4. 热电偶温度计

将两种金属导线连成回路，并使其两个接触点维持在不同温度，则在该闭合回路中存在温差电动势。如果将回路的一个接触点固定在已知温度，如液氮的正常沸点 77.4K，则可由所测得的温差电动

图 7.7-9 硅二极管的正向电压-温度关系

势确定回路另一接触点的温度，从而构成温差电偶温度计。这种温度计十分简便，特别是作为温度敏感部分的接触点体积很小，常用来测量小样品的温度及样品各部分之间的温差。

注意：硅二极管 PN 结的正向电压和温差电动势都随温度非线性地变化，在用内插方法计算中间温度时，必须采用相应温度范围内的灵敏度值。

【实验内容】

（1）高温超导材料特性（电阻）的测量。

（2）低温温度计的比对。

【实验步骤】

1. 准备实验

（1）灌注液氮

灌注液氮的方法：先将液氮注入便携式广口玻璃杜瓦瓶中，再将其中的液氮缓慢地倒入实验用不锈钢杜瓦容器中。液氮平静下来后，液面的位置在不锈钢杜瓦容器的中部。

（2）连接电路

1）接线前，务必先关闭所有电源。

2）先将"装置连接电缆"两端的 19 芯插头分别插在低温恒温器拉杆顶端和"电源盒"背面板的插座上，再用面板连接导线把"电源盒"前面板上用虚线连接起来的两插座全部连好，并将 PZ158 型直流数字电压表与"电源盒"前面板上的"外接 PZ158"相连。

如果工作方式选择自动，则还要

①将串口线 I 的一端插在"电源盒"后面板的"PZ158 串口"插座上，另一端插在 PZ158 型直流数字电压表的"RS232C"串口上。

②将串口线 II 的一端插在"电源盒"后面板的"PC 机串口"插座上，另一端插在电脑主机箱的 COM1 或 COM2 上。

（3）检测室温

开启"电源盒"交流 220 V 总电源前，必须使各恒流源和直流稳压电源的分电源开关均处在断开状态，电加热器的电压调节旋钮处在指针指零位置，并确认所有电路均正确连接。

1）打开电源

打开 PZ158 型直流数字电压表的电源开关，将其电压量程置于 200 mV 档。

打开"电源盒"的总电源开关（在后面板），并依次打开铂电阻温度计、硅二极管温度计和超导样品三个分电源开关。测量选择置于手动档，（本实验）不要打开电加热开关。

为了达到标称的稳定度，PZ158 型直流数字电压表和"电源盒"至少预热 10min。

2）调节温度计的工作电流

先将铂电阻温度计的"测量选择"转换开关拨向"铂电流"档，调节通过标准电阻（$R_n = 100\Omega$）的电流，即铂电阻温度计的工作电流 I 到 100.00mV（即 1.00mA），再将转换开关拨向"铂电压"档，测量室温下铂电阻的电压 U_x。

将硅二极管温度计的"测量选择"转换开关拨向"硅电流"档，调节通过标准电阻（$R_n = 10k\Omega$）的电流，即硅二极管温度计的工作电流 I 到 0.10000mA；再将转换开关拨向"硅电压"档，测量室温下二极管的正向电压 U_x。

将记录数据填入表 7.7-1 中。

3）调节超导样品的工作电流

将样品"恒流源"置 10mA 档，将样品"测量选择"转换开关拨向"样品电流"档，用 PZ158 型直流数字电压表测出并记录通过标准电阻（$R_n = 10\Omega$）的电流；再将转换开关拨向"样品电压"档，测出样品在室温下的正向和反向电压，填入表 7.7-2 中。

4）记录"热电偶"和"液面计"示值：

将样品"测量选择"转换开关先后拨向"热电偶"和"液面计"，分别记录"热电偶温度计"和"液面计"指示的电压。

工作方式可选择如下的"手动测量"或"自动测量"。

2. 手动测量和数据采集

工作方式选择"手动"。

（1）低温恒温器降温速率的控制

在超导转变前后（如 130～80K 的温度范围），要使样品单调、缓慢地降温，切忌温度变化太快或升降起伏。为了使低温恒温器的降温速率合适，在实验过程中要随时调节低温恒温器的位置，以保证液面计指示电压恰好为零，即保证液氮表面恰好在液面计位置附近。具体步骤如下：

1）将转换开关旋至"液面计"档。

2）先旋松拉杆固定螺母，调节拉杆位置，使低温恒温器靠近有机玻璃板，再将低温恒温器插入不锈钢杜瓦容器，在逐渐缓缓下移低温恒温器接近液氮面的过程中，仔细观察与液面计相连的 PZ158 型直流数字电压表示值（"液面计示值"）的变化，判断低温恒温器的下档板是否碰到了液氮面。当低温恒温器的下档板碰到液氮面时，液面计示值急剧减小，同时发出像烧热的铁块碰到水时的响声，用手可感觉到有冷气从有机玻璃板上的小孔喷出。

3）待液面平静下来后，再旋松拉杆固定螺母，使拉杆极缓慢下降，并密切监视"液面计示值"，使之逐渐减小到"零"后，立即拧紧固定螺母。

注意：

1）在低温恒温器放进杜瓦容器的过程中，其紫铜圆筒底部一定不要触及液氮面，而使紫铜恒温块的温度骤然降低，造成实验失败。

2）在低温恒温器的整个降温过程中，要不断控制拉杆下降，恢复液面计示值为"零"，以维持低温恒温器下档板的浸入深度不变。

3）液面的不稳定、导线的不均匀可导致液面计示值不一定为零，可有正（或负）几微伏的示值。在实验过程中不要强求液面计示值为零，否则可能使拉杆下降得太多。

（2）低温温度计的比对

当紫铜恒温块的温度开始降低时，观察和测量各种温度计、超导样品的电阻随温度的变化：约每 5min 记录一次各温度计的测温参量，如铂电阻温度计的电压、硅二极管温度计的正向电压、热电偶的电动势等；利用电流换向开关，测出超导样品的正向和反向电压等。将测量结果填入表 7.7-2。

进行温度计比对的方法：铂电阻温度计的性能稳定，电阻与温度有较好的线性关系，特别是在与超导转变相关的 77～130K 的温度范围内，这种线性关系非常好，且已标定。所以，可利用铂电阻温度计的电阻温度关系简化拟合公式

$$R(T) = AT + B$$

或

$$T(R) = aR + b$$

由相应温度下铂电阻温度计的电阻值，确定紫铜恒温块的温度，再以此温度为横坐标，分别以所测得的硅二极管的正向电压和热电偶的温差电动势为纵坐标，画出它们随温度变化的曲线。

各测量装置所使用的铂电阻温度计的拟合系数 A、B 或 a、b 的值由实验室给出。

（3）测量超导转变曲线

当紫铜恒温块的温度降到 130K 附近（铂电压约 45mV）时，开始仔细测量超导体的正、反向电压及相应的铂电压。

应视电阻变化快慢选取测量点，如在超导转变发生之前的正常态电阻区，每 5min 测量一次，在发生超导转变的初始阶段（如铂电压 40mV），约 2～3min 测量一次，在陡降区（如铂电压 29mV），可 10s 测量一次（如果降温过快可连续测量）。在测量超导转变曲线的同时，仍应坚持每 5min 一次的温度计比对。

判断超导样品零电阻的方法：

由于电路中的乱真电动势不随电流变向的影响，所以当样品电阻接近于零时，可利用电流反向后的电压是否改变来判定该超导样品的零电阻温度。做法如下：先在正向电流下测量并记录超导体的电压，再按下电流反向开关按钮，重复上述测量和记录。若这两次测量的数值和符号都相同，则表明超导样品达到了零电阻状态，记录此时的温度，即为该超导样品的零电阻温度。

注：在上述测量过程中，低温恒温器降温速率的控制依然是十分重要的。在发生超导转变之前，即在 $T > T_{c,onset}$ 温区，每测完一点都要把转换开关旋至"液面计"档，用 PZ158 型直流数字电压表监测液面的变化，在发生超导转变的过程中，即在 $T_{c0} < T < T_{c,onset}$ 温区，由于在液面变化不大的情况下，超导样品的电阻随着温度的降低而迅速减小，因此，不必每次再把转换开关旋至"液面计"档，而是应该密切监测超导样品电阻的变化。当超导样品的电阻接近零值时，如果低温恒温器的降温已经非常缓慢甚至停止，这时可以逐渐下移拉杆，使低温恒温器进一步降温，以促使超导转变的完成。在此过程中，转换开关应放在"热电偶"档，以监视温度的变化。

超导样品达到零电阻状态后，应再降温，采集几组数据，以得到完整的超导体电阻随温度的变化曲线。

实验结束后，小心翼翼地将低温恒温器（探头）从杜瓦容器中取出，不要磕碰，并用吹风机吹干，以免样品受潮而失去超导性。

3. 自动测量和数据采集

工作方式选择"自动"。

（1）启动"高温超导实验数据采集处理软件"

1）启动"软件"

打开电源，启动计算机，在计算机桌面上，双击"高温超导"图标，即可启动"高温超导实验数据采集处理软件"，出现该软件主界面。

2）进行系统设置

在编辑菜单中点击"系统设置"，进行系统主要参数的设置。选择自己使用的"铂电阻温度计型号"及其拟合参数，在默认情况下，数据采集速率为"5s/次"，数据库命名方式为"按时间"，"液面计调零允许误差"为±0.000005V。

（2）功能检测

1）创建实验项目

在文件菜单中点击"新建实验"，创建一个实验项目，进行高温超导实验数据的采集、处理与动态显示，并以当前日期、时间及实验开始时刻为名称创建一个数据库，实时保存采集数据。

当新建实验时，系统进行各种检测，完成后，弹出如图7.7-10所示的新建实验主界面。

图7.7-10　新建实验主界面

2）检测实验条件

①检测电流：在"控制选项"框中，点击"电流调节"，先检测通过铂电阻的电流，"仪表栏"的电流表动态显示铂电流的大小，当铂电流符合要求时，弹出"铂电流达到实验条件"对话框，点击"确定"后进行硅电流调节，"仪表栏"的电流表动态显示硅电流的大小，当硅电流符合要求时，弹出"硅电流达到实验条件"的对话框，点击"确定"，完成电流检测。

若未达到测试要求，则利用测试面板上的微调，手动调节铂电阻温度计的工作电流到1.00mA（实验中其相应的电压值显示为100.00mV），硅二极管温度计的工作电流到0.10000mA（实验中其相应的电压值显示为1.0000V）。

②检测液面：将"测量选择"转换开关旋至"液面计"，点击"检测液面"，进入液面计检测，"状态栏"的液面计状态框将动态显示当前的液面计检测状态，同时"仪表栏"的

"PZ158" 也将同时显示档位为 "液面计"，示数为液面计电压。若液面计电压不为零，则液面计当前状态显示 "非零"，调节低温恒温器的位置，使液面计指示电压恰好为零。

在实验菜单中点击 "实验开始"，或在 "控制选项" 框中点击 "自动执行"，则系统按 "电流调节"、"检测液面"、"开始采集"、"结束采集" 的顺序自动执行。

（3）采集实验数据

1）手动将 "测量选择" 转换开关旋至液面计，下拉低温恒温器拉杆，使 PZ158 显示 0.0000V。

2）将 "测量选择" 转换开关旋至 "样品电压"（本实验要求），若测热电偶电压，则将转换开关旋至 "热电偶"。

3）启动 "电流换向"，点击 "开始采集"，每隔 5s 自动记录一次实验数据，所采集数据实时显示在数据表中，并自动保存到数据库中，按选择的 "图形类型" 将实验曲线自动绘制在曲线图中。

4）在低温恒温器的降温过程中，要不断控制拉杆下降，恢复液面计示值为 "零"，以维持低温恒温器下挡板的浸入深度不变。控制方法和注意问题见 "手动测量" 中的 "1. 低温恒温器降温速率的控制"。

在采集数据过程中，可在 "控制选项" 框中改变 "图形类型"，将采集数据动态地绘出四条实验曲线，分别是硅电压-温度特性曲线、样品电压-温度特性曲线、热电偶-温度特性曲线和降温曲线。

（4）结束采集

当通过样品的电流无论正向或反向，样品的电压都相等时，即达到超导态。达到超导转变温度后，系统会自动提示（此时 "数据采集" 框中的 "临界时刻" 以红色显示出来，记下 "临界时刻"）。这时才可点击 "结束采集"，停止采集实验数据。

结束实验后，慢慢地将低温恒温器从杜瓦容器中取出，不要磕碰，并用吹风机吹干。

说明： 因为在一次实验过程中，不能同时采集样品电压和热电偶电压，所以，样品电压-温度特性曲线和热电偶-温度特性曲线只能画出其中之一。

注意：

1）在实验过程中，不可点击 "控制选项" 框中的 "结束采集" 或实验菜单中的 "实验结束"，否则，将停止实验。若要继续实验，就要先将样品升温，然后再从头开始实验。

2）在实验过程中，可以随时进行坐标设置，但应在选择了相应的图形标准后才有效。

（5）输出实验数据

在文件菜单中点击 "打开实验"，进入打开实验操作界面，可以进行查看采集的实验数据、调整实验曲线的坐标系统、打印实验数据和实验曲线等操作。

1）查看实验数据 在数据表中查看实验的各种数据，包括时间、铂电压、硅电压、样品电压、当前状态，并打印出实验数据。

2）选择曲线图类型 在控制选项框中选择曲线图类型，可查看三幅曲线图，分别是硅电压-温度特性曲线、样品电压-温度特性曲线和降温曲线。

3）坐标设置 在菜单中选择编辑，点击 "坐标设置"。通过坐标设置对话框，对选定的曲线图设置合适的坐标系统，如坐标中心位置、坐标范围、一个网格代表的间隔值，获得当前图像点的基本信息和合适的曲线图，并打印出三幅曲线图。

【注意事项】

（1）液氮温度很低，使用时要注意安全，不要让液氮溅到人身上或有机玻璃盖板、测量仪器等物品上。液氮汽化时体积将急剧膨胀，切勿将容器出气口封死。氮气虽无毒，但却是窒息性气体，所以，应保持实验室具有良好的通风。

（2）认真预习，按要求进行实验，并一次取齐数据，避免实验失败。若实验失败或需要补充不足的数据，则必须将低温恒温器从杜瓦容器中取出，并用电吹风机加热，待温度计示值重新恢复到室温数据附近时，再重新做实验。

（3）在旋松固定螺母并下移拉杆时，一定要握紧拉杆，以免下滑。在低温下，塑料套管又硬又脆，极易折断，所以在实验过程中，杜瓦容器内的液氮的高度不能低于 15cm，而且一定不要将拉杆下移太多，以免热电偶和液面计的参考端与杜瓦容器内筒底部相碰。在取出低温恒温器时，一定要避免热电偶和液面计的参考端与任何物体碰撞。

（4）低温恒温器的引线拉杆是厚度仅 0.5 mm 的薄壁德银管，一定不要使其受力，以免变形或损坏。

（5）切忌磕伤不锈钢金属杜瓦容器底部的真空封嘴及内筒壁。

（6）在直流低电势的测量中，必须克服乱真电动势的影响。为了判定超导样品是否达到了零电阻的超导态，必须使用反向开关。

（7）实验结束，关闭电源。恒流源不可开路，PZ158 型直流数字电压表不宜长时间处在开路状态。

【思考题】

（1）在低温恒温器逐渐插入不锈钢杜瓦容器并接近液氮面的过程中，液面计指示值的变化有何规律？

（2）在确定超导样品的零电阻时，测量电流为什么必须反向？

（3）超导体的磁性有什么特点？它是否是独立于零电阻性质的超导体的基本性质？

【数据处理】

1. 室温检测数据

表 7.7-1　室温检测数据表　　　　　　　　探头型号：

铂电阻温度计				硅二极管温度计			
标 准 电 阻		工作电流 I/mA		标 准 电 阻		工作电流 I/mA	
电阻 R_n/Ω	电压 U_n/mV			电阻 R_n/kΩ	电压 U_n/V		

铂电阻（室温）			硅二极管 PN 结（室温）		
电阻 R_x/Ω	电压 U_x/mV	室温 T_x/K	正向电压 U_x/mV		室温 T_x/K

（1）由铂电阻温度计的工作电流 I 和电压 U_x，根据欧姆定律，计算出铂电阻在室温的阻值 R_x。再由说明书中的铂电阻温度计的电阻温度关系的参考值表，查出或算出常量 A、B 或 a、b，利用式（7.7-1）或式（7.7-2）计算出室温。

（2）由说明书中的硅二极管 PN 结的正向电压 U 的参考值表，查出或算出 K、U_0 常量，利用式（7.7-3）计算出室温。

2. 手动测量数据处理

(1) 低温温度计的比对

表 7.7-2 各温度计和样品的测量结果

测量次数	铂电阻温度计 工作电流:1.0000mA			硅二极管温度计 工作电流: 0.10000mA	热电偶的电动势 /mV	样品电流 10.0085mA	
						样品电压/mV	
	电压 U_x/mV	电阻 R_x/Ω	温度 T_x/K	正向电压/mV		正 向	反 向
室温							
1							
2							
3							
4							
5							
6							
7							
8							
⋮	⋮	⋮	⋮	⋮		⋮	⋮

进行低温温度计的比对:

由铂电阻温度计的工作电流 I 和电压 U_x,根据欧姆定律,算出铂电阻在各温度下的阻值 R_x。由说明书中的表 1,查出拟合系数 a、b,利用式 (7.7-2) 算出紫铜恒温块相应的温度 T_x。

以紫铜恒温块的温度为横坐标,分别以硅二极管的正向电压和热电偶的温差电动势为纵坐标,画出硅二极管的正向电压和热电偶的温差电动势随温度变化的曲线。

(2) 确定超导转变温度

计算超导样品在各种温度下的电阻 R,以 R 为纵坐标,温度 T 为横坐标,画出超导体的电阻随温度的变化曲线。因为采用的是恒流源,超导样品的电阻与其电压成正比,所以,也可作超导体的电压随温度的变化曲线,即样品电压-温度特性曲线,在此曲线上标明起始转变温度 $T_{c,onset}$、零电阻温度 T_{c0} 和超导转变温度 T_c。

3. 自动测量数据处理

确定超导转变温度

(1) 由记录的超导转变"临界时刻",从打印出的数据表中查出超导转变状态时的各种数据,如时间、铂电压、硅电压、样品电压等。

(2) 在样品电压-温度特性曲线上,标明其起始转变温度 $T_{c,onset}$、零电阻温度 T_{c0} 和超导转变温度 T_c。

(3) 将超导转变的相关参数填入自拟的数据表中。

实验 7.8 扫描隧道显微镜的原理和应用

【实验目的】

(1) 了解量子力学中隧道效应的基本原理。

（2）熟悉扫描隧道显微镜的基本结构，掌握其使用方法。

（3）会用扫描隧道显微镜观察样品的表面形貌。

（4）能正确使用扫描隧道显微镜的控制软件，并对扫描的图样进行处理。

【实验仪器】

AJ—1 型扫描隧道显微镜、计算机、样品（光栅和高序石墨）、铂铱合金丝、镊子等。

【实验原理】

经典物理学认为，动能是非负的量，因此，一个粒子的势能 $V(r)$ 是不可能大于它的总能量 E 的，对物质而言，即它的表面是分明的，不存在电子云。而在量子力学中，电子具有波动性，其位置是弥散的，在 $V(r) > E$ 的区域，薛定谔方程（Schrodinger equation）

$$\left[-\frac{h^2}{2m}V^2 + V(r) \right]\psi(r) = e^{\psi(r)} \tag{7.8-1}$$

的解不一定是零。因此，一个入射粒子穿透 $V(r) > E$ 有限区域的几率是非零的。所以，物质表面上的一些电子会散逸出来，在样品周围形成电子云。电子云是电子位置具有不确定性的结果，这是由其波动性所决定的。电子云的密度随与表面距离的增加而呈指数量级衰减。

扫描隧道显微镜（scanning tunneling microscope，简称 STM）的工作原理是基于量子力学中的隧道贯穿效应，其核心部件是一个能在样品表面进行扫描、并与样品间有一偏置电压、其直径为原子尺度的针尖。当针尖和样品的距离非常接近时，其间的势垒变得非常薄，电子云相互重叠（见图 7.8-1），如果在针尖和样品之间施加一个电压，电子就可以从针尖转移到样品或者从样品转移到针尖，形成隧道电

图 7.8-1　金属表面与针尖的电子云图

流。通过记录针尖和样品之间隧道电流的变化就可以得到样品表面形貌的信息。STM 针尖和样品之间构成势垒的间隙 L 约为 1～10nm。隧道电流和 L 之间的关系为

$$I = U\exp(-K/L) \tag{7.8-2}$$

式中，U 为偏置电压；L 为探针和样品之间的距离；$K = \sqrt{2m\Phi}$；m 为自由电子的质量；Φ 为有效平均势垒高度。由式（7.8-2）可知，隧道电流与针尖样品间距 L 呈负指数关系，因此，电流对 L 的变化非常敏感。当针尖在被测样品表面扫描时，即使表面仅有原子尺度的起伏，也会导致隧道电流非常显著的变化。这样就可以通过测量电流的变化来反映样品表面原子尺度的起伏，如图 7.8-2a 所示。这就是 STM 的基本工作原理，这种运行模式称为恒高模式（即保持针尖高度恒定）。

STM 还有另外一种工作模式，称为恒流模式，如图 7.8-2b 所示。在恒流模式中，当针尖扫描时，通过电子反馈回路来保持隧道电流不变。为维持恒定的电流，针尖随样品表面的起伏而上下移动，因此，记录针尖上下运动的轨迹，就可得到样品表面的形貌。

恒高模式仅适于对表面起伏不大的样品进行扫描，当样品表面起伏较大时，由于针尖离样品表面非常近，采用恒高模式扫描容易造成针尖与样品表面相撞，导致针尖和样品被破坏。恒流模式是 STM 最常用的工作模式，本实验采用的就是恒流模式。

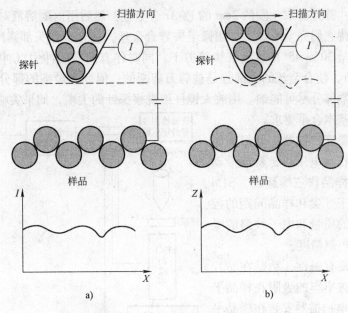

图 7.8-2　STM 的两种工作模式

a）恒高模式　b）恒流模式

【仪器介绍】

STM 的仪器实物和基本构造分别如图 7.8-3 和图 7.8-4 所示，它主要由三部分组成：①头部系统（头部和基座）：它是 STM 仪器的工作执行部分，包括信号检测装置、处理电路、针尖、样品、扫描器、粗细调驱动装置和隔离震动的设备；②电子学系统（控制箱）：它是 STM 仪器的控制部分，主要实现扫描器的各种预设的功能和维持扫描状态；③计算机系统（主机和显示器）：工作人员通过对计算机人机交互软件的操作，指令电子学控制系统使头部实现对扫描过程的控制，并进行数据的获取、分析和输出。

图 7.8-3　AJ-1 型扫描隧道显微镜实物图

1. 头部系统

STM 探头：包括固定金属导管、粗调驱动装置、采光观察窗、照明光源、探头信号线插座和隧道电流检测电路等。固定金属导管简称针导管（内径 0.45mm）是固定 STM 探针的地方。STM 探针要求不长于 2cm，通常在探针末端 5mm 处将针尖弯成 45°角，插入针导管，针导管外保留约 5mm 针尖长度。采光观察窗和照明光源用于观察样品和针尖之间的距离。隧道电流检测电路将隧道电流转换为电压输出。

STM 探针：采用直径为 0.4mm 的铂铱合金丝剪制而成，其含量为 75% 的铂和 25% 的铱。制作方法为：首先剪取一段约 2cm 的 Pt-Ar 合金丝；然后用丙酮溶液对合金丝、镊子和剪刀进行清洁，待它们完全干燥后，用镊子夹着合金丝，使合金丝头部露出 5～7mm，将剪刀与铂铱合金丝呈 30°～45°角放置，快速剪下，同时伴有向前的冲力（冲力方向与剪刀和针成的角度一致），使合金丝的大部分是被剪刀剪断的，但针尖最细的部分是被拉断的，这样能保证针尖尖端部分尽可能细。用放大镜仔细观察探针的尖端，如果尖端基本呈倒三角尖形，则说明针尖基本合乎要求。

PZT 压电陶瓷管扫描器：外形如管状，加上合适的扫描电压后，就能带动附着在它上面的样品作三维运动。STM 图像的质量取决于针尖和样品间距的控制精度，扫描器的质量和电子线路的噪声水平决定这种控制精度。

探头底座：带有磁性，粘贴在贴片上的测试样品可被牢牢的吸附在样品平台上，而 PZT 压电扫描器安装在样品平台的下方。探头底座上半部分是粗调驱动装置，下半部分是控制箱接线盒。

粗细调驱动装置：该装置采用双螺旋测微仪（实现粗调）和步进电动机驱动（实现细调）来调节样品和针尖之间的距离。探头（含针尖）依靠重力作用通过三点支撑放在两个粗调螺杆和一个步进电动机螺杆上。两个粗调螺杆可实现样品和针尖的距离在 0～25mm 范围内的调节；而步进电动机则可实现在 0～1mm 范围内精细的调节。

图 7.8-4 AJ-1 型扫描隧道显微镜基本结构图

防震设备：采用橡皮缓冲垫和弹簧悬挂这两种减震措施，能隔离 1Hz 以上的振动，保证稳定的测试环境。

2. 控制箱

控制箱是构成 STM 系统的关键部分之一，其核心是一个 TMS320C50 的 DSP 芯片。它实现了诸如 XY 扫描、STM 反馈计算、改变 STM 针尖偏压、马达自动控制等所有硬件功能，并管理 RS232 串行口，完成与 PC 机间的数据通信。

3. 计算机在线操作控制软件

控制箱用电缆与计算机的串口连接。使用在线软件"NanoEye-2005"对图像进行扫描，如果得到了满意的样品表面形貌图像，可将该图像存盘，然后利用离线软件"AJ-1 离线软件"对图像进行分析。离线软件具有文件管理、图形显示、图像处理、图像分析等功能。

【实验内容】

（1）启动计算机，先打开控制箱电源开关，然后打开 AJ-Ⅰ扫描隧道显微镜在线软件"NanoEye-2005"，再在菜单栏上选中"显微镜 \ 校正 \ 初始化"，选定屏幕上弹出对话框的"零通道"，点击"应用"，"确定"。

（2）单击菜单"视图 \ 高度图像"，屏幕上会出现高度图像、扫描控制面板和高度控制面板，如图 7.8-5 所示。

（3）按照前面所述方法制备一段合乎要求的针尖，将探头反面放置，用镊子小心地将针尖插入探头的针槽内（切勿插反），留在针槽外的长度约为 5 ~ 6mm，插入时保证针与针槽内壁有较强的摩擦力（因探针口径小于针槽的内径，所以放置时可以将探针顶部稍微弯曲，以夹紧探针），确保探针的稳固。

图 7.8-5　AJ-1 在线控制软件主界面

(4) 安装样品。用镊子将待测样品平稳地放在样品平台上，然后用手调节机座前方两个带螺旋测微仪的旋钮，逆时针调节（退针）十多圈后，再把探头以针尖朝下的方向缓慢平稳地安放在平台上。注意探头 1.5cm 宽的缺口朝外方，此时探头端面的两个凹孔正好落在平台前面的两个支架上，针尖指向样品表面。

(5) 手动进针。首先在扫描隧道显微镜的主界面单击菜单"视图 \ Z 高度"，出现"Z高度"面板，然后单击"马达 \ 高级控制"菜单，点击在马达高级控制面板的"单步进"，计算机左下角会显示"已进入启动态，准备就绪"，这说明 STM 探针已进入保护状态，可以进针。调节机座前方的手动调节旋钮，顺时针为进针，逆时针为退针。调节时先在样品平面上找到镜像小红灯，同时调节视点在镜像小红灯平面上，找到实际针尖的镜像针尖，调节实际针尖和镜像针尖的距离，直到两针尖距离十分接近为止（千万不能接触！）。调节的同时注意观察 Z 高度显示图中的红线是否有撞针现象，红线到达顶部即为撞针，一般情况下针尖报废，需要重新制备和安装针尖。如果一切正常就可以轻轻地将探头盖盖好并锁定。

(6) 自动进针。在马达高级控制面板单击"连续进"，此时马达开始驱动电动机自动进针，待出现"针尖进入隧道区"的提示框后，点击"确定"，此时 Z 高度图像中红线应在 −100 ~ −50V 之间。然后进行单步操作，连续单击马达高级控制面板中的"单步进"，调节红线于中间位置时停止，进针结束，关闭马达高级控制面板。

(7) 针尖检验。打开"I_z 曲线"图（即 I_z 的高度曲线图），在面板左端单击"开始"，实现针尖在样品表面的扫描。扫描完毕后观察 I_z 曲线图中电流的衰减情况，若图中的曲线陡峭，同时变化不大，说明针尖较好。

(8) 光栅样品的扫描。

1) 在图 7.8-5 所示的计算机控制面板主界面设置测量条件：在"扫描控制面板"框

中，设置"扫描范围"为最大，"X 偏置"和"Y 偏置"为 0，"旋转角度"为 0，"扫描速率"为 1 Hz 左右；在"反馈控制面板"框中，设置"比例增益"为 8.000，"积分增益"为 12.000，设置"设置点"（即隧道电流）为 1nA，"偏压"为 50mV 左右，"反馈循环"为"Enable"状态；在"高度控制"框中，设置"显示模式"为图像模式，"校正"为"线平均校正"，"显示范围"置于 100nm，"显示中心点"为 0.00V。

2）单击"高度图像"面板左上方的"扫描"图标，开始样品扫描，样品表面形貌图像按扫描规律出现在高度图像面板中。在扫描过程中，点击图像面板上的"捕捉"图标即可把正在进行的本次扫描的数据图像保存在 c：\ program Files \ NanoEye-2005 下的 data 里（保存的数据图像以时间为文件名）。

3）扫描结束后，应先退针。退针时，鼠标点击高级马达控制面板中的"连续退"，退1000 步左右，然后关闭扫描控制软件，最后关掉控制箱电源！

（9）高序石墨样品的扫描：

1）针尖和高序石墨的制备与安装与前述（1）~（4）步相同，并按第（5）步的要求实现手动进针，如果刚做完光栅样品的测试，可跳过针尖检验这一步。

2）悬挂防振：要获得高序石墨的原子级图像，应将头部的振动减到最小，因此，要将整个头部悬挂起来。首先单击"高级马达控制面板"中的"连续退"，使针尖退到 1000 ~ 1500 步左右（或手动按控制器面板"退"键 6 ~ 7s），此举措是要防止针尖和样品在悬挂过程中碰撞。然后将探头防尘盖与机座盖好并锁定。悬挂防震时一只手按住探头，另一只手将弹簧悬挂环拉长，并慢慢地和防尘盖的扣环套牢，连接后不能马上松手，要用手平稳地托起整个头部，缓慢地使头部上移，直至感觉到弹簧的压力和头部的重量平衡时再松开手。最后再将防尘防振箱封闭。

3）自动进针，此步骤与（6）相同。

4）高序石墨的阶梯扫描：将扫描控制面板中的"扫描范围"参数设置为最大，再将"高度控制"面板中"范围"设置为 10nm，其他参数保持默认值，然后进行阶梯扫描。此扫描的目的是选择一块样品表面平整区域，以供原子级扫描使用。

5）扫描区域的选择：在阶梯扫描中注意高度曲线和高度图像的变化，在高度图像中颜色的深浅变化代表样品表面的凹凸变化（颜色越亮说明样品表面就越突出，颜色越浅说明样品表面就越下凹）。高度曲线的变化直观地反映了样品的平整度状况，结合高度曲线和高度图像进行操作，看中一块平整的扫描区域后，点击 ✛，该区域即被选中。

6）高序石墨的原子级扫描：扫描区域选定后，进行参数调节，先将扫描范围设置为10nm，"显示范围"设置为 0.5nm，"扫描速率"设置为 5Hz，"比例增益"和"积分增益"分别设置为 6 和 10（一般在 10 左右），"设置点"设置为 1nA（最大不要超过 10nA，最小不要小于 0.05nA），观察有没有较为细密的原子形貌图出现（一般在针尖状态和噪声环境较好的情况下都会看到）。看到细密的原子形貌图后将显示范围设置为 0.25nm（在 0.3 ~ 0.5nm 之间均能看到原子），再将扫描范围设置为 5nm 左右，观察是否有较为清晰的原子形貌图出现。若有，调节比例增益、积分增益和设置点的参数，直到有更为清晰的原子形貌图出现。若无较为清晰的原子形貌图出现，调节扫描速率和旋转角度（一般此时调节扫描速率和旋转角度都可以出现较为清晰的原子形貌图），旋转角度调节时先以每 15° 一个阶梯进行粗调，然后再进行1°一个阶梯的微调，注意图像的变化。在改变旋转角度时显示范围会相应地变化，此时应调节扫描范围，保持扫描范围的恒定。往返上述操作即可得到清晰的原子形貌图。

（10）实验结束：点击高级马达控制面板中的"连续退"，退1000步左右，然后关闭扫描控制软件，最后关掉控制箱电源。

【注意事项】

（1）一个合乎要求的针尖是整个实验成功与否的关键，除了剪制一个合乎要求的针尖外，使用针尖时还应注意以下两点：

1）避免针尖尖端污染。测量过程中空气中的灰尘和水汽可能会吸附到针尖上，因此，测量时应关好防尘罩门。

2）绝对避免针尖撞上样品。在快速扫描表面起伏大的样品时，应将扫描速度降低。

（2）由于剪制的针尖尖端并非一个绝对的原子尺度，在原子级成像时，有时会有多针尖效应，图像在一个扫描方向上不易分开。这时，通过改变扫描方向，可以有效地获得高分辨率的原子图像。

（3）软件部分影响图像质量的关键因素是要正确地选择测量条件（包括选择扫描区域）。总的说来，如果要求图像分辨率高，则扫描范围要小。如需同时改变几个测试因素，一般是逐一改变一个参数扫描一次，再根据图像情况决定是否进行另一个参数的改变。

（4）实验结束后，一定要先退针，然后再关闭软件。

【利用离线软件对图像进行处理】

（1）打开离线软件：要先在 USB 口插入微狗，然后打开"AJ-1 离线软件"。

（2）打开 c:\ program Files \ NanoEye-2005 \ data 中以时间为文件名的图像，可以看到扫描物体的顶视图；

（3）对图像进行平整化处理（平整化处理是将像素与周边像素作加权平均，拟合的阶数有 0 阶、1 阶、2 阶和 3 阶共四种，一般进行 1 阶拟合即可），要求看到的图像色泽较均匀，然后把处理后的图像保存到"c:\ program Files \ NanoEye-2005 \ 平整化处理的图像"的文件夹中。

（4）打开保存后的图像，点击"三维图"，调节视角（View angle）和光角（Light angle），即可看到不同角度光栅/高序石墨的三维立体图像。

（5）将调整好的图像通过菜单栏的"屏幕\ 到文件\ 黑（白）底色"输出为 bmp 格式保存在"c:\ program Files \ NanoEye-2005 \ 输出的图像"文件夹中。

附　　录

附录 A　国际单位制（SI）

表 1　SI 的基本单位、辅助单位及部分导出单位

	量 的 名 称	单 位 名 称	单 位 符 号	用其他 SI 单位表示
基本单位	长度	米	m	
	质量	千克(公斤)	kg	
	时间	秒	s	
	电流	安[培]	A	
	热力学温度	开[尔文]	K	
	物质的量	摩[尔]	mol	
	光强度	坎[德拉]	cd	
辅助单位	平面角	弧度	rad	
	立体角	球面度	sr	
导出单位	频率	赫[兹]	Hz	s^{-1}
	力、重力	牛[顿]	N	$kg \cdot m \cdot s^{-2}$
	压强、压力、应力	帕[斯卡]	Pa	$N \cdot m^{-2}$
	能量、功、热	焦[尔]	J	$N \cdot m$
	功率、辐射通量	瓦[特]	W	$J \cdot s^{-1}$
	电荷量	库[仑]	C	$A \cdot s$
	电势、电压、电动势	伏[特]	V	$W \cdot A^{-1}$
	电容	法[拉]	F	$C \cdot V^{-1}$
	电阻	欧[姆]	Ω	$V \cdot A^{-1}$
	电导	西[门子]	S	$A \cdot V^{-1}$
	电感	亨[利]	H	$Wb \cdot A^{-1}$
	磁通量	韦[伯]	Wb	$V \cdot s$
	磁感应强度、磁通量密度	特[斯拉]	T	$Wb \cdot m^{-2}$
	摄氏温度	摄氏度	°C	
	光通量	流[明]	lm	$cd \cdot sr$
	光照度	勒[克斯]	lx	$lm \cdot m^{-2}$
	面积	平方米	m^2	
	速度	米每秒	$m \cdot s^{-1}$	
	加速度	米每平方秒	$m \cdot s^{-2}$	

（续）

	量 的 名 称	单 位 名 称	单 位 符 号	用其他 SI 单位表示
导出单位	密度	千克每立方米	$kg \cdot m^{-3}$	
	动力粘度	帕[斯卡]秒	$Pa \cdot s$	
	表面张力	牛[顿]每米	$N \cdot m^{-1}$	
	比热容	焦[尔]每千克开[尔文]	$J \cdot kg^{-1} \cdot K^{-1}$	
	热导率	瓦[特]每米开[尔文]	$W \cdot m^{-1} \cdot K^{-1}$	
	介电常数(电容率)	法[拉]每米	$F \cdot m^{-1}$	
	磁导率	亨[利]每米	$H \cdot m^{-1}$	
	磁场强度、磁化强度	安[培]每米	$A \cdot m^{-1}$	

表 2　SI 所用的词头

数 量 级	符 号	读 法	数 量 级	符 号	读 法
10^1	da	十	10^{-1}	d	分
10^2	h	百	10^{-2}	c	厘
10^3	k	千	10^{-3}	m	毫
10^6	M	兆	10^{-6}	μ	微
10^9	G	吉[咖]	10^{-9}	n	纳[诺]
10^{12}	T	太[拉]	10^{-12}	p	皮[可]
10^{15}	P	拍[它]	10^{-15}	f	飞[母托]
10^{18}	E	艾[可萨]	10^{-18}	a	阿[托]
10^{21}	Z	泽[它]	10^{-21}	z	仄[普托]
10^{24}	Y	尧[它]	10^{-24}	y	幺[科托]

附录 B　物理实验中常用仪器的基本误差允许极限（Δ 值）

仪 器 名 称	条 件 说 明	Δ 值
钢直尺	分度值 1mm，测量范围 150mm	$\Delta = (0.05 + 0.00015L)$ mm 式中 L 以 mm 为单位 物理实验中取估计值 $\Delta = 0.5$mm
钢卷尺	分度值 1mm，测量范围 2m	Ⅰ级 $\Delta = (0.1 + 0.1L)$ mm Ⅱ级 $\Delta = (0.3 + 0.2L)$ mm 式中 L 以 m 为单位 物理实验中取估计值 $\Delta = 2 \sim 5$mm
游标卡尺	测量范围 $0 \sim 125$mm，分度值 0.02mm	$\Delta = 0.02$mm
	测量范围 $0 \sim 125$mm，分度值 0.05mm	$\Delta = 0.05$mm
螺旋测微仪	测量范围 $0 \sim 25$mm，分度值 0.01mm	$\Delta = 0.004$mm

（续）

仪 器 名 称	条 件 说 明	Δ 值
物理天平	WL—05,分度值 0.02g,最大称量 500g	$\Delta = 0.02g$
	TW—05,分度值 0.05g,最大称量 500g	$\Delta = 0.05g$
砝码	1 ~ 10g	$\Delta = 0.001g$
	20g	$\Delta = 0.002g$
	50g	$\Delta = 0.003g$
	100g	$\Delta = 0.005g$
	200g	$\Delta = 0.01g$
	标称值 100kg 磅秤秤砣 实际质量为 1kg	$\Delta = 0.005kg$
机械秒表	型号 505,二级,分度值 0.2s	物理实验中单次计时(起动和停表各一次)取 $\Delta = 0.2s$
数字式电子秒表	显示最小单位 0.01s	物理实验中单次计时(起动和停表各一次)取 $\Delta = 0.2s$
数字毫秒计	JSJ—Ⅲ型,显示 4 位,显示最小单位 0.1ms,最大量程 99.99s	光电门起动和停止计时,取 $\Delta = 0.5ms$ ($t <$ 10s)
玻璃温度计	全浸温度计,分度值 1°C,测量范围 –30 ~ 100°C	$\Delta = 1°C$
实验室直流多值电阻器	ZX21 型,各档 ×10000、×1000、×100、×10、×1、×0.1 等级分别为 0.1、0.1、0.1、0.2、0.5、5 级	$\Delta = \sum a_i \% R_i \Omega$ 式中 a_i 为第 i 档等级指标, R_i 为第 i 档的示值
	符合部标的 ZX21 型电阻箱,准确度等级 0.1 级	$\Delta = (0.1\% R + 0.005)\Omega$ R 为电阻箱示值
读数显微镜	JXD 型,分度值 0.01mm,测量范围 0 ~ 50mm	$\Delta = \left(5 + \dfrac{L}{15}\right)\mu m$,式中 L 为被测长度(单位取 mm)的数值
磁电系电流表和电压表	量程为 U_m,等级为 a 的电压表	$\Delta = a\% U_m$
	量程为 I_m,等级为 a 的电流表	$\Delta = a\% I_m$
直流电桥	QJ23 型,所选倍率为 K	$\Delta = K(0.2\% R_3 + 0.2)\Omega$
直流电势差计	UJ36 型 倍率×1	$\Delta = (0.1\% U_x + 50 \times 10^{-6})V$
	倍率×0.2	$\Delta = (0.1\% U_x + 10 \times 10^{-6})V$
低频信号发生器	XD—7 型	$\Delta = (2\% f + 1)Hz$
分光计	JJY 型,分度值 1′	$\Delta = 1′$

附录 C   物理实验报告标准格式

实验 1   长度的测量

【实验目的】

（1）学习游标卡尺、千分尺的测量原理和使用方法。

（2）掌握一般仪器的读数规则。

【实验仪器】

序　号	名　称	型　号	技术规格
1	游标卡尺		分度值：0.02mm 量程：0 ~ 125mm
2	螺旋测微计		分度值：0.01mm 量程：0 ~ 25mm
其他			空心圆柱体、铜片、塑料片等

【实验原理】

游标卡尺的分度值：$\delta = \dfrac{a}{n}$，其中 a 为主尺最小刻度长度，n 为游标分度数。

读数方法：由游标零刻线左边最接近零刻线的那根主尺刻线读出毫米整数 m；若游标零刻线右边第 k 条刻线与主尺某一刻线对齐，毫米以下部分为 $k \times$ 分度值。

$$\boxed{测量结果 = m + k \times 分度值}$$

千分尺的分度值：$\delta = \dfrac{d}{n}$，其中 d 为螺距；n 为微分筒上分格数。

读数方法：先以微分筒的棱边为准线，从固定套管上读出整毫米数和半毫米数，再以固定套管的水平线为准线，从微分筒上读出半毫米以内小数部分，并估读一位。

$$\boxed{测量结果 = 固定套管上读数 + 微分筒上读数}$$

【实验内容、步骤】

（1）用游标卡尺测量空心圆柱体的外径、内径、深和高。

（2）用千分尺测量钢片和塑料片的厚度。

【数据处理】

（1）测空心圆柱体的外径、内径、深和高。

游标卡尺的零点读数：$D_0 = 0.00$mm

游标卡尺的仪器误差：$\Delta_仪 = 0.02$mm

$$u_B = \frac{\Delta_仪}{\sqrt{3}} = \frac{0.02}{\sqrt{3}}\text{mm} = 0.01\text{mm}$$

读项 数目 次　数	外径 D_1/mm	内径 D_2/mm	高 H_1/mm	深 H_2/mm
1	24.80	17.00	45.16	32.98
2	24.78	16.98	45.14	32.88
3	24.80	16.98	45.20	32.78
4	24.80	16.98	45.18	32.76
5	24.76	17.02	45.12	32.84
平均值	24.79	16.99	45.16	32.85
A 类不确定度 u_A	0.008	0.008	0.01	0.04

$$u_{C}(D_{1}) = \sqrt{u_{A}^{2}(\overline{D}_{1}) + u_{B}^{2}} = \sqrt{0.008^{2} + 0.01^{2}}\,\text{mm} = 0.01\,\text{mm}$$

$$u_{C}(D_{2}) = \sqrt{u_{A}^{2}(\overline{D}_{2}) + u_{B}^{2}} = \sqrt{0.008^{2} + 0.01^{2}}\,\text{mm} = 0.01\,\text{mm}$$

$$u_{C}(H_{1}) = \sqrt{u_{A}^{2}(\overline{H}_{1}) + u_{B}^{2}} = \sqrt{0.01^{2} + 0.01^{2}}\,\text{mm} = 0.01\,\text{mm}$$

$$u_{C}(H_{2}) = \sqrt{u_{A}^{2}(\overline{H}_{2}) + u_{B}^{2}} = \sqrt{0.04^{2} + 0.01^{2}}\,\text{mm} = 0.04\,\text{mm}$$

测量值的修正:

$D_{1} = \overline{D}_{1} - D_{0} = (24.79 - 0.00)\,\text{mm} = 24.79\,\text{mm}$, $D_{2} = \overline{D}_{2} - D_{0} = (16.99 - 0.00)\,\text{mm} = 16.99\,\text{mm}$

$H_{1} = \overline{H}_{1} - D_{0} = (45.16 - 0.00)\,\text{mm} = 45.16\,\text{mm}$, $H_{2} = \overline{H}_{2} - D_{0} = (32.85 - 0.00)\,\text{mm} = 32.5\,\text{mm}$

测量结果:

$D_{1} \pm u_{C}(D_{1}) = (24.79 \pm 0.01)\,\text{mm}, E_{D_{1}} = 0.040\%$

$D_{2} \pm u_{C}(D_{2}) = (16.99 \pm 0.01)\,\text{mm}, E_{D_{2}} = 0.059\%$

$H_{1} \pm u_{C}(H_{1}) = (45.16 \pm 0.01)\,\text{mm}, E_{H_{1}} = 0.022\%$

$H_{2} \pm u_{C}(H_{2}) = (32.85 \pm 0.04)\,\text{mm}, E_{H_{2}} = 0.12\%$

(2) 测钢片和塑料片的厚度

千分尺的零点读数: $H_{0} = -0.017\,\text{mm}$

千分尺的仪器误差: $\Delta_{仪} = 0.004\,\text{mm}$

次　数　　被测量	1	2	3	4	5	平均	A类不确定度 U_{A}
铜片厚度 H_{1}/mm	1.751	1.707	1.749	1.736	1.707	1.730	0.01
塑料片厚度 H_{2}/mm	0.668	0.675	0.665	0.683	0.681	0.674	0.004

$$u_{B} = \frac{\Delta_{仪}}{\sqrt{3}} = \frac{0.004}{\sqrt{3}}\,\text{mm} = 0.002\,\text{mm}$$

$$u_{C}(H_{1}) = \sqrt{u_{A}^{2}(\overline{H}_{1}) + u_{B}^{2}} = \sqrt{0.01^{2} + 0.002^{2}}\,\text{mm} = 0.01\,\text{mm}$$

$$u_{C}(H_{2}) = \sqrt{u_{A}^{2}(\overline{H}_{2}) + u_{B}^{2}} = \sqrt{0.004^{2} + 0.002^{2}}\,\text{mm} = 0.004\,\text{mm}$$

测量值的修正:

$H_{1} = \overline{H}_{1} - H_{0} = [1.730 - (-0.017)]\,\text{mm} = 1.747\,\text{mm}$

$H_{2} = \overline{H}_{2} - H_{0} = [0.674 - (-0.017)]\,\text{mm} = 0.691\,\text{mm}$

测量结果:

$H_{1} \pm u_{C}(H_{1}) = (1.75 \pm 0.01)\,\text{mm}, E_{H_{1}} = 0.57\%$

$H_{2} \pm u_{C}(H_{2}) = (0.691 \pm 0.004)\,\text{mm}, E_{H_{2}} = 0.58\%$

【分析讨论】

(1) 由于被测物体本身不均匀和不规则,所以测量中要合理地分布测量点。

(2) 当有零点误差时,千分尺读数有时不取决于刻线是否显露出来,而要根据主尺的估读作出合理的判断。

(3) 零点读数为负值时,应"反方向"读出零点读数的绝对值。

附录 D　在不同置信概率与自由度下的 t 因子表

自由度 ν	$t_{P=68.27}$	$t_{P=95}$	$t_{P=99}$	$t_{P=99.73}$
1	1.84	12.71	63.66	235.80
2	1.32	4.30	9.92	19.21
3	1.20	3.18	5.84	9.22
4	1.14	2.78	4.60	6.62
5	1.11	2.57	4.03	5.51
6	1.09	2.45	3.71	4.90
7	1.08	2.36	3.50	4.53
8	1.07	2.31	3.36	4.28
9	1.06	2.26	3.25	4.09
10	1.05	2.23	3.17	3.96
11	1.05	2.20	3.11	3.85
12	1.04	2.18	3.05	3.76
13	1.04	2.16	3.01	3.69
14	1.04	2.14	2.98	3.64
15	1.03	2.13	2.95	3.59
16	1.03	2.12	2.92	3.54
17	1.03	2.11	2.90	3.51
18	1.03	2.10	2.88	3.48
19	1.03	2.09	2.86	3.45
20	1.03	2.09	2.85	3.42
25	1.02	2.06	2.79	3.33
30	1.02	2.04	2.75	3.27
35	1.01	2.03	2.72	3.23
40	1.01	2.02	2.70	3.20
45	1.01	2.01	2.69	3.18
50	1.01	2.01	2.68	3.16
100	1.005	1.984	2.626	3.077
∞	1.000	1.960	2.576	3.000

参考文献

[1] 丁慎训,张连芳. 物理实验教程[M]. 2 版. 北京:清华大学出版社,2002.

[2] 吕斯骅. 大学物理实验[M]. 北京:北京大学出版社,2002.

[3] 沈元华,陆中龙. 基础物理实验[M]. 北京:高等教育出版社,2003.

[4] 成正维. 大学物理实验[M]. 北京:高等教育出版社,2002.

[5] 李学会. 大学物理实验[M]. 北京:高等教育出版社,2005.

[6] 金重. 大学物理实验教程[M]. 天津:南开大学出版社,2000.

[7] 陈早生,任才贵. 大学物理实验[M]. 上海:华东理工大学出版社,2003.

[8] 欧阳九令. 大学物理实验[M]. 北京:北京师范大学出版社,1996.

[9] 杨俊才,何焰蓝. 大学物理实验[M]. 北京:机械工业出版社,2004.

[10] 吴平. 大学物理实验教程[M]. 北京:机械工业出版社,2009.

[11] 任隆良,谷晋骐. 物理实验[M]. 天津:天津大学出版社,2009.